KB105736

길 없는 길
崔仁浩
장편소설

최인호 장편소설

길 없는 길 1

1판   1쇄 발행 | 1993년   3월   15일
1판   35쇄 발행 | 2002년   2월   5일
2판   12쇄 발행 | 2007년   10월   26일
3판   9쇄 발행 | 2013년   6월   14일
4판   2쇄 발행 | 2014년   2월   20일
5판   1쇄 발행 | 2020년   3월   20일

지은이 | 최인호
펴낸이 | 정태욱
펴낸곳 | 여백출판사

등 록 | 2019년 11월 25일 제 2019-000265호
주 소 | 서울시 성동구 한림말길 53, 4층 [04735]
전 화 | 02-798-2368
팩 스 | 02-6442-2296
E-mail | yeobaek19@naver.com

ⓒ 최인호 2008. Printed in Korea
ISBN 979-11-90946-09-4 04810
ISBN 979-11-90946-08-7 (전4권)

길 없는 길

崔仁浩
장편소설

1

거문고의 비밀

여백

구한말 한국 불교의 중흥조 경허 선사.
그는 생불(生佛)이자 가장 매력적인 자연인 경허였다.

고려 공민왕이 직접 만들어 탔던 거문고.
이 거문고는 조선 왕실에서 세전되다가
의친왕 이강공이 만공 스님에게
신표로 물려주었다.

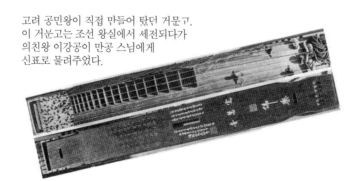

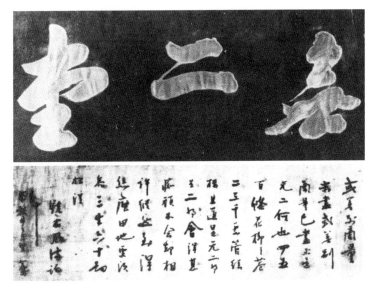

수덕사 청련당(靑蓮堂)에 보존되어 있는 경허의 무이당(無二堂) 친필과 그 법문.

경허 선사가 머물던 덕숭산 정혜사의 옛 모습.

여덟 살 경허가 출가하여 5년간 행자생활을 하던 청계사

개정판을 내면서

지금까지 헤아릴 수 없는 수많은 작품을 써왔지만 사람들로부터 가장 마음에 드는 작품이 무엇입니까 하는 질문을 받을 때면 으레 '열 손가락 깨물어 안 아픈 손가락이 있겠습니까'하고 일반적인 대답을 하면서도 마음속으로는 주저없이 〈길 없는 길〉을 꼽고 있다.

그런 의미에서 〈길 없는 길〉은 내가 쓴 작품 중에서 가장 사랑하는 몇 작품 중의 하나이다.

그것은 〈길 없는 길〉을 쓸 때의 운수행각에 대한 아련한 그리움의 추억과 맞물려 있다. 80년대 말 무렵 나는 수도자나 스님이 되어 구도의 길을 걷고 싶다는 맹렬한 충동에 사로잡혀 있었다. 그것은 87년 가톨릭에 귀의하고 난 뒤부터 느끼고 있었던 영적 목마름의 갈증과 무관하지는 않을 것이다.

경허의 선시 중 '일 없음이 오히려 나의 할 일(無事猶成事)'이란 구절에 한 방망이 두들겨 맞고 나는 그 무렵 아무런 일도 하지 않고 경허가 보임생활을 하였던 모든 사찰들을 구름처럼, 물처럼 떠돌고 있었던 것이다.

그런 인연으로 〈길 없는 길〉이 이 세상에 나온 지 벌써 15년이 되어 간다. 〈길 없는 길〉은 100만 부가 팔려 나간 소설로 작가인 나로서도 의외다 싶은 판매기록을 올린 특이한 작품이다. 그러나 처음 〈길 없는 길〉이 출간될 때 2천 매 가량의 원고를 버려 다섯 권 분량의 원고를 네 권의 분량으로 줄였으나, 거친 느낌을 잘 다듬지 못한 부분에 대해서는 못내 아쉬움을 갖고 있었다.

초판이 나올 때 서문에서 나는 이렇게 쓴 적이 있었다.

"이 소설은 소설이 가지고 있는 이야기의 형식을 무시했기 때문에 거친 부분이 많고, 중언과 부언이 많은 단점을 가지고 있는 것을 알고 있지만 나는 그것을 대패로 밀어 매끄럽게 다듬지는 않기로 하였다."

그러나 수많은 독자들로부터 〈길 없는 길〉에 대한 분에 넘치는 칭찬을 들을 때마다 마음속으로는 거칠게 내버려둔 작품에 대해 작가로서 마음의 빚을 갖고 있었던 것이다. 화가가 가다듬지 아니하고 애벌의 거친 터치로만 조형해 놓은 미완성의 조각 작품을 그대로 방치해 두고 있는 듯한 느낌을 받고 있었기 때문이었다.

　이번에 문장을 가다듬고 중언된 부분은 정리하고 불필요한 문장은 3백 매 정도 덜어내고 오래전부터 갖고 있던 생각대로 각 권마다 자료사진도 첨부하여 개정판을 내는 것은 바로 이 때문이다.

　한번 책을 펴내면 좀체로 다시 고치거나 수정을 하지 않는 내 게으른 성격을 타파하고 〈길 없는 길〉을 다시 가다듬고 손질한 것은 나로서도 예외적인 일이다.

　이로써 오랫동안 갖고 있던 〈길 없는 길〉에 대한 마음의 부담을 덜어 내게 되었다. 또한 잊지 않고 꾸준히 〈길 없는 길〉을 사랑해 주고 있는 독자들께도 어느 정도 예의를 갖추었다고 생각된다.

　내 서재의 벽에는 수덕사의 방장이신 원담 스님이 친필로 쓴 경허의 게송 하나가 걸려 있다.

　세속과 청산 그 어디가 옳은가
　봄볕 있는 곳에 꽃 피지 않은 곳이 없구나.
　世與靑山何者是 春光無處不開花

경허의 이 말이야말로 요즘 나의 구경(究竟)이다. 내가 찾아갈 곳은 봄볕이 비추는 곳이지, 세속이든 청산이든 가릴 필요가 없는 것. 경허여, 나와 그대와는 이미 전생에서부터 둘이 아닌 하나이니 이것이 둘 없는 소식이냐 아니면 둘인 소식이냐. 4, 5백 가지 화류의 거리에 2, 3천 곳곳마다 피리 불고, 거문고 뜯는 흥겨운 누각이니. 경허여, 그대와 나야말로 둘이 없는 집, 즉 무이당(無二堂)이로구나.

2008년 봄 무이당에서

최인호

초간본 책머리에

1988년 가을이었던 것으로 기억된다.

그해 5월, 4년간에 걸친 연재소설 〈잃어버린 왕국〉을 끝내고 평생 처음 아무것도 하지 않는 무위(無爲)의 나날을 보내고 있었다. 그 무렵 나는 정말 행복했다. 그 누구의 방해도 받지 않고 많은 책을 읽을 수 있었으며 문을 걸어 잠그고 그 누구도 만나지 않고 온전히 나 혼자서 충일하게 지내고 있었다. 그 무렵 읽은 책은 주로 가톨릭에 관한 영적 독서물이 대부분이었는데 어느 날 우연히 불교에 대한 서적을 읽게 되었다. 몹시 흥미가 있어 어느 날 불교에 깊은 조예가 있는 정찬주 씨를 앞세워 종로 2가 조계사 근처의 불교 책방에 가서 불교에 관한 책을 골라 달라고 자문을 구한 적이 있었다.

그때 정찬주 씨가 열 권이 넘는 책을 선택해 주었는데 그중 한 권이 '경허'의 법어집이었다. 그 이전에는 경허에 관해 들은 적도 없고 상식도 없던 나는 무심히 경허의 법어집을 읽다가 단 한 줄에서 심혼의 불이 당겨지는 느낌을 받았다.

경허의 선시 중의 한 구절, '일 없음이 오히려 나의 할 일(無事猶成事)'이라는 구절에서 나는 한 방망이 두들겨 맞은 느낌이

13

었다.

그로부터 나는 경허라는 두레박을 통해서 불교의 우물 속으로 점점 깊이 빠져 들어갈 수 있었는데 이듬해인 1989년 여름, 중앙일보에서 연재소설을 써주지 않겠느냐는 권유를 받고 문득 지난 1년 동안 내가 읽고 느꼈던 불교에 관한 놀라운 충격을 신문의 연재를 통해 오늘을 사는 현대인들에게 매일 매일 한 줌의 맑은 바람(淸風)이나 한 잔의 맑은 정화수(井華水)처럼 전해 줄 수 있었으면 얼마나 좋을까 하고 생각했던 것이었다.

무슨 일이든 무르익기를 기다리기보다는 일단 시작하고 보는 내 무모한 성격에 의해서 그해 9월 처음 연재를 시작하기로 결정해 놓고도 나는 다시 10월로, 10월이 되자 당시 문화부의 차장이었던 임재걸 씨를 만나 다시 11월로 두 번씩 연기를 하였었다. 제목 〈길 없는 길〉이 결정된 것은 사고(社告)가 나가기 하루 전이었다. 원래 정했던 제목은 〈길(道)〉이었는데 사고가 나가기 하루 전 늦잠을 자다가 문득 〈길 없는 길〉이라는 제목이 영감처럼 떠올라 정정하였던 것이었다.

연재를 시작하기 전 그 한해 여름 동안을 청계사와 수덕사에서 지냈었다. 경허가 보임 생활을 하였던 호서 지방의 사찰을 돌아다녔으며 연재를 시작할 때만 해도 나는 그저 캄캄한 느낌이었다. 당시 수덕사의 주지 법성 스님은 내게 소설의 시작이 곧 결제(結制)라고 용기를 준 다음, 소설이 끝나는 해제(解制) 때까지 경허라는 화두를 절대 놓치지 말라고 말해 주었다.

중앙일보에 연재하던 3년간 나는 정말 행복했다. 지금껏 그처럼 많은 사람들로부터 전화와 편지를 받은 적은 없었으며 무엇보다 3년 동안의 천일 회향(廻向)을 신문연재라는 형식을 빌려 계속하는 동안 줄곧 내내 빛으로 머물러 있었던 위대한 인간 부처와 그리고 한없이 매력적인 사람 경허라는 두 사람에게 나는 피붙이와 같은 친근함을 느낀다.

이 소설은 소설이 가지는 이야기의 형식을 무시하였기 때문에 거친 부분이 많고 중언과 부언이 많은 단점이 있는 것을 알고 있지만 나는 그것을 대패로 밀어 매끄럽게 다듬지는 않기로 하였다. 그러나 책을 발간하기 앞서 거의 2천 매에 가까운 양을 버려 다섯 권의 분량을 네 권의 분량으로 줄인 것임을 미리 밝혀 둔다.

연재를 통해 만날 수 있었던 수많은 스님의 도반들. 수도자이므로 일일이 그 이름을 생략하겠지만 나는 그분들에게 마음속 깊이 감사의 마음을 보낸다.

　한 일생을 통해서 3년이란 결코 짧지 않은 기간 동안 내 마음과 몸과 모든 것을 지배했던 '경허', 또한 그 경허라는 갓씨를 통해서 홀연히 다가서던 불교라는 그 엄청난 수미산의 방대한 숲을 엿볼 수 있었던 기쁨을 무엇으로 표현할 수 있으랴?

　부처로부터 흘러내린 불(佛)의 등불이 2천 년 동안 꺼지지 않고 활화산이 되어 활활 타오르고 있는 해동(海東)의 우리나라. 그것을 자각했을 때의 기쁨을 무엇으로 표현할 수 있으랴?

　'내가 곧 부처'라는 명제야말로 팔만의 대장경을 단숨에 불태워버릴 수 있는 진리의 불쏘시개일 것이다. 이제 경허도 없고 부처도 없다. 책을 덮으면 내가 읽던 모든 내용들이 무(無)로 돌아가듯 한 권의 소설을 끝내면 그것은 이미 내게 있어 죽어버린 과거가 되어버린다. 선의 검객 임제는 말했다.

　"부처를 만나면 부처를 죽여라."

　이제 와서 생각하니 내게 있어 죽여야 할 부처도 없고 경허도 없다. 처음부터 없었던 경허를 찾아 헤매었나니 부처를 만난 적도 없고 경허를 만난 적도 없는데 어디에서 죽여야 할 부처를 애써 찾고 어디에서 죽여야 할 경허를 따로 찾을 것인가?

그렇다. 경허야말로 나다. 내가 곧 경허인 것이다.

1993년 1월 海印堂에서

차 례

거문고의 비밀

주인은 꿈에서 나그네와 말하고
나그네는 꿈속에서 주인과 말하네
말하는 이 꿈속의 두 나그네
역시 꿈속의 사람들이지.
— 청허 휴정 / 삼몽사(三夢詞)

거문고의 비밀

1

내가 경허 스님의 이름을 처음으로 마주하게 된 것은 오래 전의 일이었다. 그때 나는 한 시국사건에 연루되어 다니던 학교에서 잠시 휴직을 강요받고 있었다.

"한 1년 간 집에서 쉬십시오. 문교 당국에서 강 교수를 지적하며 교단에 세워서는 안 된다는 강력한 압력이 있었습니다."

교수가, 학생을 가르치는 선생이 교단을 떠난다는 것은 죽음을 의미하는 사형선고와 같은 것이었다. 그러나 당시 시대적 상황으로 봐서는 어쩔 수 없는 일이었다. 학교의 행정 담당자들은 학생을 선동하고 사회의 안정을 혼란케 하는 문제교수들을 일단 학교에서 떠나게 함으로써 학생들과 격리시키라는 문교 당국자들의 강력한 압력을 더 이상 버텨 나갈 수 없는 입장이었기 때문이다.

"1년이면 충분합니다. 길어도 2년 정도면 돌아오시게 될 겁니다. 그때면 모든 것이 가라앉고 정상화될 겁니다."

나는 그들의 간곡한 청을 거절할 수 없었다. 문제의 학생들은 느닷없이 나온 영장을 받고 입대하고 있었으며, 많은 교수들은 임용을 거절당해 교직을 잃고 있었다. 이러할 때 고집을 부려 또 하나의 희생자인 학교 당국을 괴롭히는 것은 어리석은 일이었다.

나는 형식적으로나마 휴직서를 써서 학교 측에 제출하였으며, 휴직의 사유는 '건강의 악화'라는 그럴듯한 이유였다. 어쨌든 휴직서는 당장 받아들여져 그 다음날부터 나는 본의 아닌 실업자로 전락하게 되었다.

매일같이 출근하던 학교에 발길을 끊어 버리자 견딜 수 없는 불안과 고독이 찾아왔다. 이것으로 영원히 학교와는 인연이 없어져 영영 캠퍼스로 되돌아가지 못할 수도 있다는 두려움과 그 엄청나게 남아돌아가는 시간을 주체하지 못하는 막연함, 그리고 사회로부터 소외당하고 버림받았다는 쓸쓸함으로 하루하루가 고통의 나날이었다. 그러나 그 무엇보다도 나를 괴롭혔던 것은 젊고 발랄한 학생들을 만날 수 없는 슬픔이었다.

학교 운동장에서 뛰노는 학생들의 고함소리. 학교 앞마당에 피 토하듯 붉게 피어난 진달래의 아름다움. 찬란한 봄을 맞아 다투어 피어나는 벚꽃의 눈부신 광휘(光輝). 먼 음악대학에서 이따금씩 들려오는 성악을 연습하는 여학생의 노랫소리. 아아아, 아아. 연구실을 두드리는 학생들의 조급하고 씩씩한 노크 소리. 결석을 변명하며 학점을 구걸하는 학생들의 어거지. 그러한 캠퍼스의 일상적인 풍경들이 다정한 물결이 되어 홀로 떨어져 나온 내 이마에까지 파도치고 있었다. 처음 서너 달은 잠조차 이룰 수 없어 어떤 날은 불면의 고통으로 생전 처음 수면제를 먹고 잠을 청하기도 하였고, 아내를 따라 슈퍼마켓에 가서 찬거리 사는 것을, 손수레를 끌면서 도와주기도 했었다. 이러한 불안정한 심리 상태는 반년 정도 지나자 차츰 가라앉기 시작하였다.

그러던 그 해의 가을.

나는 우연히 경허(鏡虛)라는 이름과 처음으로 마주치게 되었다.

6개월쯤 지나서 어느 정도 마음이 안정을 되찾았을 무렵의 어느 날 밤, 나는 문득 오래 전부터 내 마음속에 숙제로 남아 있던 하나의 기억을 떠올렸다. 그것은 오래 전에 어느 책 속에서 읽었던 짧은 내용 한 토막이었다.

그 내용이 실린 책 이름이 무엇이었는지, 그 책을 지은 저자의 이름이 누구였는지는 전혀 기억나지 않았다. 그러나 우연히 읽은 그 책 수익 한 페이지 정도의 짧은 내용은 내 의식에 섬광으로 타올라 지워지지 않는 인(印)을 새겼다. 그것은 한 거문고에 관한 이야기를 담고 있었다. 그 거문고에 관한 이야기를 읽는 순간 내 몸으로는 감전이 된 것 같은 전율이 흘렀다. '거문고'. 결론적이지만 내가 경허와 인연을 맺게 된 것은 바로 그 거문고 때문인 것이다.

나는 그 책의 내용을 읽은 뒤 그 거문고가 보관되어 있는 절의 이름을 수첩에 적어 두었었다. 그 절의 이름은 수덕사(修德寺). 나는 오랜만에 낡은 수첩을 뒤져 오래 전에 메모해 둔 주소를 찾아보았다. 그곳에는 다음과 같은 주소가 적혀 있었다.

'충청남도 예산군 덕산면 사천리
대한불교조계종 제7교구 본사
덕숭총림 수덕사'

나는 수덕사가 어디에 있는 절인지 알지 못하였다. 무슨 풍문에서 전해 들은 대로 한때 춘원 이광수와 연애하던 어떤 여류문인이 머리를 깎고 중이 되어 평생을 살다 죽은 절이라는 애매한 소문만 알고 있을 뿐 전혀 감감하였다.

나는 그날 밤 그 절의, 이름도 모르는 주지스님을 향해 편지를 썼다. 편지의 내용은 아주 간단하였다.

우선 나는 A대학의 영문학과 교수인 강빈(姜彬)이라는 사실을 밝히고, 오래 전부터 스님이 절에서 보관하고 있다는 거문고를 보고 싶었던 바, 그 동안 시간적으로도 정신적으로도 여유가 없어 차일피일 미뤄 왔는데 이번에 시간을 얻어 스님의 절을 방문하여 거문고를 친견하고 싶다는 뜻을 적고, 이를 허락해 달라는 청원의 내용을 적어 내렸다. 또한 그 거문고를 보고 싶은 것은 학문적인 용무 때문도 아니고 학술적인 호기심 때문도 아니다, 어디까지나 개인적인 소망 때문에 그런 것이니 사진을 찍는 일도 없을 것이며, 거문고를 실측(實測)하거나 오랫동안 관찰하는 일도 절대로 없을 것이다, 단 한번 일별하는 것만으로도 충분하니 허락해 주셨으면 좋겠다는 내용이었다.

편지 속에 답장하기 쉽도록 이쪽 주소가 겉봉에 씌어지고 우표를 붙인 편지봉투까지 동봉하였고, 내 신원을 보다 확실히 하기 위해서 명함 한 장도 첨부하여 보냈다. 그리고 나서 나는 어린애처럼 초조히 답장을 기다렸다.

그러나 일주일이 지나도록 답장은 오지 않았다. 거문고를 보는 일은 불가능하더라도 어쨌든 가부간의 답장은 보내 줄 것이 분명하다고 확신을 내리고 있었으므로 나로서는 다소 의외였다. 다시 한 번 더 편지를 쓸까 어쩔까 하는 초조한 중에 답장이 왔다.

얇은 한지에 가는 붓으로 써내려간 간단한 내용이었다.

'편지 잘 받았습니다.

답장이 늦은 것은 용무가 있어 사나흘 절을 비웠기 때문입니다. 부탁하신 대로 거문고를 보는 일은 대단히 어려운 일이지만 여러 스님들과 의논 끝에 허락을 얻게 되었습니다. 교수님의 이름은 익히 들어 잘 알고 있습니다. 언제라도 오십시오. 산문(山門)은 언제나 열려 있습니다. 하루쯤 주무셔도 됩니다. 오실 때는 두꺼운 옷을 입고 오십시오. 이곳은 밤바람이 몹시 찹니다.'

주지스님의 답장을 받은 다음날 나는 수덕사를 향해 출발하였다. 언제든지 찾아와도 좋다는 절 측의 허락이 떨어진 이상 하루 이틀 미룰 필요가 없었기 때문이었다.

나는 아무것도 갖지 않고 출발하였다.

편지에 씌어져 있는 스님의 말대로 두꺼운 옷가지만 껴입었을 뿐이었다. 하지만 아무래도 하룻밤 정도는 절에서 자게 될 것 같아 간단한 세면도구는 따로 준비하였다. 절의 위치가 어디인지 알 수 없어 떠나기 전에 미리 지도를 보고 가는 노정을 확인해 두었다.

천안까지는 고속도로를 타고 가기로 하고, 거기서부터 예산까지는 온양을 경유하는 국도를 타기로 하였다. 일단 예산에 도착하고부터는 길에서 행인들에게 수덕사의 위치를 물어 더듬어 찾아가기로 작정하였다.

떠난 날은 11월 초순의 깊은 가을.

차가 고속도로에 접어들자 도로 양옆의 산들은 벌써 추색(秋色)을 잃어버리고 있었다. 황홀하게 타오르던 낙엽들은 절정의 시기를 덧없이 보내 빛이 바랬고, 하오의 햇볕도 맥을 잃어 가고 있었다. 과일의 속살을 익히던 따사롭던 가을의 햇살도 싸늘히 식어 가고 있었다.

그래도 오랜만에 직접 운전대를 잡고 홀로 먼 지방으로 여행을 떠나는 기분은 나쁘지 않았다. 그 해 봄, 학기 초에 본의 아니게 학교에서 휴직을 당하고부터 반년이 지나도록 나는 서울을 벗어나 본 적이 없었다. 서울을 벗어나 본 적이 없었다기보다는 거의 집밖에조차 나가 본 일이 없을 정도였다. 불면증과 불안의 강박 증세와 싸우던 초기의 무렵이 지나 얼마만큼 심리적 안정 상태를 되찾게 되자 나는 출판사에서 의뢰가 온 외국 소설의 번역으로 무더운 한여름을 집에서 씨름하면서 지냈었다. 해외문학 전집 중 미국 현대작가들의 중단편을 묶어 한 권의 책으로 내는 기획에 혼자 작품을 선별하고 그것을 직접 번역까지 하는 편집위원으로 선정되었기 때문이었다. 원고지 5천 장에 해당하는 방대한 양의 번역을 여름 내내 집의 서재에서 매달려 해치웠었다. 모든 일을 끝내고 출판사 측에 원고를 넘기고 나니 이미 깊은 가을이었다.

초여름부터 가을에 이르기까지 괴롭히던 원고지에서 해방된 홀가분한 기분으로 홀로 차를 몰고, 오랫동안 마음속에 숙제처럼 남아 있던 거문고를 보기 위해서 만추의 들녘을 달려나가는 느낌은 참으로 자유로웠다.

만추라고는 하지만 서울 근교를 벗어나 남으로 내려갈수록 가을의 정취는 아직 그대로 남아 한 가락 하고 있었다.

산야와 들판의 홍엽들은 투전판을 벌이고 있었다. 들녘을 불어오는 바람들은 노름꾼의 손이 되어 날쌔게 나뭇가지에서 낙엽의 화투패들을 대지 위에 나눠 주고 있었고, 화투짝을 넘겨보면 그대로 홍단이었다. 그대로 청단이었다.

천안에서 고속도로를 버리고 국도로 접어드니 짧은 가을의 햇살은 이미 기울기 시작하고 있었다. 시간관념이 무딘 탓이었을까. 이토록 빨리 해가 질 줄 알았다면 아침 일찍 출발했어야 옳았을 것이다.

점심을 먹고 출발해도 해가 있을 때 절에 도착할 수 있으리라던 생각은 완전한 착오였다. 온양을 지날 무렵에는 뉘엿뉘엿 해가 지고 석양빛이 스며들고 있었다.

가을걷이를 끝낸 텅 빈 들판에는 짚단들이 함부로 던져져 있었고, 지난 가을까지 낟알들을 쪼아먹는 새떼들과 싸우기 위해서 세워진 허수아비들이 이따금 아직까지 빈 들판에 홀로 살아남아 석양빛의 긴 그림자를 들판 위에 던지고 있었다. 거리에서 떨어진 집들의 울타리 너머로 새빨갛게 익은 감들이 감나무 가지마다 주렁주렁 매달려 있었다.

2

차가 예산에 닿았을 때는 이미 캄캄한 저녁이었다.

예산까지 두 시간이 넘도록 한번도 쉬지 않고 줄곧 달려온 뒤끝이라 차도, 그리고 운전을 하던 나도 지쳐 있었다. 이미 주위는 캄캄해지고, 지방의 소도시는 얌전히 불을 밝히고 있었다.

시간은 이미 여섯 시가 훨씬 넘어 있었고, 이대로 절에 들어간다고 해도 나그네인 주제에 저녁밥을 얻어먹기에는 염치가 없을 것 같아 이 작은 소도시에서 저녁 한 끼를 해결해 두어야겠다고 생각했다. 좁은 거리 한 곁에 차를 세우고 문을 잠근 다음 나는 비교적 상가의 불빛이 밝은 곳을 향해 걸어갔다.

바람이 제법 세어 얼굴을 스치는 바람이 칼날처럼 매웠다. 바람이 불 때마다 가로수의 나뭇잎들이 정신없이 떨어지고, 거리에는 낙엽들이 바람을 따라 이리저리 흩날렸다. 거리에는 사람들이 드물었는데, 다만 버스 정류장에는 집으로 돌아가는 학생들이 옹기종기 모여서 시외버스를 기다리고 있었다. 거리에 내건 확성기에서는 흘러간 노래가 지나치게 큰소리로 터져 흐르고 있었다. 눈에 띄는 대로 음식점에 들어가 국밥 하나를 시키고, 나는 손님이 전혀 없는 식당 한 구석에 앉아 담배를 피워 물었다. 식당 주인은 높다란 선반 위에 놓인 텔레비전을 목을 젖힌 채 보느라 침묵에 빠져 있었고, 식당 안에는 개 한 마리가 웅크리고 잠들어 있었다.

나는 왜 그 거문고를 보러 가고 있는가.

나는 맛없는 국밥을 떠먹으면서 생각했다. 그 생각은 차를 타고 길을 떠난 뒤부터 일관되게 내 마음속을 흐르던 질문이었다. 나는 스스로에게 묻는 그 질문에 대해 애써 모른 체하고 묵살하고 무시하고 있었다.

그것은 그 거문고가 700년이나 된 신품(神品)의 명기이기 때문일 것인가.

그러나 그것이 너와 무슨 상관이 있는가. 그 거문고가 700년이나 된 신품의 명기라 하더라도 너와 무슨 상관이 있는가. 너는 단순히 영문학을 전공한 학자에 지나지 않는다. 네가 역사를 전공한 사학자이거나, 혹은 국악에 관심이 많은 연주가라면 또 모른다. 그리하여 그 명기를 직접 한번 손으로 타보고 싶은 연주가라면 거문고를 직접 눈으로 보고 싶어하는 열정을 스님들도 이해할 것이다. 그러나 너는 역사도, 거문고, 가야금, 피리, 장구 따위의 전통음악도 전혀 모르는 문외한에 지나지 않는다.

나는 반도 채 먹지 못하고 숟갈을 놓으면서 소리 내어 중얼거렸다.

'그 거문고에는 나 혼자만의 비밀이 있다. 바로 그 비밀이 나로 하여금 그 거문고를 보러 가게 하는 것이다. 태어나서 그 누구에게도 말하지 않았던 비밀, 그 비밀 때문에 나는 지금 수덕사로 가고 있는 것이다.'

나는 반 그릇도 채 못 먹은 음식을 물리고 담배를 피워 물었다.

내겐 그 거문고를 봐야 할 의무가 있다. 누구에게도 털어놓을 수 없는 절대의 숙명이다. 태어나서부터 지금까지 40여 년 동안 내 몸 속을 줄곧 흐르고 있는 피의 인연과도 같은 부름이다.

나는 넋을 잃고 텔레비전을 보고 있는 음식점 주인에게 수덕사를 찾아가는 길을 물었다. 음식점 주인은 충청도 특유의 느릿한 사투리로 가는 길을 가르쳐 주었다.

음식값을 치르고 거리로 나서자 바람은 한층 더 거세져 있었다. 상가의 불빛들은 한껏 빛을 발하고 있었지만 거리는 몹시 캄캄했다. 센 바람에 떨어진 낙엽들과 버려진 휴지조각들이 한 데 엉켜 이리저리 거리 위를 굴러다니고 있었다.

세워둔 차로 돌아와 음식점 주인이 가르쳐 준 방향으로 차를 몰아 나갔다.

2차선의 도로 위에는 오가는 차도 드물었다. 이따금 시외버스와 화물트럭들이 어둠 속에서 나타나 경적을 울리며 내 차를 앞질러 쏜살같이 달려나가곤 하였다. 도로 위는 가로등도 하나 없어 캄캄한 어둠이었다. 절로 가는 간선도로로 접어들자 포장된 도로가 끊기고 먼지가 피어오르는 거친 흙길이 나타났다. 길 양 옆은 그대로 숲이었다. 하늘은 구름 한 점 없이 맑게 개 있었지 만 달은 기울어 어두웠다.

별 하나의 빛들은 아주 작아 미미하지만 그 수많은 별들이 한 데 모여 합심하여 이루어내는 별빛들은 잔칫날과 같이 찬란하였 다. 홀로 달려가는 차 앞의 헤드라이트 불빛만이 낯선 거리의 캄 캄한 어둠을 간신히 무찌르고 있었다.

길은 거칠어 차는 쉴 새 없이 흔들리고, 그럴 때마다 흙먼지가 피어올랐다. 산길을 돌아가자 숲 사이의 도로 옆에 절의 입구를 알리는 표지판이 세워져 있었다.

표지판이 가리키는 대로 산길로 접어들자, 난데없는 상가의 불 빛이 번쩍이며 다가왔다. 이른바 사하촌(寺下村)인 모양이었다. 큰 절은 대부분 절 문에 이르기까지 그 절을 오가는 신도들이나 관람객들을 상대로 벌어먹고 사는 기생촌을 거느리고 있다.

이 절도 예외는 아닌 모양이었다.

절을 오가는 사람들을 상대로 한 음식점, 특산물을 파는 가게, 술집, 다방, 여관, 심지어는 네온을 번득이고 있는 카바레에 이 르기까지 그야말로 불야성을 이루고 있었다.

절 위에서부터 흘러내리는 계곡을 따라 형성된 사하촌은 어 둠이 내리자 더욱 성시를 맞이한 듯 사람들로 들끓고 있었다. 절 바로 밑에 형성된 저잣거리라 상대적으로 세속의 냄새가 더 강 렬하게 풍기고 있었다. 먹고, 마시고, 춤추는 사람들로 거리는 들끓고 있었고, 사람들을 유혹하는 천박한 노랫소리가 열린 술집의 문안으로부터 흘러넘치고 있었다.

그 거리를 지나 절 입구에 이르자 일주문이 나타났다. 캄캄한 어둠 속에 서 있는 일주문은 이제부터 이 문을 경계로 밖은 속계(俗界)이며 이 문안은 진계(眞界)임을 뚜렷이 갈라 나타내 보이듯 고개를 쳐들고 파수꾼처럼 우뚝 서 있었다.

문 아래에 이르기까지 세속의 파도가 밀려와 출렁거린다 하여도 이제부터 세속을 떠나 이 문을 들어설 때부터는 오직 일심(一心)에 귀의한다는 뜻으로 기둥을 양쪽에 하나씩만 세워 짓는다는 일주문.

나는 일주문 옆으로 빠져나가게 되어 있는 좁은 산길을 돌아 절 안으로 빠져 들어갔다.

처음으로 만나는 스님을, 또한 상식적으로 생각해도 낯선 사람에게 보여주기 힘든 700년 이상 된 국보급 문화재인 거문고를 선뜻 보여주기로 허락한 고마운 스님을, 편지로 간접 초대를 받았다고는 하지만 이처럼 늦은 밤에 불쑥 사전 연락도 없이 방문하는 것이 예의에 어긋난 일인 것만 같아 나는 마음이 편치 않았다.

이럴 줄 알았더라면 오전 일찍 서울을 떠나 빛 밝은 한낮 무렵에 찾아왔으면 좋았을 텐데.

하지만 내친걸음이었다.

길이 끊어지고, 찾아오는 차들을 세워 둘 수 있는 자그마한 공터가 나타나자 나는 차를 세우고 서둘러 내렸다. 두어 대의 차가 공터에 세워져 있는 것으로 보아 이곳이 길의 끝인 모양이었다.

낮에 오건 한밤에 오건 초대받은 손님은 손님인 것이다.

나는 어둠 속에 홀로 서 있었다. 전혀 생면부지의 낯선 절 경내에 홀로 서 있노라니 조금은 막막하였다. 어디로 가야 하는지, 가야 할 길이 어디인지, 우선 만나야 할 주지스님이 계신 곳이 어디인지, 나는 갑자기 장님이 된 느낌이었다.

바람은 더욱 기세를 올리면서 불어와 못을 박듯이 나뭇잎들을 땅 위에 내리꽂고 있었다. 달빛도 여의치 않고, 있느니 오직 작은 촉수의 별들이 합심하여 이루어내는 낮은 촉광의 별빛뿐이었다. 그 별들이 이루어낸 밤하늘은 별밭이 되어 밤하늘을 밝히고 있었으므로 상대적으로 어두운 숲과 나무들의 경계를 분명히 드러내고 있었다. 절집 지붕들도 밝은 하늘을 배경으로 완만하게 선들을 내보이고 있었다. 비로소 어둠에 눈이 익어 가자 경내의 건물과 종루와 승당들의 모습이 희미하게 드러나기 시작했다.

그때였다.

나는 어둠 속에서 아까부터 계속 반복해서 일정하게 들려오는 소리를 그제야 깨달을 수 있었다. 그것은 목탁 소리였다. 목탁 소리 밑으로는 염불 소리가 낮게 깔려 흘러가고 있었다.

나는 목탁 소리가 나고 있는 쪽으로 몸을 돌렸다. 어둠에 눈이 익었으므로 더듬거릴 필요는 없었다. 계단을 올라 불전 앞뜨락에 서자 나는 그 목탁 소리가 대웅전에서부터 흘러나오고 있음을 알 수 있었다.

저녁예불 시간인 모양이었다.

대웅전의 앞문은 활짝 열려 있었고, 열린 문안으로부터 금으로 입힌 황금 불상의 모습이 흐린 촛불의 불빛으로 오히려 신비하게 떠오르고 있었다. 법복을 입은 스님들과 예불에 참석한 일반 신도 몇 사람이 염불을 외면서 끊임없이 불상 앞에 절을 올리고 있었다.

문밖에서 불어오는 세찬 가을바람이 법당 안까지 스며들었는가, 대웅전을 밝히는 촛불들은 일렁이면서 황금 불상의 그림자를 너울거리며 춤추게 만들고 있었으며, 불상을 향해 무릎을 꿇고 배(拜)를 올리는 사람들의 긴 그림자도 끊임없이 흔들리고 있었다.

나는 우두커니 대웅전 앞뜰에 서 있었다. 어디선가 암고양이 두 마리가 대웅전 옆의 대나무숲 사이에서 짝을 지어 나타나 청승맞게 울면서 어둠 사이로 사라져 갔고, 미친 가을바람은 사정없이 불어와 낙엽의 살점들을 베어내고 있었다.

다행스럽게도 예불 시간이 끝났는지 염불 소리가 사라지고 사람들이 두런거리면서 법당 안을 빠져 나오는 모습이 보였다. 목탁 소리는 여전히 이어지고 있었지만 법복을 입은 스님들이 나서자 활짝 열려 있던 대웅전의 문은 굳게 닫혔다.

어둠 속에서도 선연히 드러나는 흰 고무신을 챙겨 신고 계단을 내려오는 스님을 향해 나는 빠르게 다가섰다.

"안녕하십니까."

내가 고개를 숙여 인사하자 스님은 두 손을 모아 합장을 하며 불교식 인사로 마주 받았다.

"실례지만 주지스님을 만나러 왔는데요."

"어디서 오셨습니까."

스님은 내 질문을 약간 비껴 받으며 나를 쳐다보았다.

"서울에서 왔습니다."

"…무슨 일로 오셨습니까."

"주지스님께 편지를 드렸습니다. 빠른 시일 내에 찾아 뵈도 좋으냐는 편지를 드렸고, 와도 좋다는 허락을 받아 찾아왔습니다."

"아."

스님은 짧게 말을 잘랐다.

"강빈 교수님 아니십니까. 제 말이 맞지요."

"그, 그렇습니다."

"반갑습니다, 강 교수님. 제가 그 편지를 받았습니다. 그리고 제가 답장을 드렸던 바로 그 사람입니다. 제가 이 절의 주지입니다. 안녕하십니까, 반갑습니다."

그제야 자신의 신분을 밝힌 주지스님은 불교식 인사법을 버리고 서양식 인사법으로 손을 내밀어 악수를 청했다. 나는 그 손을 마주 쥐었다. 날이 선 칼날처럼 파란빛이 돌 만큼 바짝 치켜 깎은 생머리의 차가운 인상과는 달리 마주 쥔 그 손은 아주 따뜻하였다.

"언제 도착하셨습니까."

스님은 내 모습을 찬찬히 살펴보면서 물었다.

"방금 도착했습니다."

"기차로 오셨습니까, 아니면 버스로 오셨습니까."

"차를 몰고 왔습니다."

"직접 운전하면서 말입니까."

"그렇습니다."

"원, 저런. 그렇다면 피로하시겠네."

스님은 혼잣말처럼 중얼거렸다.

"저녁 공양은 하셨습니까."

"오는 길에 먹었습니다."

"그럼 차나 한 잔하시지요. 들어가십시다."

끝까지 남아 목탁을 치던 스님들도 그새 물러가 버렸는지 아무런 소리도 들려오지 않았다. 법당 안을 밝히던 촛불도 꺼지고 경내는 깊은 정적에 잠겨 있었다. 앞장선 주지스님은 대웅전에서 가까운 승당의 문을 열고 나를 안내하였다. 주로 손님들을 맞는 방인지 나무 그루터기로 만든 간이탁자가 놓여 있었고, 그 주위에는 다기(茶器)가 차려져 있었다. 스님은 방안에 들어서자 허리에 걸쳤던 붉은 빛의 법복을 벗어 벽에 걸고서 내 앞에 마주 앉았다.

"강 교수님의 존함은 익히 들어 알고 있습니다. 산에 사는 중이라 하더라도 바깥세상의 일들과 소문들은 바람으로 불어와 우리들의 귀에까지도 전해지는 법이니까요."

한때 내 이름은 신문의 사회면에 심심치 않게 오르내린 적이 있었다. 시국사건에 연루되어 그 사건의 주동자로 몰려 구속까지 된 적이 있으므로 신문과 방송의 뉴스 시간에 자주 이름을 나타내 보일 수밖에 없었던 것이다. 스님이 내 이름을 알고 있다는 것은 아마 그때의 기억 때문일 것이다.

스님은 차를 끓이기 위해서 전기 주전자의 스위치를 올리고,

찻잔을 두 개 꺼내 단정히 탁자 위에 놓았다.

"산중이라 대접할 것은 저희들이 마시는 녹차밖에 없습니다. 괜찮으시겠습니까."

"물론입니다."

스님은 익숙한 솜씨로 차통에서 푸른 찻잎을 손가락으로 집어 꺼내 다기 속에 털어 넣었다. 스위치를 올린 주전자 속에서 물이 끓기 시작하더니, 끓어오르는 물속에서 새어나오는 흰 김이 주둥이로 솟구치고 있었다. 스님은 비등하여 끓어오른 물의 온도를 죽이기 위해 그릇에 물을 가득 부었으며, 한참을 식히고 나서 그 물을 찻잎을 잰 다기 속에 쏟아부었다.

그러기까지 우리는 서로 말이 없었다. 부질없이 입을 열어 말하기에는 산사의 정적이 너무 깊고 창밖을 달려가는 바람소리는 바다 속처럼 아득하였다. 다기 속에 털어 넣은 찻잎의 맛과 향기가 충분히 우러나기를 기다리는 동안 나는 무심코 벽에 걸린 액자를 쳐다보았다. 그곳에는 익숙한 달필로 다음과 같은 글씨가 씌어져 있었다.

'무이당(無二堂)'

'무이당'이라 함은 무슨 뜻일까. '둘이 없는 집'이란 뜻일까.

"드시지요."

스님은 찻잔에 차를 따라 주면서 비로소 입을 열었다.

"아무래도 오늘밤은 절에서 주무셔야겠지요."

나는 푸른빛이 우러나온 찻잔을 들어 차를 마셨다.

"재워 주시면 좋겠습니다. 그럴 수가 있겠습니까."

"물론입니다. 빈방이 마침 있습니다. 오늘밤은 늦었으니 주무시고 내일 중에 부탁하신 대로 거문고를 보시도록 하시지요. 사실을 말씀드리면 그 거문고는 저희 절의 소유가 아닙니다. 원래는 저 산정에 있는 정혜사(定慧寺)란 절의 소유지요. 내일 가보시면 아시겠습니다만, 정혜사란 절은 저 산길을 올라가 산꼭대기 위에 있습니다. 부탁하신 그 거문고는 바로 그 절의 소유입니다. 하지만 걱정하지는 마십시오. 편지를 받고 그 절로부터 허락을 받아 두었으니까요. 그런 의미에서 강 교수님은 운이 좋으십니다. 연전에 무슨 방송국에서 그 거문고를 보러 왔었습니다만 일언지하에 거절을 당하였습니다. 우리도, 또 절 측도 그 거문고가 필요 이상으로 유명해지는 것은 원치 않으니까요. 한 잔 더 하시겠습니까."

"…좋습니다."

스님은 빈 찻잔을 가져다가 다시 한 잔을 따라 주면서 말했다. 스님은 아주 평범하고 쉬운 말 한마디 한마디를 그냥 입에서 나오는 대로 자연스럽게 말하지 아니하고 매번 생각하고 체로 거르듯 뜸을 들였다 말을 하고 있었다.

"그런데 강 교수님은 역사를 전공하셨던가요."

"아, 아닙니다. 저는 영문학을 전공하였지요."

"아, 그렇습니까."

스님은 잔을 비우고 나서 말을 이었다.

"그러하시다면 무슨 일로 그 거문고를 보려 하십니까. 국악이나 전통음악에 관심이 많으신 모양이지요. 거문고를 연주할 줄

40

아십니까."

"아, 아닙니다."

"사실 강 교수님으로부터 편지를 받고 저희들은 상당히 놀랐습니다. 보통 바깥세상 사람들은 산중의 일에 대해서는 감감하니까요. 이 절에 사는 스님들이라도 그 거문고에 관해 알고 있는 사람은 몇 명이 되지 않습니다. 그런 거문고를 강 교수님께서 친견하겠다며 편지를 보내 이를 허락해 달라고 부탁해 오자 사실 저희들은 무척 당황하였습니다. 몇몇 스님들이 모여 회의를 하고서야 강 교수님의 청원을 받아들이기로 하였지요."

"번거로움을 끼쳐드려서 죄송합니다."

나는 진심으로 사과를 하였다.

"천만에요. 보여드리는 일이야 어려운 일이 아니지요. 문제는 꼭 보여드려야 할 사람에게 보여드리는 것인가, 아니면 보여서는 안 될 사람에게 보이는 것인가, 그것이 문제이지요. 우리는 강 교수님이 꼭 보여드려도 좋을 만한 분이라고 생각하였습니다."

"감사합니다, 스님."

"천만의 말씀입니다."

스님은 크게 웃으면서 말을 받았다.

"그 거문고를 그토록 보고 싶어하시는 연유가 무엇입니까, 강 교수님. 사학자도 아니고 국악에 관심이 깊은 분도 아니시라면서요."

나는 잠자코 잔을 들어 차를 마셨다. 달리 대답할 마땅한 말이 떠오르지 않았다.

스님은 손을 들어 벽에 걸린 액자를 가리키면서 말을 이었다.

"저 벽에 걸린 사진이 그 거문고의 마지막 임자였던 만공 스님의 모습입니다."

천장에 닿을 만한 높은 위치의 벽에는 흑백사진이 한 장 액자 속에 들어 걸려 있었다. 백발의 노인이 날카로운 눈빛으로 정면을 노려보고 있었다. 스님인데도 삭발을 하지 않고 백발의 머리카락을 흩날리고 있었다.

"저 만공 스님이 돌아가신 후 그 거문고는 절의 소유로 보관되고 있었는데, 강 교수님께서 내일 그 거문고를 보신다면 아마도 거의 50년 만에 처음으로 그 거문고를 친견하는 최초의 속계 사람이 되실 것입니다."

"감사합니다, 스님."

"자, 그럼 거문고는 내일 오전에 보시기로 하고, 오늘밤은 편히 주무셔야지요. 운전하시느라고 피곤하실 텐데. 일어서시지요, 제가 방을 안내하겠습니다."

승당의 문을 열고 앞뜰로 나서자 바람이 사정없이 얼굴을 강타하였다. 겨우 사람이 오갈 수 있도록 최소한의 가등이 경내를 간신히 밝히고 있었다.

"절에서 주무시는 것은 처음이십니까."

"그렇습니다, 처음입니다."

"그러하시다면 하룻밤 재워드리고 숙박비를 듬뿍 받아야겠는데요. 헛허허."

스님은 자기가 말하고 스스로 크게 웃었다.

스님은 뜰을 가로질러 맞은편에 세워진 건물로 다가갔다. 툇마루로 연하여 진 승사(僧舍)에는 대여섯 개의 작은 방들이 다닥다닥 붙어 있었는데, 그중 몇 개의 방에 불이 켜져 있는 것으로 보아 객승들이거나, 아니면 손님들이 묵고 있는 모양이었다. 그중 불 꺼진 가운데 방의 덧문을 잡아당겨 문을 열고 스님은 성큼 방안으로 들어섰다. 벽면의 스위치를 올리자 껌벅껌벅하더니 형광등이 켜졌다. 캄캄한 어둠 속에 갑자기 형광등 불빛이 비치자 눈이 부실 정도로 강렬하게 빛이 느껴졌다.

방은 사람 하나가 누우면 가득 찰 정도로 아주 작았다. 그런데도 방이 크게 느껴진 것은 방안에 아무것도 없었기 때문이었다. 방은 완전히 텅 비어 있었다. 가재도구 하나도 없고, 심지어 벽에는 옷을 걸어둘 못자리조차도 없었다. 형광등의 불빛이 작열하는 불빛으로 강렬하게 느껴졌던 것도 어둠 속에서 갑자기 밝은 불빛을 마주친 탓보다는 아무것도 없이 텅 빈 방안을 깨끗이 감싸고 있는 흰 도배지 탓이었을 것이다.

"방은 아주 따뜻할 겁니다."

스님은 손바닥으로 방바닥을 어루만지면서 말했다.

"공양을 짓느라고 군불을 때니까요. 행자에게 이불을 한 채 갖다 놓으라고 말해 놓겠습니다. 절에서 주무시는 것이 처음이라 들어 말씀드리겠지만 아침 여섯 시면 아침 공양이 시작됩니다. 목탁 소리가 나면 그것이 밥을 먹으라는 신호이지요. 거문고를 보러 가는 것은 오전 아홉 시쯤 하시지요. 제가 방으로 교수님을 모시러 오겠습니다. 자, 그럼."

스님은 몸을 일으키면서 말했다.

"편안히 주무십시오. 좋은 밤 되시기를 바랍니다."

"내일 뵙겠습니다, 스님."

내가 고개 숙여 인사하자 그는 정중히 불교식으로 합장을 하여 인사를 받았다. 스님의 신발 소리가 사라지기를 기다려 나는 방안에 앉았다. 스님의 말대로 방은 절절 끓어오를 정도로 뜨거웠다. 군불을 지펴 데우는 방안의 온기에는 피로한 몸을 녹이는 편안함과 안락함이 있었다. 스님의 말대로 세 시간 이상이 걸린 운전의 과로에다, 한번도 와본 적이 없는 미지의 절을 찾아와 낯선 스님과 초대면하는 긴장감으로 신경은 피로할 대로 피로해 있었다. 이불이고 뭐고 옷 입은 채로 그대로 쓰러져 잠들어 버릴 것만 같았다.

그러나, 곧 헛기침하는 소리가 방문 밖에서 나고 우렁찬 소리가 들려왔다.

"손님, 이부자리 가져왔습니다."

방문을 열자 행자승 하나가 이불 한 채를 짊어지고 문밖에 서 있었다. 손에는 과일이 가득 들어 있는 쟁반을 받쳐들고 있었다. 그는 성큼성큼 방안에 들어와 이불을 내려놓더니 뒤도 안 돌아보고 그대로 나가며 말했다.

"목이 마르시면 약수는 계단 밑에 있구요. 화장실은 뒤꼍 계단 밑에 있습니다. 급하시면 아무데나 보시지요. 부처님 계신 대웅전 쪽으로만 피하시면 됩니다."

급하면 부처님 계신 대웅전 쪽만 피해 아무데서나 소변을 보라는 행자승의 농담 속에는 전혀 웃음기가 섞여 있지 않았다.

그가 사라지자 나는 방안에 이불을 깔았다.

세찬 바람에 덧문이 덜컹거리는 것이 신경쓰여서 덧문을 걸고 방문을 잠그니 방안은 아늑한 섬이 되었다. 윙윙거리던 바람소리도 단절되고, 산사의 깊은 정적이 다가왔다. 옆방에선가 메마른 기침소리가 들려오고, 이따금 뭐라고 중얼거리는 신음소리가 나지막이 깔려 들려왔다.

옷을 벗어 걸 곳이 없었으므로 벗은 옷을 방구석에 차곡차곡 개어 놓고 나는 담배를 피워 물었다.

'왔다.'

나는 홀로 소리 내어 중얼거렸다.

나는 마침내 왔다. 그토록 오래전부터 마음속에 숙제로 남아 있던 거문고를 직접 눈으로 보고 만나기 위해서 나는 마침내 산사로 찾아왔다. 내일이면 나는 그 거문고를 직접 만나게 될 것이다.

내 귓가에 조금 전 차를 마시면서 내게 묻던 주지스님의 질문소리가 되살아나서 생생히 들려왔다.

스님의 목소리는 부드러웠지만 그렇게 질문하는 눈빛에는 냉정함이 서려 있었다.

"그 거문고를 그토록 보고 싶어하시는 연유가 무엇입니까, 강 교수님. 사학자도 아니고 국악에 관심이 깊은 분도 아니시라면서요."

나는 그때 묵묵히 찻잔을 들어 차만 마셨다. 달리 대답할 적당한 말이 떠오르지 않았다. 만약 그가 수도를 하는 스님이 아니었더라면 나는 가볍게 농담이나 거짓말로 얼버무렸을지도 모른다. 그러나 상대방이 상대방이니만큼 나는 함부로 내 진심을 털어놓을 수가 없었던 것이다. 나는 무엇을 망설이고 있었는가, 어째서 나는 사실 그대로 스님에게 털어놓지 못하였단 말인가. 살아오는 동안 그 누구에게도 털어놓지 못했던 비밀과 그 거문고가 상관돼 있다 하더라도 나는 이렇게는 대답할 수 있었을 것이다.

'제가 그 거문고를 찾아온 것은 스님, 제가 그 거문고의 실제 주인이기 때문입니다. 그렇습니다, 스님. 그 거문고는 나의 것입니다. 그러므로 실은 내가 그 거문고를 보러 온 것이 아니라 그 거문고를 가지러 온 것이라 할 수 있습니다, 스님. 물론 거의 50여 년 전에 돌아가신 만공 스님이 그 거문고의 마지막 임자였던 것은 인정합니다. 그러나 만공 스님이 죽음으로써 이제 그 거문고는 주인을 잃었습니다. 만공 스님이 쓰시던 물건이라 그것이 그대로 절의 소유로 넘어간다는 것은 틀린 것입니다. 스님들에게는 사유재산이 없어야 하고 무소유야말로 최고의 덕목이 아니겠습니까. 정식으로 하나의 신표로 넘겨받은 거문고라 할지라도 넘겨받은 당사자인 만공 스님이 돌아가신 이상 그 거문고는 원래의 주인에게로 되돌려져야 할 것입니다, 스님.'

그 거문고는 내 것이다.

나는 소리를 내어 중얼거리면서 말했다.

나는 벽에 기대앉아서 내가 보기 위해서 찾아온 그 거문고의 유래에 관해 생각하기 시작했다. 그 거문고의 탄생은 700년 전

고려조의 공민왕으로부터 비롯된다. 그 거문고는 공민왕이 만든 악기였던 것이다.

　그 자신 뛰어난 화가였으며 서예에도 뛰어났던 공민왕은 그가 사랑하던 노국 공주가 죽자 그녀를 위해 따로 궁궐을 짓고, 공주의 화상에 직접 제를 올리고, 호악(胡樂)을 연주케 하고, 술잔을 주고받는 일을 공주 생전처럼 하였다. 얼마나 마음이 병들었는가는 고려 시대의 역사를 편찬하고 있는 《고려사절요》의 〈공민왕 편〉에 다음과 같은 기사가 나오고 있을 정도이다.

　'…공주가 세상을 떠난 뒤에는 비록 여러 명의 비를 맞아들였으나 별궁에만 두고 가까이하지 않았으며, 밤낮으로 슬퍼하며 공주만 생각하여 드디어 마음의 병이 되었다. 항상 스스로 화장을 하여 공주의 형상을 하고, 내비(內婢) 중 젊은 자를 방안에 들여 보자기로 그 얼굴을 가린 뒤 홍륜(洪倫)의 무리들을 불러서 이를 간음케 하고는 왕은 옆방에서 창에 구멍을 뚫고 보기만 하였다…'

　노국 공주 생전에 공민왕은 신령한 오동나무를 얻어 이것으로 악공을 시켜 거문고를 만들게 하였다. 이 거문고는 신품(神品)의 명기가 되어 고려 왕실의 가보로 이어져 내려오고 있었다. 이 거문고는 노국 공주가 죽은 후 더 자주 그녀의 화상 앞에서 연주되곤 하였다. 사랑하는 공주의 죽음으로 마음의 병을 얻어 오직 그녀와의 추억으로 눈물만을 흘리던 공민왕은 악사로 하여금 이 거문고를 타게 하기도 하고, 때로는 스스로 거문고를 타는 것으로써 상심을 달래곤 하였던 것이다. 신하에게 시해당함으로써 비참하게 최후를 마친 공민왕의 거문고는 고려 말의 충신 길재(吉再)의 손으로 넘어가 두 번째 주인을 맞이하게 된다.

고려 말의 명신 길재는 고려가 망하고 조선 건국 뒤 방원에 의해서 태상(太常) 박사가 되었으나, 한 신하로서 두 왕조를 섬길 수 없다 하여 거절하고 고향 선산(善山)에 내려가 초옥을 마련하고 서원을 일으켜 당대의 대학자들을 교육했던 충신이었다. 그는 고려가 멸망하자 왕도였던 개경을 돌아보고 다음과 같은 명시를 지었다.

오백년 도읍지를 필마로 돌아드니
산천은 의구하되 인걸은 간 데 없네.
어즈버, 태평연월이 꿈이런가 하노라.

길재는 말년에 고향에서 달 밝은 밤이면 거문고를 뜯으며 멸망한 왕조를 기리면서 망국의 한을 달래곤 하였다. 이 유서 깊은 거문고는 길재가 죽자 다시 조선왕조의 왕실로 되돌아온다. 한 신하로서 두 왕조를 섬길 수 없다 하여 충절을 지키던 주인 길재가 죽자 거문고는 조선왕조로 되돌아와 두 왕조를 섬기는 비극적인 운명을 맞이하게 되는 것이다.

이로부터 이 거문고는 왕실의 가보가 되어 수많은 왕손들의 손때가 묻으면서 수백 년 이상 세전(世傳)되어 내려오게 된다.

이 거문고는 특히 운현궁에 머무르고 있던 대원군에게 많은 사랑을 받아 주연을 베풀 때마다 대원군은 악사들에게 이 거문고를 타게 하고 술이 거나하게 취하면 좌우를 둘러보고 다음과 같이 말하곤 하였다.

"저 거문고 소리를 들으면 공주의 환영이 떠오르곤 하오. 저 거문고 속에는 공주의 영혼이 들어 있어 현(絃)을 탄(彈)할 때마다 여전히 살아서 나타나거든. 미인도 간 곳 없고, 공주도 간 곳 없고, 대왕도 간 곳 없고, 왕조도 간 곳 없이 멸망하였지만 거문고 음악소리 속에는 이 모든 것들이 여전히 살아 있어 죽어도 죽은 것이 아니요, 망해도 사라진 것은 아니란 말이오. 헛허허허."

대원군의 표현은 정확했다.

사랑하는 여인, 노국 공주를 위해 이 거문고를 만든 공민왕도 죽고, 길재도 죽고, 고려도 멸망했지만 거문고의 현금만은 여전히 살아남아 타는 사람의 손끝에서 음률로 영원히 흔들리고 있었던 것이다.

궁중 깊숙이 가보로 전하여 오던 이 거문고가 조선왕조를 통하여 딱 한번 빛을 보게 되는데, 그것은 세종대왕 시대의 일이었다. 우리나라 역사상 악성이라 일컬어지는 박연에 의해서였다.

거문고를 만든 고구려의 왕산악, 가야금을 만든 신라의 우륵 등과 더불어 3대 악성이라 불리는 박연은 1378년에 태어나 1458년에 죽은 명연주가로 특히 대금을 잘 불었다. 그는 왕명을 받아 악사(樂事)를 맡아 보았으며 조성에서의 조회 때 사용하던 향악을 없애고 아악을 대신 사용케 하여 궁중음악을 전반적으로

개혁하였다.

그는 궁중에서 단순히 가보로만 보관되어 오던 이 거문고를 발견하여 먼지를 털고 스스로 이를 연주해 보았으며, 그리고 나서 세종대왕에게 다음과 같이 말하였다고 전해지고 있다.

"마마, 이 거문고는 실로 명기 중의 명기이옵니다. 일찍이 고구려의 왕산악이 진나라에서 칠현금을 들여다가 이를 개조하여 거문고를 만들고, 그가 이를 연주하자 현학(玄鶴)이 날아와 화응춤을 추었다고 전하여 오는 바, 이 거문고는 왕조 이래로 가장 신령한 명기 중의 명기이옵니다."

뛰어난 사람도 알아주는 눈 밝은 왕이 없으면 초야에서 야인으로 늙어가다 죽을 뿐이며, 천하의 명기 거문고도 알아주는 악사가 없으면 빛을 잃고 생명력을 잃어버리는 법이다.

딱 한번 악성 박연에 의해서 명기로 인정받은 이 거문고도 눈 밝은 그가 죽자 다시 궁중의 천덕꾸러기로 전락해 버리고 말았다. 있는지 없는지, 귀한 것인지 천한 것인지, 구중심처의 깊은 궁궐 속에서 왕족들 간의 심심풀이 노리개로 손때를 묻히면서 보관되어 오고 있었던 것이다.

이 거문고의 가치를 인정한 사람이 바로 한말의 세도가 흥선대원군이었다는 것은 참으로 의미 깊은 일이었다.

그 자신 한말의 왕족으로 태어났지만 당시의 권력가였던 안동 김 씨들의 세도정치 밑에서 엄중한 감시를 받던 대원군은 그들의 감시를 벗어나기 위해 일부러 미친 척하며 불량배와 어울려 파락호(破落戶)로서 자신의 야심을 숨기고 있었다.

천하의 명기로서 알아주는 사람 없이 궁중의 노리개로 전락해 버린 거문고의 가치를 새삼스레 인정한 사람이 대원군이었다는 점은 매우 재미있는 사실이다.

일부러 술에 취해 술주정을 하고, 불량배와 어울려 주막집을 드나들어 궁도령(宮道令)이란 비칭으로까지 불리던 대원군은 유난히 이 거문고를 애지중지하였다.

때로는 이 거문고를 타는 애달픈 음률에 가슴 깊이 타오르는 분노의 불길을 재울 수 없어 소리를 내어 울기도 하였으며 가슴이 무너지는 탄식을 토해 놓기도 하였다.

그러나 후사가 없던 철종이 죽자, 불과 열두 살의 어린 나이로 운현궁에서 연을 날리던 대원군의 아들 고종이 대통(大統)을 이어 왕위에 오르게 되고, 이로써 대원군의 미친 파락호로서의 연극은 일단 막을 내리게 되었다.

그러나 거문고의 비극은 그의 새 주인 대원군의 영광과 더불어 끝이 난 것이 아니었다. 지금까지 겪고 보았던 비참한 비극보다 더 처참한 운명에 맞닥뜨리게 되는 것이니, 이것이 바로 명성황후 암살 사건이었다.

열두 살의 어린 나이로 왕위에 오른 고종의 생부 대원군은 아들이 왕 노릇 하기에는 너무 어렸으므로 대리로 집정을 하였었다. 이 '10년 세도'의 집정 기간 중 대원군이 가장 고심하였던 것은 왕후가 될 며느리를 고르는 일이었다.

일찍이 외척 세력인 안동 김씨의 세도정치 밑에서 불우한 세월을 보내야 했던 대원군은 다시는 이러한 불행이 있어서는 안 된다 생각하여 부원군(府院君 : 왕후의 아버지) 없는 집안에서 며느리를 간택하여 이를 왕후로 삼으니 이 분이 바로 민 규수였다.

그러나 대원군의 선택은 빗나간 것이었다.

왕권을 도로 찾아와 남편 고종을 임금다운 임금으로 만들려는 며느리 명성황후와, 어떻게 해서든 세도정치를 연장하려는 시아버지 대원군 간의 대립 항쟁은 단순히 한말 궁중의 왕권싸움이 아니라 왕조의 멸망을 초래하는 지름길이 되고 말았던 것이다.

대원군은 자신의 세력을 유지하기 위해서 일본을 등에 업었으며, 명성황후는 임시로 러시아의 세력을 등에 업었던 바, 마침내 일본은 명성황후의 암살을 결의하게 되는 것이다.

1895년 10월 8일 밤.

일시 왕권다툼에서 패배하여 공덕리의 별장 아소정에 머물고 있던 대원군의 처소로 한 떼의 낭인들이 몰려왔다.

이들은 일본도를 옆구리에 찬 아다치(安達謙藏)와 오카모토(岡本柳之助)를 비롯한 100여 명의 불량배들이었다. 이들은 명성황후를 암살하기 위해서 서정쇄신이란 명목으로 일흔여덟 살의 대원군을 그 쇄신의 주인공으로 위장할 필요가 있었다. 이들은 대원군을 사인교에 태워 그를 이 모반의 지휘자인 것으로 꾸민 후 그 즉시 경복궁으로 쳐들어갔다.

그리하여 그들은 마침내 경복궁을 넘어 들어가 명성황후를 끌어내 일본도로 목을 자른 후 석유를 뿌려서 불을 지르는 만행을 저지르게 되는 것이다.

한 나라의 국모를 처참하게 살해하여 불태워 죽인 일본은 이들을 오히려 지사(志士)로 부르면서 우대하였던 바, 명성황후를 죽인 낭인 중의 한 사람이었던 고바야카와(小早川秀雄)는 훗날 그의 책 속에서 명성황후의 죽음을 다음과 같이 묘사하고 있었다.

'…나는 누각(玉壺樓) 안으로 들어갔다. 나는 실내로 들어가 그곳에서 쓰러져 있는 부인을 보았다. 부인 옆에는 거문고가 굴러 떨어져 있었고, 이 부인은 금방 자리 속에서 나온 듯 상체에는 하얀 저고리를 입고, 허리로부터 아래에는 역시 하얀 바지를 입고 있었으나 무릎에서 아래는 벌거벗은 채였다. 그리고 두 손을 가슴에 얹고 반듯이 누워 있었는데 주위에 새빨간 피가 흐르고 있었다. 피는 흥건히 괴어 거문고의 몸통까지 적시고 있었다. 자세히 보니 키가 작고 살빛이 흰 25~6세로밖에 보이지 않는 한 여인이, 죽었다는 것보다도 인형을 자빠뜨린 것 같은 모양으로 숨져 있었다. 이것이 연약한 여자의 몸으로 팔도강산을 주름 잡고 군웅을 호령하던 민후(閔后)의 유해라고는 도저히 생각할 수 없는데, 누구 하나 시체를 지키는 사람도 없어 참으로 처참한 광경이었다.…'

명성황후의 최후를 묘사한 고바야카와의 내용 중에 거문고에 관한 이야기는 짧게 단 두 마디로 언급되어 있을 뿐이다.

그러나 어찌 그것이 단 두 마디의 짧은 묘사일 것인가. 비록 그 표현이 '거문고기 굴리떨어져 있었고' '피는 흥건히 괴어 거문고의 몸통까지 적시고 있었다'라고 짧은 묘사에 그치고 있다 하더라도 그 함축된 내용은 천지를 뒤덮고도 남음이 있을 것이다.

대원군과 명성황후, 시아버지와 며느리와의 무서운 권세다툼에서 거문고는 그 어느 편도 들지 않고 그 어느 곳에나 있었다. 때로는 대원군의 손끝에서 그의 분노를 음률로써 달래 주고 있었고, 마침내는 명성황후의 처소에서 칼을 맞아 죽어 가는 그녀의 몸에서 흘러나오는 피를 흥건히 적시고 있었다.

어째서였을까.

미쳐 날뛰는 일인 불량배들에게 끌어내진 채 마침내 일본도로 목이 잘린 후, 그들이 증거를 없애기 위해서 석유를 뿌려 불을 질러 삽시간에 한 줌의 재로 변한 명성황후의 바로 곁에 있었던 그 거문고는 어째서 불태워지지 않았을까. 그 장면을 묘사한 고바야카와의 표현이 정확한 것이라면 어째서 명성황후의 피를 묻히고 있었던 그 거문고는 불태워지지 않았을까. 그 잔인한 불량배들은 어째서 명성황후의 몸에는 석유를 뿌리고 불을 태워 한 줌의 재로 만들었으면서 그 거문고 위에는 석유를 뿌려 불태우지 않았을까.

어쨌든, 700년이라는 긴 수명을 가진 이 거문고는 이 엄청난 재앙에도 생명을 잃지 않고 다시 운현궁으로 돌아와 새 주인을 맞게 되는 것이다.

어떻게 해서 명성황후의 곁에서 피를 묻힌 거문고가 또다시 운현궁으로 되돌아올 수 있었는지 그 연유는 알려진 바 없다.

아무튼 명성황후가 이처럼 비참하게 죽고 난 3년 뒤 대원군도 운현궁에서 숨을 거두게 되니, 이로써 시아버지와 며느리 사이에서 벌어졌던 처참한 왕권다툼은 그 막을 내리게 되는 것이다.

그리하여 구사일생으로 변란에 불타지 않고 생명을 건지게 된 거문고는 새 주인을 맞이하게 되는데, 이 사람이 바로 의친왕 이강(李堈) 공(公)인 것이다.

그는 아버지 고종의 뒤를 이어 조선왕조의 마지막 황제가 된 형 순종과 마지막 황태자가 된 영친왕 사이의 둘째 왕자로 비교적 왕권에서는 소외되어 있었던 사람이다. 그는 배다른 형 순종과, 배다른 동생 영친왕과는 달리 정비(正妃)의 소생이 아니고 궁인 소생이었다. 고종의 승은(承恩)을 입고 의친왕을 낳게 되어 황제의 후궁이 된 그의 모친은 명성황후의 질투에 결국 독살되고 말았으며, 이로써 의친왕은 어린 나이에 생모를 잃게 된 것이었다.

황제가 된 형 순종과 자기보다 20세나 어린 나이로 조선왕조의 마지막 황태자가 된 동생 영친왕 사이에서 그들에 비해 지체 낮은 왕자의 신분으로 태어난 의친왕은 자연 풍류를 즐기고 방탕생활로써 자신의 처지를 달래야만 했는데, 그런 의미에서 대원군의 뒤를 이어 운현궁에서 불우한 왕족생활을 할 수밖에 없었던 의친왕이 이 거문고의 새 주인이 된 것은 너무나 당연한 일이었을 것이다.

왕가의 피를 나눈 왕자이지만 어머니를 지체 낮은 궁인으로 둔 피의 한과, 나라를 잃은 망국의 한으로 그 누구보다도 반항적이었고, 특히 일본에 대해서는 열혈(熱血)히 저항적이었던 이강 공은 술과 노래, 그리고 춤과 여자로 하루하루를 지새우곤 하였다.

이러한 그에게 공민왕으로부터 700년 가까이 전해 내려온 거문고는 다정한 벗이 될 수밖에 없었으며, 애욕과 충절과 망국의 한과 왕권의 다툼과 권세와 심지어는 왕비의 피를 묻힌 거문고의 비극적 운명이야말로 자신의 핏속을 흐르는 뒤섞인 왕의 피와 천민의 피, 왕조의 영욕과 영화, 마지막 왕자로서의 비극적 운명과 흡사하게 느껴져서 의친왕은 유난히 이 거문고를 사랑하게 되었던 것이었다.

그리하여 그는 직접 이 거문고에 칼로써 문자를 새겨내렸는데 그 문장이 아직도 이 거문고 뒷면에 면면히 남아 있다.

자신이 직접 칼을 잡고 거문고의 나무면을 깎아 새겨내린 문장의 내용은 이 거문고가 고려조 공민왕에 의해 만들어져 길재 야은의 손을 거쳐 오늘에 이르렀다는 거문고의 유래를 간단하게 적은 것이었다.

3

이 거문고가 마침내 새 주인을 맞아 700년에 걸친 왕가의 심처를 벗어나 자유를 얻게 된 것은 1930년대 중반의 일이었다.

당시 운현궁에 머무르고 있던 의친왕에게 어느 날 남루한 승복 차림의 스님 하나가 찾아왔다. 스님은 자신이 조실(祖室)로 있는 절의 임야가 분명히 절의 소유임에도 잘못되어 이왕직(李王職)의 소유로 넘어가자 이의 부당함을 따지기 위해서 비교적 마음이 넓고 말이 통할 수 있는 의친왕을 찾아온 것이었다.

마침 의친왕은 궁내에서 기생들을 불러다가 주연을 베풀고 있었는데, 여러 악사들을 데려다가 풍악도 울리고 명창들도 합석하여 남도창을 부르고 있었다. 이러한 연회에 그가 애지중지하던 거문고가 연주되고 있었음은 당연한 일이었을 것이다.

한창 주연이 무르익어 가고 있을 무렵 의친왕은 시종을 통해 스님 한 분이 찾아왔음을 전해 듣고 그를 따로 만날 필요 없이 그냥 그대로 연회에 합석할 것을 권유하였다. 잠시 후 스님 하나가 승복을 걸치고 주장자를 든 채 술자리에 들어와 앉았다. 의친왕은 술기운에 다소 희롱하는 느낌으로 술잔을 비우고 바로 곁에 앉힌 스님에게 술을 따라 주면서 웃으며 물었다.

"스님도 술 한 잔 하시겠습니까."

그러나 스님은 정좌하여 앉은 채 묵묵부답이었다. 의친왕은 연회의 풍악 소리에 자신의 말소리가 작아져서 행여 못 들었는가 생각되어 술을 따르고는 다시 말하였다.

"스님도 술 한 잔 하시겠습니까."

그러자 스님은 눈을 뜨고 똑바로 의친왕을 보고 말하였다.

"옛적 명종대왕 때의 일이니 지금으로부터 300여 년 전의 일입니다. 그때 진묵 대사라는 도승이 한 분 계셨습니다. 대사는 일찍부터 술을 좋아하였습니다. 그러나 이상한 고집이 있었던 바, 술을 곡차(穀茶)라 하면 마시고 술이라 하면 절대로 마시지 아니하였습니다. 하루는 어떤 중이 잔치를 베풀기 위해서 술을 거르는데 술의 향기가 진하게 풍겨 사람들을 얼큰하게 취하게 하였습니다. 대사께서는 석장(錫杖)을 짚고 가서 묻기를 '그대는 무엇을 거르느냐' 하고 물으셨습니다. 그러자 중이 '술을 거릅니다' 하였습니다. 대사는 묵묵히 돌아왔습니다. 얼마 후에 대사는 다시 가서 묻기를 '그대는 무엇을 거르느냐' 하고 물으니 까닭을 모르는 중은 앞서 말한 대로 '술을 거릅니다'라고 답하였습니다."

스님은 잠시 말을 끊었다. 자연 분위기가 가라앉아 풍악 소리도 끊기고 노랫소리도 잦아들었다. 술잔을 든 의친왕은 입가에 웃음을 머금은 채 말을 재촉하였다.

"그래서 어떻게 되었습니까."

"진묵 대사는 무료히 앉아 있다 다시 돌아왔습니다. 그러나 여전히 술 향기에 참을 수 없어 삼세번째 찾아가 또 물었는데, 그 중은 끝내 곡차를 거른다 말하지 않고 술을 거른다고만 답하였습니다. 대사는 묵묵히 돌아오고는 다시는 그곳에 돌아가지 않았습니다. 그날 밤 금강역사(金剛力士)가 철퇴로써 술 거르던 중의 머리통을 내리쳤습니다."

"금강역사라 함은 절 문에 서서 철퇴를 지고 불법을 보호하는 무섭게 생긴 천신이 아니신가."

의친왕은 껄껄 웃으면서 스님에게 물었다.

"그렇습니다. 마마, 이제 소승이 마마께 묻겠사온데 마마께서는 금강역사의 철퇴로써 대갈통이 깨어지시겠습니까, 아니면 바른 대로 일러 말씀하시겠습니까."

좌중은 순간 물을 끼얹은 듯 조용해졌다. 아무리 나라가 멸망하여 왕가의 권위와 존엄이 땅에 떨어졌다고는 하지만 의친왕이라 함은 아직도 당당한 왕자이다. 그러한 왕족에게 일개 스님의 입에서 머리통도 아닌 상스러운 대갈통을 깨어 버리겠다는 욕지거리가 나온다는 것은 보통 일이 아닌 것이다. 주위 사람들은 아슬아슬한 눈빛으로 의친왕의 눈치를 살피고만 있었다. 그러나 정작 당사자인 의친왕은 전혀 표정이 바뀐 것이 없는 태평한 얼굴이었다.

"나는 대갈통이 깨어지기는 싫소. 더구나 그 무서운 금강역사의 철퇴를 얻어맞아 이 대갈통이 부서지기는 더욱 싫소."

"그러하시다면 바른 대로 말하시오."

스님은 단숨에 찔러 말하였다.

스님의 목소리는 높지 않았지만 준엄하기가 서릿발과도 같았다. 그러자 의친왕은 잔에 가득 든 술을 자신이 단번에 마신 뒤 술잔을 들고 옆자리의 스님에게 정중하게 말하였다.

"스님, 곡차 한 잔 하시겠습니까."

"좋습니다, 마마. 감사히 받겠습니다."

의친왕은 껄껄 웃으면서 잔이 넘치도록 술을 따랐고, 스님은 승복의 소매폭을 조심스레 감싸들고 술잔을 받아 단숨에 들이켰다.

"바른 대로 답하였으니 마마께오서는 무사하십니다. 대갈통이 깨어지시지는 않을 것입니다."

아슬아슬한 긴장감으로 팽팽히 죄어들었던 좌석은 두 사람의 허물없는 대화로 다시 흥이 돋고 무르익어 가기 시작하였다. 두 사람은 이처럼 처음 맞대면하였을 때부터 서로 의기가 투합되었으며, 100년을 사귄 지기와도 같아 보였다.

이 스님의 이름은 만공(滿空).

이 스님이 이 거문고의 마지막 임자가 되는 것이다.

만공 스님이 의친왕을 찾아온 것은 그가 조실(祖室)로 있던 덕숭산(德崇山)의 임야를 잠시 왕궁에 맡긴 적이 있었는데, 어떤 연유로 그 소유권이 이왕직에게로 넘어갔으므로 그 부당함을 간하고 이를 사찰 소유로 되찾기 위함이었다.

또한 의친왕도 일찍이 만공 스님의 소문을 전해 듣고 있었다. 얼마 전, 총독부 제1회의실에서 열린 '조선 불교 대본산 주지회의'에 만공 스님은 마곡사(麻谷寺)의 주지로 참석하였었는데 이 날의 의제는 '조선 불교 진흥책'이었다. 이 회의의 주재자는 당시의 총독 미나미(南次郞)로 그는 일찍이 조선 주둔군의 사령관을 거쳐 조선의 총독으로 와서는 창씨개명과 일어상용 등 악랄한 방법으로 민족문화의 말살을 위해 무단정치를 꾀하던 무도한 군인이었다.

그는 훗날 제2차 세계대전의 일급 전범으로 체포되어 사형을 당하였는데, 그가 조선인의 정신이랄 수 있는 불교를 말살하기 위해서 조선 불교 31대 본산의 주지회의를 총독부 제1회의실에서 개최하였던 것이다.

개최 인사로 총독이 일어나 다음과 같이 말하였다.

"전 총독(寺內正毅)께서는 사법(寺法) 사찰령(寺刹令) 등을 제정하여 조선 불교 진흥에 공이 큽니다. 앞으로 조선의 불교는 일본의 불교를 본받아야 합니다."

순간 묵묵히 앉아 있던 만공 스님이 벌떡 일어나 장내가 떠나갈 듯 할(喝)을 하고 다음과 같이 말하였다.

"청정이 본연커늘 어찌하여 산하대지가 나왔는가(淸淨本然云何忽生山河大地)."

그리고 나서 정색을 하고 총독을 향하여 꾸짖었다.

"전 총독은 조선의 승려로 하여금 아내를 얻고, 고기를 먹고, 술을 마시게 하여 파계시킨 큰 죄인으로 그는 지금 죽어 무간아비지옥에 떨어져 한량없는 고통을 받고 있을 것이다. 이런 자들을 지옥에서 구하고 조선 불교를 진흥하는 길은 오직 조선 승려들이 보다 더 수행을 엄히 하고 용맹정진하여 견성성불하는 길밖에 없다. 총독부는 조선 불교를 간섭지 말고 우리 조선 승려에게 맡기는 것이 유일한 진흥책이니 이것이 바로 정교분립(政敎分立)인 것이오."

말로써 꾸짖고 그 길로 자리를 떨치고 회의장을 빠져 나왔지만 그 누구 하나 이 스님의 앞을 가로막는 사람은 없었다.

그 누구보다 일본에 대한 저항정신으로 불타고 있던 의친왕이 만공의 이러한 일화를 전해 듣지 않았을 리가 없었다.

두 사람은 밤늦도록 어울려 술을 마셨다.

만공은 술도 고기도, 그 어느 것도 사양치 않았다. 기생이 술을 따라 주면 이를 받아먹고 기생이 가까이 다가와 앉으면 그 손을 잡아 보고 옷섶에 손을 넣어 가슴을 쓰다듬어 보기도 하였다.

일행 중의 한 사람이 이러한 만공의, 스님으로서의 행동을 다소 못마땅히 여겨 힐난하듯 물었다.

"부처님은 살생을 경계하였는데 어찌하여 스님께서는 고기를 먹습니까."

그러자 만공은 술 한 잔을 더 마시고, 고기 한 점을 더 먹고 나서 한참을 묵묵히 앉아 있다가 입을 열어 말하였다.

"다시 진묵 대사의 이야기요. 한번은 대사께서 길을 가다가 여러 사람들이 천렵을 하여 시냇가에서 물고기를 끓이는 것을 보시었소. 대사께서는 끓는 솥 안을 들여다보고 탄식하며 말씀하셨소. '발랄한 물고기가 아무런 죄도 없이 가마솥 안에서 삶겨 죽는 괴로움을 당하는구나.' 이에 한 사람이 희롱하여 말하였소. '선사께오서는 이 고깃국을 드시겠습니까.' 그러자 대사가 '나야 잘 먹지' 하고 대답하였소. 그러자 사람들은 '그러하면 저 고기들을 다 드십시오' 하고 말하였소. 그러자 대사께서는 솥째 들어 입에 대고 순식간에 남김없이 다 마셔 버렸소. 이에 사람들은 놀라서 다음과 같이 물어 말하였소. '부처님은 살생을 경계하셨는데 이제 고깃국을 마셨으니 어찌 중이라 할 수 있겠습니까'라고."

만공은 자신에게 스님이 어찌 고기를 먹을 수 있습니까, 하고 못마땅하게 물었던 사람을 똑바로 바라보면서 말을 이었다.

"진묵 대사가 일찍이 그에 합당한 답변을 해주시었소. 대사가 말씀하시기를 '죽인 것은 내가 아니지만 살리는 길은 내게 있다' 하고는 옷을 벗고 물에 등을 돌려 똥을 누었소. 그러자 죽었던 물고기들이 살아서 쏟아져 나오는데 번쩍번쩍 비늘이 빛나고 어지러이 물속을 뛰어놀았소. 대사께오서는 돌아보고 물고기에게 이르기를 '발랄한 물고기들은 이제부터 멀리 강해(江海)로 가서 놀되 미끼를 탐하다가 다시는 가마솥에 삶겨 죽는 고통을 당하지 않도록 조심하라'고 말하였소."

만공은 말을 끊고 단숨에 술을 들이켜고 껄껄 웃으면서 말하였다.

"진묵 대사의 말대로 이 고기를 죽인 것은 내가 아닌 그대들이지만 이 고기를 살리는 방법이 내게 있소."

만공은 천천히 일어나 승복을 벗기 시작하였다. 가만히 보자니 그대로 내버려두면 바지를 벗고 그가 말한 진묵 대사의 고사대로 술상 위에 올라가 그 자리에서 똥을 누기 시작할 판이라 의친왕이 그를 만류하고 화제를 돌리기 위해서 다소 짓궂은 질문을 하였다.

"좋소이다. 그러하면 좀 전에 스님께서는 기생의 손을 어루만지고 저고리 섶 사이로 손을 넣어 계집의 겨드랑이를 간지럽히고 젖가슴을 어루만지셨거늘 이 또한 부처님이 말씀하신 불사음(不邪淫)의 오계를 범하시었소. 부처께오서 '뱀의 아가리에 너의 근(根)을 집어넣을지언정 계집의 구멍 속에는 집어넣지 말라'고 말씀하셨거늘 어찌하여 스님께서는 여인의 가슴을 어루만지고 색을 가까이 하셨습니까."

그러자 만공은 묵묵부답이었다. 의친왕이 짓궂은 마음으로 다시 한 번 찔러 물었다.

"입을 열어 답하지 않음은 말문이 막혀서 그렇습니까."

오랜 침묵 끝에 만공은 입을 열어 답하였다.

"옛날 중국에 탄산(坦山)이란 선사가 있었습니다. 그가 하루는 도반인 선승과 여행을 하던 중 시냇물을 건너게 되었습니다. 그리 깊지는 않아 무릎까지 오는 냇물이라 바지를 걷고 물을 건너게 되었습니다. 그런데 강 중류에 이르렀을 때 등 뒤에서 비명소리가 들려왔습니다. 탄산과 선승이 동시에 돌아보았더니 웬 처녀가 물을 건너다 치마가 물에 젖어 넘어지게 되었던 것입니다. 이에 탄산이 곧 처녀의 곁으로 가서 덥석 등에 업고 냇가를 건너갔습니다. 그리고 건너편 냇가에 내려놓고는 '자, 안녕히 가십시오' 하고 인사를 하였습니다. 처녀는 부끄러움에 황황히 도망치듯 사라져 버렸는데 그 이후로도 한참을 걸어간 뒤에 선승이 불쑥 탄산에게 물었습니다. '자네는 어째서 청정한 계율을 깨뜨렸나. 비구는 마땅히 색을 멀리하고 사음을 경계해야 하거늘 여인을 등에 업고 냇가를 건너다니.' 그러자 탄산은 무심히 대답했습니다. '아, 그 처녀 말인가. 나는 벌써 등에서 내려놓았는데 자네는 이 먼 길을 걸어오도록 그 처녀를 아직껏 등에 업고 있었단 말인가'라고."

만공은 의친왕을 똑바로 쳐다보았다.

"마마께오서는 아직도 기녀의 손을 잡고 옷섶 속에 손을 넣어 가슴을 어루만져 희롱하고 계십니까. 소승은 기녀의 손을 놓은 지 오래입니다."

술과 고기와 여색의 세 가지 날카로운 질문에 대해서 조금도 망설이지 않고 당당하게 맞받아 오히려 물은 좌중을 압도하는 만공의 모습에 의친왕은 강한 매력을 느꼈다. 그 자신 불우한 환경 속에 술과 고기와, 춤과 여색으로 하루하루를 지새우던 의친왕은 비록 초라하고 남루한 승복의 행색이었지만 당당한 만공의 모습을 통하여 신선한 충격을 받게 되었던 것이다. 또한 주연이 파할 무렵 만공은 의친왕이 애지중지하던 그 거문고를 스스로 퉁겨 연주까지 해 보였다. 비록 뛰어난 솜씨는 아니지만 활달히 거문고를 다루는 모습에서 의친왕은 자신보다 더 당당하고, 자신보다 더 거침이 없고 활달한 자유인의 모습을 발견하게 되는 것이었다.

밤이 이슥해서 주연이 파하자 의친왕은 사람들을 물리고 만공과 단둘이 대좌하게 되었다. 의친왕은 만공에게 찾아온 목적을 물었고, 만공은 이에 상세히 사연을 말하였다. 의친왕은 즉석에서 덕숭산의 사찰 땅을 환원시켜 줄 것을 약속한 다음 만공에게 불법을 물었다.

불법을 묻는 의친왕의 질문에 만공은 입을 굳게 다물고 묵묵부답이었다. 깊은 침묵이 흐른 후 만공은 눈을 번쩍 뜨고 입을 열어 말하였다.

"불법이라고 말을 할 때 이미 그것은 불법이 아닌 것입니다. 또한…."

만공은 손을 들어 방안에 있는 모든 물건을 둘러 가리키면서 말하였다.

"저 눈에 보이는 일체의 모든 것이 다 그대로 불법인지라 불법이라고 따로 내세울 때는 벌써 잃어버리는 것입니다. 옛날 중국에서 백거이라는 사람이 조과(鳥窠) 스님에게 물었습니다. '하루 중 어떻게 수행함이 온전히 행하였다고 할 수 있는지요.' 그러자 조과 스님은 망설임 없이 간단하게 답하였습니다. '못된 짓을 하지 아니하고 일체를 선에 어긋나지 않게 행하는 것이오.' 그러자 어려운 답변을 기대하였던 백거이가 껄껄 웃으면서 답하였습니다. '그건 세 살 먹은 아이도 아는 말이 아닙니까.' 그러자 조과 스님은 꾸짖어 말하였습니다. '세 살 아이도 아는 말이나 백 살 노인도 해내지 못하는 말입니다.' 마마, 불법이란 어려운 길이 아닙니다. 세 살 먹은 아이도 능히 아는, 못된 짓을 아니하고 일체를 선에 어긋나지 않게 행하도록 노력하는 길입니다, 마마."

그리고 나서 만공은 2,500년 전 인도의 한 작은 왕궁에서 태자 한 사람이 태어났다는 것, 그는 생로병사의 고통을 보고 왕궁을 벗어나 스스로 누더기를 걸치고 탁발승이 되어 6년에 걸친 고행 끝에 깨달은 사람, 부처가 되었다는 것 등을 간단하게 설법하여 주었다. 의친왕은 부처가 자기와 같은 왕자였다는 사실을 대충은 알고 있었지만 만공의 설법을 통하여 새삼 눈이 떠지고 마음의 문이 열린 듯 느껴졌다.

그 자신이 비록 왕자로 태어났지만 신분의 비천함으로 왕권에서 소외되었으며, 그나마 왕조는 멸망하여 허울뿐인 공자(公子)로 술과 춤, 여자와의 쾌락으로 스스로 지은 '술 취한 눈에는 영웅이 없다(醉中眼下無英雄)'라는 노래를 읊조리면서 하루하루를 지새우던 의친왕의 귀에 들려온, 2,500년 전의 먼 나라 먼 옛적의 이야기. 같은 왕자의 몸으로 태어난 태자 한 사람이 아내와 아들과 육체의 쾌락과 온갖 산해진미의 음식과 안락한 생활을 버리고 스스로 누더기를 걸치고 히말라야 설산으로 들어가 6년 간의 고행 끝에 부처가 되었다는 이야기가 그의 병든 마음속에 한 가닥 광명의 빛이 되어 스며들었던 것이었다.

의친왕은 만공에게 불법에 귀의할 것을 맹세하였다. 나이를 따져 보니 만공이 1871년생이고 의친왕이 1877년생으로 만공이 여섯 살이나 위인 형이었다. 그러나 의친왕은 만공을 스승으로 모시겠다고 말하고 사제의 예를 갖추어 만공 앞에 무릎 꿇고 세 번을 절하였다.

삼배를 올리고 나서 의친왕은 말하였다.

"내 비록 몸을 떨쳐 출가는 하지 못한다 하더라도 이 자리에서 마음의 옷을 벗고, 누더기를 걸치고 마음의 머리를 깎아 삭발을 하여 사문의 길로 들어서 불법에 의지하겠소이다."

만공이 의친왕의 결의를 듣고 몸에 지니고 있던 염주를 신표로서 주었다. 의친왕은 이를 두 손으로 받아들고 나서 다시 물었다.

"신표로서 스님이 쓰시던 염주를 내 받았소만 나 역시 신표로서 스님에게 무엇이든 드리고 싶습니다. 청컨대 무엇이든 좋으니 신표로 삼을 물건을 원하신다면 내어드리겠습니다."

그러자 만공은 무소유를 소유로 삼는 승려이므로 그 무엇도 가질 필요가 없다고 단호하게 말하였다. 그러나 의친왕은 쉽사리 물러서질 않았다. 그는 본래부터 남에게 주고 베푸는 일을 좋아하는 성격을 갖고 있었다. 의친왕의 청이 간곡하자 만공이 의친왕의 곁에 있는 거문고를 가리키면서 말하였다.

"소승이 저 거문고를 서투른 솜씨로나마 타보니 저 악기가 신품임을 알 수 있었습니다. 주신다면 저 거문고를 갖고 싶습니다."

만공이 말을 끊자 의친왕은 거문고를 가리키면서 물었다.

"그러하다면 저 거문고는 이제부터 스님의 것입니다."

이렇게 해서 700년 가까이 고려, 조선의 두 왕조에 걸쳐 궁중의 가보로 전하여 내려오던 거문고는 새 주인을 얻게 되는 것이다. 정권의 암투와 혈전과, 애욕과 사랑 등 궁중에서 일어날 수 있는 모든 영욕의 현장을 지켜보던 비극의 거문고는 마침내 심처에서 벗어나 자유를 얻게 되는 것이다.

그러나 의친왕이 신표로서 만공에게 거문고를 주겠다고 선선히 약속은 하였지만 따지고 보면 이는 보통 일이 아닌 것이다. 어쨌든 그 거문고는 신품의 명기로 궁중에서 세전(世傳) 가보로 내려오던 물건이었다. 때문에 훌쩍 만공의 손에 들려 운현궁을 빠져 나가게 할 수는 없는 일이었다. 궁정 나인들의 눈도 무섭고, 또한 이러한 사실이 밖에 알려진다면 의친왕에 대한 세평도 좋지 않을 것이 분명한 일이었다. 그러나 벌써 만공에게 신표로서 무엇이든지 주겠다고 약속한 이상 그것을 어길 리가 없는 의친왕이었다.

의친왕은 생각 끝에 한 가지 꾀를 내었다. 그는 만공에게 물었다.

"묵고 계신 곳이 어디십니까."

"선학원(禪學院)에 머물고 있습니다."

"그렇다면 머무는 곳으로 돌아가 계십시오. 내일 아침 새벽에 스님이 계신 곳으로 거문고가 닿을 수 있도록 조처해 놓겠습니다."

두 사람은 그 길로 헤어졌다. 만공은 곧장 운현궁을 나와 밤길을 걸어 선학원으로 돌아왔고, 그 길로 의친왕은 자신의 심복으로 있는 시종 하나를 불러 깨웠다. 그는 거문고를 천으로 둘둘 포장해서 싸 놓은 후 시종이 오자 엄중히 말하였다.

"이것을 수챗구멍을 통하여 밖으로 내가거라. 절대로 대문을 통하여 나가지도 말고 들어오지도 말아라. 수챗구멍을 통하여 담 밖으로 내보낸 후 선학원에 있는 만공 스님을 찾아가 이 물건을 전해 주고 오너라. 절대로 남의 눈에 띄어서는 안 된다. 또한 너는 절대로 이 물건이 무엇인가 보자기를 풀어 보아서도 안 된다. 만의 하나라도 펼쳐보는 것이 들킨 연후에는 능지처참할 것이니라. 이 사실을 그 누구에게도 털어놓아서는 안 되며, 누가 물어도 벙어리처럼 행세하여라. 알겠느냐."

다음날 새벽.

운현궁의 수챗구멍으로 보자기에 싸인 이상한 물건 하나가 살그머니 빠져 나왔다. 담 밖에서 이제나저제나 기다리던 시종이 그 물건을 받아들었다. 마마의 엄중한 당부였으므로 시종은 떨리는 손으로 받아들다가 실수하여 가볍게 그 물건을 떨어뜨렸나. 이상한 물건에서는 정체를 알 수 없는 신비한 소리가 났다. 시종은 소스라쳐 놀랐다.

수챗구멍을 통해 거문고를 궁 밖으로 내보내 만공에게 전한 의친왕은 그 후 단 한 번도 만공을 만나지 못하였다. 단 한 번의 만

남으로 서로 사제의 예를 맺고 불교에 귀의한 의친왕과 그에게 설법한 만공은 그 한 번의 만남이 영원한 이별이 되고 말았다.

만공은 1946년에 이 세상을 떠났고 의친왕은 그로부터 거의 10년 뒤인 1955년에 죽었으나, 두 사람은 죽기까지 한 번도 다시 만나지 못하였던 것이다.

그러나 몰래 시종을 통하여 보내온 거문고를 선학원에서 받아 든 만공은 이것을 거둬 들고 덕숭산으로 돌아가 산중턱에 소림초당(少林草堂)이란 작은 암자를 세우고 벽에 이 거문고를 걸어두고는 한적할 때마다 이 거문고를 퉁기면서 법곡(法曲)을 타곤 하였다.

그런 의미에서 의친왕과 만공, 두 사람이 단 한 번의 만남으로 사제의 연을 맺고 그 후로는 서로 인연이 닿지 않아 죽을 때까지 다시는 만나지 못하였다 하더라도 서로 신표로 주고받은 염주와 거문고를 통하여 언제나 한결같이 서로 따뜻한 정을 주고받고 있었다고 말할 수 있을 것이다.

특히 달 밝은 밤이면 만공은 초당 앞 계곡 위에 나가 다리 위에 앉아서 거문고를 퉁기면서 연주를 하였다고 하는데, 이 다리의 이름을 스스로 갱진교(更進橋)라 이름하였다.

만공이 계곡 앞의 절벽 위에 다리를 놓고 이 다리의 이름을 갱진교라 지은 것은 석상(石霜) 화상이 말한 '간두진보(竿頭進步)'라는 유명한 화두에서 따온 것이었다. 석상 화상은 1040년에 죽은 옛 중국의 선사로 어느 날 제자들에게 다음과 같이 물었다.

"백 척이나 높은 작대기 끝에서 어떻게 하면 걸을 수가 있겠는가(百尺竿頭 如何進步)."

이 물음에 아무도 답을 하는 제자가 없자 그는 다음과 같이 스스로 답하였다.

"옛 어른들이 말하기를 백 척이나 높은 작대기에 올라가서 능히 앉을 수 있는 사람의 경지에 이르렀다고 하더라도 아직 진리(眞)에 이르지는 못하였다. 참 진(眞)에 이르기 위해서는 백척간두에서 다시 한 발자국 더 나아가 걸어 보라. 그렇게 되면 시방세계의 모든 진리를 보게(現) 되리라(又古德之, 百尺竿頭坐底人, 雖然得入未爲眞, 百尺竿頭須進步, 十方世界現全身) 하였음이라."

선(禪)의 화두를 말이나 글로써 설명할 수는 없는 일이지만, 참 진리에 다다르는 길은 스스로 이르렀다고 생각되었을 때의 자만과 자족을 버리고 그 이른 경지에서 다시 한 발자국 더 걸어가 백척간두의 허공 속에 자기를 던져, 깨친 것도 모두 죽여 버려야 한다는 처절한 구도정신을 암시하고 있는 구절인 것이다. 바꾸어 말하면 깨우쳤다고 생각되는 바로 그 순간이 새로운 시작에 지나지 않는다는 무서운 정진의 경지를 표현하고 있는 것이다.

백척간두에서 다시 한 발자국 나아간다는 '갱진일보(更進一步)'의 정신을 새기기 위해서 계곡의 절벽 위에 다리를 세우고 이 다리의 이름을 갱진교라 이름한 만공은 시도 때도 없이 다리 위에 거문고를 들고 나와서 노래를 부르곤 하였다. 그가 부른 노래 한 수가 오늘도 남아 전하고 있다.

마침 세상을 희롱하는 객 하나 있어

갱진교 다리 위에서 즐겨 노나니
흐르는 물소리는 조사의 서래곡이요
너울거리는 나뭇잎은 가섭의 춤이로다.
適存弄世客 遊興更進橋
流水西來曲 樹葉迦葉舞

4

굳게 닫아 건 덧문 사이로 세찬 바람이 스며들어와 이따금 문
풍지를 풍금 소리처럼 가늘게 떨게 하면서 흔들어 대고 있었다.
거문고의 유래에 대해 긴 상념에 잠겨 있던 나는 문풍지를 흔
드는 바람소리에 퍼뜩 정신이 들었다.
나는 엎드렸던 몸을 일으켜 간단한 세면도구를 집어넣은 여행
용 가방 속에서 염주를 찾아 꺼냈다. 그리고 그 염주를 들고 이
불 위로 돌아와 다시 엎드렸다. 염주는 손목에 거는 일곱 알짜리
단주였다. 대부분의 염주는 인간 중생의 번뇌의 수가 일백여덟
가지라 하여 일백팔 개의 염주알로 만든 백팔염주나 천 개의 염
주알로 만든 천염주가 보통이지만, 그 많은 부피를 불편히 여겨
일곱 개, 열여섯 개, 스물한 개 등 간단히 손목에 걸고 다닐 수
있도록 숫자를 단순화시킨 종류도 있는데, 이 염주는 그 단주 중
에서도 가장 숫자를 극소화시킨 일곱 알의 최단주(最短珠)였던
것이다.
그러나 비록 숫자는 일곱 개의 최단주라 하지만 염주의 알은

엄지손가락만큼 큼직큼직하였다. 무엇으로 이 염주알을 만들었을까. 단단한 나무(檀木)를 깎아 만들었을까, 아니면 불경에 나오듯 무환자(無患者)나무 열매 중에서 가장 크고 가장 단단한 놈만을 골라 만들었을까. 염주알들은 하나같이 고르게 둥글고 단단하였다.

사람의 손때가 이처럼 나무의 질을 변화시킬 수 있을까 싶게도 염주의 알들은 한결같이 반들반들 윤이 흐르고 있었다. 나는 처음에 이 염주알을 빛나 보이게 하기 위해서 이 염주알의 겉면에 무슨 유약을 바르거나, 광택을 내기 위해서 특수한 약을 바른 것이리라, 막연하게 생각하고 있었다. 그러나 자세히 살펴보면 그것이 아니었다.

염주알들이 한결같이 윤이 흐르고 광택이 나는 것은 그 알들을 만지고 주무르고, 쓰다듬은 사람의 손때에서부터 비롯된 것이라는 사실을 나는 최근에야 비로소 알게 된 것이었다.

그렇다.

반들반들 윤이 나도록 손때를 묻힌 것은 바로 만공 스님의 손이었을 것이다.

나는 눈부시게 빛나는 불빛 아래에서 새삼스레 만공 스님이 의친왕에게 주었던 그 염주를 자세히 들여다보면서 마치 주지스님에게 말하듯 중얼거렸다.

'그렇습니다. 이 염주가 바로 만공 스님이 60여 년 전 불교에 귀의하는 의친왕에게 준 바로 그 염주입니다. 이 빛나는 염주알은 바로 만공 스님의 손때 묻은 소중한 법구(法具)였기 때문입

니다.'

염주의 시초는 부처님의 설법에서 비롯된 것인데, 초기 불경 중의 하나인 《목환자경(木槵子經)》에 보면 난국의 왕 파우리(毘琉璃)가 부처님에게 사신을 보내 다음과 같이 물었다고 기록되어 있다.

"세존이시여, 저희 나라는 해마다 도적과 병과 흉년으로 백성들의 고통이 말이 아닙니다. 그래서 저는 편할 날이 없습니다. 밤에도 잠을 이루지 못합니다. 부처님, 부처님의 가르침은 깊고 넓어서 저와 같이 일이 많은 사람은 닦아 행할 수가 없으니 특별히 자비를 베푸셔서 저와 같은 사람들도 쉽게 수행할 수 있는 간편한 방법을 가르쳐 주소서."

이에 부처님은 이렇게 가르치셨다고 한다.

"만약 번뇌의 장애와 업보의 장애를 없애고자 하거든 무환나무(보리수) 열매 108개를 꿰어 항상 지니면서 걷거나 앉거나 눕거나 간에 늘 흩어짐이 없는 지극한 마음으로 불(佛), 법(法), 승(僧) 삼보의 이름을 부르면서 하나씩 돌려 열 번이고 스무 번이고 계속하라. 그리하여 몸과 마음이 산란함이 없이 20만 번을 채우면 그 목숨이 마친 뒤 염마천(閻魔天)에 태어나서 의식이 저절로 갖춰지고 언제나 평안과 즐거움을 누리리라. 그리고 다시 100만 번을 채운다면 백팔번뇌가 끊어져 버릴 것이니 이때 비로소 생사의 흐름에서 벗어날 것이며, 마침내 열반에 나아가서 영원히 번뇌가 없는 최상의 과보(果報)를 얻으리라."

부처님이 가르치신 대로 다니거나 걷거나 앉거나 눕거나 간에 흩어짐이 없는 지극한 마음으로 부처님을 생각하고 쓰다듬고 염불하던 만공 스님의 염주.

'그렇습니다, 스님.'

나는 마땅히 주지스님에게 내 마음속의 비밀을 털어놓고 이렇게 고백했어야 옳았을 것이다.

'나는 이 만공 스님의 염주를 돌려드리고 그 대신 거문고를 돌려받기 위해서 이 절을 찾아온 것입니다. 신표로 주고받았던 두 사람 모두 다 돌아가셔서 이 세상 사람들이 아니니, 이제는 마땅히 절에서는 만공 스님의 손때가 묻은 염주를 되돌려받고, 나는 내 소유의 거문고를 되돌려받음으로써 각자의 소유로 환원하는 것이 마땅한 일일 것입니다. 스님은 제가 이 만공 스님의 염주를 갖고 있음을 확인하신 이상 제가 그 거문고의 실제 주인이라는 사실에 대해서는 믿어 의심치 않으실 것입니다. 물론 이 염주알에는 만공 스님의 소유임을 알리는 아주 작은 글씨가 새겨져 있습니다.'

나는 일곱 개의 염주알 중 한 알에 새겨진 글자를 찾아 밝은 불빛 아래 확인하여 보았다. 그곳에는 다음과 같은 글자가 새겨져 있었다.

'滿空月面'

엄지손가락만큼 큼직한 염주알에 새겨진 넉 자의 문자. '만공월면'이라 함은 법명이 월면(月面)이요, 법호(法號)가 만공(滿空)인 스님의 진면을 분명히 드러내고 있음이 아닌가.

이 글씨가 새겨져 있는 한 이 염주의 소유자가 만공 스님이라는 사실은 분명해지는 것이다. 그러나 이상한 것은 이 넉 자의 문자말고 또 다른 넉 자의 문자가 다른 한 알의 염주알에 새겨져 있음이다.

나는 오래 전부터 이 염주를 들여다볼 때마다 도저히 이해가 가지 않았던 수수께끼의 또 다른 넉 자의 문자를 조심스레 들여다보았다. 그곳엔 다른 글씨로 다음과 같이 새겨져 있었다.

'鏡虛惺牛'

'경·허·성·우'

이 네 글자는 무엇을 의미하고 있는가.

한자의 뜻을 따라 풀이하면 '비어 있는 거울'과, '깨우친 소'란 뜻의 넉 자는 도대체 무엇을 의미하고 있음인가. 또 다른 염주알에 새겨진 '만공월면'이란 문자가 한자의 뜻을 새긴 '가득 찬 허공(滿空)'이란 뜻도 아니고 '달의 얼굴(月面)'이란 뜻도 아닌 만공 스님을 가리키는 법명에 불과한 것처럼 '경허성우(鏡虛惺牛)'란 문자도 단순히 다른 또 한 스님의 법명이나 법호를 가리키고 있음이 아닐 것인가. 그렇다면 그는 누구인가. 그가 누구인데 만공 스님의 염주 위에 이름이 새겨져 있음인가.

나는 문득 시계를 들여다보았다.

시간은 이미 자정을 지나 새날로 넘어가 있었다. 그토록 많은 시간을 홀로 낯선 빈방에서 염주를 들여다보면서 깊은 상념에 빠져 있었단 말인가. 나는 담배를 피워 물었다.

이따금 수런거리던 먼 방의 말소리도 잦아든 지 오래고 연이어 붙은 옆방에서 간간이 들려오던 밭은기침소리도 잠들어 버려

사위는 깊은 정적뿐이었다.

주승(主僧)은 잠이 들고 객만 홀로 깨어 듣는 바람소리는 두껍게 닫아 걸린 이중의 덧문 너머로 파도 소리처럼 아득하고 멀었다.

머리맡 한구석에 지난 밤 행자승이 가져왔던 과일 소반이 놓여 있었고, 소반 속에는 사과와 감이 가득 들어 있었다. 과도가 과일 속에 들어 있어 날카로운 칼날을 번득이고 있었다.

나는 몸을 일으켜 진홍색으로 잘 익은 감 하나를 집어 들어 껍질을 벗기기 시작하였다.

내가 만약.

감의 껍질을 벗기면서 나는 생각했다.

내가 만약 이 염주를 주지스님에게 보여준다면 그들은 몹시 놀랄 것이다. 어째서 내가 그들의 스승인 만공 스님의 유물을 갖고 있는가 몹시 놀랄 것이다. 불교와는 전혀 무관한 이방인인 내가 어째서 그들 사찰의 정신적 지주인 만공 스님의 염주를 가지고 있을까 궁금해 할 것이다.

홀로 앉아 벗긴 감의 속살을 먹으면서 나는 생각했다.

그리하여 주지스님은 내게 그 이유를 물을 것이다. 어떻게 해서 이 염주를 갖게 되었는가, 그 연유를 묻게 될 것이다. 나는 알고 있다. 그들의 질문에 대해 그 어떠한 설명도 할 수 없는 나의 입장을 나는 여전히 침묵으로써만 답변할 수밖에 없을 것이다. 아니다.

나는 또 하나의 감 껍질을 벗기면서 생각하였다.

보여주어서는 안 된다. 이 염주를 그들에게 보여주어서는 안 된다. 내가 만약 이 염주를 주지스님에게 보여준다면 그들은 그들 스승의 유물인 이 염주를 사찰의 소유로 갖고 싶어 하게 될 것이다. 아니다. 그 이유 때문보다도….

나는 과도를 소반 속에 던져 넣으면서 머리를 흔들었다.

이 염주는 나 혼자만의 비밀로 다만 가슴속에 묻어 간직해야 할 것이다. 그 누구에게도 보여주는 일 없이.

내가 아주 어렸을 때, 정확한 나이는 기억되지 않는다. 아마도 일곱 살이 아니면 여덟 살이었을 것이다. 그때 나는 이 염주를 한 사람에게서 얻었다. 그 사람은 어린 내게 이 염주를 내밀어주면서 이렇게 말하였었다.

"이것을 가져라. 내가 너에게 줄 것은 아무것도 없구나. 이것은 아주 귀한 물건이다. 이 다음에 네가 커서 철이 들면 이 물건의 귀중함을 깨닫게 될 것이다."

아주 무더웠던 한여름이었다.

나는 폭양이 쏟아지는 툇마루에 서 있었고 그 사람은 활짝 열린 문 저편 방안에 앉아 있었다. 불과 손을 뻗으면 닿을 수 있는 짧은 거리에 앉아 있는 그 사람이었지만 이쪽에서 방안의 풍경과 그 사람의 모습이 분명히 보이지 않았던 것은 방을 가리고 있던 발 때문이었다.

가는 대나무의 발 사이로 그 사람의 모습이 아른아른 비쳐 보였다. 나는 지금도 분명히 기억한다.

숲에서는 귀가 찢어지도록 매미들이 울고 있었고 활짝 열린 덧문 위에 발라진 창호지를 말벌들이 이따금 날아와 입으로 물어뜯곤 하였었다. 무엇 때문에 무슨 재미로 말벌들이 창호지를 물어뜯고 있는 것일까. 말벌들의 붕붕 하는 날갯짓 소리와 그들의 연약한 입이 창호지를 물어 찢을 때 나는 경쾌한 파열음을 나는 지금도 선명히 기억하고 있다.

반바지를 입고 툇마루에 홀로 서 있는 내 맨살의 다리 곁으로 말벌들이 붕붕 날아다니고, 그럴 때마다 나는 그것들이 내 다리를 침으로 쏘지 않을까 두려워하면서도 어쩔 수 없이 땀을 뻘뻘 흘리고 있었다.

"가져라. 이것이 너에게 주는 선물이다."

발 사이로 손 하나가 빠져 나왔다. 그 손에는 일곱 알의 단주가 들려 있었다. 수렴(垂簾) 밖으로 빠져 나온 손은 가는 발 사이로 아른아른 비쳐 보이기만 하던 애매한 그 사람의 모습과는 달리 생생한 현실감으로 내 눈에 다가왔다. 몹시 늙고 몹시 주름진 손이었다. 정정한 목소리와는 달리 그 손은 한껏 늙은 노인의 손이었다. 손은 메말라 가시나무의 덩굴과 같았고, 손등은 파충류의 비늘처럼 주름으로 갈라져 있었다.

"평생을 지니고 있어라. 나는 이것을 너에게 정표로 준다."

아직 어린아이가 이해하기엔 어려운 단어인 정표라는 말과 함께 염주를 준 그 사람의 말이 그러나 40년이 지난 지금에도 생생히 기억되어 떠오른다.

나는 그때 아마도 두 손으로 그 염주를 받았을 것이다. 고맙습니다라는 식의 말을 차마 입 밖으로 내뱉지 못하고 입 속으로만 우물우물 중얼거려 말하였을 것이다. 내가 그 염주를 두 손으로 받아들자, 주름진 파충류의 손은 발 사이로 재빠르게 숨어들었다. 마치 날아가는 날파리를 순식간에 혓바닥을 던져 삼켜 버리는 개구리의 혀처럼 잠시 나타났던 그 사람의 손은 수렴의 저편으로 사라져 다시는 입을 열지 않았다.

이것이 그 염주였다.

평생을 지니고 있으라는 그 사람의 말처럼 지금까지 내가 간직하고 있는 유일한 물건이었다. 나는 이 염주를 그 누구에게도 보여준 일이 없었다.

그 사람은 그때 내게 말하였다.

"이 다음에 네가 커서 철이 들면 이 물건의 귀중함을 깨닫게 될 것이다."

나이가 들어 마흔이 넘도록까지 나는 이 물건의 귀중함을 깨닫지 못하고 있었다. 귀중하기는커녕 이것은 내가 버려야 할 단 하나의 유산이라고 굳게 믿고 있었다.

지금에 이르기까지 나는 몇 번이나 이 물건을 버리려고 했던가.

때로는 강물 속에 던져 넣으려고도 하였고 때로는 불로 태워 버리려고도 하였다. 그런데도 용케도 이 물건은 없어지거나 분실되지 않은 채 내 소유물로 내 곁에 항상 머물고 있었다.

그런 의미에서 나는 40년 동안 그 사람과 행한 무언의 약속을 홀로 지켜 내려오고 있는 셈이었다.

나는 염주를 손에 걸어 쥐었다.

베개 위에 머리를 얹고 엎드리니 따뜻한 방바닥의 온기가 이불 위로 올라오고 있었다. 이런저런 생각으로 밤이 이슥하도록 잠을 이루지 못한 몸이 조금씩 녹아들고 있었다. 나는 하품을 하고 안경을 벗어 머리맡에 두었다.

스위치를 내려 불을 끄자 칠흑 같은 어둠이 다가왔다. 낯선 곳, 낯선 방에서 홀로 누워 있다는 낯선 이질감도 잠시, 나는 그대로 잠에 깊이 빠져들었다.

내가 깊은 잠에서 깬 것은 머리맡에서 돌연히 정적을 깨뜨리는 소리 때문이었다. 목탁 소리였다. 만상이 잠들어 있는 미명의 어둠 속에서 돌연 솟아오른 목탁 소리는 악몽에서 막 깨어난 혼탁한 뇌리에 비수처럼 꽂혀 들었다. 나는 본능적으로 손목에 찬 시계를 보았다. 야광 시침이 세 시를 가리키고 있었다.

대여섯 번 힘차게 두드리는 목탁 소리는 허공을 향해 토해내는 우렁찬 염불 소리로 이어졌다. 나는 숨을 죽이고 그 소리를 귀로 새겨들었다.

"홀연히 생각하니, 도시 몽중이로다. 천만고(千萬古) 영웅호걸 북망산 무덤이요, 부귀 문장 쓸데없다. 황천객을 면할쏘냐."

나는 방문을 열었다.

덧문 고리를 따고 문을 열어젖혔다.

간밤의 그 극성스럽던 바람은 잠깐 밤사이에 거짓말처럼 잦아들고 어둠 속의 경내는 물을 뿌린 듯 적적하였다. 아직 날이 새기에는 먼 미명의 새벽이었지만 벌써 수상스런 새벽 기운이 어둠 속에 섞여 들고 있었고, 먼 산의 숲속에서 새 우는 소리가 일정하게 깔려들고 있었다.

간신히 뜰을 밝히는 석등의 불빛 속에서 스님 하나가 대웅전을 향해 도량석(道場釋)을 시작하고 있었다.

"오호라, 나의 몸이 풀끝의 이슬이요
바람 속의 등불이라 정녕(叮嚀)히 이르시되,
마음 깨쳐 성불하여
생사윤회 영단(永斷)하고
불생불멸 저 국토에
상락아정(常樂我淨) 무위도(無爲道)를
사람마다 다 할 줄로 팔만장경
유전하니 사람 되어 못 닦으면
다시 공부 어려우니 나도 어서 닦아 보세…"

스님은 천천히 도량을 돌기 시작하고 있었다. 잠들어 있는 삼라만상의 모든 것을 깨우고, 잠들어 있음의 어리석음을 깨우고, 종을 울려 중생의 번뇌를 깨뜨리고, 캄캄한 미망을 깨뜨리고, 북을 울려 짐승들의 어리석음도 깨우치며, 목어(木魚)를 두드려 물속의 고기들을 일깨우며, 운판(雲版)을 두드려 하늘을 나는 새들의 괴로움과 고통을 어루만지며 일깨우는 예불의 긴 의식을 나는 꿈속에서 듣고 새겼다.

잠은 깊었지만 경내의 모든 곳을 일일이 목탁을 두드리면서 돌아오는 스님의 염불 소리는 생생히 살아서 들려오고 있었고, 꿈도 깊었지만 지상의 만물과 삼라의 만상을 일깨우는 맑은 종소리와, 두둥둥둥둥 울려 퍼지는 북소리도 귓가에 생생히 살아서 들려오고 있었다.

오호라, 나의 몸이 풀끝의 이슬이요, 바람 속의 등불이라. 오호라, 나의 몸이 풀끝의 이슬이요, 바람 속의 등불이라. 오호라….

염불을 하는 스님의 입에서 터져 나오던 내용 하나가 내 의식에 후렴처럼 남아서 끊임없이 메아리치고 있었다.

내 잠은 새벽이 되어서 더 이상 꿈도 없었고, 악몽도 없이 죽음처럼 깊었다.

아침을 먹으라는 목탁 소리를 들은 듯도 싶고, 밥을 먹으라고 방문을 흔들던 행자승의 부추김 소리도 들은 듯싶었지만 그냥 그대로 내처 잠을 자버렸다.

내가 잠을 깬 것은 아홉 시가 훨씬 지나서였다. 누군가 덧문을 왈칵 잡아당겨 열어젖히는 소리에 나는 퍼뜩 정신이 들었다.

"아직까지 주무십니까."

주지스님의 목소리를 듣는 순간 나는 낭패한 느낌이 들었다. 이럴 수가 있는가. 어젯밤에 약속한 시간을 잊어버리고 그대로 깊은 숙면에 빠지고 말았다. 어젯밤 주지스님은 아침 아홉 시 무렵 내 방으로 찾아올 것이라고 말하였고, 나는 미리 그 시간 안에 함께 산에 오를 준비를 끝내놓고 기다리고 있었어야 옳았다.

나는 할 수 없이 몸을 일으켜 방문을 열었다. 문 밖에 주지스님이 미소를 띠고 서 있었다.

"고단하셨던 모양이지요. 그냥 내처 잠드셨던 모양이지요. 좀 더 주무시겠습니까."

"아, 아닙니다."

나는 황급히 머리를 흔들었다.

"이미 잠이 깨었습니다. 늦잠을 잤습니다."

"그럼 산에 오르실까요. 뒤꼍에서 기다리고 있겠습니다."

"곧 나가겠습니다, 스님."

"서두르지는 마세요."

스님이 사라지자 나는 서둘러 방문을 닫았다.

너무 깊은 상념으로 밤새 뒤척이다가 새벽녘이 되어서야 정신 없이 잠에 빠져든 모양이었다. 아무리 잠의 뿌리가 깊었다고는 하지만 아홉 시쯤 주지스님과 함께 산에 오르기로 약속을 해 둔 이상 한 시간 전쯤에는 자동적으로 눈이 떠졌어야 당연했을 것이다. 그럼에도 불구하고 스님이 나를 깨울 때까지 정신없이 잠을 잘 수 있었던 것은 산사의 정적과 편안했던 잠자리 때문이었을 것이다.

나는 대충 이불을 개고 옷을 껴입었다.

방문을 열고 툇마루로 나서니, 그토록 아우성이던 어제의 칼바람도 씻은 듯 사라져버려 미풍조차 없는 평온한 가을날이었다. 날씨는 푸근했지만 하늘은 잔뜩 흐려져 있었다. 낯선 사찰을 캄캄한 한밤중에 찾아와 한밤중에 스님을 만나고 한밤중에 이야기를 나눈 후 한밤중에 낯선 승당의 낯선 방에서 잠을 잔 직후였으므로 캄캄한 밤에 상상하였던 절의 풍경과는 전혀 다른 경내의 풍경이 탁 트인 시야로 다가서고 있었다.

절에서 머물고 있는 노파일까. 머리카락이 하얗게 센 노파 하나가 승복을 입고 대나무 비로 대웅전 앞의 뜨락을 촘촘히 쓸고 있었다. 노파의 대나무 빗질로 간밤의 극성스럽던 그 미친바람에 떨어진 낙엽 한 장 찾아볼 수 없을 만큼 깨끗하였고 금당(金堂) 앞 뜨락은 헝클어진 머리카락을 잘 빗어 가르마를 탄 얼굴처럼 단정하였다.

내가 잠을 잤던 승당의 뒤꼍으로 돌아가자 계곡이 나타났고, 산을 오르는 등산로 밑 공터에 주지스님이 홀로 서서 나를 기다리고 있었다.

"미안합니다."

내가 겸연쩍게 웃으면서 말을 건네자 스님은 손을 저어 말을 받았다.

"아, 아닙니다. 제가 오히려 바지런을 떨었던 모양입니다. 그러실 줄 알았더라면 한 시간쯤 후에 산을 올라도 좋을 뻔하였는데, 아침 공양은 못하셨겠는데요."

"먹지 못하였습니다."

"저런, 배가 고프시겠는데."

"아, 아닙니다. 워낙 늦잠을 자던 습관이 있어 놔서. 열한 시쯤 일어나는 것이 보통이니까요. 상관없습니다."

"그러하시다면."

주지스님은 손을 들어 계곡을 흘러내리는 물을 가리키면서 나를 보았다.

"계곡물에 세수를 좀 하시지요. 계곡물이 얼음처럼 차겠지만 정신은 날 겝니다."

스님이 가리킨 계곡으로는 맑은 물이 흘러내리고 있었다. 결코 높거나 가파른 산중이 아닌데도 산으로 오르는 등산로 옆을 따라서 골짜기가 깊게 패여 있었다. 만추의 계절이라 온 산은 낙엽의 철도 지나 떨어질 나뭇잎들은 이미 다 떨어져 가지가 앙상하였고, 계곡에는 그 떨어져 내린 낙엽의 잔해들이 가득히 괴어 있었다. 계곡뿐 아니라 골짜기, 등산로, 산등성이 할 것 없이 나무들의 그루터기 밑동 부분에는 떨어져 내린 낙엽의 잔해들이 잔뜩 쌓여 온 산은 마치 한 겹의 두툼한 이불자락을 덮고 있는 모습이었다.

나는 계곡으로 내려가 흘러내리는 물에 손을 담갔다. 스님의 말처럼 물은 얼음처럼 찼지만 견딜 만하였다. 맑은 물로 양치질을 하고 비누 없이 그대로 얼굴을 씻어 내리다가 문득 나는 간밤에 들었던 아침예불의 노랫소리 하나가 끊겨 사라지지 아니하고 그대로 기억되어 이어져 오고 있음을 깨달았다.

"오호라, 나의 몸이 풀끝의 이슬이요, 바람 속의 등불이라. 오호라, 나의 몸이 풀끝의 이슬이요, 바람 속의 등불이라…."

간밤의 악몽을 깨웠던 스님의 목탁 소리와 함께 터져 흐르던 염불의 노랫소리. 그 가사 한 구절이 이상하게도 뇌리에서 사라지지 않고 잠에서도 꿈에서도, 깨어난 생시에서도 살아남고 있었다. 나는 물 묻은 손을 그대로 털면서 스님에게 말하였다.

"간밤에 잠을 자다 새벽 세 시경 한 스님이 목탁을 치며 아침예불하는 소리에 잠이 깨었었습니다. 그때 잠결에 들었던 그 예불 소리 중의 한 구절이 이상하게도 기억되어 잊혀지지 않습니다."

"어떤 내용인데요."

스님이 내게 물었다. 나는 얼굴에 묻은 물기를 손으로 닦아 말리면서 대답하였다.

"앞뒤 문장은 생각나지 않고 오직 한 문장만 기억돼 떠오르고 있습니다. 오호라, 나의 몸이 풀끝의 이슬이요, 바람 속의 등불이라."

내가 간밤의 꿈속에서부터 기억되어 메아리치던 노래의 한 구절을 읊조리자 스님은 아는지 모르는지 무덤덤한 표정으로 먼저 산을 오르면서 입을 열었다.

"산부터 오르시지요. 산을 오르면서 생각하도록 하시지요. 산 꼭대기의 정혜사 측에 전화를 미리 걸어 두었습니다. 강 교수님이 거문고를 보기 위해서 산을 오른다고 전해 두었습니다. 아마 그 사람들은 이미 준비를 해두었을 것입니다."

평일 오전이라 산길에는 산을 오르는 사람도 산을 내려오는 사람도 눈에 띄지 않았다. 산은 높지 않으나 산을 오르는 길은 몹시 가팔랐다. 가파른 산길은 촘촘한 계단으로 끊임없이 이어져 있었다. 잘 깎아 만든 돌계단이 아니라, 산에서 함부로 구르는 잡석 같은 것을 주워다가 대충 꿰어 맞춘 돌계단이었다. 제멋대로 꿰어 맞춘 돌계단이어서 울퉁불퉁하긴 했지만 운치는 있었다.

"산꼭대기에는 정혜사란 절이 있는데 그 절 바로 밑에 금선대란 작은 암자가 있습니다. 일찍이 만공 스님이 보임을 하시면서 방장실로 쓰시던 암자지요. 만공 스님은 그 암자에서 입적하셨습니다. 스님이 그 금선대에 계실 무렵에는 천하의 납자(衲子 : 중의 다른 이름)들이 구름처럼 몰려와 제접(提接)을 하시곤 하셨지요. 거문고는 그 암자에 보관되어 있습니다."

층층다리의 중간 부분에 쉬었다 갈 수 있는 층계참도 없이 돌층계는 계속 가파르게 산꼭대기를 향해 이어지고 있었다.

나는 벌써부터 숨이 가빠지기 시작하였다. 그러나 스님은 뒷짐을 지고 천천히 산을 오르는 듯싶었는데도 내 걸음을 한 발짝 정도 앞서고 있었다.

"그 암자에는 만공 스님의 거문고뿐 아니라 스님의 유물 몇점이 남아 있습니다. 스님께서 쓰시던 주장자와 불자(拂子) 같은 것이 있는데 지금도 보관되어 있는지 어떤지는 잘 모르겠습니다."

나는 숨이 가빠오고 땀이 솟아오르는데도 스님은 숨소리 하나 변치 않고 줄곧 같은 호흡과 같은 어조로 뒷짐을 지고 가파른 계단을 오르면서 낮은 소리로 말을 이어가고 있었다.

"그러나 금선대가 우리 사찰에서 가장 중요하게 여겨지는 것은 만공 스님의 유물이 그 암자 속에 보관되어 있어서라기보다는 이 덕숭산이 낳은 네 분 대선사의 진영이 봉안되어 있기 때문입니다."

스님은 오르던 걸음을 멈추고 잠시 서서 손을 들어 산을 가리키면서 내게 말하였다.

"강 교수님이 오르는 이 산은 우리 근대불교의 4대 성인을 낳은 성산(聖山)입니다."

숲은 늘 푸른 소나무로 울울창창하였다. 황홀하게 타오르던 절정기를 지난 활엽수들은 숲 사이에서 아직도 고왔던 젊은 날의 미색을 간직한 채 짙은 화장으로 자신의 노추(老醜)를 가리고 있었다. 돌계단을 따라 계곡은 계속 이어지고 있었고, 어떤 계절에도 가물지 않을 것 같은 냇물이 골짜기를 따라 흘러내리고 있었다. 하늘은 잔뜩 흐려 있었으나 바람은 잔잔하여 눈이라도 내릴 듯 푸근한 날씨였다.

"강 교수님이 오르는 이 길은 네 분의 위대한 선승을 낳은 탯줄입니다. 저 계곡을 흘러내리는 마르지 않는 물은 네 분의 도인을 낳은 젖줄이구요."

잠시 산을 한 바퀴 둘러보면서 내게 설명을 하던 주지스님은 내가 가쁜 숨을 가라앉히기를 기다려 다시 출발하였다.

"이제 강 교수님은 잠시 후면 그분들을 만나게 될 것입니다. 금선대에 안치된 네 분 대선사의 존영(尊影)을 봄으로써 그들의 진면을 친견하게 될 것입니다."

산은 단 한 군데의 빈틈도 없었다. 산 밑에서 우러러볼 때 막연히 짐작되었던 만만한 높이의 산정이 이토록 고되고 힘들까 싶게도 돌계단은 가파르게 산정을 향해 굽이쳐 있었다.

"산을 오르기 전에 강 교수님께서 간밤 아침예불 때 들었던 노래 한 구절을 내게 물으셨죠."

"그렇습니다, 스님."

나는 땀이 흘러내리는 이마를 손등으로 씻어 내리면서 답하였다.

"그 노래가 어떤 구절이라구요?"

"이런 구절입니다, 스님. 오호라, 이 내 몸이 풀끝의 이슬이요, 바람 속의 등불이라…. 앞뒤는 기억되지 않습니다만."

"그 노래의 앞은 이렇게 시작되지 않았던가요."

스님은 잠시 말을 끊었다가 다시 이었다.

"홀연히 생각하니, 도시 몽중이로다. 천만고 영웅호걸 북망산의 무덤이요, 부귀 문장 쓸데없다. 황천객을 면할쏘냐. 오호라, 나의 몸이 풀끝의 이슬이요, 바람 속의 등불이라. 제 노래가 맞지요. 강 교수님이 들으셨던 그 노래의 앞 구절입니다."

"맞습니다, 스님."

나는 소리를 높여 말했다.

"잠결에 들으셨던 노래 한 자락을 용케도 잊지 않고 기억하고 계시는군요. 그 노래는 참선곡(參禪曲)이라 하지요. 말하자면 우리 스님들이 게으르거나 방일하지 않고 끊임없이 정진하여 깨우쳐 성불하기를 권유하는 일종의 권학가이지요. 그 노래를 지은 사람은 경허 스님입니다. 이제 곧 금선대의 암자에 오르시면 바로 그 노래를 지은 경허 스님을 만나게 될 것입니다."

주지스님의 말 한마디가 무심코 듣고 있던 내 마음에 섬광을 일으켰다. 나는 놀란 나머지 걷던 발길을 멈추어 섰다.

경허(鏡虛).

주지스님의 입에서 무심코 내뱉어진 이름 하나.

경허. 지금껏 내가 비밀로 40년 동안 줄곧 간직해 왔던 염주에 새겨진 글자. 경허 성우. 그 누구에게 물어보거나, 그 어디에서 알아보려 하지는 않았지만 마음속에 수수께끼처럼 남아 있던 의문의 네 글자.

"그렇다면."

나는 떨리는 소리로 물었다.

"경허란 스님의 법명은 무엇입니까. 경허란 이름은 법호일 터이고, 그분의 법명이 혹시 성우(惺牛)가 아니겠습니까."

내가 조심스레 말하자 스님은 의외라는 듯 눈을 크게 뜨고 나를 쳐다보았다.

"맞습니다. 경허 스님의 법명이 깨달을 성 자, 소 우 자, 즉 '깨우친 소'란 뜻의 성우이지요. 그런데 어떻게 경허 스님의 법명을 아십니까. 놀라운 일인데요."

나는 심장의 박동을 느꼈다. 그 누구에게도 묻지 않았던 수수께끼의 비밀이 무심히 입을 연 주지스님의 말 속에서 풀리게 되다니.

"경허 스님은 만공 스님의 스승입니다. 금선대에 봉안되어 있는 4대 선사들은 모두 경허 스님과 그분의 수법제자(受法弟子)들이지요. 세 분의 제자들은 살아서도 죽어서도 경허 스님을 스승으로 받들고 있습니다. 이제 거의 다 왔습니다. 잠시 후면 강 교수님은 그분들을 만나게 될 것입니다."

스님은 가자는 말도 없이 천천히 계단을 오르고 있었다. 나는 흥분된 마음을 가라앉히기 위해 심호흡을 하면서 그의 뒤를 따랐다.

"오호라, 나의 몸이 풀끝의 이슬이요, 바람 속의 등불이라 함은 경허 스님이 지은 노래 속에 나오는 구절이지만, 경허 스님은 바로 이 산, 이 바윗돌 위에 앉아서 다음과 같은 시를 지었지요. 벌써 100여 년 전의 일입니다."

스님은 천천히 노래를 읊조리기 시작하였다.

산도 절로 푸르고, 물도 절로 푸른데
맑은 바람 떨치고 흰 구름만 돌아가네
종일토록 반석 위에서 앉아 노나니
내 세상을 버렸거니 다시 무엇을 바라리요.

스님은 혼잣말처럼 말을 끊고는 묵묵히 발길을 이었다.

산은 이제 막바지에 이르고 있었다. 산 중턱에 이르기까지 하늘을 우러러보면 산은 온통 숲의 바다여서 숲에 가려진 하늘이 거우 보일락 말락 하였지만 산정에 이르면 이를수록 하늘은 점점 더 많이 열려 가고 있었다. 그 열린 하늘은 잿빛으로 잔뜩 흐려져 있어 이제라도 눈발을 흩날릴 것처럼 보였다.

산을 오르는 동안 그새 익숙해졌기 때문일까. 땀도 더 이상 흐르지 않고 숨도 더 이상 가빠오지 않았다.

이제야 그 알 수 없는 수수께끼의 네 글자가 무엇을 가리키고 있음인지 비로소 알게 되었다. 만공 스님의 염주에 새겨진 '경허 성우'의 네 글자는 바로 만공 스님의 스승인 경허 스님의 법명을 가리키고 있음이다. 주지스님이 방금 말한 대로 내가 오르고 있는 이 덕숭산이 낳은 네 명의 대선사, 그중에서 세 명의 제자를 키운 스승 경허 스님의 법명이 그 염주에 새겨져 있음이다.

그렇다면.

나는 속주머니에 간직되어 있는 염주를 손으로 쓸어 확인하면서 생각하였다.

이 염주의 실제 임자는 만공 스님이 아니라 그의 스승 경허 스님이 아닐 것인가. 스승 경허는 그의 수법제자인 만공에게 신표로서 자신이 소중히 간직하던 염주를 주었을 것이다. 만공은 존경하는 스승 경허로부터 이 염주를 건네받고, 염주 위에 자신의 법명을 새겨 넣었을 것이다. 그러므로 막연히 이 염주를 만공 스님의 것으로만 알고 있었던 내 생각은 그릇된 착오임이 밝혀졌다. 이 염주의 실제 주인은 스승 경허였으며, 스승은 제자에게 신표로서 이 염주를 건네주었을 것이다. 그 염주는 의친왕에게 다시 신표로 전해졌으며, 그 대신 만공 스님은 그로부터 왕실의 세전 가보로 내려오던 거문고를 전해 받은 것이다.

그러므로 내가 평생 동안 간직하여 오던 그 염주는 만공 스님의 것이 아니라 경허 스님의 것이었음이 비로소 밝혀진 것이다.

그때였다. 뭔가 희끗희끗한 먼지 같은 것이 허공에서 흩날리기 시작하였다. 실낱같은 눈발이었다. 아직 체중이 실릴 만큼의 많은 눈방울이 못 되어서 키질하여 까불러 오르는 낟알에서 털려져 나아가는 티끌처럼 푸득푸득 내릴 뿐이지만 어쨌든 눈은 눈이었다.

"첫눈입니다, 강 교수님. 이 눈이야말로 반가운 손님을 알리는 상서로운 징조이지요. 하늘을 보니 첫눈치고는 꽤 많이 내릴 것 같은데요."

스님은 어린아이처럼 파안하였다.

"아직 가을인데 눈이 벌써 내립니까."

내가 묻자 스님은 크게 웃으며 답하였다.

"저잣거리의 가을도 산 속에서는 한겨울입니다. 자, 눈이 퍼붓기 전에 가시지요. 이제 다 왔습니다."

스님의 말대로 계단을 조금 오르자 절로 올라가는 돌계단과 금선대로 갈라지는 사잇길이 나타났다. 스님은 금선대로 가는 길로 내려섰다. 암벽을 깎아 만든 통로로 해서 좁은 길을 돌아가자 암자 하나가 나타났다. 그 짧은 행로에도 벌써 눈발은 마디가 굵어져 있었고, 길에서 비껴서 깊은 숲 속에 세워진 암자의 문은 굳게 닫혀 있었다.

주지스님은 문을 두드렸다. 한참을 두드리고, 기다렸다 다시 두드려도 안에서는 응답하는 사람이 없었다. 나는 아무도 지키는 사람이 없는 빈 암자가 아닐까 생각하였다. 그런데도 스님은 계속 문을 흔들고 두드렸다.

그러다가 문안으로 발돋움을 하고 소리를 질렀다.

"계십니까, 계십니까."

눈발은 점점 굵어져 마침내 체중이 실리고 있었다. 바람조차 없는 푸근한 날씨여서 한참을 내릴 기세였다.

"암자를 노스님 한 분이 지키고 계십니다. 스님이 가는귀가 먹어서 소리를 잘 듣지 못합니다. 아무래도 안 되겠습니다. 그냥 들어가 보기로 하지요."

스님은 대문의 구멍 속으로 손을 찔러 넣어서 빗장을 끌렀다. 굳이 걸어 잠글 필요조차 없는 허술한 빗장이었다. 문안으로 들어서서 주지스님은 성큼성큼 뒤꼍으로 걸어갔다. 뒤꼍에는 한겨울 동안 쓸 장작을 패느라고 도끼자루가 꽂혀 있었고 나뭇단이 차곡차곡 쌓여 있었다. 열린 부엌 바닥에 웬 노승 하나가 쭈그리고 앉아서 아궁이에 불을 지피고 있었다.

"스님, 안녕하십니까."

주지스님은 합장을 하고 땅에 닿을 만치 깊은 절을 하였다. 한 눈에도 바짝 마르고 늙은 노승 하나가 아궁이에 장작을 집어넣다 말고 돌연 나타난 두 사람을 물끄러미 마주보았다. 주지스님의 목소리는 고함을 지르듯 높아져 있었다.

"뭘 하고 계십니까."

"보다시피, …보다시피, …보다시피."

노승의 얼굴은 가늘게 떨리고 있었다. 저렇게 늙고 병약한 노인 혼자서 이 깊은 산 속의 암자를 홀로 지키고, 이 안에서 홀로 잠을 자고, 불을 때 밥을 짓고, 홀로 장작을 패고, 허드렛일을 하고 있는 것인가.

"스님, 밖에서 아무리 문을 두드려도 대답이 없으시길래 그냥 문을 따고 들어왔습니다."

"뭐라구, …뭐라구, …뭐라구."

"대답이 없으시길래 제가 문을 따고 들어왔다구요."

스님의 목소리는 더 커졌다.

"잘했어, …잘했어, …잘했어."

노승은 같은 말을 계속해서 반복하는 습성이 있어 보였다.

"손님 한 분이 왔는데요. 선사의 진영 앞에 참예하고 만공 스님의 유물을 보기 위해서 왔는데요."

"…안녕하십니까."

나는 두 손을 모아 합장을 하면서 정중히 인사를 드렸다.

"들어가 보슈, …들어가 봐, …들어가 봐."

노승은 내 인사를 받는 둥 마는 둥 하더니 귀찮다는 듯 머리를 돌려 시선을 피하면서 말을 잘랐다.

"…실컷 보구 훔쳐만 가지 말어."

사방 천지는 완전히 눈의 세계가 되었다.

"괴각(乖角)이지요. 성격이 까다롭고 상대하기가 힘든 노스님입니다."

주지스님은 덧문을 잡아당겨 암자의 문을 열었다. 방문을 여니 어두컴컴한 실내가 눈에 들어왔다. 불을 켜고 나서도 실내가 어둡고 쓸쓸하게 느껴진 것은 방안에 흐르는 썰렁한 냉기 때문이었을 것이다. 사람이 살지 않고 쉽게 사람이 드나들지 않는 때문일까. 먼지 냄새와 싸늘한 냉기가 방안을 흐르고 있었다.

정면의 방벽에는 유리창 안에 네 사람의 진영이 안치돼 있었다.

"이 금선대는 이제 네 분의 존영을 모신 진영각(眞影閣)으로 불리고 있습니다. 아까 말씀드린 대로 이 산중이 낳은 네 분 대선사의 진영이 봉안되어 있기 때문이지요. 이곳에 오신 이상 네 분에게 향을 피워 올려 참배를 드리는 것이 예의겠지요. 저희들 산중의 납자들은 정월 초하룻날이나, 돌아가신 날 같은 때 이곳에 모여 전대중이 인사를 올리곤 합니다."

주지스님이 먼저 네 사람의 초상 앞에 놓인 향로 속에 향을 피워 꽂아놓았다. 나도 스님을 따라 향을 피워서 향로 속에 꽂아 세웠다. 우리 두 사람은 벽면을 향해 무릎을 꿇어 배를 올렸다. 절을 올리고 나서 주지스님은 손을 들어 벽에 봉안된 선사의 모습들을 가리키면서 말하였다.

"가운데 앉아 계신 분이 어젯밤 강 교수님이 아침예불 중에 들었다는 참선곡을 지은 경허 스님입니다. 왼쪽에 앉아 계신 분은 바로 거문고의 주인이셨던 만공 스님이고, 오른쪽에 있는 진영은 혜월(慧月) 스님의 모습입니다. 그 밑에 조그맣게 안치된 진영은 수월(水月) 스님이지요."

세 사람의 모습은 같은 크기로 벽면의 유리창 속에 안치되어 있었지만 마지막에 말한 스님의 모습은 작게 축소되어 오른쪽의 진영 속에 겹쳐서 세워져 있었다.

"저 네 분은 이 덕숭산이 낳은 성인입니다. 그러나 그 모든 제자들이 다 가운데에 앉아 계신 경허 스님에게서부터 나온 분들이지요. 만공 스님이나 혜월 스님, 수월 스님 모두가 한 배에서 나온 형제들처럼 하나의 스승에게서 나온 법(法)의 제자들입니다. 불가에서는 흔히 이런 말들을 하지요. 경허 스님에게서 나온 만공 스님은 우리나라 중간의 호서 지방에 줄곧 계셨고, 수월 스님은 백두산 근처의 산간 지방에서 돌아가셨고, 혜월 스님은 남쪽 부산 지방에서 돌아가셨으므로 '북에는 수월, 남에는 혜월, 가운데에는 월면(月面 : 만공의 법명), 즉 경허 스님에게서 나온 세 분의 달(月)들이 우리나라의 온 천하, 동서남북을 환히 밝게 비추었도다'라고요."

그것이 경허와의 첫 번째 만남이었다.

아니다. 그것이 경허 스님과의 첫 번째 만남이란 것은 정확한 표현이랄 수 없을 것이다. 비록 그것이 경허의 실제 소유물이었음을 모르고 있었다 하더라도 그의 염주를 40년 동안이나 소중하게 간직하고 있었으므로 나와 경허의 만남은 내 나이 일고여덟 살 때가 그 처음이라는 것이 정확한 표현일 것이다.

경허의 초상을 봄으로써 나는 경허를 처음으로 만난 것이 아니라 처음으로 발견하였다고 말할 수 있을 것이다.

나는 벽면 한가운데에 진열되어 있는 경허의 모습을 똑똑히 쳐다보았다. 경허는 투명한 유리로 칸막이 된 진열장 속에서 양쪽에 자신의 제자인 만공과 혜월, 수월, 세 사람의 제자를 거느리고 한복판에 정좌해 있었다.

'경허당(鏡虛堂) 성우 대선사(惺牛大禪師) 존영(尊影)'

정밀하게 그려진 극채색화 옆에 인물의 이름이 명기되어 있었다.

특이한 복장과 특이한 모습이었다. 머리는 짧았지만 승려의 신분답지 않게 삭발을 하고 있지는 않았고, 가슴까지 내려오리만치 긴 수염을 기르고 있었다. 무성한 콧수염과 턱수염에 가려 입은 잘 보이지 않았지만 굳게 닫혀 있었고, 눈에 익은 승려들의 법복과는 달리 아주 붉은 빛깔의 법의를 입고 있었다. 오른손으로는 주장자를 힘껏 쥐어들고 있었는데 그 주장자는 보통의 스님들이 즐겨 사용하는 구부러지고 비틀어진 괴목이 아니라 곧고 긴 나무여서 무슨 칼이나 무기처럼 보이고 있었다.

그 주장자가 칼처럼 보였던 것은 그것을 당당하게 움켜쥔 오른손에 활력이 넘쳐흐르고 있기 때문이었다.

이제 당장이라도 주장자를 집어 들고, 달려드는 적이나 타인을 향하여 일격에 내려칠 듯 경허는 주장자를 움켜쥐고 있었다. 그 어떤 대상이라도 단번에 베어내고, 단번에 박살을 내겠다는 결의 같은 것이 움켜쥔 손에서 엿보이고 있었다.

어찌 그 손뿐이겠는가.

당당하게 정좌하여 앉았지만 앉은 자세 하나에서 그의 힘과 기백이 느껴지리만치 그의 체구는 크고, 걸출해 보였다. 밖으로 용솟음쳐 터져 나올 것 같은 힘은 무엇보다도 정면을 쏘아보고 있는 두 눈의 눈빛 때문이었다.

나는 그의 날카로운 두 눈빛에 내밀을 들킨 사람처럼 가슴이 떨려옴을 느꼈다. 안광이 번득이는 그의 형안(炯眼)은 내 내부의 마음을 명중시키고, 숨기고 찾아온 내 마음속의 비밀을 단번에 눈치 채어 꿰뚫어보는 것처럼 광채를 뿜어내고 있었다.

나는 언뜻 주지스님이 어디 계신가 돌아보았다.

경허의 진영을 쳐다보면서 나 혼자만의 상념에 잠겨들어 있는 동안 주지스님은 옆방 어디엔가에서 유물들을 가져오기 위해 잠시 사라진 듯싶었고 방안에는 나 혼자뿐이었다.

방안에는 향이 향로 속에서 조용히 타오르고 있었다.

그때였다.

옆방으로 통하는 문이 열리면서 주지스님이 거문고로 보이는 물건을 가슴에 안아들고 나타났다.

스님은 거문고를 방바닥 위에 내려놓고 거문고 위를 둘러싼 보자기를 끄르기 시작하였다. 거문고를 싼 보자기도 왕가에서 사용해 오던 천을 그대로 사용하고 있는 듯 화려하고 창연하였다. 조심스레 겹겹이 에워싼 보자기를 풀어내자 마침내 거문고가 모습을 드러냈다.

실내를 밝히고 있는 흐린 불빛 아래에서도 700년 이상 소중히 보관되어 내려오던 거문고의 실체는 조용히 떠오르고 있었다. 거문고와 같은 전통악기에 대해 전혀 문외한인 나였지만 한눈에 드러난 거문고는 명기로서의 기품을 여전히 간직하고 있었다.

"이것이 강 교수님이 보고 싶어 하시던 만공 스님의 거문고입니다."

주지스님은 당당하게 거문고의 줄 하나를 손으로 퉁겨 보이면서 입을 열었다. 무심코 퉁겨 내린 현 하나가 묵직한 음을 발하면서 떨며 울었다.

나는 묵묵히 거문고를 들여다보았다.

키 작은 사람의 신장과 거의 흡사한 길이의 거문고는 굵고 가는 명주실을 꼬아서 만든 여섯 개의 줄로 이루어져 있었으며, 용두(龍頭) 부분의 머리 쪽은 부드러운 가죽으로 만들어진 대모(玳瑁)가 잇대어져 있었다. 아마도 신령한 오동나무로 만들어진 명기의 거문고를 보존하기 위해서 거북의 껍질을 벗겨내어 그것으로 거문고의 머리 부분을 보호하고 있는 모양이었다. 여섯 개의 줄은 안족(雁足) 위에 느슨하고 팽팽한 줄의 긴장감을 조절할 수 있도록 올려져 있었으며, 거문고의 꼬리 부분인 봉미(鳳尾)로는 뻗어 내린 여섯 개의 선이 꼬여 타래를 이루고 있었다.

그 타래 부분에 붉은 주머니가 두어 개 매달려 있었다. 아마도 연주할 때마다 은은히 향냄새가 퍼져나갈 수 있도록 향을 넣어 두고 있는 향낭인 모양이었다.

그 붉은 향주머니가 내 눈에 가시처럼 박혀들었다.

그렇다.

이 거문고는 사랑하는 죽은 아내를 위해서 공민왕이 직접 만들어 탔던 신령한 명품이다. 그로부터 700여 년 동안 이 거문고는 궁중에서 가보로 내려오고 있었으며, 이 붉은 향주머니에 넣어 둔 사향의 방향은 아름다운 음악과 사람의 혼을 빼는 향기로서 숱한 애욕과 치정을 만들어냈을 것이다.

이 거문고를 탔던 사람들은 모두 어디로 사라진 것일까. 공민왕도, 그의 불타는 연정도, 대왕으로서의 영화도 어디로 사라진 것일까. 길재의 정절도, 대원군의 권세도, 이 거문고의 겉면을 붉게 물들였던, 비운에 횡사한 명성황후의 유혈도, 그 흔적도 어디로 사라진 것일까. 지금은 비어 버린 저 붉은 향주머니를 가득 채웠던 궁노루의 분비물로 만들어진 그 사향의 냄새는 또 어디로 사라져 버린 것일까.

아무것도 없다.

있느니 빛바래고 퇴색된 거문고 하나뿐이다.

"거문고 뒷면에 만공 스님의 시가 한 수 새겨져 있습니다."

주지스님이 거문고를 돌려 뒷면을 펼쳐 보였다. 소리가 유현하도록 정교히 만들어진 울림통 겉면에는 이 거문고가 정혜사의 소유임을 알리는 문구가 새겨져 있었고, 그 밑에 만공 스님의 소유임을 알리는 낙관이 새겨져 있었다. 그리고 '불락(佛樂)'이란 문자도 함께 새겨져 있었는데, 울린 소리가 나무통 속을 헤매다가 빠져나갈 수 있도록 만들어진 구멍의 양옆으로 만공 스님의 게송이 한 수 친필로 새겨져 있었다.

그 새겨진 문자를 손끝으로 어루만지며 주지스님이 한 자 한 자 뜻을 새기면서 읊기 시작하였다.

"탄금법곡(彈琴法曲)

거문고 법문이라는 뜻이지요.

일탄운시하곡(一彈云是何曲)

한번 퉁기고 이르노니 이 무슨 곡조인가.

시체중현곡(是體中玄曲)이라.

이것은 체(體) 가운데 현현(玄玄)한 곡이로다.

일탄운시하곡.

한번 퉁기고 이르노니 이 무슨 곡조인가.

시구중현곡(是句中玄曲)이라.

이것은 일구(一句) 가운데 현현한 곡이로다.

일탄운시하곡.

또 한 번 퉁기고 이르노니 이 무슨 곡조인가.

시현중현곡(是玄中玄曲)이라.

이것은 현현한 가운데 현현한 곡이로다.

102

일탄운시하곡.

다시 한 번 퉁기고 이르노니 이 무슨 곡조인가.

시석녀심중겁외곡(是石女心中劫外曲)이라.

이것은 돌장승 마음 가운데 겁 밖의 곡이로다.

아하(呵)."

주지스님은 손을 더듬어 글자를 일일이 확인하면서 한자를 확인하고 뜻을 풀어 시를 읊고 나서 나를 쳐다보았다.

"이 거문고의 마지막 임자였던 만공 스님은 이 거문고를 무엇보다 아끼고 사랑하였지요. 아무것도 가지지 않음을 최고의 덕목으로 삼고 있던 만공 스님도 이 거문고만큼은 피붙이처럼 애지중지 아끼고 사랑하였지요. 저희들이야 직접 듣지 못하였지만 만공 스님의 제자였던 여러 노승들로부터 전해 들은 이야기인데 달 밝은 밤이면 계곡에 나아가 달을 굴리면서(轉月) 현금을 타며 노래를 부르셨다 합니다."

주지스님은 거문고 뒷면 맨 윗부분에 새겨진 글자를 손으로 가리키면서 말을 이어갔다.

"이 글자는 만공 스님이 이 거문고를 얻어 오실 때 거문고에 새겨져 있던 글인데 워낙 흘려 쓴 초서라서 일일이 한자를 새겨볼 수는 없지만 대충의 뜻은 이러합니다. 아득히 먼 하늘의 구소(九霄 : 대지를 중심으로 한 아홉 하늘을 가리키는 불교 용어)로부터 태어나 지극한 보배를 삼도다. 고려의 공민왕이 신동(神桐)을 얻어 이 신물을 만들었고 그 후에 길재가 보배로이 간직하였도다…"

스님은 천천히 난해한 글씨를 손가락으로 훑어내리면서 뜻을 헤아려 내려가고 있었다.

"그 후 여러 명현(名賢) 고사(高士)들이 이를 다투지 않는 사람들이 없었다. 소리가 유현하며 맑고 아름다웠다. …이 다음의 문장들은 거문고의 이러한 연유를 쓰고 기록한 사람들의 이름이 새겨져 있음이다."

순간 나는 걷잡을 수 없는 슬픔이 겨우겨우 억제하고 있던 절제의 둑을 무너뜨리고 한꺼번에 치밀어 오르고 있음을 느꼈다. 나는 이를 악물었다. 하마터면 입 밖으로 터져 나올 것 같은 단어 하나를 나는 이를 악물고 참아냈다.

아 · 버 · 지.

슬픔과 격렬한 비애는 악문 이빨을 뚫고 통곡의 외마디 비명 소리로 터져 나올 것만 같았다. 나는 이를 악물고 혀를 깨물었다. 입 안으로 깨문 혀에서 배어나온 피의 비린내가 가득 괴어들고 있음을 나는 느꼈다.

꿀꺽 삼킨 슬픔의 덩어리가 온몸을 부들부들 떨리도록 경련시켰다. 나는 눈시울이 뜨거워지는 것을 느꼈다.

울어서는 안 된다. 절대로 울어서는 안 된다. 주지스님이 보고 있는 앞에서 눈물을 흘려서는 안 된다.

나는 찢어질 것 같은 심장의 격동을 느꼈다. 이제껏 40여 년이 지나도록 그 누구에게도 보이지 않았던 눈물이 아니었던가. 그러나 터져 나오려는 비명의 절규 소리는 이를 악물고 참아낼 수 있었지만 쏟아져 내리는 눈물은 어쩔 수가 없었다. 눈물이 눈가에서 흘러내렸다. 나는 주지스님에게 내 눈물을 숨기는 것이 허사임을 깨달았다. 나는 눈물을 포기한 채 묵묵히 거문고를 내려다보고 있었다. 눈물은 얼굴을 타고 흘러내려 거문고 윗면에 굴러떨어졌다. 그것은 눈물이 아니라 핏물처럼 느껴졌다.

나는 이것을 보러 왔다.

거문고에 새겨진 글자. 흘려 쓴 초서여서 한 자 한 자 확인하고 그 뜻을 제대로 헤아려 볼 수 없는 글씨. 그 글자를 내 손으로 더듬어 헤아리고 거문고의 어디엔가 남아 있을 아버지의 손길을 느끼기 위해서 찾아왔다.

'평생을 지니고 있어라. 나는 이것을 너에게 정표로 준다.'

내가 본 유일한 아버지의 손. 내 나이 일고여덟 살 때 아른아른 반투명 발 밖으로 빠져 나온 그 늙고 바짝 마른 손 하나가 내가 본 아버지의 유일한 환영이었다. 그 손이 이 거문고에 문장을 쓰고 손수 새기셨다. 그 손이 이 거문고의 여섯 개 줄을 직접 퉁겨 이따금 산조를 타기도 하였었다. 그 손을 보기 위해서, 그 손길을 만나기 위해서 나는 염주를 품속에 간직한 채 이 산사로 찾아온 것이다.

격렬한 슬픔은 흘러내린 몇 방울의 눈물로 곧 정화되었다. 나는 수건을 꺼내 젖은 얼굴을 닦아내리면서 주지스님에게 사과를 하였다.

"죄송합니다. 심약한 모습을 보여드리게 되어서요."

거문고를 보고 금선대를 나서자 온 세계는 은색의 천지였다. 거문고를 보는 그 짧은 동안에 눈발은 굵어져 폭설로 변해 버리고 숲과 나무와 오솔길에는 참다랗게 눈이 쌓여 있었다. 늘 푸른 소나무의 숲도 백설로 변하고 막바지의 정염을 태우던 낙엽송들도 무채색 백지로 변해 있었다. 바람이 잦아들어, 눈발은 어디에나 빈틈없이 난분분 난분분 고르게 내리쌓여 삽시간에 설산을 이루고 있었다.

주지스님과 나는 서로 말없이 묵묵히 가파른 계단을 조심스럽게 내려가기 시작했다.

거문고를 보고 격렬한 오열에 휩싸였던 뒤끝이었으므로 나도 주지스님도 서로 말이 없었다. 뭔가 캐물어서는 안 될 것 같은 사연이 있으리라 짐작되었던지 스님은 굳게 입을 다물고 있었다.

산중턱에 이르기까지 우리는 서로 말이 없었다. 오르는 산길보다 가파른 돌계단을 내려가는 것이 더 미끄러웠으므로 한 발짝 한 발짝 조심해서 내딛고 있었다.

산탄총에서 한꺼번에 쏟아져 터지듯 눈의 탄환들은 온 산과 온 숲을 무차별 공격하여 시야는 뽀오얗게 흐려져 있었다.

낮은 안개와 눈보라로 산은 온통 구름의 바다였다. 주지스님은 주머니에서 털모자를 꺼내 머리에 뒤집어썼다. 날이 파랗게 서도록 깎은 삭발머리 위에 떨어지는 눈발이 차갑게 느껴진 모양이었다.

5

그날 오후, 나는 수덕사를 출발하였다. 눈이 쏟아지는 설산을

106

내려오는 즉시 출발하려고 하였지만 주지스님은 단 한 끼라도 절밥을 먹고 가라고 나를 붙들었다. 쏟아지는 눈발이 그칠 기세가 아니어서 조금이라도 눈이 더 쌓이기 전에 출발하고 싶었지만 스님의 간곡한 만류를 차마 뿌리칠 수가 없었다.

간밤에 이불채를 짊어다가 내려주고 어디든 오줌이 마려우면 부처님 계신 곳만 피해서 오줌을 누라던 행자승이 차려주는 점심 공양을 끝내고 나자 주지스님은 녹차 한 잔 마시고 몸을 데운 뒤에 길을 떠나라 하여, 우리는 처음 만나 차를 나눠 마셨던 승당으로 들어가 마주앉았다.

오후가 되어서야 눈발이 그치고 더 이상 내릴 기세도 아니었다. 다행히 날씨는 푸근하여 내려쌓인 눈으로 돌아갈 길 걱정은 하지 않아도 될 만큼 눈들은 녹아내리고 있었다.

스님은 주전자에 물을 넣어 스위치를 올려 끓이면서 다기를 꺼내 가지런히 탁자 위에 차려 놓았다. 물이 끓어오르자 스님은 차 봉지에서 손가락으로 집어 마른 찻잎을 꺼내 끓는 물속에 풀어 넣었다. 금세 향긋한 차의 향기가 피어올랐다. 충분히 차의 향기가 우러나오길 기다리는 동안 우리는 한참을 말이 없었다. 푸른 찻잎의 색소가 충분히 배어나오자 스님은 승복의 소매가 행여 찻잔 속에 닿을세라 조심스레 받쳐들고는 몇 번을 나누어서 잔속에 녹차를 따랐다. 두 사람은 말없이 잔을 들어 차를 마셨다.

긴 침묵의 차를 나눠 마시는 것을 작별인사로 하고 나는 곧 출발하기로 하였다.

한사코 마다하는데도 주지스님은 억지로 내 짐을 빼앗아 들고 길을 따라 나섰다. 절의 입구 공터에 세워둔 승용차로 가는 동안 끊겼던 눈발이 다시 듣기 시작하였다.

싸늘히 식은 차의 시동을 걸고, 충분히 차체를 데울 때까지 스님은 쏟아지는 눈발 속에서 짐을 들고 홀로 서 있었다.

"고맙습니다, 스님."

차를 출발시켜도 좋으리만치 차 안이 따뜻해지자 나는 차창을 열고 스님에게 고개를 숙여 인사하였다. 스님은 그제야 들고 있던 짐을 내 옆자리에 내려놓고는 손을 털면서 답하였다.

"천만의 말씀입니다. 교수님을 만나게 되어서 산중의 납자가 오히려 무료함을 달랬습니다."

"죄송합니다만."

나는 오래 전부터 묻고 싶었던 질문을 간신히 꺼냈다.

"스님의 법명을 알 수 있겠습니까."

"제 법명(法名)은 법명(法明)입니다. 아주 재미있지요. 헛허 허."

"고맙습니다, 법명 스님. 안녕히 계십시오."

"오시고 싶으실 때는 언제든 오십시오. 나무아미타불 관세음보살."

스님은 깊숙이 고개를 숙이며 불교식 합장을 하였다.

나는 가파른 산길을 미끄러져 나아갔다. 차가 절의 경내를 벗어나 일주문을 지나고, 사하촌(寺下村)을 지날 때까지 나는 뒤돌아보지 않았다. 절을 출발하면서부터 금선대에서 거문고를 마주했을 때 폭발하던 오열 같은 것이 다시 터져 흐를 것 같았기 때

108

문이었다. 간신히 자제했던 슬픔이 다시 치밀어 올라와 눈가에 눈물이 괴기 시작하였다.

아·버·지.

나는 눈길을 무시한 채 마구 속력을 내 나아가면서 소리 내어 중얼거렸다.

그래요, 아버지.

나는 거문고를 보러 온 것이 아니라, 바로 그 거문고를 통해 아버지의 모습을 그려 보기 위해서 찾아온 것입니다. 아버지가 주신 이 염주를 되돌려주고 아버지가 불교에 귀의하면서 그 신표로 만공 스님에게 주신 그 거문고를 되찾아오려는 것보다 나는 그 거문고에서 희미한 아버지의 모습, 아버지의 체취, 지금은 몰락해 버린 왕조의 환영을 헤아려 보기 위해서 찾아온 것입니다.

아버지.

거문고를 통하여 나는 아버지를 느꼈습니다. 그 느낌이 내 심장을 갈가리 찢고 내 입에서 비탄 소리를 토해내게 하였습니다.

이제야 그 누구에게도 털어놓지 못하였던 마음속의 비밀을 털어놓겠습니다. 아버지, 제 고해의 말을 들어 주십시오.

의친왕. 당신은 나의 숨겨진 아버지입니다. 고종황제의 둘째 아들. 태어나자마자 낳은 생모를 명성황후의 독약에 의해서 죽게 만든 비극의 왕자 의친왕 이강(李堈) 공(公). 당신은 내가 한 번도 아버지라고 불러 보지 못하였던 바로 그 아버지인 것입니다.

대 발 심 大發心

30년이나 아귀(餓鬼)로 지내다가
지금에야 비로소 사랑의 몸 되찾도다
청산에는 스스로 구름의 짝 있나니
동자여, 이로부터 다른 사람 섬기라
— 양좌주(亮座主)

대발심(大發心)

1

1879년. 그러니까 고종 16년으로 을묘년.

그 해 여름 7월. 한 사람이 천안으로 가는 들길을 걷고 있었다. 키는 육척 장신으로 한눈에 보아도 힘깨나 쓸 기골이 장대한 헌헌장부의 사내였다. 사내는 머리에 방갓을 쓰고 있었고 몸에는 승복을 걸치고 있었다. 등에는 바랑을 메고 있었는데 바랑 끝에는 짚신 두 개가 대롱대롱 매달려 있는 것으로 보아 아마도 가다가 짚신이 떨어지면 갈아 신고 가려는 듯, 먼 길을 가는 것처럼 보였다.

천안은 예로부터 교통의 요충지이다.

고려 때의 전설에 의하여 술사인 예방(倪方)이 태조에게 아뢰기를 '삼국의 중심으로서 다섯 용이 구슬을 다투는 형세입니다. 그러므로 3천 호의 고을을 설치하면 자연히 삼국을 통일할 수 있을 것입니다' 하여 고려 태조 왕건이 고을 동북쪽 12리에 있는 진산(鎭山)인 왕자산(王字山)에 올라가 산야를 두루 살펴본 다음 비로소 부(府)를 설치하였던 동서도솔(東西兜率)의 땅이었다.

기골이 장대한 중은 휘적휘적 들판을 걷고 있다. 그는 고을 남쪽의 쌍령고개를 넘어와 천안 고을 안으로 들어가고 있는 중이다. 천안은 능수버들로 유명한 곳. 도성 안으로 들어가는 길 양옆으로는 버드나무들이 휘늘어져 우거져 있고 문안으로 들어가는 들판에는 한여름의 푸른 벼가 끝간 데를 모르게 펼쳐져 있었다.

여기서부터 한양까지가 200여 리.

밤낮을 가리지 않고 쉬지 않고 내처 걸어도 꼬박 사흘 낮 사흘 밤이 걸릴 거리다. 중은 이른 아침부터 한시도 쉬지 않고 쌍령고개를 넘어 이곳에 이르렀지만 조금도 지친 기색이 없다. 이미 해는 뉘엿뉘엿 기울기 시작하였고, 아침부터 멀쩡하던 날씨가 저녁이 되자 비라도 한 차례 뿌리려는 듯 구름이 몰려오고 눅눅한 바람이 불기 시작하고 있었다.

아무래도 오늘밤은 성안에서 묵을 수밖에 없을 것 같다고 생각한 중은 날씨가 궂고 먹구름이 하늘을 덮기 시작하자 보다 빨라진 잰걸음으로 걸어가고 있었다. 성문이 가까워올수록 인가가 드문드문 엿보이고 인가들의 굴뚝에서는 밥 짓는 연기들이 드문

114

드문 피어오르고 있었다.

　잰걸음으로 걷던 중은 문득 옛사람의 시 한 구절을 기억하여 떠올렸다. 옛 고려 때 사신으로 원나라에서 온 계명숙(季明叔)이란 사람은 절동(浙東) 출신이었는데 그는 천안으로 내려와 객관(客館)에 머무르면서 다음과 같은 절창의 시를 한 수 지었다.

　말 탄 길손이 저물녘에 천안에 와서
　문안으로 들어가 말에서 내려
　한가로이 서성거리네
　빈 뜰 고요하여 만뢰(萬籟)가 쥐죽은 듯한데
　낙엽만이 쓸쓸히 난간을 울리네
　푸른 하늘엔 구름 없어 맑기가 씻은 듯하고
　밤빛에 맺힌 이슬 반짝이는데
　호상(胡牀)에 홀로 앉아 잠 못 이루니
　달은 날아오고 바람이 차갑구나.

　옛 사신의 시를 무심코 중얼거리던 중은 휘적휘적 걷다가 홀로 웃으면서 말하였다.

　'나는 말 탄 길손은 아니지만 오늘밤은 옛 시인처럼 저물녘에 천안 문안으로 들어가서 하룻밤을 머무르고는 떠날 것이다.'

　아직 해질 무렵이 아니었는데도 발 빠르게 몰려온 비구름이 하늘을 단박 뒤덮어 한밤중이라도 되어 버린 듯 사위는 어두워졌다. 아무래도 한바탕 소나기라도 쏟아질 것처럼 보인다.

인가가 없는 들판에서 비를 맞으면 낭패다 싶어 잰걸음으로 걷던 중은 성이 가까워져 인가들이 드문드문 나타나자 다시 걸음걸이가 늦추어졌다. 행색으로 보아 중은 인근 산에서 내려와 집집마다 돌아다니며 경문(經文)을 외면서 시주하는 곡식이나 금전을 받아 가는 탁발승으로는 보이지 않는다. 그보다 먼 길을 떠나는 행각승으로 보여 모처럼 산에서 저잣거리로 내려온 해방감에 넘쳐 보이고 있었다.

그때였다.

마침내 잿빛 하늘에서 후드득 빗방울이 흩뿌리기 시작하였다. 길 옆 수로를 따라 장대처럼 줄지어 서 있는 옥수수의 댓잎 위로 후드득후드득 발이 굵은 빗줄기가 내리꽂히더니 이내 쏴아아— 소나기가 쏟아지기 시작하였다. 한바탕 글씨를 써내리기 위하여 하늘의 벼루가 잔뜩 먹물을 갈아대고 있으니 금세 그칠 비가 아니었다.

저녁 무렵이었는데도 들판에서는 번쩍번쩍 번개가 일어나고 뒤를 이어 하늘이 찢어지듯 천둥소리가 요란하였다.

중은 흠뻑 비를 맞고 길가 초가집 처마 밑에 깃들여 섰다. 방 갓을 쓰고, 비가 쏟아지자 곧 가까운 초가집을 골라 처마 밑으로 깃들였는데도 비가 워낙 거센 기색이어서 흠뻑 젖은 꼬락서니가 되어 버렸다. 쉽게 멈출 것 같지 않은 소낙비였지만 어쨌든 지나가는 비였으므로 중은 비구름이 스쳐갈 때까지 남의 집 처마를 신세지기로 마음먹었다.

초가집 지붕에서는 낙수하여 빗물이 똑똑 떨어지고 있었는데 워낙 처마가 받아서 떨어지는 빗물이 중의 다리 정강이를 흠뻑 적시고 있었다.

그러거나 말거나 중은 완전히 비 맞은 중의 신세가 되어 뭐라고 중얼거리면서 장대 같은 비가 쏟아지고 있는 들판을 물끄러미 바라보고 있다.

번쩍번쩍 번개가 자주 일고 뒤를 이어 하늘이 찢어지듯 천둥이 치고 있었는데 그 소리가 마치 시어머니, 며느리 두 사람이 끝을 마주 잡고 구겨진 홑이불을 털어내는 소리와도 같았다. 구겨진 홑이불 자락이 펄럭펄럭거리고 빗줄기는 펄럭이는 이불자락에서 떨어져 내리는 먼지처럼 흩날리고 있었다.

바로 그때.

비를 피하고 있는 처마 옆의 대문이 덜컹 열리더니 집 안에서 노인 한 사람이 나타나 몹시 성이 난 목소리로 중에게 소리 질러 말하였다.

"거기 서 있는 사람이 뉘기여, 어느 시러베아덜놈이 남의 집 처마 밑에 뉜 허락도 없이 서 있남."

노인은 자신의 처마 밑에 비를 피하면서 서 있는 자가 아니꼬워 심사가 뒤틀린 듯 가래를 돋워 침을 뱉으면서 소리를 질러 말하였다.

비가 올 때 흔히 남의 집 처마 밑에 깃들여 그칠 때까지 비를 피하는 것은 지나가는 길손의 당연한 권리이기도 하였다. 그런데 이 무슨 해괴한 인심인가 싶어 중은 두 손을 모으고 합장하면서 말하였다.

"지나가는 과객이온데 잠시만 비를 피했다가 비나 멎으면 떠나겠습니다. 나무관세음보살."

노인은 중이 합장하면서 말하자 그가 중임을 그제야 알아차린 듯 카랑카랑한 소리로 말을 받았다.

"어느 집에 또 사람이 죽어 넘어가 염불이라도 해주러 나온겨, 아니면 두 눈이 멀어 저 대문 앞에 내걸린 금줄도 못 보는 앞 못 보는 봉사 스님이라도 되는겨."

노인은 다소 기세가 누그러져 대문 위에 내걸린 금줄을 가리키면서 말하였다. 중은 노인이 가리킨 손가락을 따라 대문 위 처마 밑을 쳐다보았다. 그곳에는 짚으로 새끼를 꼰 금줄이 드리워져 있었다.

흔히 금기줄[禁忌繩], 좌삭(左索), 문삭(門索)이라고 불리는 금줄은 문을 통해 집 안으로 들어오는 악귀(惡鬼)를 쫓기 위해 주술적(呪術的) 금기를 목적으로 하여 문전에 내거는 새끼줄을 말함이었다. 잡귀들은 왼쪽(左) 방향을 싫어한다 하여 새끼를 왼쪽으로만 꼬아 몸과 마음이 부정한 사람은 이 집 안으로 들어올 수 없다는 뜻을 널리 나타내 보이는 원시신앙의 한 형태인 것이다. 흔히 금줄은 집안 식구 중의 누군가가 아기를 낳은 산시(産時)에 산모와 산아를 보호하기 위한 수단으로 아들을 낳았을 경우에는 새끼줄의 중간 중간에 생솔가지와 숯, 그리고 빨간 고추를 엇바꾸게 끼워 대문간에 금줄을 치고, 딸일 경우에는 생솔가지와 숯, 빨간 고추 대신 흰 종이를 끼워 치게 되는데 노인이 가리킨 금줄에는 아무것도 끼워져 있지 않고 그냥 맨 새끼줄이었다. 아마도 그 금줄이 쉽사리 중의 눈에 띄지 않았던 것은 그 때문이었을 것이다.

그러나 분명히 문전에 내걸린, 짚으로 왼새끼를 꼬아 내건 금줄은 집 안으로 들어오려는 악귀나 역신 같은 부정(不淨)을 쫓아내려는 강력한 집주인의 뜻을 나타내 보이고 있어 그것을 모르고 비록 처마 밑이라 할지라도 집 가까이 깃들이면 몰매를 맞아도 할 말이 없음이었다.

"아이구."

중은 금줄을 보자 진심으로 미안해져 허리를 굽히면서 합장하여 말하였다.

"미안합니다, 쥔어른. 문전에 내걸린 금줄을 미처 보지 못하였습니다. 곧 처마 밑을 떠나겠습니다. 나무관세음보살."

중은 장대비가 쏟아지는 빗줄기 속으로 훌쩍 나서면서 말하였다. 그의 등 뒤에서 분명히 자신의 집을 떠나는 것을 확인한 노인의 대문 닫는 소리가 매몰차게 들려왔다.

남의 집 문전에 내걸린 금줄을 보지 못하고 그가 처마 밑에 깃들였다는 것은 중죄를 저지른 셈이다.

'그런데 웬일인가.'

중은 비를 피하기 위해 다음 집으로 향해 걸으면서 마음속으로 중얼거렸다.

예로부터 문전에 금줄이 내걸려 그 금줄에 빨간 고추나 숯 같은 물건이 섞바뀌게 끼워져 있는 것은 집 안의 누군가가 산시 중임을 나타내 보이는 뜻이나, 아무것도 없는 맨 금줄이 내걸려 있음은 마을에 돌림병이 돌고 있음을 나타내 보이는 뜻인 것이다.

중의 생각은 정확하였다.

다음 인가의 문전에도 왼새끼를 꼬아 내건 금줄이 드리워져 있었다. 서너 채의 인가가 다닥다닥 연이어 붙어 있었는데 어느 집 하나 빠진 곳 없이 모든 집 대문 위에 금줄이 드리워져 있었다. 이는 분명히 온 마을에 돌림병이 돌고 있어 그 역신이 집 안으로는 들어오지 말고 대문 앞까지 왔다가 그냥 스쳐 지나가라는 민간 풍속을 나타내고 있음이었다.

어떤 집 앞에는 생피를 바른 흔적까지 남아 있었다. 소를 잡아 그 생피를 대문에 칠하면 역신이 얼씬도 못한다고 하여 간혹 그러한 일이 있다는 소문을 전해 들었지만 이처럼 직접 눈으로 확인하니 그 인가 쪽에서 발을 멈출 수는 없었다.

웬일일까.

이미 소나기로 온몸은 빈틈없이 젖어 버렸다. 그러므로 비를 피하기 위함이 아니라 새로운 의문으로 중은 다음 인가를 찾아 길을 떠났다. 금줄이 쳐지고, 심지어 대문 위에 생피까지 발라져 있는 이상 남의 집 대문 앞 처마 밑이라 해도 신세져서는 절대로 안 될 것이다.

무슨 일일까.

산중에 깊이 묻혀 살고 있었으므로 저잣거리에서 벌어지고 있는 세속의 일은 감감 소식이었다. 그로서는 이미 전국으로 번져 나간 호열자의 돌림병 소식에 대해 접할 기회가 없었으므로 모르는 것은 당연한 일이었다.

120

마침내 외딴집이 있어 그 집 앞까지 걸어간 중이 문전을 찬찬히 살펴보았다. 그 집 대문에는 금줄이 내걸려 있지 않았다. 다행이다 싶어 중은 처마 밑에 깃들였다. 이미 온몸이 흠뻑 젖었는데도, 그리고 남의 처마 밑 신세를 지다가 혼구멍이 나 문전박대 당해 쫓겨났는데도 전혀 그런 내색도 없이 편안한 얼굴로 비가 쏟아지는 들길을 바라보고 있는 모습을 보면 그 중이 매우 낙천적인 성격을 갖고 있음을 알려준다. 뿐만 아니라 중은 가만히 소리 내어 흥을 돋우며 콧노래까지 부르고 있다.

천안 삼거리 흥, 능수나 버들은 흥

제멋에 겨워서 흥, 축 늘어졌구나, 흥

에헤라, 데헤라 흥, 성화가 났구나, 흥

노래의 가사처럼 삼거리로 갈라진 들길에는 능수버들이 제멋에 겨워서 땅거미가 내리는 저문 들녘에 한참을 비를 맞아 성화가 나서 축 늘어져 있었다.

그러나 천안 삼거리의 휘늘어진 버드나무 타령이야 태평성대의 노래가 아닐 것인가. 중은 흥에 겨워 콧노래를 부르고 있었지만 왠지 주위의 풍경은 을씨년스러워 보인다. 들녘에 펼쳐진 인가들의 굴뚝에서 간혹 모락모락 저녁을 짓는 연기가 피어오르긴 하였지만 그것은 겨우 두어 채뿐으로 왠지 집 문들은 굳게 닫혀 있고 인기척이 느껴지지 않는다.

그러고 보면 쌍령고개를 넘을 때부터 그는 들길에서 사람을 만난 적이 거의 없었음을 비로소 깨달았다. 이맘때쯤이면 들녘에는 수많은 사람들이 나와 논일을 돌보느라고 한창 북새를 떨 때인데도 그는 들녘을 가로질러 오는 동안 사람을 마주친 적이 없었다. 온 들판과 온 마을이 죽어 버린 듯 괴괴하고 적적하였다.

무슨 일일까.

그는 비를 맞으면서 중얼거렸다.

마치 적병이 들어와 온 마을 사람들이 마을을 비우고 산 속으로 피난을 간 것처럼 느껴진다. 날이 저물어 어둠이 내리는 들녘은 인기척마저 끊겨 있어 황폐한 모습이었다.

중은 문득 옛 고려 시대의 문신 강호문(康好文)의 시 한 구절을 떠올렸다. 그의 호는 자야(子野)였고 자는 매계(梅溪)였는데, 일찍이 이 천안의 원님으로 내려와 왜적을 만났었다. 내륙 깊숙이까지 쳐들어온 왜구를 맞아 그의 부인 문(文)씨는 왜적에 납치되어 끌려가다 순결을 지키기 위해 절벽에서 뛰어내려 자살한 열녀였는데, 그는 천안으로 내려와 다음과 같은 시를 지었다.

늘그막에 황폐한 고을을 얻으니
굴뚝의 연기는 두서너 집뿐이네
백성들은 흩어지고 마을은 없어지고
왜구가 침략하기 바다가 멀지 않으니
예사로는 지키기 고생스럽고
남북으로 보내고 맞음도 너무 잦구나
뉘라서 이 고을 원 되기 즐겁다 하리
시름 깊어 귀밑털이 희어만 지네.

중은 그 시의 첫머리 부분을 마음속으로 새겨 보았다.

'殘年得荒郡 烟火兩三家'

옛 시인 강호문의 시처럼 황폐한 고을에는 굴뚝에서 연기 나는 집이 두서너 집뿐이로다.

중은 중얼거리면서 황폐한 마을과 인적이 끊긴 저물어 가는 들녘을 바라보면서 중얼거렸다.

그러하면 돌림병이 아니라 마을에 왜구라도 침입하여 들어왔단 말인가. 왜적들이 침입하여 온 마을을 뒤져 약탈하고, 부녀자들을 끌어가고, 남정네들은 산 속으로 숨어들어가 온 마을이 다 비어 버렸단 말인가. 황폐한 들녘에는 불길한 까마귀들만이 떼를 지어 날아가면서 저승사자와 같은 목소리로 까옥까옥 울고 있었다.

사실 처마 밑에 깃들여 있는 중은 무정한 비가 그칠 때까지 기다리고 있을 만큼 한가롭지는 않았다. 그 당시 조정에서는 승려를 백정이나 광대와 같이 천민 중의 한 사람으로 취급하고 있어 해가 질 무렵부터는 도성(都城) 안 출입마저 금하도록 국법으로 정해져 있었다. 굳이 도성 안으로 들어가려면 중들은 승복을 벗어 감추고 자신들의 신분을 장사꾼으로 위장하여야만 가능하였다.

어둑어둑 해가 지고 있었으므로 중은 빨리 성안으로 들어서는 편이 마음이 놓이리라 생각되었다. 오늘밤은 아무래도 성안에서 머물러야 하는데 행여 까나로운 문시기를 만나면 성문 밖에서 퇴짜를 맞고 날이 밝을 때까지 오갈 데 없는 신세가 될지도 모르므로 그는 마음이 초조해졌다.

비는 아직 그치지 않았지만 기세는 훨씬 떨어져 들길을 걸을 만하였다. 그래서 막 처마 밑을 떠나려는데 그가 깃들여 섰던 초가집 안에서부터 난데없이 곡성이 들려오기 시작하였다.

어른 아이 할 것 없이 한꺼번에 떼지어 우는 울음소리였다. 갑자기 사람이 죽어 줄초상이라도 난 듯한 울음소리였다. 이미 날은 어두워 지척지척 비까지 뿌려 달빛도 별빛도 없는 낯선 길은 어두컴컴하게 저물어 가고 있는데, 느닷없이 터져 흐르는 곡성에 중은 얼어붙은 듯 제자리에 멈춰 섰다.

무슨 일일까.

중은 더 이상 참을 수 없는 궁금증을 느꼈다. 어디서도 인기척이 보이지 않는 황폐한 마을. 온 집마다 출입을 금지하는 금줄이 드리워져 있다. 비를 피해 처마 밑에 서 있는 최소한의 인정마저 타박당하고 쫓겨날 수밖에 없는 흉흉한 인심. 노인은 가래침을 뱉으면서 중에게 소리쳐 말하지 않았던가.

'어느 집에 또 사람이 죽어 넘어가 염불이라도 해주러 나온겨, 아니면 두 눈이 멀어 저 대문 앞에 내걸린 금줄도 못 보는 앞못보는 봉사 스님이라도 되는겨.'

노인의 말이 사실이라면 이 집에 또 사람이 죽어 넘어간 것이다. 그래서 느닷없이 곡성이 터져 흐르고 있는 것이다. 그렇다면 매일같이 온 마을의 사람들이 죽어 넘어가고 있는 것이다. 온 마을은 무서운 돌림병으로 황폐해져 있고 그래서 대문마다 금줄이 내걸려 있는 것이다. 밥을 짓는 굴뚝의 연기도 그래서 그쳐 있고 인기척도 그쳐 있는 것이다. 온 마을이 죽어 가고 있는 것이다.

그런 마음이 들자 중은 차마 그 울음소리를 모른 체하고 길을 떠날 수가 없을 것 같았다. 그 연유라도 알고 길을 떠나자고 그는 생각했다. 그래서 그는 바랑 속에서 목탁을 꺼내 들고 이를 두드리면서 경문을 외기 시작했다. 가가호호를 찾아다니면서 시물(施物)을 얻어 절의 양식을 얻어 가는 화주승처럼 행세하기로 마음을 먹었기 때문이었다.

육척 장신에 기골이 장대한 중의 독경 소리는 우렁차고 낭랑하였다. 분명히 중의 독경 소리가 집 안으로 새어들어가 온 식구가 다 들었음이 분명한데도 곡성은 이어지고 있었고, 아무도 대문 앞으로 나오는 사람이 없었다.

그러나 중도 쉽사리 물러서지 않았다. 이렇게 된 이상 끝장을 봐야겠다는 듯 중은 한층 더 목청을 돋워 큰소리로 경문을 외고 있었고 더욱더 힘차게 목탁을 두드리기 시작하였다.

그때였다.

문안에서부터 빗장을 여는 소리가 들려오더니 문이 열리고 젊은 사내의 얼굴이 나타났다.

"근처 절에서 내려온 화주승이온데 절에 양식이 떨어져 시주하여 주십사고 찾아왔습니다. 나무관세음보살⋯."

중이 공손히 고개 숙여 문안 인사를 드리자 젊은 사내는 다행스럽게도 불신도인 듯 마주 합장하여 인사하며 말하였다.

"저희들도 양식이 떨어져 믹을 것이 없어유, 스님. 온 마을 사람들이 다 죽어 넘어가는 판인데 여기까지 어떻게 오셨어유. 여기까지 오셨으니 스님도 살아가긴 어렵게 되셨네유."

젊은 사내의 얼굴에도 눈물 자국이 흥건히 젖어 있었다. 사내는 짜증이 난 목소리로 말을 이었다.

"흉년이 들어 드릴 양식은 막보리 한 톨도 없으니 그리 아시고 내 집에서 떠나 주세유. 여기서 얼씬하시다간 스님도 송장이 되어 버리니께. 어서 가세유. 어서 이 집에서 떠나 주세유. 죽지 않고 살고 싶으시면 빨리 여기서 떠나 버리세유."

사내는 더 이상 말하고 싶지 않다는 듯 휙 돌아서서 문을 닫고 빗장을 걸었다. 중은 우두커니 서 있었다. 집 안에서는 곡성이 더욱 커지고 있었고, 이제는 어쩔 수 없다고 생각한 중은 이미 비가 그친 어두운 들길을 휘적휘적 걷기 시작하였다.

그때였다.

얼마간 길을 걸어온 그의 등 뒤에서 황급히 달려나와 외치는 목소리가 있었다.

"스님, 스님. 가지 마세유, 스님…."

중은 걷던 걸음을 멈추고 돌아보았다. 한 여인이 머리를 풀고 산발한 모양새로 그를 쫓아오고 있었다. 황급히 쫓아온 듯 여인은 맨발이었다.

"드릴 양식은 없고, 정히 배가 고프시다면 저녁 한 끼는 공양(供養)할 수 있을 거예유, 스님. 그냥 가지 마시고 집으로 들어가시지유."

"아이구, 감사합니다. 나무관세음보살."

중은 진심으로 고맙다는 듯 합장하여 인사를 하였다. 그렇지 않아도 배가 몹시 고프던 참이었다. 길을 떠날 때 아침을 한술 들고 여기까지 오도록 아무것도 먹지 않았으니 배가 고픈 것은 당연한 일이었다.

여인은 소복을 입고 있었다. 가족 중의 누군가가 죽어 상중인 모양이었다.

"무슨 일로 집 안에서 울음소리가 터져 나오는가요."

중이 여인의 뒤를 좇아 성큼성큼 걸으면서 물었다. 그러자 여인은 땅이 꺼질 듯 한숨을 쉬면서 말하였다.

"이틀 전엔 시어머니가 숨져 돌아가셨구, 오늘밤엔 시아버지가 돌아가시게 되었구먼유. 지난여름부터 마을에 괴질이 돌기 시작하더니 온 마을 사람들이 날이면 날마다 죽어 넘어가는 판이니 스님, 이젠 마을 사람들이 다 죽어 나갈 판이어유."

그리고 나서 여인은 간단하게 말을 덧붙였다.

바다 건너 왜놈들이 초봄부터 호열자라 불리는 괴질을 우리나라에 전하였는데 그 돌림병이 점차 북상하여 온 나라를 휩쓸어 집집마다 죽어 넘어지지 않는 사람이 없고, 우물이란 우물은 모두 폐쇄되어 온 마을에는 먹고 마실 물이 씨가 말라붙어 버렸다는 이야기였다.

여인의 뒤를 좇아 집 안으로 들어간 중은 그제야 난데없이 터져 흐르던 곡성의 연유를 알게 되었다.

온 나라에 돌림병이 돌면 병에 걸린 환자들은 집 안에 머물러서는 안 된다고 국법으로 정해져 있었다. 환자를 마을 사람 모르게 집 안에 숨겨 두거나 집 안에서 앓게 하는 것이 발각되었다간

엄하게 문죄를 받게 되어 있었다.

괴질에 걸린 환자가 생겨나면 모든 집에서는 이를 숨기지 못하고 마을 어귀에 나라에서 임시로 만들어 둔 장소에 내다 버리도록 되어 있었다. 아직 숨이 끊어지지 않은 환자라 할지라도 예외 없이 돌림병에 걸린 것이 확실해지면 무조건 그 장소에 내다 버려야 했다. 그 장소는 관아에서 나온 관원들이 지키고 있고, 그들이 하는 일은 역병에 숨져간 시체들을 지키는 일이었다.

내다 버린 마을 사람들의 시신들은 모아두었다가 한꺼번에 불을 질러 태워 버리게 돼 있었다. 괴질에 걸린 시체들을 처리하는 것은 불을 질러 소각시켜 버리는 것이 가장 깨끗한 방법이라고 조정에서는 생각하고 있었기 때문이었다.

그러나 숨진 가족의 시신을 몰래 훔쳐다가 선영(先塋)이나 선산(先山) 같은 데 묻으려는 사람들이 많이 있어 관원들은 이를 막느라고 그 장소를 밤낮없이 지키고 있었다.

집 안에서 생겨난 환자들을 숨겨 두었다가 발각되면 국법으로 문죄당하기보다 더 무서운 것이 마을 사람들의 집단적인 사형(私刑)이었다. 그렇게 되면 온 마을 사람들은 떼지어 몰려가, 들고 간 낫과 쇠갈퀴 같은 농기구로 그 집을 다 부수어 풍비박산을 내고, 불을 질러 숨겨 두었던 환자째 태워 버리곤 하였다.

그렇게 되면 그 집의 가족들은 더 이상 그 마을에서는 살지 못하고 마을 밖으로 쫓겨나 다시는 고향 땅을 밟지 못하는 무서운 형벌을 받게 되어 있었던 것이다.

소복을 한 여인은 이 집의 며느리였고, 좀 전에 문밖에 나와 중에게 죽지 않고 살고 싶으면 빨리 이 집에서 떠나 버리라고 박대하였던 젊은 사내는 이 집의 아들인 모양이었다.

며느리인 여인의 말대로 이틀 전엔 이 집의 시어머니가 돌림병에 걸려 죽어 넘어갔고, 오늘은 이 집의 시아버지가 괴질에 걸려 관아에서 정해 준 장소에까지 내다 버려야 할 판인 모양이었다. 이틀 상관으로 어머니와 아버지를 한꺼번에 잃게 되었으므로 어이없고 기가 막혀 온 가족들이 한꺼번에 울기 시작하였음은 당연한 일이었다.

병에 걸린 노인은 아직 숨이 끊어지지 않았으므로 가늘게 신음소리를 내고 있었다. 이미 죽어 숨이 꺼진 시체를 내다 버리는 일도 끔찍스런 일이거늘 아직 숨이 남아 있는 아버지를 내다 버리는 일은 몸서리쳐지는 일이어서 아들은 소리를 내면서 울고 있었다. 졸망졸망한 아이들도 마당에 나와 따라 울고 있어 온 집안이 눈물바다였다.

아들인 젊은 사내는 아버지를 이불로 둘둘 말아 산 채로 묶기 시작했다. 노인은 아직 살아 있으나 이미 송장과 다름없이 바짝 말라 굳어져 있었다. 살아 있는 것은 두 눈과 이따금 달싹거리는 입술뿐이었다. 괴질로 설사를 계속하는 동안 온몸에서 수분이 다 빠져나가 버렸는지 노인은 썩은 나무토막처럼 굳어져 있었고, 불덩어리 같은 고열로 입술은 까맣게 타 숯덩어리 같아 보였다.

아들은 노인의 몸을 이불로 동여매고 나서 지게를 메고 왔다. 아마도 아버지를 지게에 실어다가 마을 밖에 내다 버릴 모양이었다.

통곡하여 울기만 할 뿐 아무도 노인을 지게에 실어 올리지 못하였으므로 이를 보다 못해 중이 나서서 단숨에 노인을 안아 들었다. 노인의 몸은 검불처럼 가벼웠다.

환자의 몸을 만져 옮을지도 모르는 돌림병 따위는 조금도 무섭지가 않았다. 중이 더 고통스러웠던 것은 이 엄청난 아비규환의 지옥도를 직접 눈으로 보고 있는 생생한 현실이었다.

이곳은 지옥이다. 이것은 무간지옥(無間地獄)이다.

중은 아들인 사내가 등에 멘 지게 위에 노인을 올려놓고 나서 행여 가는 동안 노인이 지게에서 떨어지지 말라고 단단히 줄로 결박하여 묶었다. 아버지를 지게에 메고 나서 사내는 뒤도 돌아보지 않고 마당을 가로질러 대문 밖으로 나갔다. 가족들의 울음소리가 일제히 높아지고, 그들은 대문까지 따라 나갔다. 그러나 문 밖으로는 쫓아 나가지 않았다. 병에 걸린 환자를 내다 버릴 때 가족들이 대문 밖에 따라 나가지 않는 것은 지켜야 할 관습이었으므로.

그 대신 중이 성큼 따라 나서면서 말하였다.

"소승이 함께 따라 나섰다 돌아오겠습니다."

이미 비는 완전히 그쳐 있었다. 그러나 한꺼번에 많은 비가 내렸으므로 길은 질펀하게 젖어 있었고 논 옆의 수로를 따라 물이 콸콸 쏟아져 흐르고 있었다. 언제 비가 내렸냐는 듯 하늘엔 둥근 달이 떠 있었다. 하늘엔 구름 한 점 없어 별빛도 무성하고 달빛도 투명하였다. 그래서 밤길은 전혀 어둡지 않았다.

아들은 아버지를 지게 위에 실어 업고 나서 잰걸음으로 밤길을 걷고 있었다. 뒤에 중이 따라오고 있음을 분명히 알고 있었음에도 아들은 일체 아는 체하지 않고 묵묵히 앞장 서 걸을 뿐이었다. 이틀 전에 어머니가 먼저 괴질에 걸려 관아에서 지정해 준 장소에 내다 버렸으므로 그 길에 익숙한 듯 아들은 조금도 망설이지 않았다.

성문으로 다가가는 밤길은 완전히 인적이 끊긴 황폐한 들녘이었다. 모든 민가들은 굳게 문을 닫고 있었고 불빛마저 새어 나오지 않고 있었다. 모든 대문 앞에는 금줄이 내걸려 있었다.

아들의 지게 위에 실린 노인의 입에서 이따금 신음소리가 새어 나오고 있었다. 아직 숨이 끊어지지도 않은 아버지를 산 채로 내다 버리는 것이 기막힌 듯 아들은 잰걸음으로 걸으면서 벅벅 소리가 나도록 울며 손등으로 눈가를 씻어 내리고 있었다. 그 뒤를 따라 걷는 중의 가슴도 슬픔으로 미어질 것만 같았다.

비가 흠뻑 내린 논과 밭에는 개구리들이 귀가 찢어질 정도로 울고 있었는데 저벅저벅거리는 발자국 소리가 다가오면 잠시 울음소리를 멈추어 숨을 죽이곤 하였다.

한참을 앞서 걷던 아들이 더 이상 슬픔을 견디어낼 수 없다는 듯 걷던 발걸음을 멈추고 제자리에 섰다. 그리고 나서 풀썩 주저앉아 흐느끼기 시작하였다. 한꺼번에 참았던 슬픔이 북받쳐 터져 버린 듯 아들은 온몸을 떨면서 울고 있었다.

"아이고 아부지, 아이고 아부지."

아들은 등에 졌던 지게를 벗어 막대를 걸어 길옆에 세우고 나서 아직 숨이 끊어지지 않은 노인을 향해 무릎을 꿇고 엎드려 울부짖기 시작하였다. 차마 아낙네나 아이들 앞에서는 아비로서 보이지 못하였던 슬픔을 들녘에서나마 풀고 생이별하는 아들로서의 불효를 조금이라도 씻으려는 듯 사내는 엎드려 통곡하고 있는 것이다.

"이 일을 어쩌면 좋아유. 아이고 아부지, 아이고 아부지."

노인이 그 말을 받아 무어라고 중얼거렸지만 기운이 진해 말이 되어 나오지 못하고 헛바람만 입에서 새어나올 뿐이었다. 노인은 아직도 아들의 말을 알아듣고 무슨 일이 자신에게 벌어지고 있는가를 분명히 알아차리고 있을 만큼 의식이 명료한 모양이었다.

"전 이제 아부지를 내다 버릴 꺼여유. 며칠 전엔 엄니를 내다 버렸구 이젠 아부지를 내다 버릴 꺼여유, 아부지."

아들인 사내는 제 설움에 겨워 넋두리를 하기 시작하였다.

"아부지, 돌아가시더라두 엄니를 만나 좋은 세상에서 극락왕생(極樂往生)하셔유."

아들은 일어서서 돌림병이고 뭐고 옮을 테면 옮으라는 듯 노인의 몸을 어루만지면서 말하였다.

"오늘밤에 엄니는 지가 거둬다가 깊은 산 속에 묻어 드릴 꺼여유. 그냥 한데서 뼈도 못 추리는 화장으로 내다 버리지는 않을 꺼구면유. 허니께 가시는 마지막 길이라도 맴 편히 가셔유. 아부지도 숨져 돌아가시면 지가 거둬다가 함께 묻어 드릴 터이니 안심하셔유, 아부지. 엄니랑 함께 묻어 드릴 꺼여유."

꽁꽁 이불로 둘러싸여 묶인 노인이 무어라고 아들의 말을 받아 대답하였다. 그러나 그 대답 소리는 분명하게 들리지 않았다. 아마도 자신을 내다 버리는 아들의 마음을 달래어 안심시키려는 듯 목소리는 부드러웠다. 비록 기운이 진해 말은 할 수 없었지만 어서 빨리 길을 떠나 나를 버려 달라는 듯 노인의 표정은 평화로웠다.

한바탕의 울음으로 마음이 좀 가라앉았는지 사내는 다시 아버지를 실은 지게를 메려고 하였다. 그러나 몸과 마음이 지칠 대로 지친 사내는 힘에 겨운 듯 비틀거렸다.

그제야 사내는 한곁에 물러서서 아버지와 아들 간에 벌어지고 있는 기막힌 생이별 장면을 묵묵히 바라보고 있는 중의 존재가 눈에 들어온 듯 팽―, 코를 풀면서 말하였다.

"스님, 좀 도와 주셔유. 지겔 멜 수 있도록 도와 주셔유."

이를 보던 중이 성큼 다가서면서 말하였다.

"소승이 대신 메겠습니다. 그러니 그 지겔 내게 주시오."

육척 장신에 기골이 장대한 중은 사내에게서 막대를 빼앗으며 말하였다. 그러자 사내는 머리를 흔들면서 말하였다.

"안 될 것이구먼유. 아부지를 멘 지겐데 지가 마땅히 지고 가야지유. 좀 도와만 주셔유, 스님."

"아드님은 이미 지치셨소. 자, 망설일 필요는 없소. 소승이 대신 메겠습니다."

중은 가볍게 사내에게서 지세막대를 빼앗아 들고 난숨에 지게를 메어 졌다.

"자, 앞장 서 길을 여시오. 아직도 가야 할 길이 멀었습니까?"

"거반 다 왔구먼유. 저 산자락만 돌아가면 있을 꺼구먼유."

"그럼 빨리 갑시다. 이별의 장면이 너무 길면 산 사람도 죽은 사람도 모두 지치고 괴로울 뿐이오. 나무아미타불 관세음보살."

중은 두 손을 모아 합장을 하면서 말했다. 그리고 마음속으로 다음과 같이 중얼거렸다.

'아미타불(阿彌陀佛)이여, 사람이 죽으면 반드시 가야만 할 극락정토의 세계를 지키고 있는 아미타불이여. 이 가엾은 아버지와 이 가엾은 아들의 마음속에서 슬픔의 번뇌를 씻어 주소서.'

중은 노인의 몸을 실은 지게를 걸머지고 뚜벅뚜벅 앞장서 걷기 시작하였다. 아들은 빠른 걸음으로 걷는 중의 뒤를 좇아 부지런히 걷고 있었다.

중은 뚜벅뚜벅 앞서 걸으면서 아미타경(阿彌陀經)을 외기 시작하였다. 입을 열어 소리 내어 욀 수는 없었으므로 마음속으로 욀 뿐이었다.

아미타경은 일찍이 부처가 기원정사(祇園精舍)에 머무르고 있을 때 제자 사리불(舍利弗)을 상대로 아미타불과 그가 머무르고 있는 정토와 극락세계의 장엄과 공덕을 설명한 경전인데, 부처는 그 설법 중에 다음과 같이 말하였다.

'사리불이여, 극락세계에 태어나는 중생들은 모두 보리심(菩提心 : 성불 득도하려는 마음)에서 물러서지 않는 사람들이며 그중에는 이 다음에 부처가 될 사람이 많아 그 숫자는 일일이 헤아릴 수가 없다. 그러므로 이 말을 들은 이 세상의 모든 중생들은 서원(誓願)을 세워 정토왕생을 원해야 하며, 극락세계에 가면 으뜸가는 사람들과 한데 모여 살 수 있다. 그러나 조그마한 선근(善根)이나 복덕(福德)의 인연으로는 극락정토의 저 세계에 태어나기 어렵다. 선남자와 선여인이 저 세계에 태어나기 위해서는 아미타불에 대한 이야기를 듣고 하루나 이틀, 혹은 사흘, 나흘, 닷새, 엿새, 이레 동안 한결같은 마음으로 아미타불의 이름을 외되 조금도 마음이 흐트러지지 않으면 그가 임종할 때 아미타불이 여러 성중(聖衆)들과 함께 그 사람 앞에 나타나게 될 것이다. 그리하여 그는 생각이 뒤바뀌지 않고 곧 아미타불의 극락세계에 왕생하게 될 것이다.

사리불이여, 나는 이러한 도리를 알고 말한 것이니 어떤 중생이든지 이 말을 들으면 저 청정한 국토에 왕생하기를 원하라.'

위와 같은 내용의 아미타경을 마음속으로 외면서 중은 뚜벅뚜벅 걸었다. 그의 가슴은 참담한 슬픔으로 갈가리 찢기고 있었다.

내가 이 가엾은 노인과 아들을 위해 해줄 수 있는 것은 과연 무엇인가. 이처럼 피로하고 지친 아들을 위하여 대신 아버지를 실은 지게를 걸머지고 함께 밤길을 걷고 있음일까.

지게에 누워 있는 노인의 몸이 중의 등허리로부터 생생히 전해 오고 있었다. 아직 살아 있는 노인의 숨결, 이따금 가늘게 토해 내는 신음소리, 남아 있는 따뜻한 체온. 그러나 중은 알고 있었다. 실은 노인이 조금씩 조금씩 죽어 가고 있음을.

노인은 시체를 비리도록 되어 있는 장소에 이르기도 선에 먼저 숨을 거둘 것이다. 차라리 그 편이 좋을 것이다.

시체들이 산더미처럼 쌓여 있는 그곳에서 홀로 남아 임종하기보다 아들과 함께 걷는 이 밤길 도중에 숨을 거두는 편이 훨씬 좋을 것이다.

그 어디에도 막힌 데 없는 달빛이 투명하게 온누리를 비추고 있었다. 그래서 밤길은 조금도 어둡지가 않았다. 중은 조금도 지친 기색 없이 밤길을 내처 걷고 있었고 뒤따라오는 사내도 이미 슬픔도 눈물도 다 사라져 버린 듯 묵묵히 그의 뒤를 쫓아오고 있었다. 밝은 달빛에 두 사람의 그림자만이 땅 위에서 우쭐우쭐 춤추고 있을 뿐이었다.

부처여.

중은 빠르게 걸으면서 마음속으로 중얼거렸다.

'아들과 함께 가는 이 길 위에서 노인이 숨을 거두고 죽을 수 있도록 도와주소서. 그리하여 아미타불로 하여금 한평생 손이 부르트도록 고생하였던 이 노인이 임종할 때 그를 여러 성인들과 함께 맞아들여 극락정토에 왕생할 수 있도록 도와주소서.'

중은 일념으로 아미타불의 이름을 마음속으로 되뇌고 있었다.

'나무아미타불, 나무아미타불, 나무아미타불, 나무아미타불, 나무아미타불.'

중의 이마에서 땀이 흐르기 시작하였고 이내 그의 온몸은 뜨거운 열기로 타올라 김이 솟고 있었다.

내가 이곳에서 저 가엾은 노인과 아들을 위해 해줄 수 있는 것은 오직 일심으로 아미타불의 이름을 외는 일뿐일 것이다. 저 사람들의 마음속에 평화를 줄 수 없다. 또한 내겐 아무런 힘도 없다. 저 무서운 돌림병을 물리칠 힘도 없으며, 저 역신을 막을 권능도 내게는 없다.

중은 일념으로 아미타불을 외어 나갔다.

'나무아미타불, 나무아미타불, 나무아미타불, 나무아미타불.'

마침내 중은 자신의 소원이 이루어짐을 알게 되었다. 노인의 숨소리가 갑자기 크게 부풀어 올라 믿어지지 않을 만큼 한번을 크게 들이마시고 천천히 내쉬더니 이내 잠잠해져 다시는 이어지지 않음을 느끼게 되었다. 모든 것이 한꺼번에 끊겨 신음소리도 더 이상 들려오지 않았고, 조금씩 움직이던 인기척도 느껴지지 않았다.

죽었다.

중은 무심코 자신의 뒤를 따라오는 사내의 모습을 돌아보았다. 아버지가 이제 막 숨을 거두고 임종하였는지도 모르고 사내는 슬픔에 젖은 얼굴로 묵묵히 그의 뒤를 따라오고만 있었다.

중은 이마에 밴 땀을 손등으로 씻어 내리면서 길게 안도의 한숨을 내쉬었다.

'나무아미타불 관세음보살.'

그날 밤.

중은 그 사내의 집에서 하루를 머무르게 되었다. 늦은 저녁밥을 한 술 얻어먹고 길을 나서려는 것을 집안 식구들이 나서서 한 사코 하룻밤이라도 주무시고 가라고 붙잡으므로 그대로 주저앉은 것이었다. 문전박대하던 사내도 중을 붙들고 늘어졌다. 이틀

걸러 아버지 어머니의 줄초상을 치르느라고 지친 가족들은 이내 잠들어 버리고 중은 홀로 깨어 앉아 있었다.

방이라고는 하지만 집에서 기르는 가축들을 위한 외양간과 맞붙어 있는 헛간이어서 이따금 음매— 하고 울어 대는 소의 울음소리와 되새김질하는 소의 헐떡이는 입김소리가 들려오기도 하였다. 역한 쇠똥 냄새도 그대로 방안으로 스며들고 있었다.

중도 아침 일찍 길을 떠나 하루 종일 쉬지 않고 걸어온 뒤끝이었으므로 몸은 젖은 솜처럼 지쳐 있었다. 더욱이 시장 끝에 저녁밥을 배불리 먹어 식곤증으로 잠이 몰려오고 있었다. 그대로 누우면 귀신이 업어 가도 모를 만큼 깊은 잠에 빠져들 것 같았다.

내일 아침 일찍 일어나 길을 떠난다 하더라도 꼬박 사흘 밤 사흘 낮을 내처 걸어야만 목적했던 청계사에 닿을 수 있었으므로 한양까지의 200여 리, 그 먼 길을 가려면 일찍 잠을 자두어야만 했음에도 중은 좀체로 잠을 이룰 수가 없었다.

그로서는 좀 전에 눈으로 보고 직접 몸으로 맞부딪쳤던 엄청난 광경을 좀체로 지워버릴 수가 없었기 때문이었다.

그는 일찍이 그처럼 많은 시체의 산더미를 본 적도 없었으며 상상도 할 수 없었다.

성안과 성밖 할 것 없이 온 고을 전체에서 죽어 넘어간 시체들이 실려와 너른 산기슭에 펼쳐져 있었다. 시체 썩는 냄새가 천지를 진동하고 있었고 한곁에서는 한꺼번에 시신들을 태우고 있었다. 사방에서 시신들을 싣고 온 가족들의 울부짖는 통곡소리가 터져 흐르고 있었고, 수많은 사람들이 아직도 살아 있는 사람들을 그대로 흙구덩이를 만들어 그 속에 묻고 산 채로 생매장을 하고 있었다. 살아도 산 사람이 아니고 죽어도 죽은 목숨들이 아니었다. 중의 눈에 비친 그 생생한 광경은 살아 있는 현실의 세계가 아니라 캄캄한 어둠의 나락(奈落)이었으며, 고통으로 가득 찬 지하의 뇌옥(牢獄)이었다.

그곳은 그가 불경을 통해 익히고 들었던 그 모든 지옥이 합쳐진 나락가(奈落迦)였다.

죄인들이 서로 죽이며 뜨거운 고통을 받는 등활(等活) 지옥, 뜨겁고 검은 밧줄로 신체가 묶이고 수족이 끊기는 고통을 받는 흑승(黑繩) 지옥, 한꺼번에 많은 고통이 엄습하여 비명을 지르는 호규(號叫) 지옥, 모든 것이 맹렬한 불꽃으로 타오르는 극열(極熱) 지옥, 고통이 쉴 새 없이 닥치는 아비(阿鼻) 지옥, 그 모든 지옥이 합쳐진 아비규환의 무간지옥(無間地獄)이었다.

그 틈에서도 그 장소를 지키는 관인들에게 뇌물을 주고 가족의 시신을 빼내려는 은밀한 뒷거래가 벌어지고 있었다.

아버지의 시신을 여기까지 메고 온 사내도 관인을 상대로 이틀 전에 죽은 어머니의 시신을 빼내기 위해 흥정을 시작하였는데 죽은 사람의 시신은 비싼 값에 거래되고 있었다. 자신들의 가족을 이처럼 노방(路傍)에 함부로 매장할 수 없다고 생각한 사람들은 어떻게든 이곳에서 빼내가기 위해 필사적으로 노력하고 있었다.

대워도 태워도 끊임없이 몰려오는 시체들을 다 처리할 수 없었으므로 흙구덩이를 파 그 속에 환자들을 생매장하고 있었는데 자신들의 가족임을 확인하기 위해 간단한 부장품(副葬品)들도 함께 묻고 있었다. 먼 후일 돌림병이 물러가면 흙을 파 남은 유골들을 수습(收拾)하여 다시 장례를 치러야 하겠다는 듯 사람들은 아귀다툼을 벌이고 있었다.

관인들을 상대로 한 뒷거래가 성사되었는지 사내는 이불로 둘둘 만 시체를 다시 지게에 둘러메고 나타났다. 남의 눈도 있고 해 한시라도 빨리 그 장소에서 벗어나야 했으므로 사내는 어두운 곳을 골라 뛰듯이 걸어 나갔다. 죽은 지 이틀이 지났으므로 시체는 몹시 썩어 견딜 수 없는 악취를 풍기고 있었다.

두 사람은 인근 야산으로 들어갔다.

산은 소나무로 숲을 이루고 있었다.

훗날 다시 파내 장지를 골라 이장을 하는 한이 있더라도 지금은 남의 눈을 피해 빨리 매장하는 것이 급하였으므로 장소를 따질 형편이 되지 못하였다. 사내는 대충 숲 속의 평지를 골라, 들고 온 괭이로 흙을 파기 시작했다. 이제껏 말없이 사내의 뒤를 좇아 모든 일을 직접 눈으로 보고 확인하였던 중도 달려들어 함께 흙을 파기 시작했다.

이러한 살벌한 풍경과는 달리 하늘에 뜬 달은 끔찍이도 밝아 온 산을 월광(月光)으로 물들이고 있었다. 소나무 숲은 울창하여 달빛이 숲을 꿰뚫고 들어오지는 못하였지만 그런대로 사위는 밝았다.

얕게 흙을 파고 매장하였다가는 들짐승이 파헤쳐 시신을 파먹을지도 모른다고 생각하였으므로 사내는 키 높이의 한 길까지 깊이 흙구덩이를 파헤쳤다. 그리고 나서 두 사람은 이미 썩어 역한 냄새가 나는 시신을 구덩이 속에 집어넣었다. 두 사람은 빠르게 흙을 메워 덮었다. 아무도 그 야산 기슭에 흙을 파 시신을 매장하였음을 눈치채지 못하도록 풀을 떠다 대충 떼를 입히고 흙더미는 평평하게 골라 흔적을 없앴다.

훗날 쉽게 가묘(假墓) 장소를 알기 위해 사내는 주위를 돌아다니면서 돌을 주워다 매장한 장소 한복판에 자신만이 식별할 수 있는 돌무덤을 만들어 두었다.

중은 그 처참한 풍경을 떠올리면서 새삼스레 몸서리를 쳤다. 그의 머릿속으로 시신을 야산에 묻고 돌아오는 귀로에 마주쳤던 불타오르는 집의 모습도 떠올랐다. 누군가 돌림병에 걸린 식구를 차마 관가에 알리지 못하고 숨겨두고 있다가 발각되었는지 온 마을 사람들이 낫과 괭이들을 세워들고 달려가 식구들을 집안에서 끌어낸 후 집에 불을 지르고 있었다. 끌려나온 식구들은 땅 위에 주저앉아 목을 놓아 울고 있었고, 병에 걸린 환자는 불속에서 고스란히 산 채로 타죽고 있었다.

누구 하나 만류하는 사람도 없었고, 온 마을은 완전히 미쳐있음이었다. 중은 허리를 펴고 정좌하고 앉아서 묵묵히 좀 전의 일들을 낱낱이 헤아려 보았다.

2

중의 이름은 경허(鏡虛)로 속명은 동욱(東旭). 그의 속성은 송

(宋)씨였다. 그는 오늘 아침 일찍 동학사(東鶴寺)를 떠나온 길이었다.

그로서는 오랜만에 길을 떠나 바깥출입을 해본 것이었다. 간혹 절 주위의 계룡산을 떠돌아본 적도 있고, 가까운 절을 소요 삼아 나다닌 적은 있었지만 이처럼 행장을 차리고 길을 떠난 적은 17년 만의 일이었다.

그는 어린 나이에 동학사로 보내어졌다. 이곳에 오기까지 그는 속명인 동욱으로만 불리고 있었는데, 열네 살의 어린 소년 동욱은 17년의 세월을 동학사에서 보내는 동안 잔뼈가 굵어 청년이 되었으며 어느덧 서른한 살의 장년에 접어들게 되었던 것이다.

그는 동학사 강원에서 젊은 강백(講伯)으로 여러 학인들에게 교리를 가르치고 있었는데 그러면서도 한시도 자신이 떠나온 청계사(淸溪寺)를 잊은 적이 없었다.

청계산(淸溪山)에 있는 청계사는 그가 아홉 살의 어린 나이로 머리를 깎고 사미 노릇을 하였던 고향과 같은 절이었다. 그는 5년 동안 청계사에서 행자로 수업하였는데 그곳에는 꿈에도 잊지 못할 스승 계허(桂虛)가 머무르고 있었다.

그는 지금도 분명히 기억하고 있다.

여덟 살의 어린 나이 때 소년 동욱은 아버지를 잃었다. 여덟 살의 나이라면 웬만한 식별력은 있어 아버지의 기억이 남아 있을 만하련만 동욱에게는 스승 계허의 기억이 친아버지처럼 더 많이, 더 오래 남아 있을 정도였다.

그의 고향은 원래 전주로 자동리 출생이었는데 아버지가 돌아가시던 여덟 살 때까지 그곳에 살았으나 고향의 기억은 그 속가(俗家)의 마을보다 5년 동안 소년 시절을 보냈던 청계사가 더 깊게, 더 많이 남아 있음이었다.

그의 속가는 사대부의 전통을 이어 지켜 내려오던 양반의 집안이었으나 집은 몰락하고 가세는 기울어 몹시 가난한 어린 시절을 보내야만 했었다. 그가 유일하게 기억하는 속가의 기억은 어른들 모르게 볏짚을 가지고 나뭇간 뒤에서 혼자 짚신을 삼던 일이었다. 그는 단 하나 남은 늙은 머슴에게 짚신 삼는 법과 새끼를 꼬아 밧줄을 만들고 가마니를 짜는 법을 배웠는데 그중에서도 짚신 삼는 일을 즐겨 하였다.

그가 돌아가신 아버지를 기억하는 유일한 것은 볏짚으로 짚신을 삼다가 아버지에게 들켜 장대로 몹시 얻어맞던 기억이었다. 가세는 기울고 몰락하였지만 양반으로서의 체통을 지켜 나가던 아버지 송두옥(宋斗玉)은 상놈이나 할 수 있는 일을 양반의 자제가 한다 하여 아들을 몹시 때린 적이 있었다. 다시는 짚신을 삼지 않겠다고 아버지에게 굳게 맹세하였으면서도 그는 그 즐거움을 차마 버릴 수가 없었다.

사람들이 신는 짚신을 볏짚으로 만드는 일이 어째서 천한 상놈들이나 할 수 있는 일일까. 그는 나뭇간이나 외양간 같은 곳에 숨어 남몰래 짚신을 엮으면서 그것이 늘 궁금하고 이해가 가지 않았다.

손(手)보다 발(足)은 물론 천한 것이다. 손은 붓을 들어 글을 쓰고 깨끗함을 추구하지만 발은 더러운 것을 밟으며 흙을 딛는

대발심(大發心) 143

다. 그러나 발이 더러운 흙을 밟는 것이라 하여 신체의 일부가 아닐 것인가. 신체를 집에 비유한다면 발은 집을 떠받치는 기둥이 아닐 것인가. 그 발을 보호하고 감싸는 짚신을 엮는 일이 어째서 상놈들이나 할 수 있는 천박한 일이란 말인가.

짚신을 삼는 버릇은 지금까지 이어져 내려오고 있었는데, 그 점은 다행이었다.

왜냐하면 동학사에 머무르고 있는 17년 동안 그는 육척 장신에 보통 사람보다 훨씬 큰 헌헌장부로 성장해 버렸기 때문이다. 체구가 보통 사람보다 훨씬 컸으므로 손과 발도 보통 사람보다 월등히 커 아무리 장터에 나가 골라 보아도 그의 발에 맞는 신발은 구할 수가 없었기 때문이었다. 어렸을 때 배웠던 짚신 삼는 기술이 그에게 요긴하게 쓰였음은 당연한 일이었다.

그는 언제나 자신의 신발은 자신이 엮어 만들어 신고 다녔을 뿐 아니라 사람들이 원하면 즐겨 짚신을 엮어 주곤 하였다. 그는 손으로 일일이 치수를 재지 않고 한눈으로 척 봐도 사람들의 발 크기를 알 수 있어 혼자서 눈어림으로 사람들의 발 크기를 재어 두었다가 짚신을 만들어 선물로 주곤 하였다.

이 버릇은 그가 예순네 살의 나이로 시적(示寂)할 때까지 계속되었을 뿐 아니라 그의 법제자인 수월(水月)에게 이어져 수월은 먼 후일 '짚세기 선사'로 불려지게까지 되는 것이다.

스승 경허로부터 법(法)을 배웠을 뿐 아니라 아울러 짚신 삼는 법까지 함께 배운 수월은 말년에 강계군을 거쳐 만주 지방으로 건너가 백두산 근처 어느 산마루턱에서 작은 오막살이 토굴을 하나 짓고 살았다.

자신이 누구인지, 어디서 왔는지 전혀 알리지 않은 이 수수께끼의 스님은 이른 아침 홀로 자리에서 일어나 예불을 마치면 짚신만을 삼았다. 한 켤레가 아니라 수십 켤레씩 삼는 것이었다. 큰 것, 작은 것, 여러 가지 모양새의 짚신을 삼아 오막살이 처마 밑에 매달아 놓곤 하였다. 그리고 나서는 아침밥을 짓기 시작하였는데, 노인 혼자 사는 토굴이건만 밥은 보통 10여 인분을 해놓곤 하였다.

그리고 나서 스님은 오막살이 밖으로 나가 나무를 패기 시작하였다. 하루 종일 나무를 패는 스님은 점심때가 되어 고개를 넘는 길손들이 나타나면 그 길손들이 누구건 붙잡아 다 떨어진 짚신을 벗기고 자신이 만든 짚신 중에서 그 사람의 발에 맞을 만한 짚신을 골라 신겨 주곤 하였다.

스님이 머무르고 있는 토굴 옆에는 작은 샘까지 만들어져 있어 지나가는 길손들은 으레 그 샘터에서 발을 멈추고 목마른 갈증을 달래곤 하였는데 그럴 때마다 스님은 짚신을 갈아 신긴 길손들에게 점심까지 먹여 길을 보내곤 하였다.

강원도 월정사 상원암에서 방장으로 주석하고 있다가 예순이 넘은 노인 나이에 그 누구에게도 온다 간다 말이 없이 행방을 감추어 버린 수월 선사는 이처럼 산마루턱에 오막살이를 지어 놓고 길 가는 길손들의 목마름을 씻어 주고, 배고픔을 채워 주고, 피로함을 달래 주기 위해 손수 만든 짚신을 '무주상보시(無住相布施)'하고 있었던 것이다.

열네 살의 어린 나이로 동학사에 보내져 17년의 세월을 지내는 동안, 중 경허는 한시도 사미의 행자생활을 보냈던 청계사의 기억을 잊어버린 적이 없었다.

그가 아홉 살 되던 해 독실한 불교신자였던 그의 어머니 밀양 박(朴)씨는 두 아들을 모두 불가에 보내기로 결심한 후 먼저 경허의 형 태허(泰虛)를 공주 마곡사에 출가시켰다. 평소 두 아들 모두를 출가시키고 자신의 여생은 절에서 허드렛일이나 도와주면서 보내겠다고 생각하고 있었던 어머니 박씨는 남편인 송두옥이 죽자 평생 생각해 오던 결심을 실행에 옮겼다.

그러나 맏아들 동석(東石)을 마곡사에 출가시켜 득도케 하였으나 둘째 아들 동욱에 대해서만은 아무래도 마음이 내키지가 아니하였다. 왜냐하면 이제 겨우 아홉 살의 나이로 출가시키기에는 너무 어린 나이였기 때문이었다. 남편이 죽자 살 길이 막막해진 박씨 부인은 살림 가재들을 정리하고 모든 권솔들에게 넉넉히 사경(私耕)을 주어 뿔뿔이 흩어지게 한 후 어린 아들 동욱만을 데리고 친정이 있는 한양으로 올라왔다.

맏아들 동석을 마곡사에 이미 출가시켰지만 어머니 박씨는 둘째 아들 동욱에 대해 더 많은 기대를 걸고 있었다. 어머니 박씨는 헌종 15년 8월 24일에 태어난 동욱에 대해 남모르는 기억을 갖고 있었다. 동욱은 태어난 지 사흘이 지나도록 도무지 울지 않아 모두 기이하게 여기고 죽은 생명으로 생각하여 내다 버리려 하였는데 어머니 박씨는 아들을 부둥켜안고 젖을 먹이다가 사흘 만에야 비로소 울음을 터뜨린 아이에 대해 남다른 애정과 기대

146

감을 갖고 있었던 것이었다.

마침내 어머니도 삼보(三寶)에 귀의할 생각을 내어 어린 아들 동욱에게 그 뜻을 물었을 때 동욱은 선뜻 대답하였다.

"저도 산으로 갈 겁니다, 어머니."

청계사는 한양으로 들어가는 관문에 있는 절로 고려조부터 왕사(王寺)로 알려져 온 절이었다. 세종대왕 때는 이 절에서 화엄경을 목판으로 만들어 80종의 책을 인쇄하여 모아 두기도 했던 유서 깊은 절이기도 하다. 예로부터 주로 사경(寫經)을 하고 불경을 판각하여 목판본을 만드는 절로 융성하고 번창하였으나, 조선조 후기에 이르러서는 배불정책으로 퇴락해 간 절이었다.

다만 청계사가 그 명맥을 이어가고 있었던 것은 한양으로 들어가는 길목에 있는 절이었으므로 백정이나 광대들과 같이 천민으로 취급받고 있던 전국 팔도의 중들이 한양으로 들어가려면 일단 이 절에 들러 승복을 벗고 속복으로 갈아입어 신분을 위장한 후 도성으로 들어가곤 했기 때문이었다.

이 절에는 계허라는 스님이 계셨는데, 그는 비승비속(非僧非俗)의 야인(野人)이었다.

어머니 박씨가 아들 동욱을 데리고 이 절로 입산하였던 것은 다른 까닭이 있어서가 아니라 이 절이 한양에서 가장 가까운 절이었기 때문이었다. 동욱은 아홉 살의 나이로 이 청계사에서 계허 스님을 스승으로 의지하여 계를 받고 축발하였는데, 계허는 그에게 경허라는 법호를 지어 주었다. 어머니 박씨도 한동안 사미승 노릇을 하는 아들의 곁을 떠나지 않고 절에 의지하여 밥 짓고 빨래를 하였는데, 일 년이 지나자 어머니는 그의 곁을 떠나 연암산으로 돌아가 버렸다.

연암산에는 천장암(天藏庵)이란 작은 절이 있었는데 그 절에는 그의 형 태허가 주지스님으로 있었기 때문이었다.

어머니가 자신의 곁을 떠나 버리자 경허는 완전히 혼자가 되어 버렸다. 그러나 그는 전혀 외롭지 않았다. 작은 법당과 스님들이 머무르고 있는 작은 암자만이 전부인 청계사는 그의 천국이었다. 스승 계허 스님과 어린 사미승인 자신, 두 사람만이 살고 있었지만 계허 스님은 스승이라기보다 아버지와 같았다. 그 자신이 문자를 모르고 법(法)을 몰라 그저 경이나 외고 찾아오는 신도들에게 복을 빌어 주어 근근이 그 시주로 연명해 가고 있는 작은 절의 스님으로서의 계허는 동자승에게 따로 가르쳐 줄 것이 없었다.

경허는 나무하고 물긴고, 어머니가 형에게 돌아가 버린 후 어머니 대신 밥 짓고 빨래하는 온갖 일들을 어린 나이에 모두 다 혼자서 해치우곤 하였다.

그의 즐거움은 한밤중 법당에 들어가 불상을 향해 백여덟 번의 절을 하는 것이었다. 그 누구로부터 글을 배우지도 못하였고 올바른 경 하나 전해 받아 외지도 못하였던 경허는 법당에 들어가 향을 사르고 백여덟 번의 큰절을 올리곤 하였다. 하루도 어김없이 이 절을 계속하곤 하였는데, 처음에는 무릎이 까져 피가 흐르고 손바닥이 부르트곤 하였으나 사미승 경허는 절대로 이 큰절을 그치지 않아 곧 그의 무릎에는 군살이 박혀 버렸다.

그의 또 다른 즐거움의 하나는 어렸을 때의 버릇인 짚신을 삼는 일이었다. 볏짚으로 짚신을 삼는 일은 상놈들이나 하는 일이라 하여 그를 때렸던 아버지가 이미 돌아가셨으니 아무도 그의 은밀한 즐거움을 제지하는 사람은 없었다.

그는 스승의 짚신을 엮는 일이 언제나 즐거웠다. 뿐만 아니라 한양으로 들어가는 길목에 있으면서도 놀랍게도 깊은 산 깊은 절인 청계사에는 도성으로 들어가는 스님들이 들르곤 했는데, 그런 손님 스님들이 오면 사미승 경허는 한눈에 그 손님의 발 크기를 눈어림으로 재어 두었다가 밤새 짚신을 엮어 돌아가는 손님들에게 두어 켤레씩 선물을 하기도 하였다. 돌아가는 손님들에게 신긴 새 짚신의 그 모습이 하도 좋아서 사미승 경허는 절문 밖으로 사라지는 스님들의 모습이 보이지 않을 때까지 발돋움하고 두고두고 바라보기도 하였다.

사미승 경허는 열네 살이 될 때까지 줄곧 그렇게 지냈다. 은사 스님을 위해 밥 짓고 물긷고 나무하고 빨래하는 것이 그가 하는 모든 일이었다. 절 앞 뜨락에는 채마밭이 있었는데 그 밭에 거름 주고 가꾸는 것도 그의 일이었다. 그 모든 일로 그는 눈코 뜰 새도 없었다.

만약 경허가 열네 살 되던 해 청계사에 한 손님이 찾아와 한 여름을 지내고 돌아가지 않았더라면 경허는 평생을 은사스님처럼 청계사에 눌러앉아 비산비야(非山非野)의 생활을 하였을 것이다.

경허의 운명이 바뀐 것은 1862년, 철종 13년의 일이었다. 그 해는 민정이 극도로 어지러워 연초에 진주에서는 민란이 일어나고 봄에는 연이어 익산, 개령, 함평 등에서도 민란이 일어났는데 나중에는 마적(馬賊)까지 생겨나 전국 각지에서 방화와 약탈을 일삼고 있었다. 여름에 접어들었을 때는 충청도, 경상도, 전라도에도 민란이 일어나 견디다 못한 조정에서는 각 도의 민란이 3정(政)의 문란 때문에 일어난다 하여 삼정이정청을 설치하고 전국 각지에 세운 서원들을 철폐하기에 이르렀다.

조정에서는 각 서원이 불평 세력의 근거지이고, 서원의 서생(書生)들이 민란을 부추기고 있다고 믿고 있었으므로 예로부터 내려오는 전통 깊은 서원은 그대로 두되 철종이 즉위한 1850년 이후에 생긴 서원은 모두 철폐하였던 것이었다.

그해 여름 청계사로 철폐된 서원에서 할 일이 없어진 백면(白面)의 서생 하나가 한여름을 지내기 위해 찾아왔다. 이름은 알려진 바 없이 다만 박 처사(朴處士)로만 알려져 있는 이 서생은 몸도 아파 휴양 겸 청계사를 찾아와 승당에 머무르고 있었는데 그는 박학다재한 선비였다.

이 서생이 경허의 운명을 바뀌게 한 장본인이었다.

한적한 절 안에 새 손님이 머무르게 된 것이 사미승 경허에게는 몹시 즐거운 일이었다. 그는 사람을 몹시 그리워하고 있는 편이었다. 새 손님은 승당에 머물러 앉아 꼼짝도 않고 하루 종일 글을 읽었으며, 그 글 읽는 소리가 낭랑하게 문 밖에까지 흘러나오곤 하였다.

경허는 오가며 그 글 읽는 소리를 들었다.

경허는 손님이 간혹 경내에 나와 소요하는 모습을 눈어림으로 지켜보았다가 그의 발에 맞는 새 짚신을 정성으로 엮어 만들기 시작하였다.

선비는 가죽신을 신고 있었으며, 볏짚으로 만든 짚신은 천한 상놈들이나 상민들이 신는 신발이라는 것을 알고 있었으면서도 자신이 그 선비를 존경하고 마음속으로부터 좋아하고 있음을 나타내 보이기 위해 경허는 짚신을 삼기 시작하였던 것이다.

절에서 머무르는 5년 동안 사미승 경허는 말을 잃어버린 묵언(默言)의 행자승이 되어 있었다. 그래서 감정을 말로 표현해 내는 데 서투르고 몹시 부끄러움을 타고 있었던 것이다.

정성으로 삼은 짚신을 사미승 경허는 차마 그 선비에게 직접 갖다 바칠 수가 없었다. 그래서 경허는 한밤중에 자신이 엮어 만든 짚신을 박 처사가 머무르고 있는 승당 앞 댓돌 위에 가지런히 놓아두고 도망치듯 물러나왔다.

경허는 다만 그 처사가 경내를 소요할 때 자신이 엮어 만든 짚신을 신고 거니는 모습을 먼발치에서 숨어 보았으면 하는 바람뿐이었다. 그러나 하루 종일 지켜보아도 그 선비는 경허가 만든 짚신을 신지도 않았으며 저녁 무렵 몰래 댓돌 앞에 가보아도 간밤에 놓아둔 짚신의 모습은 보이지 아니하였다. 경허는 그날 밤 다시 새 짚신을 삼아 그 댓돌 위에 놓아두었다. 그리고 다음날 숨죽여 선비의 모습을 지켜보았지만 선비는 여전히 가죽신을 신고 있을 뿐 자신이 삼은 짚신은 거들떠도 보지 않음이었다.

경허는 다시 그날 밤 처사가 머무르고 있는 승당 앞에 나가 보았으나 댓돌 위에는 짚신이 놓여 있지 않았다. 경허는 간밤에 귀신이 짚신을 가져갔을 것이라고 굳게 믿고 있었다.

사미승 경허는 귀신의 존재를 굳게 믿고 있었고 실제로 도깨비불을 만나기도 하였으며, 이따금 귀신이 자신에게 장난을 걸어오기도 하였으므로 심술궂은 귀신이 자신을 놀리고 있는 것이라고 생각하였다.

누가 이기나 보자. 경허는 그날 밤 다시 짚신을 삼아 댓돌 위에 놓았는데 이러기를 열흘 남짓, 한밤중 채마밭에 앉아 짚신을 엮어 선비가 머무르고 있는 승당의 댓돌 앞에 다가가 발자국 소리를 죽이면서 짚신을 놓고 돌아가려는 순간 경허는 누군가 자신의 앞을 가로막고 있는 모습을 보았다. 소스라치게 놀라 물러서려는데 그 그림자가 다름 아닌 선비임을 알게 되었다.

"밤마다 짚신을 삼아 댓돌 위에 놓아둔 사람이 귀신이 아니고 네놈이란 말이냐."

놀랍고 두려워 몸 둘 바를 모르고 서 있는 경허에게 선비는 꾸짖어 말하였다.

"짚세기는 상놈들이나 신는 것인데 그것을 내게 신으라고 한 켤레도 아니고 열 켤레씩이나 보내왔느냐. 이노옴, 네 놈이 나를 상놈으로 알아왔단 말이더냐."

경허는 달리 할 말이 없었다. 그는 다만 부끄럽고, 또한 두려웠다. 평소에 글 읽을 때의 낭랑한 목소리도 아니고, 백면의 단아한 얼굴도 아닌 노기 띤 표정과 목소리로 꾸짖어 말하는 선비의 모습은 전혀 남다른 데가 있음이었다.

선비는 마루 위에 올라가 방문을 열고 그 동안 경허가 삼아 바쳐 올렸던 짚신 꾸러미를 가져다 경허의 눈앞에 던져 버리면서 말하였다.

"다 가져가거라. 그리고 다시는 내 방 앞에 얼씬도 하지 말아라, 알겠느냐."

선비는 매몰차게 방문을 닫았다.

사미승 경허는 자신이 정성스레 엮어 만든 짚신들이 달 밝은 청계사의 뜨락에 비참하게 널려져 있음을 보았다. 그는 자신이 도대체 무엇을 잘못하였는가를 곰곰이 생각해 보았다. 그는 그 선비의 평소답지 않은 화난 얼굴과 노성(怒聲)을 도저히 이해할 수 없었다.

그는 선비가 버린 짚신을 주워들고 법당 앞으로 다가갔다. 일단 짚신을 법당 앞에 버려두고 하루의 일과로 되어 있는 큰절을 올리기 위해서였다. 향을 사르고 나서 그는 넙죽넙죽 큰절을 불상 앞에 올리기 시작하였다. 이 모습을 법당 밖에서 그 선비가 숨어 지켜보고 있음을 사미승 경허가 전혀 눈치채지 못한 것은 당연한 일이었다.

큰절을 올리고 나서 경허는 가만히 법당에 앉아 뭔가를 곰곰이 생각하였다. 그리고 나서 그는 또다시 볏짚을 가져다가 짚신을 엮기 시작하였다.

밤이 이슥할 때까지 정성들여 짚신을 삼는 경허는 다시는 얼씬도 말라고 큰 호통을 치던 선비의 승당 앞으로 다가갔다. 그는 짚신을 댓돌 위에 가지런히 놓아두었다. 이제라도 당장 신고 나가라는 듯 짚신의 앞부분을 나가는 방향으로 해 가지런히 놓아두고 나서 경허는 발소리를 죽이고 물러나왔다.

다음날 경허는 하루 종일 산에 가서 나무를 하였다. 절에서 나오는 빨래도 모아다가 계곡에 나가서 한꺼번에 하였으므로 해가 질 무렵에야 나뭇짐을 지고 절로 돌아올 수 있었는데, 이미 경내에는 땅거미가 내리고 있어서 황혼녘이었다.

산에서 해온 나뭇단을 부엌 옆에 부리고 지게를 벗으려다 말고 사미승 경허는 그 선비가 뉘엿뉘엿 아직도 석양의 해거름이 남아 있는 뜨락을 한 손에 책을 들고 읽으면서 걷고 있음을 보았다.

간혹 선비는 뜨락에 세워진 탑을 주위로 해 돌며 걸으면서 책을 읽거나 소요를 하거나 하였는데, 그런가 보다 하고 무심코 선비의 모습을 보다 말고 경허는 깜짝 놀랐다.

선비는 간밤에 자신이 엮어 바친 짚신을 신고 있었다. 선비는 한여름에도 버선을 신고 있었는데 오늘은 버선을 신지 않은 맨발에 간밤에 자신이 만든 짚신을 신고 있었던 것이었다. 짚신은 한눈에도 정확히 자로 잰 듯이 맞아 편안해 보였다. 경허는 놀라서 부엌의 문지방 뒤로 숨어 버렸다. 혼쭐이 날 테면 나보라지 하는 마음으로 엮어 만든 짚신이었다. 만약 선비가 그의 명을 어겼다 하여 자신을 때리거나 엄히 꾸짖어도 고스란히 당할 각오는 이미 서 있었다.

"이리 오너라."

154

부엌문 뒤에 숨어, 자신의 정성을 물리치지 않았다는 기쁨과 부끄러움으로 낯을 붉히고 있는 사미승 경허에게 선비는 책에서 눈을 떼지 않은 채 탑을 돌면서 소리쳐 말하였다.

"이리 오너라, 동욱이 게 없느냐."

경허는 아직도 절에서 속명으로 불리고 있었다. 선비가 자신의 이름을 불렀으므로 경허는 어쩔 수 없이 예에— 하고 대답하면서 부엌문을 나가 선비 앞으로 다가갔다. 그러자 선비는 석등(石燈)을 가리키면서 말하였다.

"무엇을 하고 있느냐. 날이 어두워졌으면 불을 밝혀야 할 것이 아니겠느냐."

절 앞뜨락에는 석등롱이 세워져 있었다. 해가 질 무렵 그 안에 불을 붙이는 것도 사미승 경허의 차지였다. 장명등에 불을 붙여 처마 위에 걸어 놓는 것도 사미승 경허가 해야 할 일이었다.

선비의 말을 듣고 부시쌈지를 가져오려고 다시 부엌으로 들어가는 경허에게 선비는 다음과 같이 말하였다.

"이따 밤에 법당 안에서 큰절 올리기를 끝내거든 내 방으로 오너라, 알겠느냐."

그리고 나서 선비는 아무런 일도 없었다는 듯 책을 덮어 들고 자기 방안으로 들어가 버렸는데, 경허는 부싯돌을 그어 불을 일으키면서 도무지 선비의 행동을 이해할 수 없었다.

그토록 노기 띤 모습으로 경허가 만들어 올렸던 짚신 꾸러미를 내다 버리던 그 선비가 어째서 경허가 오기로 만든 짚신을 신고 뜨락을 거닐고 있는 것일까. 그가 무슨 연유로 경허의 마음을 받아들였을까. 또한 그 선비가 어떻게 해서 자신이 밤마다 법당 안에 들어가 향을 사르고 큰절을 올리는 것을 알고 있음일까.

석등 안에 불을 붙여 경내의 어둠을 밝히면서 사미승 경허는 도무지 그 선비의 처사가 이해가 되지를 않았다. 그러나 그는 그 선비의 마음을 헤아리지 못하고 있었을 뿐이었다. 밤마다 선비가 자신이 법당 안에 들어가 꼬박꼬박 백팔배의 큰절을 올리는 모습을 먼발치에서 지켜보고 있었음을 눈치채지 못하고 있을 뿐이었다.

박 처사는 사미승 경허에게 비상한 관심을 갖고 있었다. 나중에 청년이 되었을 때야 육척 장신에 큰 체구로 성장하였지만 청계사에 머물러 있을 때의 경허는 아직도 변성기를 맞지 않은 애기중에 불과하였다. 그 작은 동자승 하나가 절의 모든 일을 도맡아 하고 있음을 선비는 낱낱이 지켜보고 있었다. 그 많은 일들을 도맡아 하고 있으면서도 조금도 낯빛을 흐리거나 언짢아하는 기색도 없는 사미승 경허가 선비의 눈에는 신기하게만 보일 뿐이었다.

뿐만 아니라 우연히 한밤중에 측간을 가려던 선비는 불당에서 홀로 향을 사르고 넙죽넙죽 큰절을 올리는 사미승의 모습을 발견하였는데 그 절이 하루나 이틀로 끝나는 것이 아니라 매일 밤마다 계속해서 되풀이되고 있음을 보고 선비는 이 애기중의 마음속에 근기가 들어 있음을 깨닫게 되었던 것이다.

물론 선비는 벌써 경허가 엮어 만든 짚신을 댓돌 위에 올려놓았던 첫날밤부터 그 짚신을 누가 만들었으며, 왜 그 짚신을 댓돌 위에 올려놓는가를 잘 알고 있었다.

　그러자 선비는 그 애기중의 근기를 시험해 보고 싶은 충동을 느꼈다. 근기라 함은 뭇 중생들이 본디 가지고 있어 교법을 위하여 격발되는 마음의 작용을 말하는 불교적 용어인데 그 크기는 사람마다 각자 달라 크게 성장할 재목들은 그만큼의 근기를 갖고 있게 마련이었다.

　사미승 경허의 근기를 시험해 보고 싶었던 선비는 경허의 성의를 일단 묵살해 버리기로 하였다. 그래서 그가 바쳐 올리는 짚신을 꼬박꼬박 모아 방안에 쌓아두고 있으면서도 전혀 이를 모른 체하였던 것이었다. 그리하여도 사미승 경허가 열흘 동안 내리 짚신을 엮어 올리는 것을 보자 선비는 그가 근기를 갖추었음을 알게 되었으면서도 아직 확신이 서질 않았다.

　일단 경허의 근기는 확인할 수 있었으나 그가 법기(法器)로서의 재질을 갖추었는가는 아직 의문이 일고 있었던 것이다.

　그러자 그의 머릿속으로 그 옛날 중국 당나라의 고사 하나가 기되어 떠올랐다. 일찍이 달마 대사가 인도에서 중국으로 불법(佛法)을 전하기 위해 건너온 이래로 다섯 번째의 법제자가 생겨나 5조 홍인(弘忍) 대사에 이르렀는데, 그의 제자 6조 혜능(慧能)이 법을 이어받은 데는 기막힌 사연이 있는 것이다.

　산에서 나무를 해다가 장터나 객점(客店) 같은 곳에 나무를 팔아 근근이 살아가고 있던 나무꾼 혜능이 5조 홍인 대사를 뵈옵고 제자 되기를 간청하자 홍인 대사는 이렇게 말하였다.

　"이 무지렁이가 제법 똑똑한 체하는구나. 이제 잔소리 그만하고 나가서 방아나 찧어라."

한눈에 나무꾼 혜능이 법기임을 갈파하였으면서도 그를 방앗간으로 보내 떡방아나 찧게 하였던 홍인은 그가 마침내 깨우쳐 견성한 게송을 짓게 되자 짚신짝으로 혜능의 게송을 문질러 지워 버리기까지 하였다. 물론 이는 글을 모르는 무식한 나무꾼이자 오랑캐 출신인 혜능이 견성하였음을 인정해 주면 많은 대중들이 그를 질투심으로 해칠까 염려하여 짐짓 모른체하였던 것이었다.

생각이 여기까지 미치자 선비는 사미승 경허의 근기를 5조 홍인의 행유(行由)를 빌려 시험해 보고 싶다고 생각하였다. 그래서 떠올린 생각이 그가 열흘 동안 계속해서 바쳐 올린 짚신을 그가 오기를 기다렸다가 그의 면전에서 내던져 버리겠다는 생각이었다.

그것은 제자의 견성한 게송을 짚신으로 밟아 문질러 지워 버리는 스승 홍인 대사의 행유와 다름없는 행동이 아닐 것인가. 만약 그렇게 하여 사미승 경허가 제풀에 자지러지고 기가 꺾여 또 다시 찾아오지 않는다면 그는 이미 그만한 그릇에 지나지 않음이요, 만약 그렇게 하여도 사미승 경허가 다시 발심하여 짚신을 삼아 던져온다면 이는 그가 진리의 길에서 물러서지 않을 근기를 가지고 있음을 나타내 보이는 행동인 것이다.

선비의 판단은 정확하였다.

자신을 방앗간의 행자로 보내고 자신의 게송을 면전에서 짚신으로 밟아 문질러 지워 버린 스승 홍인의 마음을 이미 알고 있었던 제자 혜능처럼 사미승 경허는 이러한 선비의 마음을 알아채고는 물러서지 않고 다시 한번 짚신을 엮어 부딪쳐옴으로써 자신의 근기를 나타내 보인 것이었다.

나무꾼 출신의 혜능이 견성하였음을 알고도 그의 오도송을 신발로 밟아 문질러 지우면서 '이것은 견성도 못한 글이다' 하였던 홍인 대사는 다음날 가만히 남의 눈을 피해 방앗간으로 찾아간다. 제자 혜능이 허리에 돌을 달고 방아를 밟는 것을 보고는 다음과 같이 은밀하게 물었다.

"쌀이 얼마나 익었느냐(米熟也未)."

그러자 혜능은 서슴지 않고 답하였다.

"쌀은 익은 지 오래되었으나 키질은 아직 못하였습니다(米熟久矣猶欠篩在)."

이 말에 5조 홍인 대사는 아무런 말도 하지 않고 들고 있던 지팡이로 방아확을 세 번 치고 돌아갔다. 혜능이 그 뜻을 알아차리고 밤 삼경(三更)에 스승의 방으로 찾아가 법을 받고 의발(衣鉢)을 전해 받게 되는 것이다.

사미승 경허가 만들어 올린 짚신을 신음으로써 경허의 마음을 받아들인 박 처사는 근기를 갖춘 경허를 '익은 지 오래되었지만 키질만 아직 못한 쌀'로 보았으며, 그리하여 그를 홍인 대사처럼 자신의 방으로 찾아오도록 말하였던 것이다.

그날 밤.

저녁 공양을 끝내고 설거지까지 마친 사미승 경허는 법당에 들어가 매일의 일과인 백팔배의 큰절을 올리기 시작하였다. 큰절을 올리자 온몸이 땀에 젖었으므로 계곡으로 내려가 몸을 씻고 옷을 단정히 여며 입고 나서 그는 선비가 머무르고 있는 처소로 찾아갔다.

선비는 밤이 이슥할 때까지 사미승 경허가 찾아오기를 기다리고 있었다.

선비는 무릎을 꿇고 앉은 사미승 경허 앞에 대뜸 천자문(千字文)의 첫 장을 펼쳐 가리키며 물었다.

"이 글자가 무슨 글자인 줄 아느냐."

그 글자는 하늘 천(天) 자로 천자문에서 가장 먼저 나오는 문자인데 사미승 경허는 선비의 질문에 아무런 답도 하지 못하고 땀만 뻘뻘 흘리면서 앉아 있을 뿐이었다. 사미승 경허는 열네 살이 되도록 아무에게서도 글을 배우지 못하여 까막눈이었던 것이다.

기가 막힌 것은 오히려 선비 쪽이었다.

문자를 모르는 까막눈이라 하더라도 하늘 천 따 지로 시작되는 천자문의 첫 글자만은 대부분 알고 있는 법이거늘 그 첫 글자도 모른다는 사미승의 대답에 선비는 어이가 없을 정도였다.

"그러하면."

선비가 말하였다.

"너는 아는 글자가 하나도 없단 말이냐."

그러자 사미승은 대답하였다.

"아는 글자가 하나 있긴 합니다."

"그것이 무엇이냐. 그것을 이 방바닥 위에 손가락으로 써보아라."

그러자 사미승은 방바닥에 손가락으로 길고 크게 한 획의 선을 힘차게 긋고 나서 말하였다.

"한 일(一) 자입니다."

바보 천치라도 알 수 있는 한 일 자 하나를 크고 힘차게 써내리는 사미승의 모습을 지켜보고 나서 선비는 말하였다.

"일자무식의 무지렁이가 어찌하여 한 일 자 하나만은 알고 있단 말이냐."

놀리듯 말하는 선비의 말에 사미승은 전혀 동요하는 기색 없이 답하여 말하였다.

"하늘도 하나요, 땅도 하나입니다. 천지간에 선비님도 하나요, 저도 하나입니다. 제가 산 속에 들어와 사미가 된 것도 그 하나밖에 없는 한 일 자 하나를 바로 얻기 위함이 아니겠습니까."

사미승의 말을 듣고 나서 선비는 오랫동안 침묵하였다. 그 침묵 끝에 선비는 고개를 끄덕이며 말하였다.

"네가 비록 무식하고 어리지만 네 말 하나는 어김이 없다. 천지간에 떨어져 있는 일물(一物)을 바르게 찾아 깨닫도록 하여라. 그러기 위해서는 무엇보다 문자를 알아야 하느니라. 아무리 쌀이 익었다 하더라도 키질을 하지 않으면 먹지를 못할 것이 아니겠느냐."

그날 밤 사미승 경허는 선비의 제자가 되었다.

청계사의 주지인 계허는 그의 머리를 깎아 주고 계를 준 법(法)의 스승이요, 한여름 서원의 폐지로 절에 머무르게 된 박 처사는 학(學)의 스승이 된 것이었다. 그러므로 사미승은 그날 밤

이후로 두 사람의 은사를 모시게 된 것이었다.

사미승 경허는 선비 앞에 세 번 큰절을 함으로써 사제의 인연을 맺게 되었으며 선비는 곧바로 경허에게 천자문을 시험해 가르치게 되었다.

새벽닭이 울 때까지 가르침은 계속되었는데 사미승의 총기는 대단하였다. 한낮에 혼자서 나무하고 물긷고 빨래하고 밥 짓는 그 모든 일을 도맡아 하여 밤이 깊으면 피로하고 곤고하련만 사미승의 눈빛은 밤이 깊어갈수록 또렷또렷 밝아오고 빛나기 시작하였다.

놀라운 것은 글을 배우기 시작한 첫날 밤에 이미 사미승은 천자문의 많은 말을 단번에 배우고 똑바로 외는 것이었다.

새벽닭이 울고서야 마지못해 처소를 떠나면서 사미승은 물어 말하였다.

"오늘밤은 어찌하오리까."

"같은 시간에 내 방으로 찾아오너라. 법당에서 큰절 올리기를 끝내거든 찾아오되 그 누구의 눈에도 띄지 않도록 하여라. 네가 밤을 새워 내 방에서 머무르고 있음을 그 누구에게도 들키지 않도록 하여라."

사미승 경허가 방문을 열고 사라지자 선비는 다음과 같이 무릎을 치면서 탄식하여 말하였다고, 경허의 제자였던 한암 중원(漢巖重遠)이 1932년에 쓴 《행장기(行狀記)》에 나와 있다.

'이 아이는 참으로 비상한 인재로다. 옛사람이 이르기를 '천리

162

를 달리는 나귀가 훌륭한 주인을 만나지 못하여 부질없는 일에
만 아까운 시간을 보내는구나' 하였지만 이 아이는 뒷날에 반드
시 큰 그릇(法器)이 되어 일체 중생 모든 사람들의 번뇌를 씻어
주게 될 것이다.'

박 처사는 사미승을 하룻밤 가르치고 나서 옛 중국의 고사 하
나를 기억하여 떠올렸다.

옛 중국의 춘추전국 시대 때 성명이 손양(孫陽)인 백낙(伯樂)
이란 사람이 살고 있었다. 그는 말이 좋고 나쁨을 너무나 잘 감
별하여 명마(名馬)를 한눈에 알아보고, 천리마도 그의 눈에 띄면
단번에 나타나게 되어, 죽은 후에는 하늘의 별이 되어 말을 주관
하는 신선이 된 사람이었다.

그로 인해 '백낙일고(伯樂一顧)'란 고사성어가 생겨났는데 이
성어(成語)의 뜻은 '명마가 백낙을 만나 명마로서의 가치를 인정
받는다'는 뜻으로, 초야에 묻혀 있는 인재도 명군(名君)이나 명
상(名相)을 만나야만 인정을 받고 지우(知遇)를 받는다는 의미
를 내포하고 있는 것이다. 그리하여 백낙이 죽고 나자 다음과 같
은 문장이 생겨났다고《전국책(戰國策)》은 기록하고 있다.

'백낙기몰혜기장언정혜(伯樂旣歿兮驥將焉程兮)'

이 밀의 뜻은 다음과 같다.

'백낙이 죽고 나서는 천리마도 그 가치를 인정받지 못하였다.'

아무리 현명한 자도 명군 현상(名君賢相)을 만나지 못하면 그 재능을 인정받지 못한다는 비유로서, 사람을 알아보지 못하는 어리석음을 비유하는 인물로는 백낙의 아들인 백낙자(伯樂子)의 이름이 흔히 거론되곤 한다.

아버지가 죽자 백낙자는 아버지가 평소에 가르친 이론을 적은 책을 가지고 다니면서 명마를 가리곤 하였는데 너무나 이론에 치우쳐 눈이 먼 백낙자는 나중에 말도 아닌 짐승을 천리마라 칭하여 인물을 알아보지 못하는 어리석은 임금이나 어리석은 재상으로 흔히 비유되곤 하였다.

선비는 경허가 훌륭한 주인인 백낙을 만나지 못하여 그저 하나의 평범한 필마(匹馬)로만 묻혀 있을 뿐이라고 생각하고는 탄식하였다.

'천리를 달리는 명마가 훌륭한 주인을 만나지 못하여 부질없는 일에만 아까운 시간을 보내고 있구나.'

경허를 명마로 알아본 선비의 눈은 정확하였다. 남의 눈을 피해 은밀히 시작된 공부는 매일 밤 계속되었는데 사미승 경허는 한밤중이면 백팔배의 큰절을 끝내고 계곡에 내려가 몸을 씻고 정신을 맑게 한 후 처사의 방으로 찾아오곤 하였다. 선비가 경허에게 절대로 남의 눈에 띄지 않도록 은밀히 찾아오라고 이른 데에는 나름대로의 이유가 있었다. 선비는 가슴앓이병을 앓고 있었는데, 오늘날의 폐결핵에 해당하는 이 병은 당시 무서운 천형

(天刑)의 병으로서 휴양하기 위해 조용한 산을 찾아온 그로서는 자연 남의 눈을 피해 사미승에게 문자를 가르쳐야만 뒷말이 없었기 때문이었다.

선비의 병은 무거워 간혹 입으로 피를 토해 내기도 하였다.

사미승 경허는 가슴앓이병에는 뱀이 명약이라는 소문을 전해 듣고 나무를 하러 깊은 산에 들어갈 때마다 뱀을 잡아 남의 눈을 피해 뱀을 달여 그 탕을 선비에게 올리기도 하였다.

그런 중에 하루도 빠짐없이 공부가 계속되었는데 천자문을 닷새 만에 완전히 떼어버리고 통사(通史)와 시·서 등 한서(漢書) 대여섯 권을 단숨에 외워 버렸다.

경허는 지게를 지고 나무를 하러 산으로 들어갈 때에도, 뱀을 잡으러 숲을 헤칠 때에도, 계곡에서 빨래를 할 때에도, 물을 긷고 밥을 지을 때에도 간밤에 왼 문장들과 문자들을 몇 번씩 되뇌곤 하였다.

그 선비와의 공부는 한여름 동안 내내 계속되었는데 선비는 더 이상 가르칠 것이 없는 지경에 이르게 되었다. 한여름 청계사에서 보낼 요량으로 갖고 들어온 한서 열 권 정도를 모두 끝냈고 더 이상 배울 책도 남아 있지 않았다. 한여름 동안에 벌써 문자는 모두 익혀 웬만한 문장은 읽고 그 뜻을 헤아리는 데 전혀 거침이 없을 정도였다.

여름이 지나가고 날씨가 선선해지기 시작해져 경내의 나무들도 추색이 완연해지자 선비는 휴양 중이던 절을 떠나기로 하였다.

조용한 산사에서 한여름을 편히 쉬고, 또 경허가 지어 올리는 뱀탕을 들어 그 효험을 본 탓일까. 한결 건강해진 몸으로 선비는 절을 떠나기로 하였다.

그러나 선비는 사미승 경허를 이 절에 남겨두고 혼자만 떠나는 것이 못내 아쉬워 차마 발길이 떨어지지 않을 것만 같았다.

한여름 동안만의 공부로도 선비가 더 이상 가르칠 수 없을 만큼 사미승의 공부는 이미 월장하고 있었다. 선비는 이 소년이 자신의 얕은 학식으로는 전혀 감당할 수 없는 큰 그릇임을 이미 깨닫고 있었다.

이 사미승이 보다 큰 학문을 익히기 위해서는 보다 큰 세상으로 나아가지 않으면 안 되며, 보다 큰 학인(學人)을 만나지 않으면 안 된다고 생각하였다. 산 위에서 흘러내리는 물도 계곡을 타고 흘러 내려가 보다 큰 개울, 보다 큰 강, 보다 큰 바다로 나아가게 마련인데, 만약 이 사미승이 이 작은 절에 그대로 머물러 있으면 작은 샘물로 남아 있게 될 뿐이라고 생각하였다.

그 샘물도 흐르지 아니하고 그대로 머물러 있으면 마침내 물이 말라 버리게 될 것이다. 그리하여 마침내 메마른 바위가 되어 버릴 것이다.

생각이 여기에까지 미치자 선비는 아무런 말도 없이 이대로 산사를 떠날 수만은 없다고 생각하였다. 그는 그냥 절을 떠나 버릴 것이 아니라 사미의 스승인 계허에게 그 동안 있어 왔던 사실들을 있는 그대로 말하고 속마음을 털어놓으리라고 결심하였다.

선비는 여기까지 결심하고 계허를 찾아가 그 동안 한여름을

166

편안히 보내게 허락하였음을 정중히 감사드리고 나서 흉중의 마음을 털어놓았다.

선비는 자신이 그 동안 한밤중에 사미승을 불러 공부를 시켰다는 얘기, 총기가 대단하여 벌써 천자문은 물론 통사와 시·서, 논어·맹자·중용(中庸)·대학(大學)의 사서를 한여름 동안에 벌써 다 배우고 이를 모두 외워 버렸다는 얘기, 자신의 얕은 지식으로는 더 이상 가르칠 것이 없으니 보다 큰 법신(法身)을 만들기 위해서는 이 절에서 떠나 보내야만 할 것이라는 얘기 등을 낱낱이 말하였다.

사미승의 스승 계허는 선비의 말을 끝까지 다 들었다. 계허는 동자승이 밤마다 선비의 처소에 들러 무엇인가 배우고 있음을 이미 눈치채고 있었다. 작은 절 경내에서 일어나고 있는 일들을 눈치채지 못할 계허가 아니었다.

비록 불문에 입도하였다고는 하지만 문자를 모르므로 불경을 읽을 수도, 그 뜻을 이해할 수도 없어 중도 아니고 속도 아닌 비승비속의 야인생활을 하고 있던 사미승의 스승 계허 역시 경허의 비범함을 깨닫지 못한 것은 아니었다.

그러나 그는 나름대로의 생활철학을 터득하고 있었다.

당시 승려의 신분은 광대나 백정, 하인과 같은 천민의 하급 계층이었다. 게다가 나라의 안팎은 난세 중의 난세로서 나라의 기강은 무너져 땅에 떨어지고 사방에서 도둑떼들이 들끓고 곳곳에서 민란이 일어나던 암흑의 계절이었다. 빼어난 사람은 베이고, 뛰어난 사람은 꺾이며, 두드러진 인재들은 정을 맞았다. 계허는 열여덟에 용문사(龍門寺)에서 역파(櫟坡) 스님을 스승으로 하여 삭발하고 계를 받았다. 입산하기 전 계허의 직업은 목수였다.

신라 경문왕 10년, 서기 870년 두운(杜雲)이 창건한 용문사 대웅전은 뒤에 여러 번 중수(重修) 중창하였으나 마침내 완전히 벼락을 맞아 타버린 것을 당시의 주지였던 역파가 중건하여 오늘에 이르게 되었던 것이다.

그 자신 역병으로 한꺼번에 부모를 잃고 천애 고아가 되어 버린 계허는 뜨내기 목공으로 전국을 돌아다니다가 그 불사(佛事)에 뛰어들었다.

그의 스승 역파는 중이라기보다 목수라는 것이 알맞은 표현일 정도로 중창 불사에 매달리고 있었다.

계허의 나이 열여섯에 시작된 불사는 그의 나이 열여덟에 끝이 나 햇수로 3년 간 계속되었는데 처음에 시작할 때부터 끝까지 남아 있는 목수는 계허 한 사람뿐이었다.

대웅전이 완성되고 나자 각자 노임을 받고 뿔뿔이 헤어져 가는데 역파 스님이 그를 불러 앉히고 말하였다.

"따로 갈 곳이 있느냐."

"없습니다."

계허가 말하자 스승 역파는 단숨에 말하였다.

"그러하면 이 절에서 눌러 살거라. 머리도 깎고 내 밑에서 중 노릇을 하거라."

전국을 돌아다니며 뜨내기 목수 노릇을 하던 계허로서는 생활의 방편으로 우선 중노릇이 한결 편하였다. 간다고 해도 반가이 맞아 줄 사람도 없으며 따로 찾아갈 데도 없었으므로 그는 그대로 눌러앉아 머리를 깎고 중이 되었다.

그의 스승 역파는 소문에 의하면 벼슬이 현감에까지 이르렀던, 문재가 뛰어난 양반이었으나 그 모든 것을 버리고 중이 되고부터는 단순히 불사나 하는 평범한 목수 노릇에 만족할 뿐이었다. 그는 글자를 모르는 까막눈 행세를 하면서 단청이나 중창 같은 불사에 매달리고 있을 뿐이었다.

어느 날 계허가 스승 역파에게 글을 배우고 싶다고 말하자 역파는 그를 불러 다음과 같이 말하였는데, 그때의 그 말이 계허에게는 평생을 지배하는 좌우명이 되어 버렸다.

"너는 중이 되기 전에 직업이 목수였으니, 내가 한 목수의 얘기를 들려주마. 옛날 중국에 유명한 목수가 살고 있었느니라. 어느 날 그 목수가 많은 제자들을 데리고 제(齊)나라에 공사를 하기 위해 가고 있었는데 가는 도중 토지묘(土地墓) 옆에 서 있는 거대한 나무를 한 그루 보게 되었느니라. 그 나무의 크기는 엄청나 그 줄기가 대단히 굵고 그 나무의 끝은 이미 구름 속에 닿아 있을 정도였느니라. 이 나무를 보고 그 유명한 목수가 본체도 아니하며 돌아가자 제자들이 궁금해서 다음과 같이 물었느니라.

'스승님, 저희가 스승님을 좇아 목공 일을 배운 이래로 저렇게 큰 나무를 본 적이 없는데 어인 일로 구경조차 하지 않으시는지요.'

그러자 스승은 다음과 같이 말하였느니라.

'저 나무는 전혀 쓸모 없는 나무니라. 배를 만들면 곧 가라앉아 버릴 것이요, 그릇을 만들어 놓으면 견고치 못할 것이요, 기둥을 만들면 벌레만이 생길 것이니 그렇듯 쓸모가 없는 나무라면 내가 봐서 무엇하겠느냐.'

그런데 그날 밤 목수는 이상한 꿈을 꾸었느니라. 꿈속에 그 큰 나무가 나타나 다음과 같이 목수에게 물어 말하였느니라.

'그대가 지난 낮에 나를 쓸모 없는 나무라고 말하였는가. 만약 쓸모 있는 나무였다면 벌써 목수인 그대가 나를 베어내고 잘라 버렸을 것이 아니냐. 그러하면 내가 오늘날까지 구름에 닿을 수 있을 만큼 살아남을 수 있었겠는가. 나무인 내 입장에서 보면 쓸모 있음은 곧 죽음을 얻는 것과 같고 쓸모 없는 나무라야만 오늘날까지 살아남을 수 있었던 것이다.'

너는 목수였으니 이 말의 뜻을 잘 알고 있을 것이다. 네 눈에 쓸모 없는 나무로 보일 때만 그 나무는 살아남아 마침내 구름을 찌르는 큰 나무가 될 것이다. 그러하니 이 어지러운 세상에 글을 배워 남에게 소용이 있어 무엇을 하겠느냐."

그 자신이 문재가 뛰어나고 벼슬이 현감에 이르렀던 속세를 버리고 중이 되어 까막눈 행세를 하며 불사를 도맡아 하던 역파의 이 한마디가 계허의 인생철학이 되어 버렸다.

계허는 이미 경허의 비범함을 깨닫고 있었다. 그러나 그는 경허와 같은 비범한 법신(法身)이야말로 글과 문에 초월해야만 하늘을 찌를 수 있는 큰 나무로 성장할 수 있다고 굳게 믿고 있던 것이다.

그 자신은 낫 놓고 기역자도 모르는 까막눈이었지만 스승이었던 역파 스님이 설법한 내용을 평생 동안 간직하고 있었다. 역파가 계허에게 설법한 말은 장자(莊子)에 나오는 유명한 내용인데, 계허는 스승 역파 스님이 그 설법을 끝마치면서 자신에게 들려준 금언을 아직도 생생히 기억하고 있었다.

계허는 사미승 경허가 보다 큰 세상, 보다 큰 학문의 세계로 나아가게 하기 위해서는 이 청계사를 떠나 제2의 출가를 하게 해야 한다고 설득하는 선비의 말을 끝까지 경청하고 나서 다음과 같이 말하였다.

"도(道)를 이루는 데는 글(文)이 필요한 것은 아닙니다. 오히려 배워 아는 학문이 도를 이루는 데 방해가 되는 수도 있습니다. 소승이 글을 전혀 모르는 까막눈이나 단 한 문장만은 배워서 이를 붓으로 써내릴 수가 있습니다."

계허는 손수 지필묵을 가져다가 벼루 위에 물을 부어 먹을 갈기 시작하였다. 평소에 글을 전혀 모르는 문맹(文盲)임을 잘 알고 있었던 선비로서는 계허의 행동이 이해가 가지 않았다. 그가 먹을 갈아 붓을 들어 글을 써내리다니. 먹을 충분히 갈아 붓을 들어 듬뿍 먹물을 묻히고 나서 계허는 종이 위에 문장을 하나하나 써내리기 시작하였다.

功者勞而知者憂
无能者无所求
飽食而遨游
汎若不繫之舟

虛而遨游者也

　물론 달필은 아니어서 한 자 한 자 그림을 그리듯 글씨를 그려 내리고는 있었지만 한 획 한 획 글자는 정자로 분명하였다.
　선비는 믿어지지 않는 표정으로 계허를 쳐다보았다.
　"소승이 까막눈이면서도 이 문장 하나만은 이처럼 붓으로 써 내릴 수 있는 것은 바로 내 은사스님이었던 역파 스님께오서 소승이 열여덟 살 때 '글을 배워 주십시오' 하고 간청하자 소승에게 타일러 주신 그 설법 마무리에 이 문장을 직접 써주시면서 그 뜻을 가르쳐 주셨기 때문입니다. 그러므로 이 문장은 바로 은사스님이 소승에게 남겨 주신 유언이나 다름이 없는 말이지요. 처사님이야 문재가 뛰어나시니 이 글의 뜻을 잘 아실 수 있을 터이시지요."
　"알고있습니다, 스님."
　선비는 고개를 끄덕이면서 답하였다.
　"장자에 나오는 유명한 문장이지요."
　"그 뜻을 풀어 선비님께오서 직접 하나하나 설명해 주실 수 있으시겠습니까."
　선비는 계허가 쓴 문장을 손가락으로 짚어 내려가면서 하나하나 그 뜻을 풀어 나가기 시작하였다.

　손재주가 뛰어난 사람은 항상 고달프고
　총명한 사람은 걱정이 그칠 새가 없다

172

무능한 사람은 구하는 바가 없으니

배만 부르면 곧 아무 생각 없이

세상을 이리저리 떠다니고 있다

이는 마치 밧줄로 묶어 놓지 않은 배가

아무 걸림이 없이 바다 위를 떠다니는 것과 같다.

단숨에 그 뜻을 풀어 읽어 내려가는 선비가 이를 끝마치자 계허는 웃으면서 말하였다.

"동욱이가 처사님의 말씀대로 총명한 행자임은 소승도 이미 익히 알고 있습니다. 하오나 그에게 글을 배워 익히게 하여 밧줄로 묶어 놓은 배를 만드시겠습니까. 글이란 손끝의 재주에 지나지 않고 끊임없는 걱정 근심을 일으키는 원인에 지나지 않습니다."

계허는 선비를 쳐다보면서 말을 맺었다.

"소승은 동욱이를 쓸모 없는 나무로 만들고 싶습니다. 배를 만들면 곧 가라앉고, 그릇으로 만들어 놓으면 견고치 못할 것이요, 기둥으로 만들어 놓으면 벌레만이 생겨나는 쓸모 없는 나무로 만들어 놓고 싶습니다. 그리하여 그 끝이 구름 위를 뚫고 하늘에 닿을 수 있는 큰 나무로 만들어 놓고 싶습니다."

계허의 말에는 깊은 뜻이 들어 있었다. 서원의 철폐로 오갈 데 없어진 서생 박 처사의 처지도 한꺼번에 포함해서 타이르는 깊은 내용이 들이 있음이었다.

선비는 더 이상 계허에게 할 말이 없었다. 그는 계허의 방을 나오면서 탄식하여 말하였다.

"어리석은 스승이 동욱이를 둔마(鈍馬)로 만드는구나."

그날 야밤중에 마지막 공부가 시작되었다. 저녁 공양을 끝내고 설거지까지 다 마치고 나서 사미승 경허는 매일의 일과대로 법당 안에 들어가 향을 사르고 백팔배의 큰절을 올렸다. 그리고 나서 계곡에 내려가 몸을 씻었는데 이미 여름이 가고 가을이 완연하였으므로 벌거벗고 계곡물에 몸을 담그는데 섬뜩한 한기가 느껴졌다.

오늘밤이 스승과의 마지막 밤이라는 것을 사미승 경허는 잘 알고 있었다. 경허가 처사의 방으로 찾아가자 그는 한 식경이 지나도록 아무런 말도 하지 않았다. 무릎을 꿇고 앉아 있는 경허는 처사의 묵언이 숨막히도록 무겁게 느껴졌으나 스승이 먼저 입을 열어 말하기까지 침묵을 지키고 있었다.

깊은 산의 가을은 빨리 찾아와 방문을 뚫고 스며들어 오는 달빛은 은장도를 들이댄 듯 칼날이 서 있었으며 가을바람에 흔들리는 나뭇가지의 그림자가 창호지 문 위에 투영되고 있었다.

한참 후에 선비는 입을 열어 말하였다.

"오늘밤엔 따로 할 말이 없으니 그만 돌아가도록 하여라."

묵묵히 앉아 있던 사미승 경허는 처사의 앞에 엎드려 삼배를 올려 사제로서의 마지막 예의를 다하였다. 경허가 물러가려 하자 선비는 상 위에 놓인 열 권 가량의 서책(書冊)을 가리키면서 말하였다.

"책들은 모두 너의 물건이니 네가 갖도록 하여라."

174

사미승이 책을 들고 방을 물러나가자 선비는 한참을 그대로 앉아 계곡을 몰아쳐 오는 가을바람 소리를 듣고 있었다.

이제 그가 이 절을 떠나버리면 사미승은 또다시 섶을 지고 물을 긷는 행자생활로만 소일하게 될 것이다. 그리하여 또다시 아무것도 모르는 무지렁이로 전락하게 되어 버릴 것이다.

선비는 오랜 침묵 끝에 눈을 뜨고는 먹을 갈아 한지 위에 글을 써내려 가기 시작하였다.

'一切人去矣居無何'

그는 몇 번이고 같은 자를 써내리면서 자신이 쓰는 문장의 뜻을 입밖으로 되뇌어 중얼거렸다.

'네가 가서 있을 만한 곳이 어찌 그리도 없단 말인가.'

선비가 홀로 탄식하면서 울적한 심사를 글로 달래고 있는 동안 사미승 경허는 채마밭으로 가서 볏짚을 몇 단 가지고 왔다. 밤이슬이 내려 볏짚은 촉촉이 젖어 있었다. 그는 바람을 피해 법당 뒤켠에 앉아 홀로 짚신을 삼기 시작하였다. 그로서는 그것밖에는, 날이 밝으면 떠나 영원한 이별을 할 스승을 위해 해드릴 물건이 따로 없었다. 떠날 스승을 위해 스승이 신고 갈 짚신을 엮어 바치는 일이야말로 사미승 경허가 스승에게 드릴 수 있는 단 하나의 선물이었다.

상놈들이나 신는 신발이라 하여 짚신을 멀리하고 가죽신만 신고 다니던 선비였지만 경허의 마음을 받아들이고 나서는 짚신을 자주 신고 디녀 그럴 때마다 짚신을 엮어 바쳐 왔었으므로 사미승 경허는 스승의 발 크기를 눈에 보듯 훤히 알고 있었다.

사미승은 온 힘과 정성을 기울여 스승을 위한 한 켤레의 마지막 짚신을 삼아내렸다.

그 일 하나만으로 날이 밝아 새벽별이 뜰 만큼 밤이 이슥해져 있었다. 경허는 정성껏 만든 짚신을 들고 발소리를 죽여 가며 선비의 처소 앞으로 다가갔다.

댓돌 위에는 무서리가 하얗게 내려 있었다.

짚신의 앞부분을 이제라도 신고 나가실 수 있도록 가지런히 하여 댓돌 위에 놓아두고 돌아서려는데 불 꺼진 방문 안에서부터 밭은기침소리가 새어나왔다. 선잠이 들었다가 기침이 터져 나온 것인지, 아니면 아직도 잠 못 이루고 뒤척이다가 기침한 것인지 알 수 없으나 스승의 기침소리를 듣자 사미승은 사모의 정이 끓어올랐다.

그러자 그는 무서리가 내린 땅 위에 넙죽 엎드리며 큰절을 올리면서 마음속으로 중얼거려 말하였다.

'안녕히 가십시오, 은사님. 한여름의 은덕은 영원히 잊지 않을 것입니다.'

3

다음날 아침.

박 처사는 청계사를 떠나갔다.

스승과의 이별이 싫어 짐짓 아침부터 숲으로 들어가 나무를 하던 사미승 경허는 절을 떠나는 선비의 모습을 숲 속에서 지켜보았다.

선비는 절에서 밥을 맡아 짓는 불목하니를 앞세워 지게에 짐을 지우고 절문을 나서고 있었다. 사미승 경허가 숲 속으로 들어가 모습을 감추지 않았더라면 산문을 나설 때까지 선비의 짐을 지게에 지고 나르는 몫은 경허의 차지였을 것이었다.

사미승 경허는 숲 사이로 난 오솔길을 따라 선비의 모습이 가물가물 멀어질 때까지 계속 좇아가 보았다. 단풍이 들어 숲의 나무들은 불붙은 화산(火山)이었다. 나무를 하러 숲으로 자주 들어가 보았던 사미승은 숲 사이로 난 길을 잘 알고 있는 들짐승처럼 사라지는 선비를 좇아 계속 달려나갔다. 나뭇가지들이 사미승의 얼굴을 때리고 날카로운 가시덤불이 사미승의 손등을 찢었다.

선비는 간밤에 자신이 정성들여 만들어 올린 짚신을 신고 산문을 나서고 있었다. 이별하는 스승의 발에 신긴 짚신이 너무도 좋아서 사미승은 어린 나이에도 눈물을 흘릴 수가 없었다. 자신에게 글을 가르쳐 준 스승. 무서운 가슴앓이병으로 밤새워 무리하면 입으로 피를 토하면서도 불과 같은 열정으로 자신에게 글을 가르쳐 준 스승. 한여름의 공부로 까막눈을 벗어난 경허를 위해 계허를 찾아가 제2의 출가를 당부까지 해주었던 선비. 그 마지막으로 사라지는 스승의 발에 신겨 있는 자신이 만들어 올린 짚신을 보면서 경허는 소처럼 기뻐 웃고 또 웃었다.

이윽고 산자락을 돌아 스승의 모습을 더 이상 좇지 못하고 완전히 시야에게 사라져버리게 되자 사미승은 그 자리에서 다시 엎드려 삼배를 올리면서 말하였다.

"사부님, 안녕히 가십시오."

그제야 사미승의 얼굴에서 눈물이 흘러내리고 경허는 숲 속에 앉아 날이 저물도록 울었다. 해가 저물어 숲에서 돌아온 사미승은 자신의 방에 선비가 주고 간 물건이 놓여 있음을 보았다. 자신이 갖고 있던 서책을 모두 경허를 위해 남겨 두었으며 한여름 사용하던 먹과 붓, 벼루 같은 문구(文具)들을 모두 경허를 위해 물려주고 있었다.

그리고 탁상 위에는 떠나면서 휘갈겨 쓴 스승의 문장 하나가 놓여 있었다. 경허는 스승이 남기고 간 마지막 문장 하나를 유심히 읽어 보았다.

'不患人之不己知, 患不知人也'

그 문장은 이미 스승으로부터 배운 문장으로 공자의 말이었다. '남이 나를 알아주지 않는 것을 걱정하지 말고 내가 남을 알아보지 못함을 걱정하라'는 내용의 글로서 논어(論語)의 제1편인 학이(學而) 가장 마지막에 나오는 문장이었다.

스승 박 처사는 일찍이 경허에게 논어를 가르치면서 이 문장에 이르러 말하였었다.

"사군자(士君子)의 길이 이 말 속에 다 들어 있다. 네가 가야할 길이 선비의 길이 아니고 법도의 길이라 하여도 이 말을 명심하여 두고두고 잊지 않도록 하여라."

헤어지면서 마지막으로 써준 이 문장 하나를 사미승 경허는 평생 가슴속에 묻고 잊지 않았다.

선비가 떠나자 경허는 다시 행자승이 되었다. 말이 행자승이

178

었지 실은 부목(負木)에 지나지 않았다. 나무하고 물긷고 빨래하고 밥짓는 그 모든 일들을 혼자서 묵묵히 해나가고 있었다. 그러면서도 경허는 '배운 것을 때때로 복습하는 것은 역시 기쁘지 않겠는가(學而時習之 不亦悅乎)'라는 논어의 맨 첫 경구처럼 배운 것을 무섭도록 익히고 외고 복습하고 있었다.

가을이 오면 한겨울에 쓸 땔감을 미리 준비해 두기 위해 경허는 매일같이 산 속으로 깊이 들어가 낙엽을 긁고 마른 나뭇가지들을 주워오곤 하였는데, 그러할 때마다 그는 소리를 내어 배웠던 학문을 다시 되뇌어 익히곤 하였다.

그 해 깊은 가을.

청계사 주지 계허의 일신상에 변화가 일어나지 않았더라면 사미승 경허는 영영 청계사에서 눌러앉아 그의 은사 계허가 원하였던 대로 쓸모 없는 나무로만 성장하게 되었을 것이다. 만약 그렇게 되었더라면 한말의 위대한 선승 경허는 탄생되지 못하고 그의 스승이 원하였던 대로 작은 말사(末寺)의 중으로서 평범한 일생을 보내게 되었을 것이다.

목수로서, 치열한 구도정신 탓이 아니라 우연히 중창 불사에 공인으로 참여하였다가 역파 스님의 권유로 머리를 깎고 중이 되었던 계허는, 이 무렵 환속을 결심하게 되는 것이다.

계허는 승려의 생활이 자신에게 맞지 않음을 잘 알고 있었다.

그는 경내에서 떨어진 작은 마을에 남의 눈을 피해 내자(內子)를 두고 있었다. 그는 한밤중이면 가끔 경내를 벗어나 아랫마을까지 내려가 아내가 살고 있는 초가집에 머물러 있다가 새벽녘이면 절로 돌아오곤 하였는데, 그것은 그 마을 사람들도 이미 다 알고 있었고 절에 있는 사람들도 다 알고 있는 공공연한 비밀이었다. 절의 스님이면서도 계허는 한편으로 목수 일을 계속하고 있었는데 그의 솜씨는 멀리까지 소문이 나서 그의 살림채로 목공의 주문이 밀려들기도 하였다.

뿐만 아니라 계허는 두 명의 아이들까지 두고 있었다. 사미승 경허는 이따금 계허의 청으로 남의 눈을 피해 아랫마을까지 내려가 심부름을 하기도 하였으므로 은사스님의 비밀에 대해 이미 환히 알고 있음이었다.

계허가 퇴속(退俗)을 결심한 것은 그의 목수 솜씨를 높이 산 궁중에서 계허에게 창덕궁의 수리를 맡겼기 때문이었다. 당시 임금은 경희궁에 머물고 있었는데, 경희궁은 임시 거처에 불과했고 병약한 철종이 쾌차하기 위해서는 풍수학 상으로 한시라도 빨리 창덕궁으로 환궁하여야 한다고 백관들이 간하고 있었으므로 계허는 창덕궁을 수리하는 책임자로 뽑혀 가게 되었던 것이다.

계허는 이 기회에 자신에게 맞지 않는 승려의 직분을 벗어 버리고 아내와 두 자식을 갖고 있는 속인의 생활로 돌아가리라고 결심했다.

그렇게 되자 계허의 마음속에 가장 걸렸던 것이 바로 사미승 경허였다.

자신만을 믿고 따르고 의지하고 있는 사미승을 모른 체 산문(山門)에 남겨두고 홀로 환속하는 것이 못내 마음에 걸림돌이 되었던 것이다.

그래서 계허는 경허가 원한다면 그도 함께 환속시켜 자신의 목수일을 전수시킬 것을 잠시 생각해 보았으나 아무리 봐도 경허에게는 목공일이 적성에 맞지 않음이 확실해 보였다. 그렇다고 해서 사제간의 인연을 떠나 자신이 낳은 친자식과 같은 사미승 경허를 자신이 떠나고 없는 절에 그냥 내버려둘 수는 없다고 생각하였다.

그러자 계허의 마음속에 지난 여름의 기억이 떠올랐다. 한여름을 절에서 머무르고 있다가 가을이 되자 떠나간 서생 박 처사는 사미승 경허에 대해 일러 말하지 않았던가.

자기는 경허와 같이 총명한 재목을 본 적이 없노라고. 또한 그는 말하지 않았던가. 경허를 보다 큰 법신으로 만들기 위해서는 보다 큰 세계로 떠나보내 제2의 출가를 단행토록 도와 주어야 한다고.

그때 계허는 스승 역파가 자신에게 말해 주었던 '쓸모 없는 나무'의 이야기를 함으로써 서생의 청을 정중히 물리쳤었다. 그러나 이제는 어쩔 수 없지 아니한가. 경허를 목수로 만들어 자신의 도제(徒弟)로 삼을 수도 없고, 또한 경허를 자신이 떠나고 없는 청계사에 홀로 천덕꾸러기로 남겨둘 수도 없다면 사미승 경허를 그 선비가 청하였던 대로 보다 큰 학문의 세계로 내보낼 수밖에 없지 아니한가.

순간 계허의 머릿속으로 자신의 오랜 도반(道伴)이었던 만화(萬化)의 이름이 떠올랐다.

만화는 계허가 잠시 금강산 건봉사(乾鳳寺)에 머물고 있을 때 사귄 친구로 나이는 만화가 훨씬 어렸지만 이미 학문으로서의 명성은 당대 제일이었다.

만화의 속명은 정관준(鄭寬俊)으로 봉화 출신이었는데, 그는 13세 때 금강산 건봉사에서 금현 장로(錦玹長老)를 스승으로 하여 머리를 깎고 중이 되었다.

뒷날, 만일(萬日) 동안 아미타불을 부르며 수도하는 모임인 만일회(萬日會)를 크게 열기도 하였던 당대 제일의 승려였다.

말년에는 대둔사(大屯寺)로 옮겨 그곳에서 오랫동안 주석하다가 1918년 입적한 만화 화상의 법명은 원오(圓惡)였다. 그는 생전에 학문이 높아 주로 궁정과 인연을 맺고 있었으며 때문에 고종 5년인 1901년에는 조선 팔도의 승려 모두를 관장하는 팔도승풍규정도원장(八道僧風糾正都院長)에 이르기도 하였다.

특히 명성황후(明成皇后)의 각별한 신임을 얻었던 그는 명성황후가 일본의 낭인(狼人)들에 의해 무참히 시해되자 전라남도 두륜산으로 내려가 그곳에서 입적할 때까지 산을 내려오지 않았다.

일명 대흥사(大興寺)라 불리는 대둔사에는 임진왜란 때 승병을 이끌고 떨쳐 일어난 서산 대사의 교지(敎旨)와 의발이 전해져 내려오고 있었는데 만화는 그곳에서 말년을 보내면서 무참히 시해당한 명성황후의 명복을 빌고, 전국 8도의 승려들에게 떨쳐 일어나 왜적과 싸울 것을 권유하는 서산의 교지를 읽고 그 뜻을 새기면서 울분을 달래곤 하였다.

젊은 날 만화는 계룡산 동학사에 머물고 있었다.

당시 동학사에서는 전국의 승려들을 상대로 하는 강원이 해마다 열리고 있었으며, 이 강원으로 전국 팔도의 빼어난 젊은 승려들이 모여들어 학문을 배우고 있었다.

만화 화상은 이 무렵 갓 스물이 넘은 젊은 강백(講伯)이었으나 학문으로서의 명망을 크게 떨치고 있었으므로 전국에서 납자(衲子)들이 구름처럼 모여들고 있었다.

계허는 건봉사를 중수하기 위해 한동안 금강산에 머물고 있었는데 그때 계허는 금현 장로 밑에서 시봉을 하고 있는 만화를 만나 두 사람은 10년이 훨씬 넘는 나이 차이에도 불구하고 다정한 벗이 될 수 있었던 것이었다.

비록 스승 역파 스님의 설법대로 글을 배우지 아니하고 일자무식의 무지렁이로 살아가는 것이 끈으로 묶이지 아니하고 자유로이 떠다니는 배의 기쁨과 같다고 스스로 자위하고 있으면서도 계허는 젊고 똑똑한 당대 제일의 강백 만화를 마음속으로 깊이 존경하고 있음이었다.

생각이 여기에까지 이르자 계허는 무릎을 쳤다.

그렇다.

사미승 경허를 계룡산으로 떠나보내자. 계룡산 동학사의 강원으로 떠나보내 만화의 밑에서 학문을 배우도록 하자. 만화라면 경허를 모른 체 내버려두지는 않을 것이다. 떠나보낼 때 경허에게 대필한 편지를 품속에 지니도록 하고 함께 보내도록 하자. 만화는 그 편지를 받으면 사미승 경허를 선선히 거둬들일 것이다.

그리하여 경허를 자신의 제자로 받아들일 것이다.

그로부터 며칠 후 사미승 경허는 청계사를 떠났다. 일찍이 아홉 살 때 어머니와 함께 청계산을 오른 지 5년 만의 일이었다. 5년 동안 사미승 경허는 단 한번도 산을 내려와 본 적이 없었다.

스승이라기보다 자신을 거둬들여 키워준 아버지라고 부르는 편이 어울리는 계허로부터 청계사를 떠나라는 말을 듣자 경허는 은사스님의 곁을 떠나지 않겠다고 고집을 부렸다. 계허는 경허가 떠나기까지는 자신이 환속할 것을 숨기려 하였으므로 사미승은 왜 갑자기 스승이 자신의 곁을 떠나 대처(大處)로 나가라고 하는지 그 연유를 알 수가 없었다.

그러나 계허의 명은 준엄하여 추상과도 같았다.

할 수 없이 경허는 스승이 말하는 대로 5년 동안 정들었던 청계사를 떠날 수밖에 없었다. 어려서부터 줄곧 경내에서만 살아왔으므로 경허는 바깥 세상의 일에 대해서는 전혀 감감하였으며, 그래서 자신이 찾아갈 계룡산이 얼마나 먼 거리인지, 자신이 찾아갈 동학사의 강원이 어떤 곳인지 전혀 짐작조차 할 수 없었다.

"몇날 며칠을 밤낮을 가리지 않고 꼬박 걸어가야 할 것이다."

스승 계허는 다만 그렇게만 말하였을 뿐 더 이상 말을 덧붙이지는 아니하였다. 스승의 말을 듣고 경허가 할 수 있는 일은 걸망에 자신의 짐을 싸는 일뿐이었다. 걸망에 짐을 넣는다고 하여도 서생 박 처사가 물려주고 간 서책들과 간단한 문구들을 빼면 텅 빈 바랑일 뿐이었다. 길 가는 도중에 먹을 수 있도록 소금 뿌린 주먹밥 몇 개를 만들어 넣고서 경허는 짚신 서너 켤레를 삼기 시작했다.

스승의 말처럼 찾아갈 동학사가 몇날 며칠을 꼬박 걸어가야 할 먼 곳에 있다면 가다가 짚신이 해져 떨어질 것은 자명한 일이어서 예비용 짚신을 준비해 두어야 할 것 같았기 때문이었다.

"난 이제 더 이상 네 은사가 아니다. 절문을 나서는 즉시 나를 잊도록 하여라."

계허는 출발하기에 앞서 찾아와 삼배를 올려 스승과 제자로서의 마지막 예를 갖추는 경허가 큰절을 마치고 무릎을 꿇어 정좌하자 입을 열어 말하였다.

"너를 낳은 생모는 연암산 천장사에 머물고 있다. 너의 백씨 태허 성원(泰虛 性圓) 스님이 그곳에 오래 전부터 계셨으므로 어머니는 그곳에 함께 살고 계신다."

사미승 경허는 그 동안 어머니가 어디서 살고 있는지 전혀 알지 못하였었다. 나이가 어린 사미승 경허가 고달픈 행자생활 중 혹 어머니 생각이라도 할라치면 수도생활을 그르칠까 염려한 밀양 박씨 부인의 신신당부로 계허가 이를 굳게 숨기고 있었기 때문이었다.

그리고 나서 계허는 말을 이었다.

"내가 길을 떠나는 너에게 이를 일러주는 것은 다시는 이곳으로 돌아올 생각을 하지 말라는 이유 때문이다. 다시는 이곳으로 돌아오려 하지 말아라. 산문을 나서는 즉시 나를 잊고 이곳을 잊도록 하여라. 설혹 네가 이곳으로 돌아온다고 하여도 나는 이미 이곳에 없을 것이다."

스승 계허의 말에 사미승이 물어 말하였다.

"그러하면 어디에 계실 것입니까."

"그것은 나도 모른다."

냉정하게 계허가 답하였다.

"이제부터는 오직 네가 찾아가서 만날 만화 스님만을 스승으로 믿고 의지하고 따르도록 하여라."

그리고 나서 계허는 대필한 편지 한 장과 가는 도중에 쓸 노자를 내주면서 말하였다.

"이 편지를 만화 스님에게 보여주도록 하여라. 그리고 갈 길이 머니 즉시 떠나도록 하여라."

계허 스님은 앉은 자리에서 벽을 향해 돌아앉고는 그로부터 돌이 되어 말이 없었다. 물러가는 경허가 마지막 인사를 하려 해도 계허는 면벽을 하여 돌아앉은 채 아는 체도 하지 않았다. 경허는 할 수 없이 돌아앉은 스승의 등을 향해 큰절을 한 후 뒷걸음으로 물러나왔다. 나오는 즉시 경허는 스승이 준 편지를 소중히 품속에 간직한 후 걸망을 둘러메고 정들었던 청계사를 떠났다.

아홉 살에 입산하여 5년이 흐른 열네 살의 소년이 되었다고는 하지만 아직 수염자리도 잡히지 않은 애기중에 불과하였다. 고향과도 같은 청계사의 경내를 오래오래 간직하기 위해 사미승 경허는 눈을 들어 구석구석을 뚫어져라 바라본 후 미련없이 길을 떠났다. 곧 돌아올 것이다. 은사인 계허 스님이 떠나는 즉시 이곳을 잊고 다시는 찾아오지 말라고 하였지만 나는 곧 돌아올 것이다. 경허는 뒤도 돌아보지 않고 계곡을 뛰듯이 내려가면서 중얼거렸다.

그러나 예순네 살의 나이로 저 먼 관북 지방의 삼수갑산에서 시적(示寂)할 때까지 경허는 한번도 이 행자생활을 하던 청계사를 다시 찾은 적이 없다. 열네 살에 청계사를 떠난 뒤 50년 동안 전국을 무하도인(無何道人)처럼 떠돌아다녔던 경허는 그토록 마음에 그리고 있던 고향과 같은 청계사만은 두번 다시 찾아가지 않았던 것이다.

그런 의미에서 절문을 떠나는 즉시 이곳을 잊고, 스승인 자신을 잊어버리라던 계허의 계명을 그는 철저하게 지킨 셈이었다.

4

어디선가 목쉰 소리로 크게 우는 소의 울음소리가 들려왔다. 깊은 상념에 잠겨 있던 경허는 되새김질하면서 울어 대는 소 울음소리에 놀라 퍼뜩 정신이 들었다.

벌써부터 비가 내리고 있어 사위는 자옥한 빗소리로 가라앉아 있었다. 외양간과 맞붙은 헛간에서 집주인의 배려로 하룻밤을 유하고 떠날 수 있게 되어 참으로 다행이었는데도 좀체로 잠을 이룰 수가 없었다. 몸은 젖은 솜처럼 피로하고, 날이 밝으면 또 다시 먼 길을 떠나야 했으므로 시간이 있는 대로 눈을 붙여야 했음에도 밤이 깊어갈수록 정신은 물로 씻은 듯이 맑아만 가고 있었다.

경허가 늦은 저녁밥을 얻어 먹고 헛간에 들었을 때, 들려오는 것은 외양간에서 여물을 먹고 이를 되새김질하는 소의 가쁜 숨소리와 느닷없이 목놓아 우는 새끼소들의 울음소리뿐이었다.

밤이 깊어지자 비까지 내려 주위는 물 속에 잠긴 듯하였다. 초가지붕으로 스며드는 빗소리가 아련히 멀게만 느껴지고 온 마을을 휩쓰는 그 무서운 역병과는 상관 없이 추녀 끝에서 낙숫물이 평화롭게 떨어지고 있었다.

경허는 정좌하고 앉아서 묵묵히 일정한 간격으로 마당 위에 떨어지는 낙숫물 소리를 듣고 있었다.

열네 살의 나이로 청계사를 떠나온 지 올해로 17년. 그런데 동학사에 머문 17년 동안 그는 육척 장신에 헌헌장부의 체구로 성장하여 버렸다. 나이도 청년기를 지나 삼십대 초반의 장년으로 변하였으며, 성장한 것은 그의 몸뿐만이 아니었다.

가슴속에 은사스님의 편지만을 묻고 홀로 대처로 나와 계룡산을 찾은 후 그는 계허 스님이 예견하였던 대로 만화 화상의 제자가 되었다. 만화 화상은 계허의 편지를 받고 경허를 슬하의 제자로 맞아들였으나 처음엔 그를 탐탁하게 여기지 아니하였다.

만화는 사미승의 스승 계허가 낫 놓고 기역자도 모르는 일자무식임을 잘 알고 있었으므로 그러한 스승에게서 어찌 걸출한 제자가 나올 수 있을까, 가볍게 여기고 있을 뿐이었다. 다만 계허가 스스로 퇴속하게 되어 오갈 데 없는 사미승 하나를 보냈으므로 계허와의 오랜 우정을 봐서라도 가엾은 사미승을 거둬들인 것뿐이었다.

만화는 경허를 자신의 강원에 맞아들여 공부를 시켰는데 사미승 경허는 낮이고 밤이고 잠만 자고 있었다. 무엇보다 제자들의 게으름을 싫어하고 있던 만화는 밤이면 밤대로 자고, 낮에도 틈만 있으면 잠자는 경허를 몹시 꾸짖고 책하였다.

전국에서 모여든 빼어난 학인들은 만화를 대강백으로 모시고 불철주야 공부에 정진하고 있었다. 만화는 20대 초반의 청년승이었으나 벌써 교학의 종장(宗匠)이었다. 그럼에도 불구하고 이제 겨우 소년티를 벗고 있는 사미승인 주제에 밤이면 밤대로 잠자고 낮이면 낮대로 조는 경허가 탐탁하게 보이지 않았음은 당연한 일이었다.

만화는 초저녁부터 잠자고 있는 경허를 보고 꾸짖어 말하였다.

"고려 말의 승 야운(野雲) 각우(覺牛)는 자경문(自警文)을 지어 우리와 같은 발심 수행자에게 생활규범을 말하고 있다. 그대는 명색이 출가승이니 야운의 자경문을 배우고 익혔을 것이다. 그러므로 내 묻노니 수행자의 생활규범, 그 하나는 무엇인가."

곤히 잠자다가 스승에게 들켰으므로 경허는 황망히 일어나 무릎을 꿇고 답하였다.

"좋은 옷과 맛있는 음식을 받아 쓰지 말라입니다."

"그 다음은 무엇인가."

"내 것을 아끼지 말고 남의 것을 탐하지 말라입니다."

"계속 이어 말해 보아라."

"그 하나는 말은 적게 하고 행동을 가벼이 말라입니다. 그 하나는 좋은 벗은 친하고 나쁜 이웃은 멀리하라입니다. 그 하나는 삼경(三更)이 아니면 잠자지 말라입니다. 그 하나는 잘난 듯이 뻐기거나 남을 업신여기지 말라입니다. 그 하나는 재물이나 여색은 바른 생각으로 대하라입니다. 그 하나는 세속 사람과 사귀어서 아픔을 받지 말라입니다. 그 하나는 남의 허물을 말하지 말라입니다. 그 하나는 대중과 함께 살 때 마음을 평등히 가져라입니다. 이상이 야운 화상이 발심 수행자들에게 설한 지켜야 할 열 가지 계법(戒法)입니다."

"그러하면."

만화는 준엄한 얼굴로 경허를 꾸짖어 물었다.

"지켜야 할 열 가지 계법 중에서 그 다섯 번째를 설하여 보라."

"야운 화상이 저희와 같은 수행자들에게 다음과 같이 말씀하셨습니다. 삼경이 아니면 잠자지 말라. 끝없이 오랜 세월을 두고 수도를 방해하는 것은 졸음보다 더한 것이 없다. 하루 종일 어느 때나 맑은 정신으로 의심을 일으켜 흐리지 말고 앉거나 서거나 가만히 마음을 살펴보아라. 한평생을 헛되이 보낸다면 두고두고 한이 될 것이다. 덧없는 세월은 찰나와 같으니 나날이 놀랍고 두려우며 목숨은 잠깐이라 한때라도 보증할 수가 없다. 조사(祖師)의 관문을 뚫지 못했다면 어찌 편안하게 잠들 수 있겠는가."

"이어 게송을 읊어 보아라."

만화는 다시 꾸짖어 말하였다. 경허는 대답하였다.

졸음 뱀이 구름 끼니 마음 달 흐려

도 닦는 이 여기 와서 갈 바를 모르네

이 속에 비수검 빼어들면

구름이란 간 데 없고 달빛 밝으리.

睡蛇雲籠心月暗　行人到此盡迷程

箇中拈起吹毛利　雲自無形月自明

경허가 또박또박 외어 대답하자 만화는 다소 의외라는 표정을
지다. 야운 선사가 지은 자경문이 발심 수행자들에게 이른 생활
규범이어서 출가한 승려들은 누구나 이 규범을 외고 있음은 당
연한 일이었지만 경허가 명료하고 분명하게 대답하자 만화는 이
를 믿을 수가 없었다.

"그러하면 지금이 몇점인가."

스승의 준엄한 질문에 경허는 입을 열어 대답할 수가 없었다.

"아직 저녁예불 시간도 지나지 않음이 아닌가. 그럼에도 불구
하고 그대는 벌써부터 혼곤히 잠이 들어 야운 선사가 이른 대로
졸음 뱀(睡蛇)을 베고 누워 있음이니, 그러하면 지금이 바로 야
운 선사가 발심 수행자들에게 잠자도 좋다고 이른, 바로 반야(半
夜)의 삼경인가."

"아닙니다."

"고려 말의 보조 국사께오서는 일찍이 〈계초심학인문(誡初心
學人文)〉을 지어 우리와 같은 학인늘에게 지남(指南)의 요문(要
門)을 지어 주셨음이다. 고려 말의 대성자 보조 국사께오서는 출

가 학인들에게 '신수면과도(愼睡眠過度)'하라고 이르셨으니 이는 잠자는 것을 정도에 지나치지 말고 부지런히 깨어 정진하라는 뜻이 아닐 것인가."

보조 국사의 〈계초심학인문〉, 앞에서 경허가 왼 야운 선사의 〈자경문〉, 신라의 위대한 원효 대사가 지은 〈발심수행장(發心修行章)〉, 이 세 편을 합쳐 〈초발심자경문(初發心自警文)〉이라 하고, 이는 흔히 불가에 입문한 출가승이 제일 먼저 배우고 익히는, 일상의 생활규범을 가르치고 있는 지침서였다.

가장 기본적인 법문을 빌려 경허를 꾸짖는 만화의 책함에 경허는 무릎을 꿇고 앉아 아무런 답도 할 수 없었다. 당대 제일의 학승 만화의 꾸짖음에는 추호의 빈틈도 없음이었다. 스승 만화의 질책에는 서릿발과 같은 칼날이 번득이고 있었다.

"일찍이 부처께오서 기원정사에 계실 때 대중을 위해 설교하시었다. 불경(增一阿含) 속의 역품(力品)에 나오는 내용으로, 부처의 설법은 그대와 같이 방일(放逸)하고 게으른 학인들을 경계하여 이르신 말씀이다.

설법하는 자리에는 제자인 아니룻다도 앉아 있었는데 그는 부처의 설법 도중 꾸벅꾸벅 졸고 있었다. 부처께오서는 설법을 끝낸 뒤 아니룻다만을 따로 불러 이렇게 물으셨다.

'아니룻다야, 너는 어찌하여 집을 나와 출가하여 도(道)를 배우고 있는 것이냐.'

'생로병사와 근심 걱정의 괴로움이 싫어 그것을 버리려고 집을 나왔습니다.'

'그런데 너는 설법하고 있는 자리에서 꾸벅꾸벅 졸고만 있으니, 어떻게 된 일이냐.'"

만화는 잠시 말을 끊고 경허를 쳐다보았다.

경허는 무릎을 꿇고 앉아서 스승의 말을 끝까지 들었다.

"부처님의 말씀에 아니룻다는 곧 자신의 허물을 뉘우치고 꿇어앉아 부처님 앞에서 맹세하였다.

'이제부터 이 몸이 부서지는 한이 있더라도 다시는 부처님 앞에서 졸지 않겠습니다.'

이때부터 아니룻다는 밤에도 자지 않고 뜬눈으로 계속 정진하다가 마침내 눈병이 나고 말았다. 부처님은 그에게 타이르셨다.

'아니룻다야, 너무 애쓰면 조바심과 어울리고 너무 게으르면 번뇌와 어울리게 된다. 너는 극단을 취하지 말고 중도(中道)의 그 중간을 취하도록 하여라.'

그러나 아니룻다는 전에 부처님 앞에서 다시는 졸지 않겠다고 맹세한 일을 상기하면서 부처님의 타이름을 들으려고 하지 않았다. 아니룻다의 눈병이 날로 심해지는 것을 보시고 부처님은 의사 지바카에게 아니룻다를 치료해 주도록 당부하셨다. 아니룻다의 증세를 살펴본 지바카는 부처님께 말씀드렸다.

'아니룻다 님이 잠자면서 눈을 쉰다면 치료할 수 있겠습니다만 통 눈을 붙이려고 하지 않으니 큰일입니다.'

이 말에 부처님은 다시 아니룻다를 불러 다음과 같이 말씀하셨다.

'아니룻다야, 너는 잠을 좀 자거라. 중생의 육신은 먹지 않으면 죽는 법이다. 눈은 잠으로 그 먹이를 삼는 것이다. 귀는 소리로 먹이를 삼고, 코는 냄새로, 혀는 맛으로, 몸은 감촉으로, 생각은 현상으로 먹이를 삼는다. 그리고 여래는 열반으로 그 먹이를 삼는다.'

그러자 이 말씀을 들은 아니룻다는 다시 부처님께 여쭈었다.

'그러하면 열반은 무엇으로 그 먹이를 삼습니까.'

'열반은 게으르지 않는 정진으로 그 먹이를 삼는다.'

아니룻다는 끝내 고집을 버리려 하지 않고 다음과 같이 말하였다.

'부처님께오서는 눈은 잠으로 먹이를 삼는다고 말씀하시지만 저는 차마 잠을 먹을 수가 없습니다. 저는 차마 잠을 잘 수가 없습니다'고 하였음이다."

잠시 만화는 말을 끊었다. 그리고 오랜 침묵 끝에 만화는 다시 입을 열어 말을 이었다.

"그리하여 마침내 아니룻다는 어찌 되었는 줄 아는가. 아니룻다는 마침내 앞을 볼 수 없는 장님이 되고 말았음이다. 그러나 비록 앞을 못 보는 장님이 되었을지라도 마음의 눈(心眼)은 열려 부처님의 제자 중 눈의 밝기가 가장 으뜸이었다. 비록 육안을 잃어버려 일상생활은 말할 수 없이 불편하였다 하더라도 법(法)에의 심안은 밝기가 태양과 같았으니 마침내 그는 부처가 되고 말았음이다."

경허는 숨소리조차 낼 수가 없었다. 스승 만화는 다시 입을 열어 말하였다.

"어느 날 아니룻다는 해진 옷을 깁기 위해 바늘귀를 꿰려 하였다. 그러나 앞을 못 보는 장님이었으므로 혼자서는 바늘구멍에 실을 꿸 수 없는 것은 당연한 일이었다. 그래서 그는 혼잣말로 이렇게 말하였다.

'세상에서 복을 지으려는 사람은 나를 위해 바늘귀를 좀 꿰어 주었으면 좋겠네.'

이때 누군가 그의 손에서 바늘과 실을 받아 바늘귀를 꿰어 주고 해진 옷을 대신 기워 주었다. 그 사람이 부처님인 것을 알자 아니룻다는 깜짝 놀랐다.

'아니, 부처님께오서 그 위에 또 무슨 복을 지을 일이 있으십니까.'

그러자 부처님이 대답하셨다.

'아니룻다야, 이 세상에서 복을 지으려는 사람 중에 나보다 더한 사람은 없을 것이다. 왜냐하면 나는 여섯 가지 법에 만족할 줄 모르기 때문이다. 여섯 가지 법이란 보시와 교훈과 인욕과 설법과 중생제도와 더없는 바른 정법을 구함이다.'

이에 아니룻다가 물어 말하였다.

'여래의 몸은 진실한 법의 몸이신데 다시 무슨 법을 구하려 하십니까. 여래께오서는 이미 생사의 바다를 건너셨는데 더 이상 지어야 할 복이 어디 있습니까.'

그러자 부처님이 다음과 같이 말씀하셨다.

'그렇다, 아니룻다. 네 말과 같다. 중생들이 악의 근본인 몸과 말과 생각의 행(行)을 참으로 알고 바르게 한다면 결코 삼악도

(三惡道)에 떨어지지 않을 것이다. 그러나 중생들은 그것을 모르기 때문에 나쁜 길에 떨어진다. 나는 그들을 위해 복을 지어야 한다. 이 세상의 모든 힘 중에서도 복의 힘이 가장 으뜸이니 그 복의 힘으로 불도를 성취하여야 한다. 그러므로 아니룻다, 너도 이 여섯 가지 법을 성취하여야 한다. 마땅히 출가한 비구들은 이와 같이 공부하여야 한다' 하심이라."

만화는 불경의 내용을 길게 인용하고 나서 경허를 마주보았다.

"경허야, 너도 어린 나이에 생로병사와 근심 걱정이 싫어 그것을 버리려고 출가하였다면 아니룻다처럼 앞을 못 보는 장님이 될지언정 마음의 눈은 열려야 하지 않겠느냐. '이제부터 이 몸이 부서지는 한이 있더라도 다시는 부처님 앞에서 졸지 않겠습니다'라고 맹세한 아니룻다처럼 너도 부처님 앞에서 이를 맹세하여야 할 것이 아니겠느냐. 부처가 해진 아니룻다의 옷을 대신 기워 주고라도 복을 지어야 한다고 말씀하셨듯 너도 여섯 가지 법을 얻어야 할 것이 아니겠느냐. 부처가 말씀하셨듯 너도 그렇게 일심 일념으로 공부를 하여야 할 것이 아니겠느냐."

만화는 경허가 베고 누워 잠들었던 서책을 가리키면서 말하였다.

"그러함에도 너는 목침조차 베지 않고 소중한 불경을 베고 잠들었단 말이냐."

경허는 목침을 베지 아니하고 읽던 서책을 베고 잠들어 있었다. 만화가 진정으로 화를 냈던 것은 저녁예불을 끝내기도 전에 벌써 혼곤히 잠들어 있었던 경허의 게으름보다 공부하는 소중한

196

서책을 베개로 하여 이를 베고 잠든 경허의 불경함 때문이었을
것이다. 더구나 경허가 베고 누웠던 서책은 요즈음 강원을 통하
여 만화가 직접 가르치고 있는《원각경(圓覺經)》이었다.

원각경은 유마경, 능엄경과 함께 선(禪)을 일컫는 3대 경(經)
으로서 주로 관행(觀行)에 관해 설명하고 있는 불경 중에서도 가
장 난해하고 어려운 경전 중의 하나다.

원명은《대방광 원각 수다라 요의경(大方廣圓覺修多羅了義
經)》이라 하여 대승(大乘) 원돈(圓頓)의 교리를 가르친 것으로,
이에 대한 주석서로는 당나라의 종밀(宗密)이 저술한 원각경소
(疏) 6권과 원각경초(抄) 20권 등이 있는데, 만화는 당시 강원의
학인들에게 이 6권과 20권의 원각경 소초(疏抄)를 교재로 하여
교의를 토론하고 가르치고 있었던 것이다.

그 귀중한 불경과 주석서를 목침처럼 쌓아 올려놓고 이를 베
고 잠자고 있는 경허의 무례한 행동이 만화의 비위를 거슬렀음
은 당연한 일이었다.

"네가 무례하게도 경전을 베고 잠들어 있음은, 그러하면 네가
벌써 이 원각경의 소초들을 벌써 다 외고, 벌써 익혀 버렸단 말
이냐. 그리하여 더 이상 배우고 욀 것이 없다고 생각하고 있단
말이냐."

경허는 무릎을 꿇은 채 아무런 대답도 하지 않았다. 잘못하였
으면 이를 잘못하였다고 사과할 일이요, 만화의 책함이 옳다면
이를 순순히 인정함이 당연한 일이거늘 아무런 대답도 하지 않
고 묵묵부답하여 앉아 있는 경허의 태도가 만화의 심사를 다시

건드렸다. 만화가 분노하여 소리 높여 책하였다.

"네가 아무런 답변도 하지 않음은 침묵으로 이를 인정함이 아닐 것인가. 네가 벌써 원각경소 6권과 원각경초 20권, 합쳐 26권의 소초들을 빠짐없이 외고 이를 다 익혔음을 인정하여 아무런 답변도 하지 않음이 아닌가."

불경 중에서도 가장 어려운 원각경은 때문에 당나라 때 영휘(永徽) 연간에 이르러서야 계빈이라는 화상이 번역하였을 만큼 난해한 경전 중의 하나였는데, 그 주석서 모두를 벌써 다 외고 익혔다는 것은 상상도 할 수 없는, 불가능한 일이었다.

만화는 경허가 여전히 굳게 입을 다물고 답을 하지 않으므로 한쪽 곁에 쌓인 책을 한 권 빼어 손에 잡히는 대로 한 장을 펼쳐 들고 나서 말하였다.

"네가 정히 그러하면 이 문장의 뜻을 새기고 이를 설하여 보라."

경허는 스승 만화가 손가락을 짚어 가리킨 원각경을 두 손으로 안아들었다. 그는 만화가 지적한 문장을 한번 훑어보고 나서 낮은 소리로 이를 설하기 시작하였다.

"말세 중생의 발심 수행자 중에 마땅히 일체의 정지견(正知見)을 구하는 사람은 항상 마음이 머무르는 상이 없이 하되 현세 진로(塵勞)의 마음이 항상 청정함을 보여 오히려 모든 허물됨을 찬탄하였으니 청정한 율행(律行)을 지키는 사람이나 중생으로 하여금 율의(律儀)를 지키지 않는 사람이나 둘 다 상관하지 말라. 이와 같은 사람은 곧 아누다라 삼먁 삼보리(阿耨多羅三藐三

菩提)를 성취하여 얻으리니 저 선지식이 사위의중(四威儀中)에 항상 청정함을 드러냄과 가지가지 중생의 허물과 화근의 근심을 나타내도 저 마음의 교만이 없고 악한 마음이 일어나지 아니하게 하라는 말입니다.”

경허는 거의 문장을 보지 않고 대답하고 있었다. 그럼에도 전혀 막힘이 없었다. 그는 이미 그 문장을 머릿속에 빠짐없이 외워두고 있음이었다. 만화는 속으로 크게 놀랐으나 전혀 이를 내색하지 않고 이어 물어 말하였다.

“그러하면 그 뜻을 새겨 보아라.”

“무릇 정법을 구하는 사람은 청정한 사람이나 허물이 있는 사람이나 절대 마음에 머물러 일체 차별 없이 상을 짓지 말아야만 아누다라 삼먁 삼보리, 즉 불과(佛果)의 지혜인 무상정등각(無上正等覺)을 이룰 수 있다는 뜻입니다.”

경허의 설에는 일체 주저함이나 머뭇거림이 없었다. 만화는 다시 다른 책을 들어 종이를 펼쳐 손에 집히는 대로 문장을 가려내 물어 보았으나 경허는 다시 문장을 한번 일별하고는 막힘이 없이 이를 한 자도 빠뜨리지 않고 외어내려 갔으며, 그 뜻을 새기는 데에도 전혀 막힘이 없어 마치 섶나무와 풀을 함께 담음과도 같았다.

만화는 내심 크게 놀랐지만 겉으로는 전혀 이를 내색하지 않았다. 만화는 그제야 이 어린 사미승의 재지(才智)가 뛰어남을 깨닫게 되었으며 대승(大乘)의 법기임을 인식하였다.

그는 방을 나오면서 다만 경허에게 이렇게 말하였을 뿐이었다.

"졸음 뱀(睡蛇)이 찾아오면 마음속에서 취모(吹毛)를 꺼내어 이를 베어라."

만화는 혼잣말로 중얼거렸다.

'불속에서 연꽃이 피어났도다. 아아, 화중생련(火中生蓮)이로다.'

이 일이 있은 뒤로부터 만화는 경허의 수면에 대해 일체 탓하지 아니하였다. 강원 중에 경허가 꾸벅꾸벅 졸아도 이를 탓하지 않았으며 나무 그늘 아래 팔베개하고 누워 낮잠에 잠겨 있는 모습을 보아도 이를 전혀 탓하지 아니하였다.

경허는 늘 게을러 졸거나 잠을 자고 있는 것처럼 보였다가도 깨워 과제에 대해 물으면 전혀 막히는 데 없이 외고 뜻을 새기곤 하여 강원에 모인 학인들은 모두 혀를 내두르곤 하였다. 그 양이 많거나 적거나 배운 것을 즉시 외고 익혀 여러 대중들은 경허의 미증유(未曾有)함에 감탄하기 시작하였으며 스승 만화도 경허에 대해 일체 가타부타 부언하지 않았다.

경허의 학문은 일취월장(日就月將)하기 시작하였다. 경전은 물론 유전(儒典)과 노자, 장자의 선도(仙道)까지 두루 섭렵하기 시작하였다.

만화는 강원에 모인 학인들이 학문에 제대로 정진하지 않으면 경허를 본받을 것을 말하고 다음과 같이 중얼거리곤 하였다.

'여배불급(汝輩不及)이로다, 여배불급이로다.'

너희들 무리로서는 도저히 경허에게 미칠 수 없노라는 말을

200

중얼거리듯 만화는 빼어난 경허를 자신의 수제자로 삼으려 하였다. 공부하는 데 느리지도 급하지도 아니하였고, 하나를 배우면 열을 알았다.

경허는 불경의 내서(內書)뿐 아니라 일대 시교(時敎)의 모든 외서(外書)까지 두루 섭렵하여 이미 정통하였지만 절대로 이를 내색지 아니하고 언제나 바보처럼 졸고 있었으며 겉으로는 어리석은 듯하였다. 그리고는 항상 빈 시간이면 짚신을 엮어 함께 공부하고 있는 대중들에게 나눠 주기를 좋아하였다.

마침내 23세에 이르러, 경허가 14세의 사미승으로 환속하게 된 계허의 천거로 동학사에 건너온 지 꼭 10년째 되던 해, 만화는 경허를 불러 다음과 같이 말하였다.

"이제 네가 강원으로 건너와 교리를 배운 지 올해로 꼭 10년째가 되었다. 그만하면 이제는 학문을 배우고 공부하기보다 그동안 배우고 익힌 것을 남에게 펼칠 때가 되었다. 이제부터는 강원을 너에게 물려 줄 터이니 네가 맡아 제방(諸邦) 학인들을 지도하도록 하여라."

당대 제일의 학장(學匠) 만화의 강원은 이로써 23세의 새로운 강사스님인 경허에게로 넘어가게 되었으며, 경허는 교리를 강론하게 되었다.

경허가 새로운 강백으로 뽑힌 지 얼마 되지 아니하여 그의 소문은 전국으로 자자하게 번져 나가 전국 사방에서 수많은 납자들이 구름처럼 몰려들어 귀의하기 시작하였다.

5

그로부터 8년여.

경허는 정좌하여 앉은 채 어디선가 멀리서 새벽닭 우는 소리가 들려오는 것을 들었다. 여름비는 그치지 아니하고 계속 지척지척 내리고 있었으며 꼬박 앉아서 지난 일들을 회상하는 것으로 날이 그대로 샐 모양이었다. 외양간의 소들도 그새 잠들었는지 여물 씹는 소리도 들려오지 않았고 소들이 움직일 때마다 목에 매달린 쇠방울에서 짤랑짤랑 흔들리던 요령 소리들도 더 이상 들려오지 않고 있었다.

스승 만화 화상으로부터 교리를 전수받아 동학사의 강원에서 강백으로 있어 온 지 벌써 8년여. 그 동안 동학사의 인근 마을 사찰들과 호서 지방의 절들을 간혹 돌아다니기는 하였으나 이번처럼 천안을 지나 한양까지의 여행은 실로 17년 만의 일이었다.

만화로부터 옛 스승 계허의 소식은 이미 전해 들은 지 오래였다.

경허가 청계사를 떠난 뒤 즉시 계허는 퇴속하여 속인이 되었으며, 그 소식을 만화로부터 전해 들었을 때야 비로소 경허는 어째서 스승 계허가 청계사를 떠나올 때 다시는 이곳으로 돌아올 생각을 말고 떠나는 즉시 나도 잊고, 이 절도 잊으라고 당부했는지를 이해할 수 있게 되었었다.

그러나 경허는 한시도 자신이 사미의 행자생활을 하던 청계사를 잊은 적이 없었다. 봄이면 꽃피고, 여름이면 새가 울고, 가

202

을이면 나뭇잎이 지고, 겨울이면 눈 내리고 바람 불던 청계사의 산과, 나무하고 빨래하던 깊은 계곡을 잊을 수가 없었다. 밤마다 백팔배의 큰절을 올리고 한여름 서원의 철폐로 휴양차 쉬러 온 선비 박 처사로부터 글을 배우던 기억이 고향의 일처럼 경허의 마음속에 자리하고 있었다.

오히려 서산 연암산 천장사에 머물러 있는 형 태허와 어머니보다 경허는 청계사의 기억이 더 가슴에 사무치고 있었다. 9세 때에 헤어진 어머니는 육신의 어머니였고 5년 동안 행자생활을 하던 청계사는 법신의 모태였으므로 경허는 떠나온 고향 청계사와 자기를 친자식처럼 거둬 준 옛 스승 계허를 한시도 잊은 적이 없었다.

그럼에도 불구하고 경허는 청계사를 떠나는 즉시 모든 것을 잊어버리라던 계허의 엄명을 감히 거역할 수 없었다.

그러나 며칠 전 옛 스승 계허로부터 실로 17년 만에 사람을 통해 전갈이 온 것이었다. 행색이 남루한 떠돌이 목수 하나가 동학사로 경허를 찾아왔다.

경허를 만나자 떠돌이 목수는 품속에서 편지를 꺼냈다. 편지는 옛 스승 계허로부터 온 것이었고, 계허가 글을 모르는 까막눈임을 잘 알고 있던 경허는 스승이 글을 아는 사람을 통해 대필하였음을 미뤄 짐작할 수 있었다.

편지의 내용은 간단하였다.

보고 싶으니 만화 화상의 허락을 얻어 한번 들러 달라는 내용이었다. 실로 17년 만에 옛 스승의 편지를 받자 경허는 사좌(師

佐)로서의 옛 인연이 사무치게 떠올라 눈시울이 뜨거워짐을 느꼈다. 단순히 보고 싶어 이러한 편지를 인편으로 보내올 리가 없음을 잘 알고 있는 경허가 묻자 목수는 다만 이렇게 말하였을 뿐이었다.

"목공 일 중에 누각 위에서 떨어져 크게 다치셨습니다. 벌써 수년간 자리에 누워 꼼짝도 못하고 대소변을 받아내고 있을 정도입니다. 아마도 올 여름을 넘기지 못할 것입니다. 목숨이 경각에 달려 있습니다."

떠돌이 목수로부터 그 말을 전해 듣자 경허는 숲속으로 들어가 목을 놓아 울었다. 옛 스승 계허가 몸져누워 생명이 경각에 달려 있다는 위급함이 그를 슬프게 한 것은 아니었다. 경허가 슬펐던 것은 옛 스승 계허가 올해로 쉰이 넘은 노인이 되어 있을 나이임에도 직접 목공 일을 하다가 누각에서 떨어져 몸을 다칠 만큼 형편이 어렵다는 사실이었다. 쉰이 넘은 할아버지가 아직도 목공 일을 하고 있다. 이는 아직도 생활이 안정되지 못하고 가난하게 살고 있음을 뜻함이 아닐 것인가. 그러한 생활 형편에 수년 간 몸져누워 대소변을 받고 있으니 옛 스승께서는 목에 풀칠이라도 하고 있으실 것인가. 오죽하면 전국을 떠돌아다니는 목수를 통해 한번 보고 싶으니 올라오라는 편지를 보내왔을 것인가. 이는 머지않아 죽을 자신의 운명을 감지하고 있음이 아닐 것인가.

경허는 편지를 받자마자 즉시 만화 화상을 찾아 편지의 내용을 전하고 17년 만에 옛 스승을 만나기 위해 여행을 떠남을 허

204

락해 달라고 청하였다. 계허는 만화의 옛 도반이기도 하였으므로 만화가 이를 허락하지 않을 이유가 없었다.

만화는 계허가 수년째 몸져누웠다는 소식을 전해 듣자 간직하고 있던 웅담을 한 조각 떼어 주며 말하였다.

"이 약이 신비의 명약이다. 곰의 쓸개로서 안질, 치루, 경간, 치통 등 모든 증상에 효험을 보이는데, 특히 담 들고 결리는 타박상 같은 병에 특효를 보인다. 이를 떼어 술에 타 수차례 마시게 하면 반드시 몸을 떨쳐 일어설 것이다."

경허는 허락을 받자 한양까지의 먼 길을 걸어갈 동안에 신을 짚신을 서너 켤레 미리 삼기 시작하였다.

경허는 이른 새벽에 한양을 향해 출발하였다. 한양까지는 사날을 꼬박 쉬지 않고 걸어야만 닿을 수 있는 거리.

떠돌이 목수에게 전갈을 부탁한 것이 지난 초여름의 일이니 스승 계허는 한양으로 올라가고 있는 중로(中路)에 이미 숨겨 있을지도 모르는 일이다. 다행히 아직도 숨이 붙어 있다면 17년만에 스승의 얼굴을 뵈옵고 문안 인사를 드릴 수 있겠지만 그새 숨져 돌아가셨다면 분묘에 들러 참배만 하고 돌아올 뿐이다.

그러나, 경허는 정좌하고 앉아 머리를 흔들면서 중얼거렸다.

이 무간지옥과 같은 세속의 엄청난 비극을 보았음에도 나는 무엇하러 한양으로 올라가고 있는 것인가. 불과 며칠 사이에 역병으로 숨겨간 이 집 젊은 주인 내외의 부모 시신을 보았고, 아직 숨조차 지지 않은 사람을 산 채로 생매장하는 모습도 보았다. 산더미처럼 쌓인 시체들을 모아 한꺼번에 태우는 처참한 광경도 직접 눈으로 목도(目睹)하였다.

이러한 아승기겁(阿僧祇劫)의 지옥은 전국 팔도에 걸쳐 이루어져 있을 것이다. 한양으로 올라가는 사날 동안 나는 엄청난 시신들과 병들어 죽어 가는 사람들을 만나게 될 것이다.

이러한 때.

경허는 이를 악물고 생각하였다.

나는 무엇하러 스승을 만나러 가고 있는 것일까. 섰다 죽고, 앉았다 죽고, 누웠다 죽는 온 세간의 지옥 광경을 직접 목격하면서 나는 어찌 사사로운 정에 이끌려 옛 스승을 만나기 위해 한가로이 유람이나 하고 있음인가.

순간 경허의 머릿속으로 열반 직전에 행한 부처의 유언 내용이 우렛소리가 되어 들려왔다.

팔십의 나이가 넘은 부처는 노구를 이끌고 사라나무 숲속에 이르자 아난다를 시켜 두 그루의 사라나무 사이에 북쪽으로 베개를 놓고 자리를 마련하도록 하였다. 아난다가 자리를 마련하자 부처는 오른쪽 옆구리를 바닥에 대고 발을 포개어 모로 누웠다.

경전에 이르기를 이때 사라나무는 제철이 아닌데 모두 꽃이 피고 천상에서는 전단향이 뿌려지고 노랫소리도 은은히 울려 퍼졌다고 기록하고 있다.

이때 아난다는 입멸을 앞둔 부처에게 슬피 울면서 부처님이 돌아가신 후 그 시신을 어떻게 처리할 것인가를 묻는다. 그러자 부처는 단호하게 다음과 같이 대답하였다.

"아난다야, 너희들과 같은 출가 수행승은 여래의 장례 같은 일에는 상관하지 말아라. 너희들은 오직 진리를 위해 게으름 없이 정진하여라."

그리고 나서 부처는 다음과 같이 말을 이었다.

"아난다야, 여래의 장례는 독실한 재가 속인들이 치러 줄 것이다."

열반에 들기 직전 자신의 친척이자 으뜸 제자인 아난다에게 행한 마지막 설법의 내용이 경허의 머리를 우렛소리처럼 뒤흔들었다.

그렇다. 부처는 우리와 같은 출가 수행승에게 인간의 장례 같은 일에는 상관하지 말라고 유언을 남기셨다. 심지어 자신과 같은 여래의 장례에도 상관치 말고 오직 진리를 위해 게으름 없이 정진하라는 유훈을 남기셨다. 그러하면.

경허는 눈을 부릅뜨고 허공을 노려보았다. 아직 날이 새기에는 멀었지만 먼 곳에서 새벽닭이 거푸거푸 울고 있었다. 그러하면 나는 무엇 때문에 옛 스승을 만나러 한양으로 가고 있는 것인가.

사사로운 정에 이끌려 옛 스승의 임종을 지키고 그의 장례를 치러 주기 위해 먼 길을 떠나고 있는 것인가. 부처의 말대로 스승의 장례는 그의 아내와 아이들과 친척과 같은 재가 속인들이 치러 줄 것이다. 이미 줄가하여 속세의 인연을 끊어 버린 수행승으로서 나는 무엇을 구하기 위해 한양으로의 장도에 오른 것일까. 부처는 자신의 사촌동생이자 만년의 시자로서 힝싱 부처의 곁에 머무르고 있던 아난다가 슬픔을 이기지 못해 나뭇가지를 붙들고 울자 다음과 같이 말하였다.

"아난다야, 한탄하거나 너무 슬퍼하지 말아라. 일찍부터 가르쳐 준 바와 같이 사랑하는 사람, 친한 사람과도 헤어지지 않을 수 없다. 태어난 모든 것이 반드시 죽지 않을 수 없다. 죽지 말았으면 좋겠다고 생각하는 것은 부질없는 것이다."

그리하여 부처는 다음과 같은 말로 끝을 맺었다.

"아난다야, 너는 더 한층 정진하여 미혹을 없애고 성자의 경지에 이르도록 하여라."

그렇다.

경허는 소리를 내어 중얼거렸다.

부처의 유훈대로 옛 스승의 장례를 치르기 위해 여행을 떠나거나 사사로운 정에 이끌려 한탄하거나 슬퍼할 필요는 없다. 부처가 가르쳐 준 바와 같이 사랑하는 사람, 친한 사람과도 언젠가는 헤어지지 않을 수 없다. 태어난 모든 것은 반드시 죽지 않을 수 없지 않은가.

내가 가야 할 곳은 그리운 은사스님 계허가 있는 곳도 아니고 5년 동안 행자생활을 하며 정들었던 청계사의 옛 고향도 아니다. 난 이제 더 이상 먼 길을 떠나지 않을 것이다.

경허는 치적치적 추녀 끝에서 떨어지는 빗소리를 들으면서 생각하였다.

이제 저 비가 그치고 날이 밝아도 나는 더 이상 먼 길을 떠나지 않을 것이다. 나는 다시 동학사로 되돌아갈 것이다.

그러나.

경허는 머리를 흔들며 생각하였다.

날이 새도록 오직 하나의 상념으로 밤을 새웠으므로 그의 온몸은 땀에 젖어 있었다.

날이 밝으면 한양으로의 길을 버리고 다시 동학사로 되돌아간다 하더라도 나는 더 이상 무엇을 할 것인가. 강원에서 기다리고 있을 학인들을 향해 또다시 교리를 가르칠 것인가.

경허는 법화경, 화엄경, 원각경, 법구경 그 어느 경전에도 정통하지 않은 것이 없고, 심지어 유전과 노장학의 선도(仙道)에도 막힘이 없으며, 내서·외서를 두루 섭렵하여 그 모든 시교(時敎)에도 어두움이 없었다. 지난 17년 간 모든 교리와 모든 학문에 정통하여, 유마경에 이르기를 '수미산이 갓씨(芥) 속에 들어 있다' 하였듯 그 많은 교리가 모두 경허에게 깃들여 있음이었다. 불경에 이르기를 높이는 8만 4천 유순(由旬)으로 바다 한가운데 떠 있으며 이 산으로 해가 뜨고 짐에 따라 낮과 밤이 생겨난다는, 이 세상 중심에 있는 가장 큰 산인 수미산도 겨자풀 씨앗 속에 깃들여 있다고 말한 유마경의 내용처럼, 경허는 이미 당대 제일의 학장이라고 일컬어지고 있던 스승 만화를 젖히고 당대 제일의 대강백이었다. 그 모든 학문, 그 모든 교리, 그 모든 교법, 그 모든 경전들이 갓씨와 같은 경허 속에 깃들여 있음이었다.

그러나 그러한 학문이, 그러한 교법이 중생의 저 지옥과 무슨 상관이 있으며, 생로병사의 고통을 벗어나는 해탈에 무슨 소용이 있을 것인가. 그 많은 법륜이 역병이 돌아 앉아서 죽고, 서서 죽고, 누워 죽는 저 세속의 가엾은 중생들에게 무슨 소용이 있음인가. 그야말로 마음에도 없이 입으로만 외는 헛된 공염불이 아닐 것인가.

내가 17년 간 그 모든 학문을 섭렵하여 두루 정통하였다 하더라도 그것은 다만 문자에 지나지 않는다. 그 문자가 저 가엾은 중생들을 제도할 수 있음인가. 그 문자가 가엾은 중생들을 생사의 고해에서 벗어나 극락으로 인도해 줄 수 있을 것인가.

순간 경허의 머릿속으로 부처의 사자후가 천둥처럼 울려왔다. 그 설법은 《남전중부사유경(南傳中部蛇喩經)》에 나오는 유명한 비유로 일찍이 부처가 기원정사에 머물러 있을 때 행한 가르침이었다.

제자 중에 독수리 잡기를 좋아하는 비구가 있었는데 그는 나쁜 소견을 갖고 있는 사람이었다. 그의 이름은 아니타로 다른 제자들이 그의 그릇된 소견을 고쳐 주려고 타일렀지만 아무런 보람이 없자, 이 말을 전해 들은 부처가 조용히 아니타를 불러 꾸짖으신 후 대중들에게 곧 말씀하셨다.

"비구들이여, 나는 너희들에게 집착을 버리도록 하기 위해 뗏목의 비유를 들어 말해 주겠다."

경허는 묵묵히 정좌하고 앉아 부처가 행한 '뗏목의 비유'를 하나하나 새겨 들었다.

"어떤 나그네가 긴 여행 끝에 바닷가에 이르렀다. 그는 생각하기를 '바다 건너 저쪽은 평화로운 땅이다. 그러나 배가 없으니 어떻게 갈까. 갈대나 나무로 뗏목을 엮어 건너가야겠군' 하고 뗏목을 만들어 무사히 건너가 평화로운 땅에 이르렀다.

나그네는 다시 생각하였다.

'이 뗏목이 아니었더라면 나는 바다를 건너올 수 없었을 것이다. 이 뗏목은 내게 큰 은혜가 있으니 메고 가야겠다.'

너희들은 어떻게 생각하느냐. 나그네가 그렇게 함으로써 그 고마운 뗏목에 대해 자기가 할 일을 다했다고 생각하느냐."

부처의 질문에 비구들은 하나같이 그렇지 않다고 대답했다. 그러자 부처는 다시 말씀하셨다.

"그러하면 나그네가 어떻게 해야 자기 할 일을 다하게 되겠는가. 그는 바다를 건너고 나서 이렇게 생각해야 할 것이다.

'이 뗏목으로 인해 나는 바다를 무사히 건너왔다. 다른 사람들도 이 뗏목을 이용할 수 있도록 물에 띄워놓고 이제 내 갈 길을 가자.'

이와 같이 하는 것이 그 뗏목에 대해 할 일을 다하게 되는 것이다. 비구들이여, 나는 이 뗏목의 비유로써 교법(教法)을 배워그 뜻을 안 후에는 버려야 할 것이지, 결코 거기에 집착해서는안 된다는 것을 말하였다. 너희들은 이 뗏목처럼 내가 말한 교법까지도 버리지 않으면 안 된다. 하물며 법 아닌 것이야 말할 것있겠느냐."

경허의 마음속에 부처의 설법이 하나하나 각인되었다. 그의 가슴이 파도처럼 물결치기 시작하였다.

기원정사에서 행한 부처의 비유처럼 나는 바다 건너 생사가 없는 평화의 땅에 이르는 배를 만든 것에 지나지 않는다. 내가 지금까지 배워 온 학문과 교법은 그 뗏목을 엮는 갈대나 나무에 지나지 않는다. 부처는 자신이 애써 설법한 교법마저도 버려야 한다고 말하였다. 저 역병에 걸려 죽어 가는 중생들이 그토록 고통스러워하는 생사의 바다를 건너 평화로운 땅 피안(彼岸)에 이르기 위해서는 갈대나 나무를 엮어 뗏목을 만들지 않으면 안 된다. 그러나 일단 그 바다를 건넌 후에는 뗏목은 버려야 할 것이다. 바다를 건너게 해준 은혜가 뗏목에 있다 하여 그 뗏목을 메고 가는 사람은 없을 것이다. 그 뗏목을 메고 가면 무거운 뗏목의 무게로 그는 애써 평화로운 땅에 이르렀지만 마침내 힘이 들어 몇 발짝도 나아가지 못하고 죽어 버리게 될 것이다.

그렇다.

내가 지금껏 배워온 학문과 교법은 바다를 건너는 하나의 수단인 뗏목에 지나지 않는다. 나는 뗏목에 집착하여 이를 등에 떠메고 비틀거리면서 걷고 있을 뿐이었다.

경허는 이어 생각하였다.

일찍이 장자(莊子)도 제26편 〈외물〉에서 다음과 같이 말하고 있음이다.

'통발(筌)은 고기를 잡는 데 쓰이는데 고기를 잡고 나면 통발은 버려져야 하고, 덫은 토끼를 잡는 데 쓰이기 때문에 토끼를 잡고 나면 그 덫은 잊어버려야 하는 것이다. 그리하여 문자와 언어는 뜻과 의미를 나타내는 데 쓰이기 때문에 뜻을 알고 나면 문자는 잊어버려야 하는 것이다. 나는 어떻게 저 글을 잊은 사람과 만나 그와 더불어 말할 수 있겠는가.'

바다를 건너면 뗏목을 버리라고 말한 부처처럼 장자는 '고기를 잡으면 그 발을 잊어버려라(得魚忘筌)'라고 나를 타이르고 있음이다.

내가 배워온 학문은 하나의 감옥이다.

경허는 숨을 죽이고 자신의 실상을 일심으로 꿰뚫어 보면서 생각하였다.

17년 간 내가 모든 학문에 두루 정통하였다면, 그리하여 전국에서 구름처럼 몰려들어 오는 납자들에게 학문을 강의하는 당대 제일의 대강백이 되었다면 그만큼 나는 내가 아는 것으로부터 속박당하고 있음이다. 나는 뗏목을 지고 가는 어리석은 배꾼에 지나지 않으며, 고기를 잡고서도 통발을 소중히 간직하고 있는 어리석은 어부에 지나지 않는다. 나는 토끼를 잡고서도 덫을 여전히 간직하고 있는 어리석은 사냥꾼에 지나지 않는다.

버려라.

내가 배워온 모든 학문을.

버려라.

내가 알고 있다고 생각하고 있는 그 모든 알음알이를.

내가 아는 학문은 한갓 얕은 꾀에 지나지 않는다.

베어라. 그리고 끊어라. 그래야만 너는 아는 것으로부터 자유를 얻을 것이다. 그렇지 않고서는 너는 부처가 말한 평화로운 바다에 이르지 못할 것이며, 그렇지 않고서는 너는 고기를 잡지 못하고 토끼를 잡지 못할 것이다.

'너희들은 이 뗏목처럼 내가 밀한 교법까지도 버리지 않으면 안 된다.'

부처가 그 유명한 뗏목의 비유 가장 마지막에 행한 말이 날카로운 비수가 되어 경허의 심장에 날아와 박혔다.

나는 이제껏 모든 학문에 정통하였다고 생각하였으나 실상 나는 아무것도 모르고 있음이다. 이제야 내가 알았으니 나는 내가 아무것도 모르고 있다는 그 사실 하나를 비로소 알게 되었음이다.

날이 서서히 밝아오고 있었다.

지나치게 바지런하여 미처 날이 새기도 전에 먼 곳에서 거푸거푸 홀로 울던 닭소리뿐 아니라 여기저기서 화답하여 우는 닭소리들로 새벽의 정적은 조금씩 사라지고 있었다. 간밤의 그 엄청난 재앙에도, 온 마을을 휩쓰는 그 무서운 참화에도 어김없이 새날이 밝아 닭 우는 소리가 여기저기서 들려오고 있었다. 잠들었던 소들도 깨어났는지 다시 여물 씹는 소리도 들려오고 어미 젖을 찾는 송아지의 울음소리도 들려왔다. 이리저리 몸을 흔들 때마다 목에 걸린 쇠방울 소리가 쩔렁쩔렁 들려오고 헛간 밖 나뭇가지 위에서 새떼들이 모여 앉아 지지배배 지껄이면서 문안 인사들을 나누고 있었다.

밤새 지척이던 빗소리는 잦아들었지만 헛간 밖으로 여전히 실비가 되어 소리 없이 내리는 모습이 여명 속에 떠오르고 있었다.

꼬박 정좌하여 앉은 채 하룻밤을 샜지만 아직 머릿속은 물로 씻은 듯이 맑아 경허의 정신은 송곳과도 같았다.

이제 새날이 밝으면 또 얼마나 많은 사람들이 죽어 나갈 것인가. 어느 마을, 어느 집에서 또 누가 숨져 넘어갈 것인가. 그리하여 어느 집에서 곡성이 터져 흐를 것인가. 죽고 또 죽어 시신이 시산(屍山)을 이루고 산 사람도 자신이 살아 있는 목숨인지 죽어 있는 목숨인지 알 수 없어 비몽(非夢)이다, 사몽(似夢)이다.

경허는 간밤의 긴 상념 속에서 정좌하여 앉아 있을 때부터 머릿속으로는 삼매(三昧)에 들어 있으면서도 한 손으로는 줄곧 일곱 알의 단주를 돌리고 있었다.

아직도 미진하여 마음의 갈피를 잡지 못하는 초조한 경허의 마음속에 하나의 문장이 섬광처럼 떠올랐다.

'不曾說一字'

긴긴 하룻밤을 삼매에 들어 이것인가, 아니면 저것인가, 저것도 아니고 이것도 아니면 그 무엇인가 일심으로 마음을 살피고 있던 경허의 가슴 속에 부처의 마지막 말 한마디가 단락(段落)처럼 들려왔다.

'나는 일찍이 한마디도 말한 바가 없다.'

부처는 숨을 거둬 입멸하기 직전 주위의 제자들에게 입을 열어 그렇게 말하였다.

부처는 무엇 때문에 그 말을 유언으로 남겼음일까.

구시나가라의 사라나무 숲에서 열반에 들기 직전 부처는 무수히 모여든 제자들을 돌아보면서 다정한 음성으로 다음과 같이 물어보았다.

"그 동안 내가 설법한 내용에 대해 의심이 나는 점이 있거든 묻도록 하여라. 이것이 마지막 기회가 될 것이다."

그러나 그 자리에 모인 제자들은 어느 한 사람도 묻는 이가 없었다. 그러나 부처는 거듭 말씀하셨다.

"어려워하지 말고 어서들 물어보아라. 다정한 친구들끼리 말하듯이 의문이 있으면 내게 물어보아라."

이때 아난다가 말하였다.

"지금 이 자리에 모인 수행자 중에서 부처님의 가르침에 대해 의문을 지닌 사람은 없습니다."

아난다의 말을 듣고 나서 부처는 마지막 가르침을 펴시었다. 이것이야말로 부처 최후의 설법이며 그의 최후의 유언이었다.

"나는 일찍이 한마디도 말한 바가 없다. 너희들은 다만 자기 자신을 등불로 삼고 자기만을 의지하여라. 진리를 등불 삼고 진리를 의지하여라. 이밖에 다른 것에 의지해서는 안 된다. 그리고 너희들은 내 가르침을 중심으로 서로 화합하고 공경하며 다투지 말아라. 물과 젖처럼 서로 화합할 것이요, 물 위의 기름처럼 겉돌지 말아라. 함께 내 교법을 지키고 함께 배우며 함께 수련하고 부지런히 힘써 도(道)의 기쁨을 누려라. 나는 몸소 진리를 깨닫고, 너희들을 위해 진리를 말하였다. 너희는 이 진리를 지켜 무슨 일에나 진리대로 행동하여라. 이 가르침대로 행동한다면 설사 내게서 멀리 떨어져 있더라도 그는 항상 내 곁에 머무르고 있는 것과 다름이 없다."

그리고 나서 부처는 잠시 쉬었다 다시 이어 말하였다.

"죽음이란 한갓 육신의 죽음이라는 것을 잊지 말아라. 육신은 부모에게서 받은 것이므로 태어나(生) 늙고(老) 병들어(病) 죽는 것(死)은 어쩔 수 없는 일이다. 여래는 육신이 아니라 깨달음의 지혜다. 육신은 여기에서 죽더라도 깨달음의 지혜는 영원해 진리와 깨달음의 길에 살아 있을 것이다. 내가 간 후에는 내가 말한 가르침이 곧 너희들의 스승이 될 것이다."

부처는 주위에 모인 500여 명의 제자들이 흔들리지 않는 확신에 도달하고 있음을 살펴보신 후 마지막 숨을 모아 유훈을 남기셨다.

"그럼 비구들이여, 그대들에게 할 말은 이렇다. 모든 현상은 끊임없이 변천한다. 게으르지 말고 부지런히 정진하여라."

경허의 마음속에 2천 년도 훨씬 전에 죽은 한 사람의 마지막 음성이 불이 되어 활활 타오르고 있었다.

50여 년의 세월 동안 팔만경전의 대사자후를 설하였으면서도 부처는 어째서 유언으로 그러한 말을 남기셨을까.

경허의 마음속에서 은산(銀山)이 와르르 소리내어 무너지고 철벽(鐵壁)이 우르르 소리내어 깨졌다.

부처의 팔만장경은 다만 뗏목에 지나지 않는다. 바다를 건너기 위해 갈대와 나무를 엮어 만든 뗏목에 지나지 않는다. 부처가 말하고자 하는 진리를 어찌 팔만의 설법으로 표현할 수 있을까.

저 외양간에서 들려오는 소들의 울음소리를 내가 팔만 가지의 대장경으로 표현하여 묘사한다고 하더라도 소의 울음소리 그 자체는 아닌 것이다. 팔만 가지의 대장경도 소의 울음 한 소리를 나타내 보일 수는 없는 것이다. 지난밤 내가 보았던 그 참혹한 아비규환의 지옥도 팔만 가지의 경전으로 묘사해 보일 수가 없음이다. 부처는 유언으로 그 사실을 가르쳐 주고 있는 것이다.

그는 스물아홉의 나이에 태자의 몸으로 왕궁을 버리고 출가하여 목숨을 걸고 진리를 찾아 헤맨 끝에 출가한 지 6년 후, 서른다섯의 나이에 커다란 보리수 아래에서 '부처'가 되었다. 더 이상 도달할 수 없는 최고의 진리를 '깨달은 사람'이 되어 버린 것이다. 그로부터 45년 동안 팔십의 나이로 숨을 거둘 때까지 그는 자신이 깨달은 최고의 진리를 가르쳐 주기 위해 쉬지 않고 설법함으로써 살아 생전 팔만의 대장경을 남기지 않았던가.

그러나 그 팔만 가지의 대장경도 그가 깨달은 진리 그 자체는 아닌 것이다. 대장경이 진리의 문 앞에까지 끌고 갈 수는 있어도 그것을 눈으로 직접 보여줄 수는 없음이며, 대장경이 진리의 물 앞에까지 끌고 갈 수는 있어도 그 물을 마시게 할 수는 없는 것이다. 부처는 45년 간 자신이 깨달은 최고의 진리, 그 하나를 다른 사람들도 깨닫게 하기 위해 비유를 사용하고 논리를 구사하고 때로는 직관에 호소하면서 인간으로서 할 수 있는 최선의 방법, 팔만 가지의 모든 방법을 다 사용하여 설법한 것이다. 그리하여 그는 인류의 위대한 스승이 되었음이다.

그러므로 그는 열반에 들기 직전 그와 같은 수수께끼의 유언을 남기는 것이다.

'나는 일찍이 한마디도 말한 바가 없다. 너희들은 다만 자기 자신을 등불로 삼고 자기만을 의지하여라. 진리를 등불 삼고 진리를 의지하여라.'

이제 나는 새로운 길을 가야 한다.

아홉 살의 어린 나이로 어머니의 손을 잡고 뜻 모를 동진(童

眞) 출가를 하였다면 이제 나는 서른한 살의 나이로 활연히 제2
의 출가를 단행하지 않으면 안 된다.

경허는 하룻밤 내내 꼬박 새우면서 정좌하였던 가부좌 자세를
풀고 일어나 소리내어 헛간의 문을 활짝 열어제쳤다.

그러자 찬란한 새벽빛이 기다렸다는 듯 헛간의 문을 박차고
뛰어 들어왔다.

어둠이 완전히 사라져 버린 신새벽의 뜨락이 헛간문을 열자
한눈에 들어왔다. 밤새도록 내리던 빗줄기는 세모시처럼 가늘어
져 있었고, 그래서 햇살은 흘러넘치지 않았지만 그래도 새벽빛
은 싱싱하고 찬란하였다.

돌림병이 돌아 사람들이 죽어 넘어가는 지옥의 풍경은 인간사
의 일이고 내 알 바 아니라는 듯 뜨락의 마당에는 여름꽃들이 한
창이었다. 꽃밭에는 깨꽃더미들이 흐드러지게 피어 있었고, 수
국도 만개하여 있었는데 비를 맞고 신이 난 개구리 한 마리가 수
국꽃 사이로 팔짝팔짝 뛰어오르고 있었다.

간밤에는 비뿐 아니라 바람도 제법 불었는지 뜨락 한가운데
서 있는 백일홍 나뭇가지에서 떨어져내린 꽃잎들이 마당에 여기
저기 흩뿌려져 있었다. 핏빛 같은 백일홍 꽃잎이어서 뜨락 위에
떨어진 꽃잎들은 생채기에서 흘러내린 핏자국처럼 보였다.

경허는 묵묵히 간밤의 비바람에 어지럽게 떨어져 모가지가 베
어져 누운 낙화들을 바라보면서 생각하였다. 옛 조선의 스님 사
명은 마흔세 살에 이르러 옥천산(沃川山) 상동암(上東庵)에서 소
나기를 만나 하룻밤을 보냈다.

그는 하룻밤 소나기에 뜰의 꽃이 어지러이 떨어져 있는 모습을 보고 무상을 깨달아 대발심, 문도(門徒)들을 모두 내쫓아 버리고 오랫동안 문을 걸어 잠근 후 참선하였던 것이었다. 그리하여 그는 마침내 활연대오(豁然大惡)하여 정각을 이루었거늘, 이 신새벽의 저 뜨락에도 하룻밤 소나기에 꽃이 어지러이 떨어져 누워 있음이었다. 미친 망나니와 같은 바람의 칼날이 참수하여 베어 버린, 목이 잘린 꽃잎들은 뜨락에 이리저리 누워 있었다.

'저와 같이 하룻밤 소나기에 낙화하여 떨어진 꽃잎들을 보고 사명 화상이 문도들을 모두 내쫓아 버리고 참선을 하였다면 나는 돌림병으로 앉아 죽고, 서서 죽고, 누워 죽는 무간지옥의 세간사를 보고 무상을 느껴 이제 새로운 출가를 단행하려 함이다. 나도 사명 화상처럼 문도들을 내쫓고 강원을 폐지할 것이다. 나는 이제 부처의 마음(佛心) 속으로 뛰어들 것이다.'

발이 가는 빗줄기로 물안개가 피어올라 뜨락은 연기를 뿌린 듯 아련하고 내처 달려나간 들판은 익은 곡식으로 푸른 바다와도 같았다.

바로 오늘 아침이 대발심(大發心)의 첫 출발이다.

석가가 6년의 설산(雪山) 수행 끝에 보리수나무 아래에서 더 이상 도달할 수 없는 최고의 진리를 깨달아 '깨달은 사람', 즉 부처가 되었다면 나도 목숨을 걸고 부처가 보고 깨달았던 그 진리를 사무치게 깨달아 부처가 될 것이다.

석가는 네란자라(尼連禪河) 강이 흐르는 숲속으로 홀로 들어가 커다란 보리수나무 아래에 이르러, 나무 둘레를 세 번 돌고 나서 보리수를 향해 공손히 인사를 드린 다음 동쪽을 향해 풀을 깔고 그 위에 단정히 앉았다.

그리고 나서 석가는 다음과 같이 맹세하였다.

'여기 이 자리에서 내 몸은 다 말라져도 좋다.

가죽과 뼈와 살이 다 죽어 없어져도 좋다.

우주와 생명의 실상(實相)을 깨닫기 전에는 어느 세상에서도 얻기 어려운 저 깨달음에 이르기까지는 이 자리에서 결코 일어서지 않으리라.'

보리수나무 아래에 단정히 정좌하고 앉아 맹세하였던 부처의 노래처럼 나도 이제 대발심의 첫 출발을 떠난다. 가죽과 뼈와 살이 다 죽어 없어져도 나는 두렵지 않을 것이다. 석가가 깨달은 그 '최고의 진리', 팔만의 대장경으로도 표현해 낼 수 없는 그 진리. 보리수나무 아래에서 이레째 되는 날 새벽, 명상에 잠겼던 석가의 마음에는 형언할 수 없는 기쁨이 넘치기 시작하였다. 둘레는 신비로운 고요에 싸이고 밤하늘에 샛별(明星)이 하나 둘씩 돋아나는 밤의 마지막 시간, 밤에서 새벽으로 바뀌는 바로 그 찰나의 순간, 부처가 깨달았던 그 '진리를 이루기(成佛) 전'에는 결코 일어서지 않으리라. 내 몸이 다 말라 앉은 자리에서 다 죽어 없어져도 깨달음을 얻기 전에는 일어서지 않으리라.

경허는 헛간의 벽에서 걸망을 끄집어냈다. 걸망 안에는 스승 만화로부터 받은 응답 한 조각과 병중의 옛 은사스님 계허에게 줄 녹차가 한 통 들어 있었다. 나통(茶筒) 한가득 들어 있는 녹차는 매우 진귀한 물건으로 행자생활을 할 때부터 유난히 녹차를 좋아하던 옛 은사스님을 익히 봐왔으므로 특별히 따로 준비한 진품이었다.

이제는 이 물건들이 소용을 잃게 되었다. 간밤의 숙고 끝에 결심하였던 대로 한양으로 올라가 옛 스승 계허를 만나 보지 아니하고 중로에서 발길을 되돌려 다시 떠나온 자리 동학사로 되돌아가기로 발심한 이상 이 물건은 쓸모가 없게 되었다. 다시 걸망 속에 넣어가기보다 하룻밤을 재워 주고 밥을 주어 허기를 달래 준 젊은 내외에게 선물로 남기고 떠남이 옳을 것이다. 불과 며칠 사이에 부모를 잃어 경황이 없는 참에도 낯선 객승을 따스히 맞아 재워 주고 먹여 준 부부에게 이 선물을 남기고 떠나기로 하자.

굳이 그들이 깨어 일어나기를 기다려 이 선물을 전해 줄 필요는 없다. 그냥 이 헛간에 놓아둔 채 훌훌 떠나 버린다면 그들은 내가 떠나고 없는 빈자리에서 이 물건들을 발견하고 마음속으로 고마워할 것이다.

그 두 젊은 내외야말로 내게 제2의 출가를 점지하여 가르쳐 준 스승이 아닐 것인가. 그들이야말로 나를 발심케 한 장본인인 것이다.

경허는 하룻밤을 꼬박 새운 헛간 한복판에 다통과 웅담을 가지런히 눈에 잘 띄도록 놓아둔 후 재게 몸을 일으켰다. 일단 떠나기로 마음을 굳힌 이상 시간을 끌어 이 집 식구들과 맞닥뜨릴 필요가 없었기 때문이었다.

보통 같으면 벌써 일어나 농삿일에 분주할 시간이건만 연일 계속된 줄초상으로 곯아떨어졌는지 안채에서는 기척조차 없었다.

여전히 실비가 내리고 있어 경허는 방갓을 눌러썼다. 뜨락을 가로질러 사립문을 나서기까지 그는 아무도 만나지 아니하였다.

그 점은 다행이었다.

문밖을 나선 경허는 잠시 주위를 살펴보았다. 한양으로 올라가는 길을 버리고 일단 왔던 길로 다시 되돌아가야 했으므로 세 갈래로 갈라진 길을 가늠해야 했기 때문이었다. 간밤에 심사숙고한 뒤에 내린 결심이었으므로 가야 할 방향이 정해진 이상 추호의 망설임도 없음이었다. 경허는 계룡산으로 내려가는 길을 따라 힘차게 첫발을 내디뎠다.

어제의 그 처참한 지옥도는 새날 새아침의 기운으로 씻은 듯이 지워져 있었다. 밤새도록 비가 내리고, 실비는 안개가 되어 뿌옇게 논과 밭을 가리고 있었다. 길을 따라 늘어선 능수버들은 밤새 비를 맞아 한결 생기가 올라 있었고, 인가마다 아침을 짓느라 연기가 올라가고 있었다. 곳곳에서 아침을 알리는 닭소리들이 거푸거푸 들려오고 있었다.

오늘은 또 어느 집에서 얼마나 많은 사람들이 죽어 갈 것인가. 오늘은 또 어느 집에서 곡성이 터져 흐를 것이며, 어느 집 대문간에 금줄이 내걸릴 것인가. 오늘은 또 어느 집 대문에 소의 멱을 따서 흐르는 붉은 생피를 처발라 액(厄)을 물리치려 할 것인가. 오늘은 또 어느 집의 노인이 산 채로 매장당하고, 또 어느 집에서 병에 걸린 환자들을 몰래 숨겨 두었다기 동리 사람들에게 발각당하여 온 집에 불을 지르는 끔찍한 화형을 당할 것인가. 그리하여 마을에서 쫓겨난 빈 집들이 얼마나 늘어날 것인가.

아아, 도대체 언제서야 전국의 방방곡곡 온 마을을 휩쓰는 돌림병의 창궐이 끝이 날 것인가.

아아, 언제서야 무간지옥의 참혹한 형벌이 끝나고 극락정토의 태평성대가 돌아올 것인가.

그 모든 풍경들이 그의 마음을 아프게 하였으므로 그는 방갓을 눌러쓴 채 되돌아가는 길만 보았을 뿐 그 나머지는 일체 보기를 않았다. 어제만 해도 17년 만에 그리웠던 고향 청계사와 옛 스승을 만날 수 있으리라 하여 기쁨에 가득 찬 활기 있는 행보가 아니었던가. 그러나 돌아가는 발길은 납을 두른 듯 천근처럼 무거웠다.

6

마을을 벗어나자 너른 들판이었다.

경허는 휘적휘적 들판을 가로질러 강가에 이르렀다. 강은 금강의 상류로, 이름하여 웅천(熊川)이라 하였다. 평소에는 그 강의 끝이 바다에 연하여 있긴 해도 강이라기엔 좁고, 내라 하기엔 너른 어중간한 너비였는데 간밤에 계속해서 내린 비로 강물은 많이 붙어 있었다. 강을 건너야만 공주목(公州牧)이었으므로 경허는 주위를 둘러보았다. 이처럼 이른 아침에 강을 건너는 사람이라도 있어 강가에 뱃사공이 기다리고 있을까 찾아보았지만 배는 강 건너에 한가로이 떠 있을 뿐 사공의 모습은 보이지 않

224

왔다.

소리질러 뱃사공을 부르기도 무엇하여 경허는 강나루 위 밭에 앉아 잠시 잰걸음으로 걸어와 가쁜 숨을 달랬다. 웅천의 물은 자고로 수정처럼 맑고 모래밭은 예로부터 가늘고 고운 세사(細砂)였다. 흰 모래 위에 가랑비가 소리도 없이 스며들고 있었고, 이른 아침이라 아무도 나다니지 않았으므로 모래밭은 다듬이질을 하여 펼쳐놓은 옥양목(玉洋木)의 흰 무명 피륙처럼 보였다.

세모시의 실비는 강물 위를 간지럽히며 떨어지고 있었고 주위의 정적이 너무나 깊어 강물 위에 번지는 물방울의 소리까지 새록새록 들리는 듯 마는 듯하였다. 강물 위에는 주위의 하늘, 산 풍경이 그대로 거꾸로 내비치고 있었고, 사공 없는 빈 나룻배는 아침부터 졸음에 겨워 꾸벅꾸벅 졸고 있음이었다.

경허는 옛 고려의 문신 권적(權適)의 시를 한 수 떠올렸다. 권적은 안동 사람으로 1332년 원나라가 충혜왕을 폐하고 충숙왕을 복위시키자 섬에 유배되었다가 나중에 공민왕 때에 이르러 길창군(吉昌君)에 개봉되었던 공신 중의 한 사람이었다. 공민왕 10년, 홍건적에 의해 서경(西京)이 함락되자 1천여 명의 승병을 거느리고 싸워 이김으로써 공을 세웠던 명신이었는데 그는 일찍이 유배생활을 떠나면서 이 웅천의 강변에 이르러 절경의 주위를 돌아보면서 다음과 같은 시를 지었다.

반년 티끌 속에 청산과 등졌더니
고요한 절간에서 하루의 한가로움을 얻었네

처음 국화 보고 가절(佳節)인 줄 알았고
붉은 단풍잎이 쇠약한 얼굴에 비친 것 보고 놀라네
저 하늘은 끝없는 들판 밖으로 둘러 나 있고
나룻배는 맑은 강 위 적막한 사이에 홀로 떠 있구나
상방(上方 : 절)에 고주인(沽酒引 : 술을 살 수 있는 표) 있으니
비낀 해에 저녁 연기 올라도 돌아갈 줄 모르네

경허는 가만히 옛 고려의 문신 권적이 지은 시 한 수를 낮은
목소리로 읊조리기 시작했다.
권적의 시 한 구절이 경허의 심금을 울렸다.

저 하늘은 끝없는 들판 밖으로 둘러 나 있고
나룻배는 맑은 강 위 적막한 사이에 홀로 떠 있구나.
天圓大野蒼茫外 舟在淸江寂寞間

맑은 강 위 적막한 사이에 홀로 떠 있는 임자 없는 나룻배를
바라보는 경허의 마음속으로 바람이 몰아치고 있었다.
경허는 텃밭에서 일어나 모래사장을 내쳐 걸었다. 물기가 스
며든 백사장은 걷는 대로 발걸음이 푹푹 빠져들고 강물 위로 가
랑비는 소리 없이 걸어가는 버선발처럼 떨어지고 있었다.
강을 건너야 한다. 다른 손님이 강 건너에서 나룻배를 타고 건
너오기를 강 이쪽에서 무작정 기다릴 것이 아니라 소리를 질러
서라도 뱃사공을 불러내야 한다.

경허는 강가에 서서 발걸음을 멈췄다. 두 손을 모아 강 건너의 나룻배를 향해 소리를 지를까 하다가 경허는 생각을 고쳐 걸망 속에서 목탁을 꺼내 들었다. 그는 도량을 돌아다니며 천수경문을 외면서 목탁석을 하듯 힘차게 목어(木魚)를 두드리기 시작하였다.

때없이 울려퍼지는 목탁 소리가 따그르르 강물 위를 타고 번져 나갔다. 경허는 뱃사공이 귀가 밝아 목탁 소리를 알아듣거나 말거나 우렁찬 목소리로 경문을 외기 시작하였다.

'계수관음대비주(稽首觀音大悲呪)

원력홍심상호신(願力弘深相好身)

천비장엄보호지(千臂莊嚴普護持)

천안광명변관조(千眼光明遍觀照).'

우렁찬 경허의 독경 소리는 강물을 뒤흔들고, 병풍처럼 두른 산을 뒤흔들고, 물 속을 꿰뚫고, 물 속을 뛰노는 물고기들을 일깨우고, 어느 한 군데도 빠뜨린 곳 없이 빈틈없이 부어내리는 빗줄기를 흔들어 적막강산을 송두리째 뒤흔들고 있었다.

'자비하신 관세음께 귀의하여 비옵니다.

절대진리 법성의 몸 빨리빨리 이루어지이다

칼산(刀山) 지옥 내가 가면

칼산 절로 무너지고

화탕(火湯) 지옥 내가 가면

화탕 절로 말라지고

모든 지옥 내가 가면

지옥 절로 없어지이다

아귀(餓鬼) 세계 내가 가면

아귀 절로 배부르고

수라(修羅) 세계 내가 가면

악한 마음 항복되고

짐승 세계 내가 가면

슬기 절로 생겨지이다

나무관세음보살 마하살.'

경허의 힘찬 독경 소리가 강물 위를 번져 나가자 귀밝은 뱃사공이 벌써 이를 알아듣고 초막을 나와 나룻배를 저으면서 강을 건너오고 있었다. 경허는 독경에 열중하여 이미 뱃사공의 존재를 까맣게 잊고 있음이었다.

'나무본사아미타불

나무본사아미타불

나무본사아미타불

(南無本師阿彌陀佛).'

경허가 독경을 끝내고 따그르르 목탁을 힘차게 세 번 두드린 후 합장하여 서자, 강 한복판으로 접어들어 힘차게 노를 저어 오던 사공이 소리를 지르며 말하였다.

"갑니다요, 스님. 가고 있습니다요, 스님."

사공은 비를 피하기 위해 볏짚을 엮어 만든 우장을 어깨 위에 걸치고 있었다. 삐걱삐걱 노 젓는 소리가 강물 위를 타고 들려오고 있었고, 나이 든 사공은 목탁석을 끝내고 강가에 홀로 서 있는 경허를 향해 재차 소리를 지르고 있었다.

"금방이면 도착할 겁니다요, 스님."

건너오는 나룻배와 노를 젓는 늙은이의 모습이 그대로 물 위에 거꾸로 내비치고 있었다.

나룻배가 어느 정도 물가로 가까이 오자 수면이 얕아 더 이상 노를 저을 수 없는지 늙은이는 배를 물가에 바짝 대기 위해 상앗대를 뱃전에서 꺼내들고는 강물에 찔러 박고 배를 옅은 곳으로 밀어오고 있었다.

"꼭두새벽부터 어디를 다녀오시는감요, 스님."

배를 바짝 강가에 들이대고 늙은이는 고개를 숙여 합장을 하곤 입을 열어 말하였다.

경허는 대답 대신 짚신을 신은 채 물로 첨벙첨벙 뛰어들어 배 위로 올라섰다.

경허가 올라타자 늙은이는 다시 상앗대질을 하여 물가에 댔던 배를 깊은 곳으로 밀고 나가면서 경허를 향해 입을 열었다.

"새벽잠에 들었다 스님의 목탁 소리에 깜짝 놀라 깨었구먼유."

어느 정도 배가 깊은 물 속으로 들어서자 늙은이는 다시 노를 젓기 시작하였다. 얼굴에는 주름이 가득하고 긴 수염이 난 바짝 마른 늙은이는 강을 건네주는 사공 노릇으로 오랜 세월을 보냈으므로 새카맣게 강풍에 절어 있었다. 바짝 마른 몸 어디에 그처럼 힘이 남아 있을까 싶게도 늙은이는 도무지 힘이 들어 보이시 않는 몸짓으로 어렵지 않게 노질을 하고 있었다. 그런데도 배는 우쭐우쭐 춤을 추면서 강물 위를 빠르게 건너가고 있었다.

경허는 뱃전에 기대앉아 수면 속을 들여다보았다.

하늘과 산이 거꾸로 내비친 거울과 같은 강물 속으로 간밤에 그렇게 많은 비가 내렸음에도 어느새 흙탕물이 가라앉았는지 강바닥의 모래들과 자갈돌들이 투명하게 드러나 보이고 있을 정도였다.

어제 강을 건너갈 때도 그 사공이요, 오늘 강을 건너올 때도 그 사공이었다. 어제는 경허뿐 아니라 많은 사람들이 배를 탔고, 심지어 송아지 한 마리도 배를 타고 건넜는데 오늘은 경허 혼자만 앉아 있을 뿐, 사람이 많아도 그 나룻배요, 사람이 적어도 그 나룻배였다. 그런데도 배를 타고 강을 오가는 사람들이 많아서인지 늙은 사공은 경허를 어제 만난 사람으로는 알아차리지 못하고 있었다.

사공은 노질을 하면서 무어라고 소리를 내어 노래를 부르고 있었고 경허는 방갓으로 얼굴을 가린 채 거울처럼 맑고 투명한 물 속을 들여다보고 있었다.

경허의 머릿속으로 방앗간 행자 혜능에게 의발을 전해 주고 나서 행한 스승 5조 홍인의 목소리가 기억되어 떠올랐다.

"옛날 달마 대사께서 처음으로 이 땅에 오시매 사람들이 믿지 않았으므로 이 의발을 전하여 믿음의 표적을 삼았던 것이 이렇게 대대로 전해져 내려와 네게 이른 것이다. 그러나 원래 마음으로써 마음에 전하여(以心傳心) 모두 스스로 알고 스스로 깨닫게 하는 것이니 예전부터 부처마다 오직 본체(本體)를 전하시고 조사마다 가만히 본심(本心)만 부치셨던 것이다. 그런데 이 의발은 자칫하면 서로 다투는 빌미가 되기 쉬우니 네게서 그치고 다음부터는 전하지 말아라. 이제 너는 빨리 떠나도록 하여라. 나쁜 사람이 너를 해칠지도 모른다."

그리고 나서 혜능이 의발을 가지고 삼경에 떠나 오는데 5조께서 친히 배웅나오셔서 배에 오른 뒤 또 손수 배를 저으려 하셨다. 혜능이 스승의 손에서 노를 빼앗아 들고 말하였다.

"스님, 노를 제가 저으오리다. 스승께서는 앉아 계십시오."

그러나 스승은 양보하지 않았다.

"아니다. 내가 마땅히 너를 건네 주리라."

그러자 혜능은 다음과 같이 말하였다.

"아닙니다. 제가 모를 때는 스님께서 건네주시는 것이 마땅하오나 제가 알고 나서는 제 힘으로 건너는 것이 옳은가 하나이다. 건넌다(度)는 말은 하나이오나 쓰이는 경우가 이처럼 다른가 하나이다."

이에 스승은 다음과 같이 답하였다.

"네 말이 맞다. 앞으로 불법이 너로 말미암아 크게 퍼지리라. 나는 3년 후에 이 세상을 떠날 것이니 너는 부디 잘 가거라."

뱃전에 앉아 묵묵히 물 위를 바라보고 있는 경허의 마음속에 혜능의 말 한마디가 송곳이 되어 골수(骨髓)로 파고들었다.

남의 눈을 피해 야반 삼경에 불법을 전해 준 사랑하는 제자와 다시는 영원히 만날 수 없는 이별을 하면서 스승은 손수 제자를 배 위에 태우고 노를 저어 강을 건네주려 한다. 그러자 제자는 다음과 같이 답하고 있지 아니한가. 경허는 가만히 소리내어 혜능의 답을 외어 보았다.

"미시(迷時)엔 사도(師度)어니와 오료(惡了)엔 자도(自度)니 도명(度名)은 수일(雖一)이나 용처부동(用處不同)이니이다."

나에게는 야반 삼경에 친히 배웅나오셔서 양자강의 남쪽 연안 구강역(九江驛)까지 바래다줄 스승이 없다.

나에게는 배에 오르게 하고 대신 노를 저어 줄 스승도 없다. 나는 강을 건네줄 스승도 없다.

나는 강의 기슭까지 이끌고 안내하여 줄 스승도 찾지 못하였으며, 나를 위해 강을 건네주려 하는 스승도 발견하지 못하였다. 내게는 전해 받을 바리때도 없으며 가사도 없다. 내게는 배조차 없다. 나는 스승도 없이, 전해 받을 법(法)도 없이, 육신을 건네줄 뱃사공도 없이, 나룻배도 없이 홀로 강을 건너지 않으면 안 된다. 나는 철저히 혼자다.

경허는 뱃사공이 노를 저을 때마다 우쭐우쭐 어깻짓을 하며 강물을 타고 앞으로 나아가는 뱃전에 앉아 중얼거렸다.

무소의 뿔처럼 나는 혼자 가지 않으면 안 된다.

경허의 머릿속으로 《남전대장경(南傳大藏經)》에 수록되어 있는 시경(詩經)의 구절들이 떠올랐다.

욕망이 불타는 생사의 세계 차안(此岸)에서 열반상락(涅槃常樂)의 오성(惡性)의 세계 피안(彼岸)에 이르는 길을 말한, 가장 육성에 가까운 불타의 노랫소리들이 경허의 마음속을 파고들었다.

무소의 뿔처럼 혼자서 가라.

서로 사귄 사람에게는
사랑과 그리움이 생긴다.
사랑과 그리움에는 괴로움이 따르는 법.
연정에서 근심 걱정이 생기는 줄 알고
무소의 뿔처럼 혼자서 가라.

숲속에서 묶여 있지 않은 사슴이
먹이를 찾아 여기저기 다니듯이
지혜로운 이는 독립과 자유를 찾아
무소의 뿔처럼 혼자서 가라.

욕망은 실로 그 빛깔이 곱고 감미로우며
우리를 즐겁게 한다.
그러나 한편 여러 가지 모양으로
우리 마음을 산산이 흐트려놓는다.
욕망의 대상에는
서로 다투는 철학적 견해를 초월하고
깨달음에 이르는 길에 도달하여
도를 얻은 사람은
'나는 지혜를 얻었으니
이제는 남의 지도를 받을 필요가 없다'고 알아

무소의 뿔처럼 혼자서 가라.

탐내지 말고, 속이지 말며,
갈망하지 말고, 남의 덕을 가리지 말고,
혼탁과 미혹을 버리고
세상의 온갖 애착에서 벗어나
무소의 뿔처럼 혼자서 가라.

세상의 유희나 오락
혹은 쾌락에 젖지 말고
관심도 가지지 말라.
꾸밈 없이 진실을 말하면서
무소의 뿔처럼 혼자서 가라.

물 속의 고기가 그물을 찢듯이
한번 불타 버린 곳에는
다시 불이 붙지 않듯이
모든 번뇌의 매듭을 끊어 버리고
무소의 뿔처럼 혼자서 가라.

경허는 불교의 많은 경전 중에서도 가장 초기에 이루어진 숫타
니파타(經集) 속의 시경을 마음속으로 계속 암송하여 내려갔다.

234

마음속의 다섯 가지 덮개(伍蓋)를 벗기고
온갖 번뇌를 제거하여 의지하지 않으며
애욕의 허물을 끊어 버리고
무소의 뿔처럼 혼자서 가라.

최고의 목적에 도달하기 위해 노력 정진하고
마음의 안일을 물리치고
수행에 게으르지 말며
용맹 정진하여 몸의 힘과 지혜의 힘을 갖추고
무소의 뿔처럼 혼자서 가라.

애착을 없애는 일에 게으르지 말며,
벙어리도 되지 말라.
학문을 닦고 마음을 안정시켜
이치를 분명히 알며 자제(自制)하고 노력해서
무소의 뿔처럼 혼자서 가라.

이빨이 억세고 뭇 짐승의 왕인 사자가
다른 짐승을 제압하듯이
궁벽한 곳에 서서를 마련하고
무소의 뿔처럼 혼자서 가라.

자비와 고요와 동정과 해탈과 기쁨을

적당한 때를 따라 익히고
모든 세상을 저버림 없이
무소의 뿔처럼 혼자서 가라.

탐욕과 혐오와 헤맴을 버리고
속박을 끊어 목숨을 잃어도 두려워하지 말고
무소의 뿔처럼 혼자서 가라.

소리에 놀라지 않는 사자와 같이,
그물에 걸리지 않는 바람과 같이,
흙탕물에 더럽히지 않는 연꽃과 같이
무소의 뿔처럼 혼자서 가라.

　강상(江上)에는 안개가 자욱이 피어 있었다. 실비는 계속 흩뿌리고 있었고 강물 위에는 운무가 끼어 있어 마치 배가 구름 위를 떠가고 있는 듯 느껴졌다. 강물 위를 스쳐오는 바람은 '그물에 걸리지 않는 바람'이 되어 미끄러져 불어와 경허의 얼굴을 때리고 있었다.
　어느새 나룻배는 강을 건너 저편 강가에 이르렀는지 뱃사공은 다시 노질을 멈추고 상앗대를 꺼내어 물 속에 찔러넣고 배를 기슭으로 몰아 가고 있었다. 배의 밑부분이 강바닥에 닿아 더 이상 앞으로 나아갈 수 없자 사공은 널판을 물 속으로 내어던져, 물에 젖지 않고 모래사장으로 걸어갈 수 있도록 가교를 만들었다. 경허가 뱃전에서 일어서서 걸망을 뒤져 뱃삯을 쥐어주려 하자 사공은 두 손을 내저으면서 말했다.

"소용없습니다요. 스님한테서 뱃삯을 받으면 날벼락을 맞을 것이구먼유. 그냥 가세유. 지가 스님을 건네 드린 것은 지가 좋아서 한 일이니깐유."

사공은 두 손을 모아 합장하고 나서 말하였다.

"정히 뱃삯을 주시고 싶거들랑 법보시(法布施)나 하여 주세유. 이 몸이 늙어 죽을 때가 오늘 내일인데 극락왕생하게 해달라고 부처님께나 빌어 주세유. 그냥 가세유. 스님, 어여 어여 가세유."

경허는 걸망 속에 꽤 많은 돈을 갖고 있었다. 한양까지 다녀오는 노자를 은사스님 만화로부터 두둑이 받아 두었기 때문이었다. 이렇게 된 이상 그 노자는 쓸모가 없게 된 셈이었다. 재물이나 돈과 같은 물욕에는 전혀 관심조차 없는 경허로서는 그 노수(路需) 전부를 뱃사공에게 줄 요량이었다. 그런데도 뱃사공은 한사코 뱃삯까지 받으려 하지 않았으므로 경허로서도 어쩌는 수가 없었다. 뱃사공은 경허를 가가호호 다니면서 시물(施物)을 얻어 부처와 인연을 맺어 주고 절의 양식을 대주는 화주승(化主僧)쯤으로 생각하고 있는 모양이었다.

강변에는 강을 건너려는 길손들이 서너 명 비를 맞으면서 배위에 오르고 있었다.

"잘 가셔유, 스님. 나무아미타불 관세음보살."

길손들을 대우고 뱃사공은 또다시 상앗대질을 하여 강 복판으로 나서면서 손나팔을 불며 소리질러 말하였다.

"잘 가셔유, 스님."

경허는 우두커니 강가에 서서 강바람에 흔들리며 출렁거리는 강물이 옥양목처럼 흰 모래밭을 혀로 핥고 있는 모습을 잠시 바라보았다. 강물은 맑아 수정과 같았다.

'창랑수(滄浪水) 맑아지면 내 갓끈을 씻을 것이며, 창랑수 흐려지면 나의 발을 씻을 것이다.'

문득 수정같이 맑은 창랑을 보자 경허의 머릿속으로 옛 중국의 창랑곡 한 수가 기억되어 떠올랐다. 옛 춘추전국 시대의 정치가이자 비극 시인이었던 굴원(屈原)은 궁정의 정적으로부터 모함당하여 양자강 이남의 소택지로 유배 떠날 때 양자강에서 고기를 잡던 어부와 이야기를 나눈다. 이때 어부는 돛대를 두드리면서 위와 같은 창랑가를 부르는 것이다. 어부의 노래를 들은 굴원은 〈초사(楚辭)〉란 글 속에 그 어부의 노래를 인용하고 나서 이를 〈어부사(漁父詞)〉라 하였던 것이다.

돛대를 두드리며 노래를 부른 어부는, 인간의 세계는 그때그때의 세속을 따라 살아야 하고 자신의 주장을 지나치게 내세우지 않는 것이 처세를 잘하는 것이라며, 굴원과 같이 초(楚)나라 왕궁에 항거하여 정의를 주장함으로써 도리어 멸망하고 마는 어리석음을 풍자하고 있음이다. 실제로 굴원은 어부가 예언한 대로 멱라수(汨羅水)에 투신하여 자살함으로써 비극적인 생애를 마쳤던 것이다.

물이 맑으면 갓끈을 씻고, 물이 탁하면 발을 씻으라는 어부의 충고는 같은 물을 다루더라도 맑고 탁함을 가려 처신하라는 뜻을 내포하고 있음이며, 어느 날 동리의 아이들이 이 노래를 부르는 것을 유심히 듣고 있던 공자는 제자들에게 다음과 같이 말하였었다.

"저 노래를 들어 보아라. 갓끈을 씻건, 발을 씻건 그것은 모두 물이 스스로 저지른 일이다."

경허는 방갓을 벗고 앉아 맑은 물에 얼굴과 손을 씻었다. 물이 수정같이 맑아 갓끈을 씻을 만하였다. 젖은 손을 승복에 문질러 씻고 나서 경허는 중얼거렸다.

'공자의 말이 맞군.'

경허는 두 손으로 수정과 같은 물을 떠 입 안에 털어넣었다. 물은 차고 맑아 단번에 갈증이 가셨다. 그는 물로 입 안을 헹궈 내면서 중얼거렸다.

'물이 맑건, 탁하건 그 점을 가려서 맑으면 맑은 대로 갓끈을 씻고 탁하면 탁한 대로 발을 씻을 게 아니라. 공자의 말처럼 그것은 모두 물이 저지른 일이니 아예 물가에 나아가 놀지 말아야 옳은 일이로군.'

아직 덜 마른 물기를 탁탁 털면서 경허는 벗었던 방갓을 다시 눌러 썼다.

그는 걸망을 힘차게 둘러메고 휘적휘적 백사장을 가로질러 나아갔다. 일단 강을 건너 공주목으로 들어선 이상 동학사까지는 내친걸음이었다. 경허는 강가의 언덕 위에 올라서서 잠시 건너온 웅천(熊川)의 강물을 바라보았다. 자신을 실어 날라다준 나룻배는 이미 건너편 강기슭에 닿아 있었고 안개가 자옥이 피어오른 강물 위로 물새들이 떼를 지어 날아다니고 있었다.

그는 미련 없이 강물을 떠나면서 중얼거렸다.

나는 혼자서 갈 것이다.

'소리에 놀라지 않는 사자'와 같이, '그물에 걸리지 않는 바람'과 같이, '흙탕물에 더럽히지 않는 연꽃'과 같이 혼자서 갈 것이다. 무소의 뿔처럼.

경허는 강변의 오솔길을 따라 힘차게 걸어가면서 옛 고려의 무신 정공권(鄭公權)의 시 한 수를 떠올렸다. 우왕의 스승이었던 정공권은 일찍이 공민왕 15년 이존오(李存吾)와 함께 신돈(辛旽)을 탄핵하였다가 유배를 떠나게 되었다. 유배를 떠나는 길에 그는 이 웅천의 강을 건너면서 절창의 노래 한 수를 지었다. 경허는 강나루 건너서 숲길을 구름에 달 가듯이 힘차게 미끄러져 걸어가면서 그 노래를 큰소리로 읊어 대기 시작하였다.

완산(完山)은 멀고 멀어 길이 막혔는데
웅천강 물 출렁출렁 구름도 아득하다
물 얕은 데를 건너자니 돌이 발을 깨물겠고
깊은 곳을 건너자니 물이 치마를 적시겠다
어옹(漁翁)이 나에게 사당주(沙棠舟)를 빌려주니
계수나무 도(櫂)를 삿대로 하고
목란(木蘭)으로 노를 했네
돋은 해 돌아보며 중류에 띄웠더니
경각(頃刻) 사이에 이미 서쪽 언덕에 배를 대었네

나는 언덕 위에 올라 말을 타고 떠났는데
어옹은 돛대를 두들기면서 창랑가(滄浪歌)를 부르네
어옹이여
나의 길(道)을 그대의 돛대와 비유하노니
쓰면 행하고 버리면 간직하시오.

    이내 발빠른 경허는 안개 속으로 사라져 무소의 뿔처럼 홀로
가는 경허의 뒷모습도 보이지 않게 되었음이다.

내   마 음 의   왕 국

기러기 장공(長空)을 지나니
그림자는 고요한 호수에 잠긴다
기러기는 자취를 남길 뜻 없고
호수는 그림자를 받아들일 마음 없었네.

내 마음의 왕국

1

내가 두 번째로 경허의 이름을 만나게 된 것은 작년 초여름의 일이었다. 아버지 의친왕이 쓰던 거문고를 보기 위해 수덕사에 들러 우연히 만공 스님의 스승, 경허의 진영을 마주치게 된 것이 그 첫 번째 만남이었다면 또다시 우연한 곳에서 경허를 마주친 것이었다.

아버지로부터 물려받은 염주에 새겨진 뜻 모를 네 개의 글자 '鏡虛惺牛'가 만공의 스승 경허 스님을 가리키는 뜻임을 그곳에 서 비로소 알게 된 나는 언제나 어디서나 품속에 간직하고 다니 던 염주를 맞닥뜨릴 때마다 수덕사의 승방에서 하룻밤을 자고

난 새벽, 새벽예불을 올리던 스님의 입에서 터져 흐르던 독경 소리를 떠올려내곤 하였다.

'홀연히 생각하니 도시 몽중이로다

천만고의 영웅 호걸 북망산 무덤이요

부귀 문장 쓸데없다 황천객을 면할쏘냐

오호라, 나의 몸이 풀 끝의 이슬이요

바람 속의 등불이라

오호라, 나의 몸이 풀 끝의 이슬이요

바람 속의 등불이라….'

대웅전 앞의 뜨락을 돌면서 도량석을 하던 스님의 입에서 터져 흐르던 참선곡(參禪曲). 그 노래를 지은 사람이 경허 스님이었다.

염주를 어루만질 때마다 경허 스님이 지은 노래의 가사가 내 귀를 맴돌고, 금선대의 누각 속에서 마주보았던 경허의 초상이 내 마음속에서 광채를 뿜어대고 있음을 느끼곤 하였다. 나는 그 때 그의 날카로운 눈빛에서 내밀(內密)을 들킨 사람처럼 가슴이 떨려옴을 느꼈었다. 안광이 번득이는 그의 형안은 내 내부의 마음을 단번에 명중시키고 빛의 화살이 되어 나를 꿰뚫어 보고 있음을 느끼곤 하였다.

그 경허를, 경허의 이름과 그의 날카로운 눈빛을 우연한 곳에서 또다시 마주하게 된 것이었다.

그것은 어머니의 제사 때문이었다. 작년 봄 어머니는 죽었다. 그리고 나서 49일 만에 어머니의 넋을 달래고 부처와 인연을 맺

게 하여 극락왕생의 좋은 곳으로 가도록 천도재를 올리는 의식
이 서울에서 가까운 절에서 있었다. 그 절에서 나는 전혀 생각지
도 않았던 경허를 두 번째 마주치게 된 것이다.

그러나 경허와의 만남은 일단 뒤로 미루고 어머니의 죽음에
관한 이야기부터 시작해야 할 것 같다.

어머니가 죽었다는 소식이 온 것은 이른 새벽, 전화를 통해서
였다. 전화를 받은 것은 아내가 먼저였다.

깊은 꿈에 잠겨 있는 신새벽, 느닷없이 전화벨이 울렸다. 나는
잠결에 아내가 전화를 받고 뭐라고 중얼거리는 소리를 흘려 듣
고 있었다. 그러다가 나는 퍼뜩 정신이 들었다. 아내는 내게 전
화기를 건네주면서 말했다.

"전화 좀 받아 보세요."

나는 아내가 건네주는 수화기를 받아 들고 잠이 덜 깬 목소리
로 말했다.

"전화 바꿨습니다."

"…교수님이세요?"

전화의 감이 멀었다. 그런데도 소리지르는 상대방의 목소리에
섞인 위급함과 당황감이 내게 절실히 다가왔다. 나는 직감적으
로 그 전화가 어머니로부터의 전화임을 알아차렸다.

"그, 그렇습니다."

"교수님 맞으시죠?"

"그, 그렇습니다."

"여기는 저어 남한산성인데요. 저는요, 어머니의 일을 봐주고

있는 박씨 아줌마예요. 저 아시겠지요?"

나는 그녀가 누구인지 이미 알고 있었다. 전화를 걸어온 사람은 어머니의 텃밭에 집을 짓고 더부살이하고 있는 아주머니로, 어머니의 허드렛일을 도와 주기도 하며 행랑살이하고 있는 아주머니라는 것을.

"알고 있습니다. 안녕하세요."

"…다름아니라요. 저어, 어머니가요. 저어, 어머니가요. 놀라지 마세요. 어머니가요… 돌아가셨어요."

"……."

나는 이미 전화선을 통해 들려오는 그 여인의 절박하고 다급한 목소리를 통하여 직감적으로 어머니의 신상에 심상치 않은 돌발사태가 일어난 것이 틀림없다는 느낌을 받고 있었으면서도 막상 여인의 입에서 결정적인 말이 튀어나오자 온몸의 힘이 빠져나가는 것을 느꼈다.

"…제가 방에 들어가 보았어요. 이상하다 싶었거든요. 새벽마다 할머니가 닭장에 나와 닭들에게 모이를 주시곤 하셨는데…. 그래서 제가 어디 몸이 편찮으셔서 그러셨나부다 생각하고 방으로 들어갔지요. 문 앞에서 아무리 할머니, 할머니 하고 불러대도 대답이 있으셔야지요. 그래서 제가 방으로 들어갔더니, 글쎄 할머니가 숨져 계셨어요. 전혀 아프신 데도 없으셨구 어젯밤에도 맛있게 밤참까지 드셨는걸요. 제 말 듣고 계세요? 여보세요, 여보세요, 제 말 듣고 계세요?"

"듣고 있습니다."

나는 담담하게 대답했다.

"이걸 어떻게 하지요. 어떻게 했으면 좋을지."

"제가 곧 가겠습니다. 기다리세요. 곧 출발하겠습니다."

나는 서둘러 전화를 끊었다.

전화를 끊고 나서도 꿈인 것만 같았다.

"어떻게 되셨대요?"

이미 오가는 심상치 않은 대화로 모든 것을 짐작하고 있는 아내가 숨을 죽인 채 물었다. 나는 아내의 마음을 잘 알고 있었다. 오래 전부터 아내는 어머니에 대해 마음의 부담을 안고 있었다. 일흔에 가까운 할머니인 시어머니를 가까운 산 속에 홀로 살게 하고 모른 체하고 있다는 죄책감에 마음의 갈등을 느끼고 있음을 나는 잘 알고 있었다. 그럼에도 불구하고 아내는 어머니를 불러 한집에서 모시고 사는 것이 얼마나 힘들고 부담스럽고 불편한 생활일까 하는 두려움에 애써 어머니를 모른 체하고 있었다. 그러면서도 이렇게 차일피일 미루다 어머니가 덜컥 돌아가시기라도 한다면 그땐 평생 씻을 수 없는 죄를 짓게 될 것이라는 두려움을 갖고 있었는데, 그 두려움이 실제로 현실화되어 나타난 것이었다.

"…어떻게 되셨냐니까요."

아내는 떨고 있었다.

슬픔 때문이 아니라 두려움 때문에, 마침내 두려워하던 것이 오고야 말았다는 절망감 때문에.

"…돌아가셨어."

"어머니."

아내가 두 손으로 얼굴을 가리고 울기 시작했다.

그러나 그러고 있을 때가 아니었다.

어머니의 사망 소식을 듣고 울고 슬퍼하고 그러할 때가 아니었다. 가장 급한 것은 우선 어머니가 돌아가신 그 집으로 빨리 가야 하는 것뿐이었다.

우리는 서둘러 집을 나섰다.

봄날의 날씨는 화창하게 맑아 어머니가 돌아가셨다는 슬픈 소식만 없었다면 우리는 마치 봄나들이 소풍을 나가는 느낌이었을 것이다. 아내는 줄곧 울고 있었지만 나는 그저 멍한 느낌이었다.

어머니가 돌아가셨다. 간밤에 홀로 돌아가셨다. 어머니가 돌아가시는 그 장소에는 아무도 없었다. 유일한 아들인 나조차도 없었다. 어머니의 임종을 지키지 못한 나는 이미 자식으로서 차마 하지 못할 엄청난 불효를 저지르고 만 셈이었다.

나는 교외로 차를 몰아 나가면서 생각하였다.

그때가 언제였더라. 나는 그때 내가 지금 찾아가고 있는 남한 산성의 초가집으로 어머니를 만나러 갔었다. 그때 어머니는 닭장에서 모이를 주다 말고 나를 맞았었지. 어머니는 나보다 닭들이 더 정다운 듯 모이를 주면서 구구구구구구 하였었지. 그러할 때마다 어머니의 손에서 모이가 뿌려져 나가고 닭들이 떼지어 어머니가 뿌려주는 모이를 다투어 쪼아먹곤 하였었지.

"저는 이제 다시는 어머니를 만나러 오지 않을 겁니다."

내가 그렇게 말하자 어머니는 머리에 둘러쓴 수건을 벗으면서 내게 말했다.

"나도 너를 기다리지 않겠다."

"저는 이제 어머니의 자식이 아닙니다. 어머니도 절 자식이 아닌 남으로 생각하세요."

"너도 나를 에미로 생각지 말아라. 그저 남으로만 생각하거라."

그런데도 떠나오는 내게 어머니는 달걀 한 꾸러미를 주셨었다. 갓 낳은 달걀이었는지 달걀 껍질에는 피가 묻어 있었고 체온이 깃들여 있는 것처럼 따듯도 하였었다.

물론 어머니를 어머니 아닌 남으로만 생각한다고 해서, 어머니 역시 나를 자식 아닌 남으로만 생각한다고 해서 어머니와 아들간의 인연이 끊어지는 것은 아니었다. 일년에 한 번이나 두 번씩 정도는 내 쪽에서 어머니를 찾아 불쑥 들러 보곤 하였었다.

그러나 어머니가 먼저 나를 찾아오거나, 내게 연락을 취해 온 적은 단 한번도 없었다. 어머니는 내가 당신을 숨기고 싶어하는 존재로 생각하고 있음을 알고 있었다. 어머니는 내가 이름이 알려지면 질수록, 유명해지면 질수록 자신을 숨기려 하였다. 어머니는 자신이 비천한 기생의 신분임을 잘 알고 있었다. 아들인 내가 학문적 성공을 이루면 이룰수록 혹시 대학교수로서의 품위가 천한 어머니의 과거 때문에 손상되어질까 그것을 몹시 두려워하곤 하였다. 마흔이 가까운 나이에 이르도록 어머니는 술집을 경영히였으며, 술좌석에서 손님이 요청하면 쪽찐 머리로 나아가 가야금을 뜯으며 남도 창을 부르곤 하였었다. 기생으로서 퇴물

(退物)의 나이가 지나자 어머니는 숱한 남자들과 어울려 생활하였다. 내가 미국으로 유학 갈 무렵 어머니는 술집을 팔아 그 돈으로 남한산성 속의 작은 텃밭을 사고 그곳에서 홀로 생활하기 시작하였다.

아니다.

홀로가 아니었다.

어머니 곁에는 언제나 함께 사는 남자가 있었다. 어머니는 한 남자가 자신의 곁을 떠나면 또 다른 남자를, 그 남자가 자신의 곁을 떠나면 또 다른 남자를 쉴 새 없이 연애의 대상으로 삼아 사랑하고 있었다. 어머니가 사랑하는 남자는 언제나 가엾은 남자였다. 생활적으로 의지할 수 있거나, 믿음직스럽게 보호막이 되어 줄 수 있는 남자들이 아니라 언제나 생활에 무능하고 세상살이에 서투른 남자들뿐이었다. 어머니는 그들에게 돈을 대주고, 술을 대주고, 몸을 대주고, 잠자리를 대주고, 그러다가는 버림을 받곤 하였다. 남자들이 떠나가도 어머니는 그들을 원망하지 않았다. 떠나면 그뿐이었다. 미련도 없어 가슴앓이도 하지 않았다. 어머니는 이 세상의 모든 남자들을 가엾다고만 생각하고 있어 그들이 자신의 곁에 있을 동안만이라도 충분히 쉬고, 위로받을 수만 있다면 그것으로 충분하다고 생각하고 있을 뿐이었다.

미국으로 유학을 떠날 무렵 나는 물어물어 어머니의 새로운 텃밭을 찾아갔었다. 나로서는 그것으로 어머니와 아들 사이의 인연을 끊으려는 비장한 각오를 하고서였다.

그때도 지금처럼 찬란한 봄날이었다.

산성 안으로 들어가자 길 양옆에 황홀한 벚꽃들이 흐드러지게 피어 바람도 없는데 어지러이 흩날리고 있었다. 시도 때도 모르고 낮닭이 목을 빼 우는, 복사꽃 피는 숲길을 지나 개울을 건너 어머니의 새로운 집에 이르자, 어머니는 머리에 수건을 두르고 닭들에게 모이를 주고 있었다.

"구구구구. 내 새끼들아, 귀여운 내 새끼들아, 밥 먹을 시간이다. 구구구구구. 싸우지들 말구 나눠 먹어라."

나는 이름을 알 수 없는 과일나무들이, 그 나무의 꽃들이 한꺼번에 피어 산지사방이 꽃천지였던 나뭇가지 사이로, 어머니가 내가 지금까지 보지 못했던 새로운 모습으로 닭들에게 모이를 주고 있는 풍경을 한참 훔쳐보았다.

머리에 수건을 두르고 닭들에게 모이를 주는 어머니의 모습은 지금껏 내가 알고 있고 줄곧 보아온 어머니의 모습과는 전혀 상반된 이미지였다. 쪽찐 머리를 하고, 그 머리에 비녀를 꽂고, 장구를 치고, 창을 노래부르는 어머니. 밤이면 이 방 저 방에서 술상이 벌어진다. 내가 살고 있던 별채의 방안에서 아무리 문을 꼭꼭 여며 잠그고 창문을 닫아도 노랫소리와 장구 소리, 음탕한 웃음소리와 낭자한 농지거리 소리는 밤을 새워 들려오곤 하였다. 새벽이면 어머니는 언제나 술에 취해 비틀거리면서 별채로 건너오곤 하였다. 때로는 권세 있고, 돈 있고, 힘 있는 손님들의 유혹을 뿌리치느라고 술상이 파한 술집에서는 왁사시껄한 싸움 소리도 들려오곤 하였다. 어떤 때는 사복을 한 장성 하나가 어머니를 지프에 태우고 납치하려다 어머니가 도망가 버리자 권총을 쏘며 집안을 난장판으로 만들어 놓은 적도 있었다. 그때 어머니는 한여름에도 문을 꼭꼭 잠그고 땀을 뻘뻘 흘리면서 귓구멍 속에 솜을 틀어막고 영어 단어를 외고 있는 내 방까지 숨어 들어와 이렇게 푸념하곤 하였다.

"미친놈, 미친 자식."

아무리 돈이 있어도, 아무리 권세가 있어도, 아무리 힘이 있어 권총을 쏘아도 어머니는 눈 하나 깜짝하지 않았다.

어머니는 자신이 좋아하는 남자들만 좋아하였다. 가엾은 남자, 사업에 실패한 남자, 세상살이에 서투른 남자, 상처를 입은 남자.

화려한 옷과 화려한 화장의 모습에만 익숙해져 있던 나는 화냥년처럼 활짝 핀 과일나무의 꽃가지 사이로 닭들에게 모이를 주고 있는 어머니의 모습을 보자 어리둥절하였다. 어머니는 완전히 변하여 촌부(村婦)가 되어 있었다.

텃밭에는 어느새 씨앗도 뿌려 채소들이 웃자라고 있었고, 햇볕 잘 드는 양지 쪽에는 밀짚 농모(農帽)를 쓴 남자 하나가 앉아 있었다.

닭 모이를 주다 말고 어머니는 꽃가지 사이로 숨어 보고 있는 내 앞으로 천천히 걸어왔다. 나는 그때 어머니가 나를 발견하였는가 생각하였는데 그게 아니었다. 어머니는 내 앞으로 바짝 다가와서 과일 꽃들이 만발한 숲 사이에서 치마를 걷어올리고 오줌을 누기 시작하였다. 오줌을 누다 말고 어머니는 나를 보았고, 그리고는 웃기 시작하였다.

"니가 웬일이냐. 니가 웬일로 그곳에 서 있냐."

생각난다.

그 날의 그 웃음이 생각난다.

과일나무의 가지마다 꽃들이 만발하여 오줌을 누고 있는 어머니는 머리 위에 화관을 두르고 있는 듯하였고, 오줌을 누다가 웃던 어머니의 그 웃음에도 꽃물들이 들어 있었다. 어머니는 내 앞에서 속치마를 올리고 치마를 내렸는데 어머니의 아랫도리에서 얼핏 거뭇한 치모도 본 듯싶었다.

"여보."

어머니는 목을 빼 양지볕에 앉아 있는 남자를 불러세웠다.

"당신 좀 방안에 들어가 계세요."

어머니는 늘 내게 자신의 남자들이 부끄러웠다. 남자가 방안으로 들어가자 어머니는 나를 이끌면서 이렇게 말하였다.

"들어오렴. 저 집이 이 에미의 새 집이다. 니 에미가 숨져 죽을 집이기도 하고. 난 여기서 죽을 거다."

나는 그때 강하게 어머니의 손을 뿌리치면서 말했다.

"아니에요. 여기서 말하겠어요. 어머니, 난 며칠 뒤면 미국으로 떠납니다. 언제 올지 몰라요. 10년이 될지, 20년이 될지, 아니면 영영 돌아오지 않을지도 몰라요. 그러니까 나를 기다리지 마세요. 찾지도 마세요. 어머니의 주소도 모르니까 편지도 쓰지 않을 서예요. 이게 마지막이에요. 마지막으로 삭별 인사를 드리러 찾아온 거예요."

"구구구구. 어이구 내 새끼들. 싸우지들 말구 사이좋게 나눠 먹어라. 구구구구."

내 말을 듣는지 마는지 어머니는 닭 모이를 뿌려 주고 있었다. 닭들이 어머니의 손을 따라 이리저리 움직이고 있었다.

"저는 이제 다시는 어머니를 만나러 오지 않을 겁니다."

"나도 너를 기다리지 않겠다."

"저는 이제 어머니의 자식이 아닙니다. 어머니도 절 자식이 아 닌 남으로 생각하세요."

"너도."

모이를 주다 말고 어머니는 나를 쳐다보며 말했다.

"나를 에미로 생각지 말아라. 그저 남으로만 생각하거라."

어머니의 얼굴에는 아무런 표정도 없었다. 슬픔도 외로움도 미련도 원한도 아무런 감정도 없었다.

2

나는 서울의 교외를 지나 남한산성으로 올라가는 산길로 접어 들었다. 여기서부터 산꼭대기의 성문까지는 끊임없이 가파른 급 경사의 언덕길이었다. 다행인 것은 어머니가 돌아가신 날이 휴 일이 아닌 평일이어서 성문 안에 이르는 길이 한적하다는 사실 이었다. 휴일이면 산성으로 오르는 관광객들과 이들을 상대로 먹을 것을 파는 장사꾼들로 차가 오를 수 없을 만큼 붐비고, 끊 임없이 꼬리를 물고 오르내리는 차량들로 좁은 길이 터져 나가고 있었기 때문이었다.

떠날 때부터 줄곧 울고 있던 아내는 마음이 좀 가라앉았는지 한참을 말이 없었다. 성문에 이르러 성안으로 들어가는 티켓을 두 장 사고 나자 아내는 비로소 입을 열었다.

"당신 장례식 절차에 대해 알고 있어요?"

"몰라."

나는 솔직히 대답하였다.

"하지만 일단 가서 봅시다. 보고 나서 장례식 절차를 의논하도록 하지. 어차피 올 사람도 없으니까."

나는 어머니가 죽었다는 전화를 받았을 때부터 내심 결심하였던 생각을 입 밖으로 털어놓았다.

"아니 왜요?"

아내는 이해가 가지 않는 표정으로 내게 물었다.

"아무도 부르지 않겠어. 아무에게도 알리지 않겠어. 장례는 우리들끼리만 치르는 거야. 어차피."

나는 잠시 말을 끊었다.

"어차피 살아 있을 때부터도 내 어머니는 아니었으니까. 난 그 누구에게도 어머니의 죽음이 알려지기를 원치 않아. 그것은 돌아가신 어머니도 마찬가지일 거야."

나는 순간 양심의 가책을 느꼈다. 아니다. 어머니가 알려지기를 원치 않는다는 것은 거짓말이다. 어머니는 이미 오래 전에 죽었다. 내게 있어 어머니는 이미 30년 전에 죽어 버린 존재다. 오늘 아침에 죽은 어머니는 어머니의 그림자였을 뿐이다. 내게 있어 어머니는 태어났을 때부터 없었던 무(無)다. 어머니는 이미 없다. 그러한 어머니를 위해 이제 와서 또다시 사람을 부르고, 전하고, 알리면서 장례식을 치를 필요가 있을 것인가.

"장례 절차는 화장(火葬)으로 해야 돼요."

아내는 불쑥 말을 내뱉었다.

"아니, 왜?"

내가 묻자 아내는 대답하였다.

"어머니는 불교 신자였어요. 그걸 모르시고 계셨어요?"

아내의 말에는 어느 정도 가시가 들어 있었다. 그러나 아내의 말은 사실이었다. 어머니가 불교를 믿고 있다는 말은 아내로부터 처음 들은 셈이었다.

성안으로 들어서니 봄은 무르익고 있었다. 계곡에는 드문드문 행락객이 보였고, 길 양옆의 나무에는 벚꽃들이 만개해 있었다.

어머니는 약속을 지키셨다.

저 벚꽃이 만발하였던 20여 년 전의 봄날, 어머니는 숲 사이에 앉아 오줌을 누고 나서 내게 말하였던 약속을 스스로 지키셨다.

'난 여기서 닭 모이나 주고 배추나 심고 살다가 여기서 죽을 거다.'

어머니는 자신의 약속대로 어머니의 새 집에서 닭 모이나 주고 배추나 심고 살다가 오늘 아침 여기서 숨을 거둔 것이다.

약속을 지킨 것은 어머니뿐만이 아니었다.

나 역시 어머니와의 약속을 지켰다. 어머니와 자식간의 인연을 끊고 남으로 생각하여 아무런 편지도 쓰지 않고, 아무런 연

258

락도 취하지 않겠다던 작별의 인사말을 나는 스스로 지켰다. 미국에서 10년에 가까운 유학생활 동안 나는 어머니에게 단 한 장의 편지도 쓰지 않았다. 편지를 쓰고 싶어도 어머니가 계신 곳의 주소를 알 수 없었으므로 불가능한 일이었다. 어머니는 이미 내 마음속에서 죽어 무덤에 묻히고 잊혀진 존재가 되어 버린 셈이었다. 어머니가 그립다고 느껴졌던 적은 거의 없었고, 보고 싶은 적도 없었다. 어쩌다 아주 드물게 어머니 생각이 떠오르면 나는 소리를 내 이렇게 중얼거리곤 하였다.

'어머니는 이미 죽었다. 나는 아버지도 어머니도 없는 고아다.'

미국에서 유학생이었던 지금의 아내를 만나 연애를 하고 결혼을 하면서도 나는 아내에게 내가 부모 없는 고아라고 거짓말을 하곤 하였다. 아내는 내 말이 굳이 거짓말이라고 의심할 이유가 없었으므로 줄곧 나를 혈족이 없는 홀몸으로만 알고 있었을 정도였다.

10년에 가까운 유학생활을 끝내고 다시 돌아와 대학에서 교수생활을 시작하였을 때도 나는 곧바로 어머니를 찾아가지는 않았다.

그러나 어머니가 10년 전 그 산골짜기의 텃밭에 그대로 살고 있을까, 아니면 그새 어디론가 다른 곳으로 이사를 가버리지는 않았을까, 그것이 불안하였으며 그보다 더 나를 두렵게 하였던 것은 내가 연락을 취하지 않은 10년 동안 이미 *그곳*에서 숨져 돌아가신 것은 아닐까 하는 두려움은 있었다.

10여 년 만에 어머니를 찾아간 것도 오늘과 같은 찬란한 봄날이었다. 강의가 빈 오후에 나는 미루고 미루던 일을 마침내 해치우리라 결심했다. 시외버스를 타고 성안 종점에 내렸을 때 10년의 세월이 흘러도 강산은 예와 다름없이 똑같다는 것을 나는 느꼈다. 산도 그 풍경이요, 물도 옛 풍경 그대로였다. 봄도 떠날 때의 그 봄날이요, 꽃도 옛날의 그 꽃 그대로였다. 복사꽃 피는 계곡을 지날 때 숲 사이에서 우는 뻐꾹새 울음소리도 옛날의 울음소리 그대로여서 10년의 세월이 하루의 날짜같이 느껴질 뿐이었다. 어머니를 찾아와 다시는 남이 되어 어머니를 찾아오지 않겠던 옛 맹세도 10년 전의 약속이 아니라 어제의 약속처럼 느껴질 뿐이었다. 무슨 나무일까, 이름을 알 수 없는 과일나무에 핀 꽃도 예전의 꽃 그대로였는데, 다른 것은 버스에서 내렸을 때부터 가랑비가 촉촉이 내리기 시작하였다는 것뿐이었다.

안개와 같은 봄비였다. 우산도 없었으므로 한 마장을 그대로 비를 맞고 걸었는데도 촉촉이 겉옷만 적셨을 뿐 속옷은 말짱하였다. 예전에 어머니가 오줌을 누었던 그 자리에 서서 훔쳐보던 시선 그대로 텃밭 쪽을 보니 집은 많이 달라져 있었다. 그새 과일나무는 더 많이 자라 있었고, 못 보던 건물 하나가 텃밭 입구에 세워져 있었다. 집이라고는 말할 수 없는 대충 얼기설기 목재들을 쌓아 만든 허름한 건물이었다. 어머니의 집은 그대로였다. 예전 닭 모이를 주던 마당에는 한밤중 인근 야산에서 족제비나 들짐승 같은 것이 내려와 닭을 물어 훔쳐갈 것을 방지하느라고 구멍이 촘촘한 그물 철망이 세워진 닭장이 가설되어 있었고, 닭

260

장 안에는 수십 마리의 닭들이 우글거리고 있었다.

나는 차마 어머니를 찾아 들어갈 용기가 나지 않았다. 가랑가랑 봄비가 맺힌 과일나무에 기대 서서 담배를 피워 물고 한참을 망설이고 있는데 문득 텃밭 입구의 집 안에서 웬 여인이 나오는 것을 발견하였다. 여인은 비가 오는데도 개울가에 나아가 빨래를 하려는지 빨래를 가득 담은 광주리를 머리에 이고 있었다. 여인은 길을 따라 내려오다가 나와 시선이 마주쳤다. 그 여인이 아침에 어머니의 시신을 발견하고 전화로 소식을 알려온 박씨 아주머니였다.

"저어, 말씀 좀 묻겠는데요."

내가 말을 건네자 여인은 무거운 광주리를 머리에 이고 있는 그대로 나를 마주보았다.

"저, 안집에 살고 계신 할머니를 만나러 왔는데요."

"웬 할머니요?"

여인은 이마에 맺힌 빗방울을 손등으로 닦으면서 되물었다.

"집에 계실 텐데요, 들어가 보세요."

"그게 아니라, 제가 10년 만에 이 집을 찾아오는데요. 혹 그새 집 주인이 바뀌지 않았을까 염려가 되어서요."

"글쎄요. 난 3년 전에 이곳으로 집을 지어 가지고 와서 잘 모르겠구먼요. 들어가 보시지요. 우리는 할머니를 초선 할머니라고 부르고 있는데요."

나는 맥이 풀렸다.

초선(草鮮). 그것은 어머니의 기명(妓名)이었다. 16세, 동기 시절에 지었던 기명을 아직 그대로 쓰고 있는 어머니. 그렇다면 어머니는 아직 그대로 옛집에서 예전처럼 옛 그대로 살고 있음이다.

나는 알고 있다.

초선이라는 이름은 아버지 의친왕이 16세의 동기와 첫날밤을 치르고 나서 어머니에게 내려준 예명(藝名)이다. 어머니는 그것을 자신의 기명으로 삼고 평생을 지냈다. 이제는 술상에 앉아 가야금을 뜯을 수 없는 파파 할머니가 되었는데도 아직도 자신의 옛 기명을 버리지 못하여 동리 사람들에게조차 불리고 있다. 어머니. 초선(草鮮) 어머니. 이름 그대로 풀잎처럼 아름다운 어머니. 아아, 기생 어머니. 내 마음에서 이미 죽어 무덤에 묻히고 살도 썩어 탈골되어 뼈만 남은 기생 어머니.

"들어가 보세요. 우리가 이사온 것은 3년 전이지만 주인은 예전부터 살고 있던 그 할머니 그대로니깐요."

여인은 갈 길이 바쁜 듯 빨래 광주리를 이고 봄비가 내리는 숲길을 돌아나갔다. 어디 가까운 데에 개울가라도 있는지 바위 틈을 굽돌아 나가는 실개천 소리가 돌돌돌돌 들려오고 있었다.

나는 결심하고 길을 따라 텃밭으로 들어갔다. 닭장 속을 뛰노는 닭들의 울음소리가 나지막이 깔리고 있었고 마당에는 매화꽃이 어느 한 곳이라도 숨길 데 없이 활짝 피어나 있었다. 나는 본능적으로 툇마루 밑 댓돌 위에 놓인 신발을 쳐다보았다. 혹 그 자리에 나 모르는 남자의 구두랄까 고무신 같은 것이 놓여 있지나 않을까 그것이 불안했으므로. 어머니는 이제 육십이 가까운

262

나이가 되었다. 그런데도 아직 예전 그대로 남자들과 뜨거운 연애를 계속하고 있음일까. 끊임없이 정을 주고, 사랑을 주고, 돈을 주고, 마음도 주고, 몸을 주면서도 끊임없이 배신을 당해 떠나보내면서 아직도 예전 그대로 새로운 남자들과 끊임없이 사랑을 하고 있음일까. 다행히도 댓돌 위에는 남자의 고무신도 구두도 없었다. 그 대신 흰 고무신 한 켤레가 얌전히 놓여 있을 뿐이었다.

어머니의 고무신이다.

나는 낯익은 어머니의 고무신을 본 순간 그리움 같은 것이 왈칵 밀려오는 것을 느꼈다.

그때였다.

닫힌 방문 저 너머에서 노랫소리가 흘러나오고 있는 것을 나는 들었다. 그 노랫소리는 내가 오기 전부터 시작되어 계속 불려지고 있었던 창(唱) 소리였다. 나는 비를 맞으면서 굳게 닫힌 방문 너머에서 홀로 노래부르는 어머니의 판소리를 우두커니 듣고 있었다.

"…선인들 떠나간다. 끌리는 치맛자락을 거둠거둠 걷어안고 만수비봉 허튼머리 두 귀밑에 늘어 있고 비같이 흐르는 눈물 옷깃을 모두 다 사모친다. 엎어지며 자빠지며 정신없이 따라갈 제, 건넌 말 바라보며 이 진사댁 작은 아가 작년 오월 단옷날에 안수 따고 놀던 일을 너는 행여 잊었느냐. 너희들은 팔자 좋아 부모님 모시고 잘 있기라. 나는 오늘 우리 부친을 이별하고 죽으러 가는 길이로구나…."

나는 잘 알고 있었다.

그 노래는 심청가의 한 부분으로 심청이가 앞 못 보는 봉사인 아버지를 남겨두고 공양미 300석에 몸이 팔려 이별하는 장면인 것을.

어머니는 심청가 중에서 특히 아버지 심 봉사와 심청이가 이별하는 그 장면을 평소에도 좋아하고 있었다. 중모리로 굽이쳐 흐르는 이 부분은 애끊는 이별의 장면으로, 애절한 목소리로 피토하듯 노래를 즐겨 해서 어릴 때부터 나도 귀에 익숙한 가락이었던 것이다.

"…동네 남녀노소 없이 눈이 붓게 모도 울어 하나님이 아신배라. 백일(白日)은 어디 가고 음운(陰雲)이 자욱한데 청산도 찡그난 듯 간수(澗水)는 오열허여 휘늘어져 곱던 꽃이 이울고저 빛을 잃고 요요한 버들가지 졸듯이 늘었구나. 춘조(春鳥)는 슬피 울어 백반제송(百般啼送) 혀는 중에 묻노라 저 꾀꼬리 어느 뉘를 이별하고 환우성(喚友聲 : 짝을 그리워하여 우는 소리)을 게서 울고 뜻밖의 두견이 소리 피를 내어 운다. 일월공산 어디 두고 진정제성(盡情啼聲) 단장성은 네 아무리 불여귀(不如歸)라. 가지 위에 앉아 운다마는 값을 받고 팔린 몸이 어느 년 어느 때나 돌아오리…."

나는 문밖에 서서 한참을 어머니의 노랫소리를 숨죽여 들었다. 예전의 그 목소리 그대로였다. 10년의 세월도 어머니의 목소리를 변하게 하지는 못하였다. 비록 문을 열고 어머니의 얼굴을 마주보면 10년의 세월이 어머니의 모습을 할머니로 만들어 버렸을지 그것은 알 수 없는 일이었으나 목소리만은 예전 그대로 였다. 동기 시절부터 어머니 기생 초선이는 춤 잘 추기로 유명하 였고, 특히 창을 잘하여 당시 명창들에게 사랑을 받던 애제자 중 의 한 사람이었다.

지붕 위를 타고 흘러내려온 낙숫물이 뜨락 위에 일정하게 자 박자박 떨어지고 있었고 홧김에 서방질하듯 활짝 피어난 매화꽃 위에도 실비가 가랑가랑 맺혀 있었다.

어머니가 노래를 부르고 있는 한은 차마 어머니를 불러세울 수가 없을 것 같았다. 어머니가 밤을 세워 노래를 부른다면 문 밖에 서서 밤을 새워야 할 것만 같았다. 다행히도 애절한 감정을 섞어 노래를 부르다가 지쳤는지 어머니는 잠시 노래를 끊었다. 나는 그 새를 노려 낮은 소리로 말하였다.

"어머니."

순간 방안에서 기척이 있었다.

목청을 돋우기 위해 칵칵 일부러 잔기침을 하던 어머니의 기 침소리가 순간 멎어 섰다. 그리고 긴 정적이 흘렀다. 아주 한참 만에 방안에서 소리가 있었다.

"뉘시오."

"접니다, 어머니. 빈(彬)입니다."

대답 소리와 거의 동시에 덜컹 문이 열렸다. 문안에서 머리가 하얗게 센 할머니 얼굴이 밖으로 퉁겨나왔다. 너무나 변한 어머 니의 얼굴에 나는 할 말을 잊었다. 10년의 세월이 어머니의 머 리카락을 백발로 만들어 놓고 있었다.

"아이구, 내 새끼야. 니가 웬일이냐. 죽은 줄만 알았더니 내 새끼가 웬일이냐."

어머니는 창을 하듯 소리쳐 말하였다.

내가 흥건히 봄비에 젖어 있는 것을 보자 어머니는 수건을 들고 달려와 내 젖은 머리카락을 닦아 주기 시작하였다.

"어디 얼굴 좀 보자. 밝은 데에 서 있어 보거라. 그새 안경을 썼구나."

"눈이 나빠져서요, 어머니."

어머니는 내 얼굴을 잘 보기 위해서인 듯 방안에 불을 켰다.

"남이 되어 떠난 새끼라 그립지도 보고 싶지도 않았다마는 그새 잘 있었느냐."

"잘 있었습니다."

나는 방안을 둘러보았다. 다행히도 방안 그 어디에도 낯선 남자의 옷이 걸려 있거나, 남자와 살림을 하고 있음을 상기시켜 줄 모자나 양말 따위는 보이지 않았다. 그도 그럴 것이 머리가 하얗게 센 백발의 할머니를 누가 사랑하겠는가.

"혼자 사세요?"

나는 도배를 하여 깨끗이 정리된 방안을 돌아보면서 잠시 딴청을 부렸다.

"그럼 혼자 살지 그새 새서방 얻어 시집이라도 갔더란 말이냐."

"그게 아니구요. 남자 없이 혼자 사시느냐구요."

"남자는 이제 귀찮다. 혼자 사는 게 편하다. 누구든 옆에 있으

266

면 귀찮아. 남자라면 이제 넌덜머리가 난다."

"그게 아니라, 남자들이 어머니를 싫어하는 게지요. 호호백발의 할머니니까요."

내 말에 약간의 가시가 있었는데도 어머니는 상관하지 않았다.

"호호백발의 할머니라도 이빨 하나 빠진 데 없이 모두 다 성하구, 아직도 안경 없이 신문을 본단다. 다달이 생리도 거르지 않아 마음만 먹으면 지금이라도 당장에 아이새끼 한 놈쯤은 뽑아낼 수도 있다. 가슴은 아직도 탱탱하구, 머리야 하얗게 세었지만 사타구니의 털은 아직도 새카맣구 울창하지. 나야말로 묻겠다. 너는 어찌 되었느냐. 올해로 서른이 훨씬 넘었겠는데 장가라도 갔느냐."

"결혼했습니다. 미국에서요."

어머니는 잠시 말을 끊었다. 하나밖에 없는 외아들이 결혼까지도 자신에게 알리지 아니하고 혼자 해치워 버렸다는 말을 듣자 어머니는 약간 기가 막힌 모양이었다. 어머니는 밥그릇에 따라둔 냉수를 벌컥벌컥 들이켜더니 반쯤 남은 물을 비 내리는 마당에 홱—하니 뿌려 버렸다.

"뭐하는 아이냐."

"같은 대학의 유학생이었어요."

"몇 살 차이냐."

"다섯 살 차입니다."

"아이는 있느냐."

"…아직 없습니다."

"왜, 다섯 살 차이라면 니 색시도 서른이 가까웠을 터인데, 일부러 아이를 피하는 게냐? 그래 그 박산가 뭔가 하는 학위는 받았느냐."

"받았습니다."

나는 빠른 템포의 판소리를 하듯 잦은중중모리로 숨가쁘게 몰아쳐 가는 어머니의 질문을 곧바로 받아넘기고 있었다.

"그러하면 아이를 낳아도 될 터인데 어째서 낳지 않는 게냐."

"아직 아이가 생기지 않습니다."

"그렇다면 니 색시가 돌계집〔石女〕이란 말이냐."

"그건 아닙니다. 미국에서 한번 뱄던 아이를 유산시킨 적이 있었습니다. 아이를 낳을 형편이 못 되었고 공부하느라 너무 고생이 심해서요."

"그러하면….”

어머니는 잠시 말을 끊었다. 그리고는 무얼 생각하곤 다시 말을 이었다.

"니 색시도 너처럼 가난한 게로구나."

그게 아닙니다, 하고 대답하려다가 나는 그냥 입을 다물었다. 어머니는 자신도 모르게 맞게 된 며느리에 대해 일일이 설명한다면 거기에 따른 귀찮은 질문 공세를 계속해 올 것임이 분명하였으므로 나는 어머니의 화살을 피하기 위해 입을 다물었다.

"허기사 난 니가 니 색시에게 뭐라고 말하였는지 알겠다. 너는 분명히 애비도 에미도 없는 홀몸이라고 말하였을 것이다. 내 말이 맞지?"

"…그렇습니다."

"그렇다면 여기 와서 뭘 하고 있는 게냐."

"A대학에 나가고 있습니다."

"교수가 되었느냐."

"되었습니다."

"내 새끼가 소원을 풀었구나. 그토록 소원하던 박사 교수님이 되셨구나. 그렇구말구. 박사 교수님에게 기생 어머니야 있어서는 안 되지. 박사 교수님 안댁에게 기생 시어머니야 있어서는 안 되지. 아이구, 난 이미 죽었다. 그러하니 계속 난 죽은 걸로 하구 년 계속 홀몸 행세를 하거라. 찾아오지두 말고 예전처럼 남남이 되자꾸나. 이 에민 걱정 말구 네 할 일이나 하거라."

"…무슨 돈으로 사세요?"

"먹을 거야 좀 많으냐. 돈이 철철 남아돈다. 닭새끼들이 시시때때 알을 낳아 주지, 몸이 허하면 닭 잡아 먹지, 배추 심어 김장 담그지, 푸성귀 뜯어 쌈 싸먹지, 호박 심어 국 끓이지, 호박잎 삶아 무쳐 먹지, 돈이야 있어도 소용없으니 난 예서 살다가 예서 슬그머니 혼자 죽을란다. 그러하니…."

어머니는 혼자 소리하느라고 손에 들고 있던 부채를 좌악 펼쳐 들었다. 부채를 부칠 만큼 더운 날이 아닌데도 어머니는 소리가 나도록 훨훨 부채를 부쳐댔다. 난 알고 있다. 어머니는 가슴이 뜨거워, 가슴에 불이 붙고 있어 한거울에도 일음이 쩡쩡 어는 우물가에 나가 갓 퍼올린 우물물을 뒤집어쓰곤 하였었다.

"…그러하니 니 색시한테도 이 에민 없던 걸로 하구 계속 홀몸 행세를 하거라. 아주 가끔, 아주 가끔씩만 와서 보고는 남의 눈에 띄지 말구 홀쩍 가거라."

어머니는 속이 타는 듯 냉수 그릇을 집어들었다. 그러나 이미 물이 없어진 빈 그릇이었으므로 어머니는 물을 뜨기 위해서인 듯 일어서려 하였다.

"제가 물을 떠올게요, 어머니."

"장독대 옆에 뽐뿌가 있다."

나는 냉수그릇을 들고 비가 내리는 마당으로 나갔다. 장독대 가 어느 쪽에 있는가 살펴보았더니 집 뒤쪽에 있었다. 후원에는 벚꽃들이 한창이었다. 수천 수만 개의 작은 꽃전구 속에 일제히 전기를 넣어 인화시킨 듯 꽃의 촉광이 휘황하였다. 참다랗게 비 를 맞고 있는 장독대 옆에 세워진 펌프를 두어 번 잡아당기자 왈 칵 찬물이 쏟아져 흘러나왔다. 우선 내가 한가득 받아 마시고 다 시 한 그릇을 받아 방으로 돌아오니 어머니는 그새 북을 꺼내 먼 지를 털고 있었다.

내가 물그릇을 건네주자 어머니는 한꺼번에 들이켜고는 남은 물을 또다시 획—하니 마당에 뿌렸다. 그리고 나서 내게 웃으면 서 말하였다.

"네가 왔으니 오랜만에 우리 둘이서 소리나 한번 하자꾸나."

"……."

나는 내게 다정히 웃으면서 북채를 건네주는 어머니를 말없 이 쳐다보았다. 내가 어려서 국민학교 다닐 무렵 어머니는 심심

풀이로 내게 고수(鼓手) 노릇을 가르쳐 주곤 하였었다. 어머니의 스승들이 간혹 집에 놀러와 어머니와 소리를 하였고, 그들은 대부분 부채를 들고 소리하는 어머니 옆에 앉아서 북을 치고 장단을 맞추며 추임새를 찔러 넣곤 해서 자연 어렸을 때부터 이런 풍경을 눈썰미로 익혔던 나는 고수 노릇 하는 것을 재미있어 하였다. 나는 흉내내기를 곧잘 하여 소리의 높낮이와 빠르고 느림, 감정의 깊고 얕음을 거의 외고 있어서 아주 적당한 곳에 얼씨구 하고 흥을 돋우기도 하였고, 어머니의 감정이 북받쳐오르면 좋고, 라든가 조오타 ― 하는 식의 탄식도 찔러 넣곤 하였다. 어떨 때는 우이 ― 하고 반주를 하기도 하였고, 가장 어려운 한 박자를 쉬어 넘는 연결채 북소리도 곧잘 찔러 넣곤 하였다. 국민학교 6학년 때까지 나는 어머니와 곧잘 한조가 되어 소리를 하였다. 중학교에 들어가 철이 들 무렵부터 어머니의 소리는 술좌석에서 술취한 사람들에게 웃음을 팔고 몸을 팔기 위한 노래라는 것을 알게 되었으며, 그것은 예술도 예기도 아닌 천박한 광대짓임을 깨닫게 된 것이었다. 그로부터 나는 북채를 꺾어 버리고 다시는 어머니의 소리를 받아 주는 고수 노릇을 하지 않았다.

어머니도 아들의 속마음을 알아차리고 절대로 한바탕 소리를 해보자는 권유를 하지 않았는데, 무슨 생각이 났는지 10년 만에 처음 만난 내게 북을 꺼내놓고 옛날 그 어린 시절로 돌아가자고 부추기고 있는 것이었다.

"네가 돌아왔으니 이년의 마음이 심 봉사 눈뜬 마음이로구나. 심청가 마지막 장면을 지금도 기억하고 있는가. 오래간만에 함께 해보세. 자네는 북을 치고 나는 소리를 하고. 마침 밖에는 쌍년의 꽃들이 저리도 활짝 피어 있고 봄비마저 내리니 박사 교수님요, 북채를 들어 보시오."

어머니는 내게 북채를 내밀었다. 나는 무심코 북채를 받아들었다. 그러나 마음이 내키지는 않았다. 벌써 20여 년 전에 그만둔 북잡이 노릇을 이제 와서 새삼스럽게 다시 해보라니. 내가 망설이자 어머니가 내 손을 잡으면서 다정하게 말하였다.

"마마, 북채를 드시와요, 전하마마."

어머니는 웃지 않고 진지하게 말하였다. 그 말은 참으로 오랜만에 듣는 표현이었다. 그 언제였더라. 내가 대학에 합격하였을 때 어머니는 나를 이끌고 아버지 의친왕의 무덤에 함께 갔었다. 가져간 술을 한 순배 무덤 주위에 뿌리고 나서 어머니가 내게 술을 한 잔 따라주면서 말하였었다.

"세자마마, 제가 술을 한 잔 따라 올리겠나이다."

나는 그때 어머니가 짐짓 내게 농지거리를 하는 것으로 알았다. 그러나 그게 아니었다. 어머니의 표정은 엄숙하였다. 장난 삼아 하는 말이 아니라 그 말에는 깊은 의미가 함축되어 있음이었다. 내가 머뭇거리자 어머니가 풀잎에 무릎을 꿇고 앉아서 두 손으로 술병을 공손히 받쳐들었다.

"저야 세자마마를 낳은 천비(賤妃)이오나 세자께오서는 왕손의 피를 타고난 왕자마마올습니다. 전하, 제가 올리는 술을 한 잔 받아 드십시오."

엉겁결에 내가 잔을 들자 어머니는 그때 두 손으로 술잔이 철

272

철 넘치도록 술을 따랐다. 그때 어머니는 처음이자 마지막으로 나를 그렇게 불렀었다. 그리고 다시는 농으로라도 나를 그렇게 불러 본 적이 없는 어머니였다.

"북채를 들고 제가 부르는 한 노래에 쿵더쿵 북을 두드려 주시와요, 왕자마마."

나는 어머니의 그 간곡한 부탁을 차마 거절할 수 없었다. 건네주는 북채를 잡고 먼지 턴 북을 앞으로 가져다가 깍지다리를 하고 단정히 앉자 어머니는 부채를 펼쳐 들고 몸을 일으켰다. 나는 쑥스러웠다. 다 잊어버린 옛일이었다. 노래도 잊고, 노래에 실린 감흥의 높낮이도 잊어버린 지 한참이었다. 무얼 어쩌자는 것인가. 나는 묵묵히 열린 방문 밖을 내다보았다. 어머니도 부채를 펴들고 서서 한참을 비 내리는 마당을 보면서 서 있었다. 꾸룩꾸룩 닭장 속에서 닭들이 날갯짓하며 푸드득거리고 봄비는 꽃밭에 물 주는 뿌리개에서 흘러나오는 물줄기처럼 실낱같이 가늘어져 있었다. 심술궂은 봄비에 떨어져내린 매화 꽃잎이 새순이 돋아나는 텃밭가에 참다랗게 쌓여 있었다. 어머니는 잠시 비녀를 뽑아 입에 물더니 흘러내린 머리카락을 단정히 틀어올리고 나서 천천히 머리 뒤에다 화채(花釵)를 찔러 넣었다. 그리고 나서 마침내 입을 열어 소리를 꺼내기 시작하였다.

"심 황후 이렇닷이 울음을 울다 한편을 바라보니 자기 부친과 똑같은지라, 시녀 불러 '너희들은 급히 나가 심 맹인의 처자가 있는지 낱낱이 살피거라' 심 봉사 언제든지 처자 말만 들으며는 두 눈에 눈물이 흘러 비오듯 쏟아지며…"

나는 그 부분을 잘 알고 있었다.

실로 오랜만에 듣는 어머니의 심청가였다. 그 부분은 심청가 중에서도 가장 클라이맥스인 심 봉사와 황후가 된 심청이가 눈을 뜨기 직전에 만나는 절창 중의 한 부분이었다. 어머니는 어째서 10여 년 만에 만난 내게 이 부분의 노래를 함께 부르자고 하는 것일까. 10여 년 만에 돌아온 아들을 심 봉사 눈뜨는 기쁨으로 표현하려 하기 위함일까.

이상한 일이었다.

20년 만에 듣는 어머니의 노랫소리인데도 전혀 낯설지가 않았다. 그 목소리도 낯이 익고, 그 노래도 낯이 익고, 그 가사도 낯이 익었다. 일부러 외워두고 있었던 것은 아니었는데도 막상 어머니가 소리의 첫 부분을 끄집어내자 잊혀졌을 줄만 알고 있었던 노랫말이, 그 곡조가 생생하게 기억되어 떠올랐다.

설명조의 아니리 부분을 끝내고 중모리로 들어갈 무렵에 나는 세차게 북을 두드리고 나서 추임새를 찔러 넣으며 소리질렀다.

"우이—."

순간 어머니의 중모리 사설이 쏟아져 흘러나왔다.

"예예예예. 소맹이 아뢰리다. 예이. 소맹이 아뢰리다. 소맹이 사옵기는 황주 도화동 사옵고 성은 청송 심가요, 이름은 학규온데 곽씨문으 취처하여 이십에 안맹허고 사십으 상처허여 동냥젖을 먹여 근근이 길렀더니 효성이 출천하여 아비의 눈 어둔 것이 평생으 한이 되어 남경장사 선인들께 삼백 석으 몸이 팔려 물에 빠져 죽었소. 자식 팔아먹은 놈이 세상 살아 무엇하리까. 몹쓸

죄를 진 인간을 죽여 주오. 어서 급히 능지처참을 하여 주오. 감은 눈에서 눈물이 듣거니 말거니 그저 피버리고 울음을 운다…"

어머니는 목청이 터져라고 소리를 하고 있었다. 누가 보거나 말거나 어머니는 흥이 올라 있었다. 신이 지핀 무당처럼 어머니는 버선발로 이리 밟고 저리 밟고, 치맛단을 여며 잡고, 부채를 쳐들어 허공을 내리찌르고는 내친김에 자진모리로 달려 나아갔다.

"…심 황후 이 말 듣고 산호주렴을 걷어 잡고 버선발로 우루루루루. 부친으 목을 안고 아이고 아버지 여태 눈을 못 뜨셨소. 몽은사 화주승이 공들인다 하더니마는 영검이 덜혀선가. 아이고 아버지 인당수 풍랑 중에 빠져 죽던 심청이 살아서 여기 왔소. 아버지 눈을 떠서 심청이를 보옵소서. 심 봉사 이 말을 듣더니 아니 누가 날더러 아버지라고 혀? 나는 자식도 없고 아무도 없는 사람이오. 내 딸 심청이는 인당수에 죽었넌듸 여기가 어디라고 살아오다니 웬 말이냐. 이것이 꿈이냐 생시냐. 꿈이거든 깨지 말고 생시거든 어디 보자. 더듬더듬 만져 보며 어찌할 줄 모를 적으 황극전으 두르던 청학 백학 난봉 궁중 운무 간에 왕래하며 심 봉사 감은 눈을 휘번쩍."

나는 세차게 부채로 북을 내리치면서 소리질렀다.

"얼씨구."

어머니는 북받쳐오는 흥을 가눌 길이 없는 듯 가볍게 어깨를 들썩이며 춤을 추었다. 그 얼굴은 육십의 할머니 얼굴이 아니었고, 그 몸짓은 육십의 할머니 몸짓이 아니었다. 어머니 몸에서는 교태가 흘러넘치고 있었다.

"…감은 눈을 번쩍 뜨고 심 황후를 살펴보더니 얼씨구나 좋을씨구 지화자화 자자 좋을씨구. 어두운 눈을 내가 다시 뜨고 보니 천지일월이 장관이요, 갑자 사월 초파일 날 몽중으로만 보았더니 눈을 뜨고 다시 보니 그때 보던 얼굴이라. 얼씨구나 좋을씨구. 여보소, 동지네들. 고왕금래 생각해도 이런 경사 나는 첨 보았네…"

어머니는 자신이 눈을 번쩍 뜬 심 봉사인 듯싶어 하였다. 자신이 눈을 뜬 심 봉사가 되어 10여 년 만에 죽었는 줄 알았는데 살아 돌아온 나를 심청이 맞아들이는 듯하였다.

"…얼씨구나 좋고 좋네. 여러 맹인들이 눈을 뜰 제 오뉴월 장마통에 갈모(갓모) 뜨는 소리가 나고 날아가는 새짐승도 그 날 그 시에 눈을 뜨니 심 황후 어지신 성덕 세상 천지으 무맹이라…"

어머니의 판소리는 막바지로 치닫고 있었다. 그러나 나는 이미 온몸에서 힘이 빠져나가는 느낌을 받고 있었다. 그래서 북도 치지 아니하고 북채도 두드리지 아니하였다. 갑자기 까닭 모를 슬픔 같은 것이 가슴 밑바닥에서부터 치솟아 오르는 것을 나는 느꼈다. 나는 우두커니 앉아 있었다. 그러거나 말거나 어머니는 절정으로 몰아나가고 있었다. 어깻짓만 하던 어머니의 춤은 템포가 빨라지기 시작하여서 원무(圓舞)를 그리고 있었다. 어머니의 몸은 타오르는 불꽃(火花)이 되어 있었다. 어머니의 목청은 한껏 올라가 있어 핏줄이 솟아 나오고 이마에서는 구슬과 같으

땀방울이 흘러내렸다. 어머니의 판소리는 가장 빠른 중중모리로 내닫고 있었다.

"…여러 봉사 눈뜨고 춤을 추면서 노닌다. 얼씨구나 절씨구, 얼씨구 절씨구 지화자 좋네. 얼씨구나 좋을씨구. 감았던 눈을 뜨고 보니 천지일월이 장관이요, 황극전 높은 궁궐 맹인 잔치도 장관이요, 열좌(列坐) 맹인이 눈을 떴으니 춤출 '무'자가 장관이로다. 얼씨구 절씨구."

봄비는 더욱 가늘어져 물안개가 되어 있었다. 문밖으로 보이는 풍경은 뽀오얀 물안개로 사물의 선을 지우고 있었다. 앞산도 봉우리만 보이고 꽃핀 과일나무들도 그루터기만 간신히 보일 뿐이었다. 어머니의 목쉰 소리는 문 밖을 뛰쳐나가 물안개가 자옥이 드리워진 텃밭을 가로질러 아득하고 먼 앞산의 봉우리로 달려나가고 있었다.

나는 내 눈가에서 눈물 한 방울이 흘러내리는 것을 느꼈다. 나는 어머니의 눈을 피해 손등으로 흐르는 눈물을 닦아내렸다. 울고 있는 것은 나뿐만이 아니었다. 피를 토하도록 노래를 터뜨리고 있는 어머니의 목소리에도 눈물이 섞여들고 있었다.

나는 좀처럼 어머니의 얼굴에서 흘러내리는 눈물을 본 적이 없었다. 어머니는 홀로 눈물을 흘릴지언정 아들인 내 앞에서도 자신의 슬픔을 겉으로 내보인 적이 없었던 독한 성격의 소유자였다. 그런데도 어머니의 목소리에는 울음이 섞여들고 판소리를 하는 어머니의 목소리는 가늘게 떨리고 있었다. 부채를 활짝 펼쳐 들고 봄비 내리는 문밖의 풍경이 단 하나의 관객인 듯 피 토하듯 소리지르는 어머니의 얼굴에서는 눈물이 흘러내리고 있었다.

"…얼씨구나 절씨구. 요순 같은 시절에도 봉사 눈떴단 말 나는 첨들었네. 심 황후 폐하도 만만세, 송 천자 폐하도 만만세, 성수무강 하옵소서. 얼씨구나 절씨구. 얼씨구나 절씨구…"

어머니는 덩실덩실 춤을 추고 있었다. 어머니의 치마폭이 어지러운 원무에 의해 팽이처럼 맴돌고 있었고, 흰 버선발이 작두 위를 뛰노는 무당의 발처럼 흔들리고 있었다.

"…태고적 시절이래도 감은 눈 떴단 말 나는 첨 들었네. 얼씨구나 절씨구. 얼씨구 절씨구 지화자 좋네. 얼씨구나 절씨구. 얼씨구 얼씨구 절씨구."

어머니의 판소리가 돌연 멎어 섰다. 한바탕의 소리를 절정에서 끝마치고 나서 어머니는 제자리에 풀썩 주저앉았다. 어머니의 춤도 멎고, 흥도 멎고, 노래도 멎고, 소리도 멎고, 모든 것이 한꺼번에 멎어 갑자기 죽어 버린 듯 무너져 쓰러졌다. 어머니는 내게 등을 보이고 돌아앉았다. 어머니의 어깨가 가늘게 흔들리고 있었다. 백발의 머리 뒤꼭지에 찔린 비녀의 꽃무늬도 함께 흔들리고 있었다.

나는 무어라고 달리 어머니를 위로할 수 있는 말을 떠올릴 수 없었다. 나는 그저 바위처럼 묵묵히 앉아 있었다. 아주 오랜 침묵 끝에 어머니는 목쉰 소리로 내게 입을 열어 말하였다.

"가거라. 이제 됐다."

나는 그제야 손에 들린 북채를 방바닥에 놓아두고 깍지다리 사이에 끼고 앉은 북을 방구석으로 밀어두었다.

"가거라, 얼른. 그리고…"

어머니는 재촉하듯 내게 다그쳤다. 나는 어쩔 수 없이 일어섰다.

"…다시는 찾아오지 말아라. 우리는 또다시 남남이 되도록 하자. 네게 에미는 이미 죽어 없어진 백골이고, 내게두 아들새긴 죽어 없어진 진토이니 모조리 다 잊기로 하자."

나는 밀려서 방문 밖으로 나갔다. 툇마루에 앉아서 댓돌 위에 놓인 구두를 신고, 구두끈을 죄어 맸다. 구두 속에는 낙숫물이 떨어져 흥건히 젖어 있었다. 신을 신고 돌아서려는데 등뒤에서부터 방문 닫히는 소리가 들려왔다. 남아 있는 자식에 대한 미련을 단칼에 베어 버리려는 듯한 매몰찬 문소리였다. 뿐만 아니라 방안에서 고리를 잠그는 듯한 빗장 소리도 들려왔다.

방문을 매몰차게 닫았으면 그것으로 되었는데도 그럴 필요가 없는 문고리까지 닫아건 어머니의 행동은 부모 자식간의 정을 떼려는 결연한 의지를 담고 있음이었다.

나는 그때 텃밭으로 떠밀려, 비 오는 방문 밖에 서서 댓돌 위에 놓인 어머니의 고무신을 물끄러미 보았다. 어머니는 언제나 꽃무늬가 새겨진 꽃신만을 골라 신곤 하였다. 그것은 마치 백발의 머리카락 속에 찔린 꽃비녀처럼 어울리지 않고 비현실적으로 보이고 있었다. 그 고무신 안으로 지붕에서 흐르는 낙숫물이 자박자박 떨어져 한가득 빗물이 괴어 있었다.

나는 그때 어머니의 고무신을 들고 탁탁 소리가 나도록 괸 빗물을 털어 바닥이 위로 보이도록 뒤집어 댓돌 위에 가지런히 놓았던 기억을 떠올렸다.

그것이 벌써 10여 년 전의 일이었다.

또다시 남이 되어 찾아오지도 말라고 나를 밖으로 떠밀어 내보내고는 매몰차게 방문을 닫았던 어머니였지만 그 후로 나는 일년에 한두 번은 어머니를 찾아가곤 하였다. 이제껏 아무도 없는 단신의 홀몸이라고 속인 아내에게도 나중에는 엄연히 살아 있는 어머니의 존재를 고백하고, 아주 드물게 어머니를 찾아갈 때면 아내와 함께 찾아가곤 하였다. 어렸을 때부터 기생이었던 어머니의 비천한 신분에 대해 내가 입을 열어 설명하지는 않았지만 아내는 대충 어머니의 말투와, 몸짓과, 분위기를 보고 어머니의 전생(前生)을 미뤄 짐작하고 있었다.

그러나 나는 어머니에게 단 한 가지의 비밀만은 끝까지 지켜줄 것을 당부하였었다.

그것은 나를 낳은 아버지의 존재에 대해서는 결코 입을 열어 말하지 말아 달라는 것이었다. 그것은 어머니와 나, 둘만의 묵계였다. 어머니는 죽을 때까지 그 약속을 지켰다.

어머니는 자신이 살아 생전 천박한 기생으로 한평생을 보내고 그에 어울리도록 수많은 남자들과 살을 섞고 살아왔음을 며느리에게 숨기려 하거나 애써 변명하려 하지 아니하고 고스란히 다 드러내 보이면서도 평생을 두고 자부심을 갖고 늘 소중히 간직하고 있었던, 자신이 황자(皇子)의 성은(聖恩)을 입은 황녀(皇女) 중의 한 사람이었다는 사실만은 굳게 입을 다물고 비밀을 지킨 것이었다.

그렇다.

어머니는 숨을 거둘 때까지 그의 자식인 내게만 그 비밀을 말하였을 뿐 그 누구에게도 이 비밀을 고백하지 아니하였다. 그러므로 이제 내 출생의 비밀을 아는 단 한 사람은 죽음으로써 영원히 입에 빗장을 걸어 버린 셈이 되었다. 어머니가 살아 생전 아내에게 딱 한 번 이렇게 말하는 것을 나는 들었다.

"네 서방은 물론 사생아로 태어났다. 그러나 어찌어찌해서 태어난 아이는 절대로 아니다. 난 갓 스물도 못되어 네 서방을 낳았는데 낳을 만한 사람에게서 낳았다. 그러니 마음속으로라도 네 서방을 깔보아서는 안 된다."

3

큰길에서 내려서 겨우 차 한 대가 지날 수 있을 만큼 좁은 숲길을 따라 차를 몰아 나아갔다. 포장이 안 된 좁은 길은 활짝 피어난 벚꽃으로 꽃의 터널을 이루고 있었다. 잔바람이 불 때마다 꽃잎들이 우수수 떨어져 흩날려 한겨울에 쏟아지는 눈 같아 보였다.

"어머니가…"

묵묵히 입을 다물고 있던 아내가 불쑥 옆자리에서 침묵을 깨고 입을 열었다.

"어머니가 우리를 오라고 부르신 것은 이번이 처음이로군요."

아내는 새벽에 어머니가 돌아가셨다는 말을 듣고 소복을 입고 있었다. 생각과는 달리 아내는 어머니를 마음속으로 좋아하는 편이었다. 그것은 어머니도 마찬가지였다. 비록 고부(姑婦)간으로서 자주 만나지는 못하고 은밀히 남의 눈을 피해 남남인 것처럼 숨기다시피 살아가고 있으면서도 아내는 어머니를 마음속으로 무시하거나 경멸하지는 아니하였다.

"어머니가 먼저 우리에게 연락을 취해 오라고 부르신 적은 한 번도 없었어요. 지난 10여 년 동안. 우리 쪽에서 그냥 생각나면 불쑥불쑥 들렀을 뿐이었지, 전화도 먼저 걸어 온 적이 없구요."

아내의 말이 맞다.

어머니는 한번도 자신이 먼저 연락을 취해 온 적이 없었다. 어머니 쪽에서 먼저 전화를 걸어 온 적도 없었고, 연락을 취해 온 적도 없었다. 어머니는 내가 살고 있는 곳이 어디인지, 무엇을 하고 사는지 전혀 알려고도 하지 않았다. 어머니는 어쩌면 그 동안 단 한번도 산성(山城)을 벗어나 외출을 해본 적이 없을는지도 모른다.

어머니 쪽에서 먼저 연락이 와 우리를 오라고 부르신 것은 이번이 처음이다.

시냇물이 흐르는 다리를 건너면서 나는 생각하였다. 다리 아래로 흐르는 물 위에 바람에 흩날려 낙화하는 꽃잎들이 세설(細雪)과도 같이 내려꽂히고 있었다.

"아아, 눈이 내리는 것 같네요."

꽃잎이 흩날리는 아름다운 모습에 잠시 어머니의 죽음을 잊어

버린 듯 아내는 넋을 잃고 감탄하였다.

차는 더 이상 올라갈 수 없는 곳에 이르렀다. 길은 그곳에서 끊겨 있었다. 길이 몹시 질었으므로 비교적 단단한 곳을 골라 차를 세우고 우리는 차에서 내렸다. 어머니의 집까지는 아직도 멀어 언덕 하나를 넘어야 했다. 아내는 끌리지 않도록 치맛단을 바짝 치켜들고 있었다. 완만한 언덕을 따라서 과일나무들이 한창이었다. 산 깊은 곳에서 뻐꾹새가 울고, 과일나무 가지에 핀 꽃들로 벌떼들이 붕붕 날갯짓 소리를 하면서 날아다니고 있었다.

언덕을 내려서 어머니의 집으로 들어가는 오솔길로 접어들자 개 짖는 소리가 요란하게 들려왔다. 그와 동시에 미리 기다리고 있었던 듯 박씨 아주머니가 오솔길을 뛰어나와 우리를 맞았다.

"어서 오세요."

줄곧 울고 있었는지 퉁퉁 부은 얼굴로 여인은 울먹이며 말하였다.

"눈이 빠지도록 기다렸어요. 아, 어쩌면 그럴 수가… 그럴 수가 있어요."

우리들을 보자 놀라움과 슬픔이 다시 북받쳐 오르는지 여인은 다시 울기 시작하였다.

"어젯밤까지만 해도 멀쩡하셨는데요. 어디 아프신 데도 없었구요. 수부시다가 잠든 모습 그대로 숨지셨어요. 어쩌면 그럴 수가, 그럴 수가 있을까요."

밭을 갈고 있던 여인의 남편이 우리를 보지 물러서서 목청이 찢어져라 짖어 대는 개를 달래며 앉아 있었다.

우리는 텃밭을 지나 어머니의 집 앞으로 다가갔다.

그때 나는 댓돌 위에 놓인 어머니의 낯익은 고무신이 내 눈을 찌르고 있는 것을 보았다. 고무신의 옆선을 따라 화려하게 채색된 꽃무늬가 새겨진 꽃신이었다. 그 꽃신 한 켤레를 보자 나는 비로소 어머니가 돌아가셨다는 느낌이 절실하게 다가오는 것을 느꼈다.

댓돌 위에 놓인 어머니의 고무신을 보던 나는 문득 지붕 위에 흰 깃발 같은 것이 펄럭이는 것이 느껴져 지붕 위를 우러러보았다. 낮은 지붕 위에는 흰 천 같은 것이 올라가 펼쳐져 있었다. 봄바람에 날아가지 말라고 흰 천 한가운데 무거운 돌멩이 하나가 얹혀져 있었다.

나는 그것이 무엇인지 알 수 없었다.

마치 항복을 알리는 백기(白旗)가 지붕 위에서 나부끼고 있는 것과 같아 보였다. 그것이 무엇인가 한참 바라보다가 나는 그것이 어머니의 속치마임을 알아차렸다. 언젠가 까마득히 먼 옛날 어머니는 내게 아버지 의친왕에게서 받은 속치마를 보여준 일이 있었다. 16세의 어린 나이로 자신의 처녀를 바치던 첫날밤, 어머니는 아버지의 휘호를 자신의 입던 속치마 위에 받았었다.

'취중안하 무영웅(醉中眼下 無英雄)'

술 취한 눈에는 영웅이 없다는 내용의 다소 장난기 어린 시 한 수를 자신의 부끄러운 곳을 가리던 속치마 위에 받아내리고서 어머니는 환갑이 넘은 아버지 앞에서 알몸뚱이가 되어 순결을 바쳤던 것이다. 어머니는 그것을 아버지의 정표로 받아들이고 생명보다 더 애지중지하였었다.

그 소중한 속치마가 지붕 위에 얹혀져 봄바람에 펄럭이고 있음이었다.

"저것이 무엇입니까."

내가 지붕 위의 속치마를 가리키면서 박씨 아주머니에게 묻자 그 여인은 단순하게 대답하였다.

"여기서는요. 사람이 죽으면 먼저 죽은 사람이 입던 흰 옷을 골라 지붕 위에 널어놓습니다. 죽은 사람의 혼령을 받아들여 달라고 저승사자가 잘 볼 수 있도록 지붕 위에 소복을 펼쳐 표시해 놓는 거지요."

여인은 다소 자랑스럽게 말을 이었다.

"동리 사람들에게 초상났음을 알리는 첫 신호이기도 하구요. 아무리 뒤져봐도 흰 옷이 있어야지요. 초선 할머니는 돌아가실 때까지도 늘 색동 저고리만 입으셨으니까요. 보다 보니 흰 속치마가 있더군요. 그래서 제가 지붕 위에 내다 걸었지요."

펄럭펄럭. 꽃을 시샘하는 짓궂은 봄바람에 꽃잎만 떨어지는 것이 아니라 죽은 사람의 흰 치마도 함께 나부끼고 있었다.

바람에 펄럭이는 어머니의 속치마를 보자 내 가슴은 갈가리 찢기고 있었다. 어머니가 평생토록 소중히 간직하였던 속치마. 황자의 성은을 입은 그 보증으로 간직하였던 속치마. 그러나 그 누구도 어머니가 황자의 시앗임을 인정해 주지 않았다. 어머니가 황자의 아들을 낳은 황비(皇妃)임을 인정해 주시 않았다.

그러함에도 어머니는 그 누구에게도 의친왕이 첫날밤에 휘호를 내린 속치마를 보임으로써 자신의 존재를 나타내 보이려 하지 않았고, 아아, 그리하여 단 하나의 아들인 내게 아버지의 성(姓)씨인 '이 왕가(李王家)'의 '이(李)'씨마저 물려주지 못한 어머니의 속치마. 자신의 성인 '강(姜)'씨의 성을 아들인 내게 물려준 어머니의 속치마.

그 한 많은 속치마가 봄볕 가득한 지붕 위에서 펄럭이고 있었다. 마치 자신의 죽음으로써 이미 이 세상 사람이 아닌 아버지 의친왕의 혼령에 이제 돌아가겠음을 알리는 무언의 신호처럼. 그리하여 죽은 사람의 넋을 불러 초혼(招魂)하듯 펄럭펄럭 소리를 내어 울부짖고 흐느끼고 있는 것 같은 어머니의 속치마를 보며 나는 눈물을 참기 위해 이를 악물었다.

방문은 덧문까지 굳게 닫혀 있었다. 어머니가 돌아가셨다는 슬픔보다 아무도 임종을 지키지 못하고 잠자다 홀로 돌아가신 어머니의 모습을 마주치게 된다는 죄의식으로 나는 문밖에서 서성거렸다. 돌아가신 어머니의 모습을 맞닥뜨린다는 것은 피할 수 없는 일이었지만 어느 정도 두려운 일이기도 하였다. 우리들의 불안을 단순한 성격을 가진 박씨 아주머니가 단박 깨뜨려 버렸다.

여인은 덧문을 왈칵 열고 방문을 밀어 열었다.

"들어가 보세요. 내가 할머니의 몸 위에 이불을 덮어 두었으니까요."

밝은 햇볕 속에서 어두컴컴한 방안을 들여다보자 잠시 시야가 가려졌다. 신발을 벗고 방안으로 들어서니 어둠에 눈이 익어 방안의 풍경이 한눈에 들어오고 있었다. 여인의 말대로 어머니는 단정히 이불 위에 누워 있었다. 베개를 벤 채였다. 어머니의 몸 위로 이불이 덮여 있어서 얼굴은 가려져 있었다. 이불 바깥으로 맨발과 손 하나가 삐죽 빠져나와 있었다. 베개 위에 비녀를 뺀 머리카락이 흘러 내려와 있었다.

잠을 자다가 마시기 위함이었는지 머리맡에는 냉수가 가득 들어 있는 물그릇 하나가 덩그렇게 놓여 있었다. 이불 바깥으로 빠져나온 맨발이 석상(石像)처럼 창백하였다.

"자던 모습 그대로 숨져 있었어요. 얼마나 얼굴이 곱던지 난 첨에 깊은 잠에 빠져 내가 부르는 소리를 듣지 못하셨는 줄 알았어요. 얼굴에 핏기도 그대로 계셨고 살이 아직 따뜻하였습니다."

옆에 무릎 꿇고 앉은 아내가 소리내어 울기 시작하였다. 나는 차마 용기가 나지 않았다. 용기가 나지 않아 어머니의 얼굴을 가린 이불자락을 걷어낼 수가 없었다. 그러한 내 마음을 속으로 짐작한 것처럼 여인이 무릎으로 다가가서 어머니의 얼굴을 가린 이불을 걷어냈다.

"눈을 제가 감겨 드렸습니다. 교수님이 오실 때까지 기다리기로 마음먹었지만 눈을 뜨신 초선 할머니의 모습이 안쓰러워 제가 눈을 감겨 드렸습니다."

이불을 넘기자 눈감은 어머니의 얼굴이 고스란히 드러났다.

막상 어머니의 얼굴을 마주 대하자 좀전의 두려움은 씻은 듯이 사라졌다. 여인의 말대로 어머니의 얼굴은 편안한 표정으로 굳어져 있었다. 낯빛은 핏기가 사려져 창백하였으므로 밀랍으로

빚은 인형처럼 보였다. 나는 천천히 어머니 곁으로 다가가 어머니의 이마에 손을 짚어 보았다. 섬뜩할 만큼 찬 느낌이 손끝으로 느껴졌다. 그 냉정하리만큼 차가운 체온이 죽은 뒤까지도 내게 매몰차게 정을 끊고 있는 것처럼 느껴져서 나는 본능적으로 물러섰다.

"애 아빠가 마을까지 내려가 할아범에게 초상났음을 알렸으니까 할아범이 곧 달려올 겁니다. 이곳은 장의사도 없고 또 먼 곳까지 연락을 하여야 하는데 우선 마을 사람 중에 나이 많은 할아범이 하나 있어서 초상이 나면 찾아와 염(殮)도 하여 주고 수의도 입혀 주곤 하지요. 할머니의 몸을 씻기는 일은 할아범에게 맡기시구 장의사는 그런 담에 교수님이 불러두 될 것만 같아서요. 그저 술값이나 넉넉히 드리면 되는 할아범입니다."

여인은 생각했던 것보다 조리가 있고 침착하였다.

"그런데 수의가 있어야 할 텐데요."

"어쩌면."

한곁에서 울고 있던 아내가 정신이 돌아온 듯 말을 받았다.

"작년인가 어머니가 내게 삼베를 좀 사다 달라고 하셨던 적이 있어요. 내가 왜 그러시냐고 물었더니 어머니가 죽은 담에 해 입을 때때옷을 만들려구 그런다고 말했던 적이 있어요. 내가 사다 드렸는데 어쩌면 그때 어머니가 수의를 손수 지어 놓았을지도 모겠어요. 내가 찾아볼게요."

아내는 어머니의 장롱을 뒤지기 시작하였다. 장롱 깊숙한 곳에서 아내는 차곡차곡 개어 놓은 베옷 한 벌을 찾아냈다. 미리 정성들여 지어 놓았는지 풀까지 먹여 빳빳하게 다린, 올이 촘촘한 삼베옷이었다.

그렇다면.

나는 활짝 열린 방문 밖에서부터 흘러들어온 화창한 봄 햇살이 머문 어머니의 창백한 얼굴을 쳐다보면서 생각하였다.

어머니는 미리 자신의 죽음을 예감하고 있었음일까. 어머니는 특별히 아픈 곳도 없었다. 일흔의 나이가 되었지만 어머니는 10년은 훨씬 젊어 보일 정도였다. 아직 허리도 꼿꼿하고 걸음걸이도 탄탄하였다.

'내 가슴은 아직도 탱탱하구 아직도 마음만 먹으면 사내놈 서넛쯤은 품안에서 녹여 버릴 수가 있을 것이다. 아랫도리에서는 아직도 물이 마르지 않아 샘물이 퐁퐁 솟아만 나구 있지.'

어머니는 자신의 정열과 뜨거운 육체에 대해서는 아직도 자신이 넘쳐 있었다. 그렇게 자신이 있던 어머니도 어느 날 잠자리에서 불쑥 숨을 거두게 될 것임을 예감이라도 하였던 것일까. 어머니는 홀로 자신이 죽은 후에 입을 옷을 만드셨다. 아무도 모르게.

자신의 죽음까지도 남에게 신세지고 싶지 않아 아프지도 않고, 뚜렷하게 앓는 곳도 없이 깨끗하게 돌아가신 어머니. 늙어 천한 꼴을 남에게 보이기 싫어하고 지저분한 노추(老醜)를 보이고 싶지 않아 잠자듯 숨을 거둔 어머니. 그리하여 어머니는 그 누구에게도 신세를 지고 싶지 않아 죽은 뒤에 입을 수의를 자신이 직접 바느질하여 만들어두셨다. 미리 풀을 먹여 빳빳이 다린 후 차곡차곡 개어 장롱 깊숙이 숨겨 두고 계셨다.

그때였다.

문 밖에서 개 짖는 소리가 터져 흘렀다.

문 밖을 보니 박씨 아주머니의 말대로 농모를 쓴 노인 하나가 텃밭을 가로질러 걸어오고 있는 모습이 보였다. 박씨 아주머니의 남편과 둘이서 잠시 말을 나누더니 할아버지는 성큼성큼 방쪽으로 다가왔다.

"오셨나 봐요. 할아범이 오셨어요."

여인은 일어서서 할아버지를 맞았다. 노인은 문밖에서 농모를 벗어 벽에 걸었다. 얼굴 가득히 수염이 나 있는 노인이었다. 바지를 무릎까지 걷어올리고 정강이에는 흙탕물이 튀어 흙이 묻어 있었다. 얼굴은 지저분했고 눈에는 눈곱마저 끼어 있었다. 아침부터 술을 마셨는지 얼굴은 붉게 상기되어 있었다.

"들어오세요, 할아버지."

여인은 필요 이상으로 소리를 질렀다. 그리고 나서 나를 돌아보며 말을 덧붙였다.

"가는귀가 먹어서 웬만큼 소리지르지 않으면 알아먹지 못하는 노인네랍니다."

노인은 성큼성큼 방안으로 들어왔다. 맨발은 흙투성이였다. 노인은 흘긋 아내와 나를 돌아보더니 허리춤에서 수건 하나를 끄집어냈다.

"세숫대야에 물 가득 담아서 가지구 오구, 쌀이 있으면 한 그릇 담아 와."

290

노인은 인사고 뭐고 다 귀찮고 소용없다는 듯 대뜸 반말로 명령하였다. 그의 몸에서 역한 술 냄새가 풍겨왔다. 어머니의 정갈한 이불에는 노인의 맨발에서 묻어난 흙물이 번져 있었다. 아내가 노인이 시키는 대로 물을 떠오고 쌀을 퍼 내오기 위해 일어서서 문밖으로 나갔다.

"염을 할 터인즉 보고 싶으면 봐도 좋고 보고 싶지 않으면 나가도 돼."

"…보겠습니다."

나는 대답하였다. 그러나 노인은 내 목소리를 알아듣지 못한 모양이었다.

"소리를 지르세요. 소리를 지르지 않으면 알아듣지 못하세요."

여인이 옆에서 설명하였으나 나는 다시 대답하지는 않았다. 노인은 차곡차곡 개어 놓은 수의를 펼쳐 보았다. 그리고 나서 숨진 어머니의 얼굴을 찾아 손으로 쓰다듬어 보고 나서는 혼잣말처럼 중얼거렸다.

"곱게도 죽었구먼."

아내가 세숫대야에 한가득 물을 떠 담아 방안으로 들어오자 노인은 수건을 물에 담가 적셨다. 수건은 너무나 더러워서 걸레조각처럼 보일 정도였다. 그것으로 죽은 어머니의 몸을 닦아내리면 봄을 깨끗이 씻는 것이 아니라 오히려 더러운 때가 묻을 것처럼 느껴졌지만 나는 상관할 필요가 없다고 생각하였다. 이미 죽어 영혼이 빠져 나간 걸레조각과 같은 육신이 깨끗이 씻겨진들 무엇하며 더러운 때가 다시 묻은들 무엇하겠는가.

노인은 주머니에서 약솜 같은 것을 한 움큼 끄집어냈다. 그리고 그것으로 어머니의 귀와 코의 구멍 속을 틀어막았다. 노인의 손은 기계처럼 움직이고 있었다. 염을 하겠으니 보고 싶으면 봐도 좋고, 보기 싫으면 보지 말라던 좀전의 말을 노인은 더 이상 되풀이하지 않았다. 노인은 어머니의 입을 벌리고 입 속에 한가득 쌀알을 털어 넣었다.

노인의 손끝에는 살아 있는 삶을 대하는 조심성 같은 것은 전혀 엿보이지 않고 있었다. 길거리를 구르는 돌멩이를 대하듯 노인의 손끝은 거칠게 움직이고 있었다. 마지막으로 세상을 떠난 망자에게 이 지상의 양식인 음식을 마음껏 먹이려는 듯 노인은 어머니의 입 속으로 꾸역꾸역 쌀알을 밀어 넣고 있었다.

저승까지의 먼 길을 여행하는 동안 굶주림을 느끼지 않게 하기 위해서 배가 터지도록 밥을 먹이기 위함일까.

그리고 나서 노인은 죽은 어머니의 몸 위에서 거칠게 옷을 벗겨내리기 시작하였다. 이미 팔과 다리 같은 지체 부분은 딱딱하게 경직되고 있는지 옷을 벗길 때마다 뼈마디가 부러지는 것 같은 소리가 나고 있었다. 거친 노인의 손놀림에 의해 죽은 어머니의 벌거벗은 나신(裸身)이 고스란히 드러나고 있었다.

나는 묵묵히 어머니의 죽은 육체를 바라보았다.

그 육체 속에 어젯밤까지만 해도 나를 낳은 어머니의 영혼이 깃들여 있었다는 사실이 믿어지지가 않았다. 육체는 실컷 입다가 버린 낡은 옷과 같아 보였다. 오랜 세월을 입고 살아가느라 육체의 옷은 빛바래고, 구겨지고, 성한 곳이라고는 한 곳도 없이 찢어지고 기워져 있었다. 그 육체가 한때는 생명을 받고 태어나 사랑을 하고, 남자의 몸을 받아들이면서 쾌락에 신음하던 살아 있는 몸이었다는 사실이 믿어지지 않을 만큼 그저 낡은 허물과 같이 보일 뿐이었다.

노인은 물을 묻혀 적신 수건으로 어머니의 시신을 구석구석 닦아 내리기 시작하였다. 어머니의 앞가슴과 젖무덤을 닦아내리고 겨드랑이도 씻어내리고 있었다.

나는 어머니의 젖무덤을 바라보고 그 젖무덤 위에 하나의 마침부호를 찍어내리듯 검은 젖꼭지가 솟아올라 있는 모습을 보면서 생각하였다.

저 젖꼭지가 내가 어릴 때 파고들어 젖을 빨던 어머니의 품속인가. 저것이 사내들을 받아들이고 애욕에 떨며 그 뜨거운 욕망으로 불타던 젖가슴인가. 저 가슴이 살아 있을 때의 기쁨과 슬픔과 고독과, 그 모든 고통으로 출렁거리던 바다인가.

그 여인은 어디로 갔는가.

저 육체 속에 깃들여 있던 나를 낳은 어머니는 어디로 갔는가. 하나의 곤충이 허물을 벗고 날개를 가진 나비가 되어 날아가 버리듯 어머니는 낡은 육체의 고치를 벗고 날개를 가진 나비처럼 자유롭게 날아가 버린 것일까.

나는 더 이상 숙은 어머니의 모습을 볼 수가 없을 것 같았다. 슬픔 때문이 아니라 견딜 수 없는 고통 때문에. 생각 같아서는 자리를 박차고 일어나 문 밖에 나가 어머니의 죽음과는 상관없이 눈부신 봄볕과 온통 꽃으로 찬란한 대지의 공기를 심호흡으로 들이마시고 싶었다. 어머니는 죽음으로 나를 불러들여 죽음으로 내게 복수를 꾀하는 것같이 느껴지고 있었다. 생(生)이라는 것이 이렇게 보잘것없고, 이렇게 허망한 것이라는 것을 자신의 죽은 육체로 드러내 보이는 것 같아 나는 어머니의 교묘한 수법에 말려든 느낌이었다.

나는 방 한구석에 놓인 병풍을 바라보았다. 그것은 아버지 의친왕이 어머니에게 물려준 유물이었다. 내가 문 밖으로 도망쳐 나갈 수 없다면 저 병풍으로 염습(殮襲)을 하는 어머니의 시신을 가로막아 어머니와 나 사이에 벽을 쌓을 수밖에 없다고 생각하였다.

그래서 나는 일어서서 병풍을 가져다가 어머니의 시신을 가로막았다.

두 폭짜리 병풍이어서 염을 하는 어머니의 시신을 가리기에는 충분치 않았다. 내가 병풍으로 가리거나 말거나 노인은 어머니의 몸을 씻고 있을 뿐이었다. 노인의 이마에서 구슬땀이 흘러내리고 있는 것으로 보아 무심히 움직이는 손놀림같이 보이지만 무척 힘이 드는 모양이었다.

나는 묵묵히 어머니의 시신을 가린 병풍을 바라보았다. 그것은 원래 족자(簇子)에 붙어 있던 작은 그림이었다. 그것을 어머니는 언젠가 두 폭의 병풍으로 만들어 머리맡에 세워두고 겨울이면 바람도 막고, 잘 때도, 깨어 있을 때도 언제나 두고두고 들여다보곤 하였다.

병풍에는 아버지 의친왕이 그린 수묵화가 두 장 붙어 있었다.

전형적인 동양화의 풍경에 지나지 않는 단순한 그림이었다.

호수 위에는 이제 마악 달이 뜨고 있고, 강가에는 갈대꽃들이 희게 피어나 있었다. 그 호수 위에 외기러기 한 마리가 홀로 서 있는 그림이었다. 예기(藝技)에 밝은 아버지 의친왕이 우연히 찾아온 만공 스님에게 그림을 그려 놓은 화폭을 보이며 화제(畵題)를 청하므로 만공 스님은 그림 위에 다음과 같은 게송을 써내렸었다.

명월이 뜨기 전에 갈대꽃이 이미 희었고
푸른 강호에 기러기 백년이나 서 있구나
明月末到蘆花白 雁立百年江浩靑

그러니까 이 병풍은 아버지 의친왕과 만공 스님 두 사람의 합작품인 셈이었다.

어머니의 시신을 가린 병풍의 낯익은 풍경을 들여다보자 갑자기 참고 참았던 눈물이 흘러나오기 시작했다. 한평생을 비천한 기생의 신분으로 살다 간 어머니가 이제 죽었습니다, 아버지.

비록 멸망한 왕조의 마지막 왕자로 태어난 아버지. 당신에게는 하룻밤의 노리개 상대였는지는 모르지만 아버지, 그 여인은 이제는 아무런 의미도 없고, 아무런 소용도 없는 왕손을 낳아 나를 전하(殿下)로 키웠습니다. 그렇습니다. 내게 있어 반은 왕가의 피가 흐르고 있으며, 내게 있어 나머지 반은 천민의 피가 흐르고 있습니다. 이 세상에서 내가 아버지 당신의 아들임을 아는 단 하나의 여인인 어머니가 이제 죽었습니다.

4

어머니의 장례식은 불교식으로 치러졌다.

나는 아무에게도 어머니의 부음을 알리지 않았다. 알리지 않았다기보다 알리는 것 자체가 오히려 불가능한 일이었다. 아내이외에는 그 누구도 내게 어머니가 있음을 아는 사람이 없었기때문이었다.

놀라운 일은 어머니가 죽었음을 아무에게도 알리지 않았음에도 어머니와 친분이 있는 몇몇의 사람들이 성안의 초옥(草屋)까지 찾아와 준 것이었다. 어머니가 가까운 절에 이따금씩 찾아가불공을 드렸음을 알게 된 것은 바로 그 장례식 때문이었다. 스님하나가 어머니가 돌아가신 다음날 집으로 찾아와 독경을 해 주었다. 스님은 향을 사르고, 오랫동안 목탁을 두드리며 금강경을 외어 주었다. 그 누구에게 알린 적도 없고, 절에 연락을 한 적도 없었으므로 몹시 궁금했으나 스님은 독경을 외고 나서 말하였다.

"보살님은 오랫동안 우리 절의 신도입니다. 40여 년 동안 해마다 초파일이면 우리 절에 와서 연등(燃燈)도 밝히고 시주도 많이 하셨지요."

나로서는 처음 듣는 말이었다.

어머니가 수십년 동안 가까운 절을 하나 정해 두고 그곳에 찾아가 시주도 하고 연등도 밝혔다는 것은 상상조차 할 수 없는 일이었다. 나는 어머니의 입을 통하여 불교에 관한 이야기나, 신앙에 대한 화제는 단 한마디도 들어본 적이 없었던 것이다. 내가 어머니와 따로 떨어져 살기 시작한 이후부터라면 또 모른다. 그러나 스님의 말을 빌린다면 어머니가 그 절에 나간 것이 40여 년 전부터였으므로, 내가 아주 어린 나이 때부터였을 것이다.

독경을 끝내고 돌아가는 스님에게 나는 절 이름과 위치를 물어 두었다.

"청계산에 있는 청계사란 절이지요. 어머니에게 제사를 지내고 싶으시면 언제든 찾아오시지요."

합장을 하고 돌아가려는 스님에게 고마운 사례로 차비라도 넉넉히 주려 하였지만 스님은 한사코 이를 받지 않았다.

"초선 보살님에게는 마땅히 할 일을 하였을 뿐입니다. 살아 생전 우리 절은 보살님으로부터 후한 혜택을 받았습니다. 정히 시주를 하실 요량이시면 천도재를 지내실 때 하시지요. 아무래도 재는 지내야 하지 않겠습니까."

이상한 것은 그뿐이 아니었다.

살아 생전에 어머니와 친했던 몇몇의 여인들, 몇몇의 남자들도 찾아와 주었다. 아무에게도 연락을 취하지 않았는데도 그들은 서로서로에게 은밀히 연락을 취해 어머니의 빈소를 찾아와 주었다. 여인들은 어머니와 같은 시대를 보냈던 퇴기 출신의 노파들이었고, 찾아온 남자들은 대부분 어머니와 한때 사랑을 하고, 몸을 나누고, 정분을 나누었던 어머니의 옛 애인들이었다.

찾아온 노인들 중 몇몇은 나의 눈에 익은 사람들이었다. 그들

중에는 몰락한 사업가도 있었으며, 정변으로 서리를 맞은 정객(政客)도 있었다. 그들은 한때 모두 어머니에게 사랑을 받고 위안을 받았던 '가엾은 남자들'이었다. 가엾은 남자들을 좋아하였던 어머니는 그들에게 술을 주고, 마음을 주고, 잠자리도 주고, 사랑도 주다가 그들이 상처를 이겨내고 떠나가면 버림을 받곤 하였다.

노인들은 한껏 멋을 부리고 있었다. 한결같이 젊었을 때는 멋쟁이라고 통하였을 그들은 옛 애인의 빈소를 찾아오는 것이 마치 옛 애인과 추억을 나누면서 재회하는 것처럼 느껴졌음인지 낡은 검은 신사복에 검은 넥타이를 맨 정장 차림이었다. 그러나 그렇게 멋을 부림으로 해서 노인들은 한층 더 초라해 보일 뿐이었다. 그들은 비틀거리면서 모여들어 너나 할 것 없이 울기 시작하였다. 노인들의 울음소리는 새〔鳥〕들의 지저귐과도 같았다. 어떤 노인은 병풍 뒤로 돌아가서 어머니의 얼굴을 꼭 봐야겠다고 고집을 부렸으며, 그는 어머니의 얼굴 위에 손을 얹어 쓰다듬으면서 어린애처럼 울음을 터뜨리기도 하였다.

그들은 입을 열어 말하지 않고 어머니의 죽음이 마치 자신의 죽음이라도 되는 듯 심각한 얼굴로 떼를 지어 앉아 있을 뿐이었다. 그들은 약속이나 한 듯 소리를 내지 않고 울었기 때문에 눈물은 조용히 그들이 살아온 세월만큼이나 얼룩진 얼굴의 주름을 파고들어 얼굴 전체로 번져 가고 있을 뿐이었다.

그들은 사람이라기보다 시든 검불처럼 보일 뿐이었다. 그들이 한때 어머니와 사랑을 나누고 그 뜨거운 육체의 정염을 불태우던 사람들이라는 것이 믿어지지 않을 정도였다.

그들은 약간의 순서만 차이가 있을 뿐 곧 어머니처럼 숨져 죽어 가게 될 것이라는 사실을 뼈저리게 느끼고 있는 것처럼 보였다. 그들에 비하면 찾아온 여인들은 한결 명랑하였다. 대부분 쪽 찐 머리에 비녀들을 꽂고 있었고, 나이가 든 노파들이었지만 노인들보다 활기가 넘쳐흘렀다.

환갑이 훨씬 넘은 할머니라는 사실을 다 잊어버린 듯 짙은 화장에 화려한 한복들을 입고 있었다. 어떤 여인은 술을 마셨고 어떤 여인은 춤을 추었다. 선반에 놓인 북을 발견한 어떤 노파는 북을 꺼내 한바탕 소리를 하기도 하였다. 죽은 사람은 죽은 사람이고 산 사람은 산 사람이니 우리는 질펀하게 놀아 보세, 하고는 대뜸 춘향가에서 이도령과 춘향이가 첫날밤을 지내면서 사랑놀이 하는 장면을 노래하기 시작하였다.

"얘 춘향아, 우리 한번 업고 놀자. 아이고 부끄러워서 어찌 업고 논단 말이오. 건넌방 어머니가 알면 어떻게 허실려고 그러시오. 너의 어머니는 소싯적 이보다 훨씬 더했다고 허드라. 잔말 말고 업고 놀자."

"좋고."

북채를 잡은 노파가 쿵덕덕 북을 두드리면서 장단을 맞추었다.

그러자 침울하던 방안 분위기는 갑자기 여흥자리로 돌변하였다.

"이리 오너라, 업고 노자. 이리 오너리, 업고 노자. 사랑 사랑 사랑 내 사랑이야. 사랑이로구나, 내 사랑이야. 이이이이, 내 사랑이로다. 아매도 내 사랑아, 니가 무엇을 먹으랴느냐. 니가 무엇을 먹으랴느냐."

그러자 여인들이 흥에 겨워 벌떡벌떡 일어나 춤을 추기 시작하고, 어떤 여인들은 창의 장단에 맞추어 합창을 하기 시작하였다.

"…아매도 내 사랑아, 그러면 무엇을 먹으랴느냐. 니가 무엇을 먹을래. 시금털털 개살구, 작은 이 도령서는 듸 먹으랴느냐."

"서방님 고것을 먹을라오. 난 고것을 먹어뻔질라오."

누군가 애교 있는 목소리로 음담을 하자 까르르르 웃음판이 벌어졌다. 그리고는 술 취한 여인이 침묵을 지키면서 앉아 있는 노인들을 부추겨 먼저 춤사위를 일으키자 너나 할 것 없이 노인들도 일어서서 허수아비처럼 흔들거리기 시작하였다.

"저리 가거라, 뒤태를 보자. 이리 오너라, 앞태를 보자. 아장아장 걸어라, 걷는 태를 보자. 빵긋빵긋 웃어라, 입 속을 보자. 아매도 내 사랑아."

병풍 뒤에 한 여인의 죽은 시체를 놓고, 그 앞에서 춤을 추며 노래를 부르고 있는 사람들. 죽은 사람의 시신은 머리를 서쪽으로 보고 누워야 한다 하여 모로 누운 어머니의 시체 앞에서 술에 취해 춘향가 중에서도 가장 음탕하고 가장 흥겨운 첫날밤의 사랑타령을 노래부르고 있는 여인들. 그녀들의 춤사위에 흥이 나서 함께 일어나 유령처럼 춤을 추고 있는 노인들. 그 노인들은 모두 한때 어머니와 그 노래에 나오는 가사처럼 서로 업고, 뒹굴고, 사랑타령을 하던 이 도령들이었다. 그러나 지금 그들의 얼굴은 한결같이 바보와 백치들처럼 보였으며 치매(癡呆) 상태의 어릿광대들처럼 보일 뿐이었다. 그들이 한때 빛나는 청춘과, 뜨거운 정열과, 무서운 욕망을 가진 사내들이었다는 것이 도저히 믿기지가 않을 정도였다.

아내가 어머니의 시신을 매장하지 않고 불교식으로 화장해야 한다고 주장하였을 때 나는 마음속으로 약간의 의문을 느끼고 있었다. 아내는 어머니가 유언을 남기지는 않았지만 평소 자신에게 입버릇처럼 이담에 죽으면 깨끗하게 화장을 해서 한 줌이라도 자신의 흔적을 남기지 않고 싶다고 말하곤 하였다는 것이었다. 어머니가 자신이 죽은 후 화장을 원하였다면 어째서 불태워 없어질 자신의 수의를 미리 지어두었음일까.

그러나 나는 그 점을 다행으로 생각하고 있었다.

나는 어머니가 자신의 시신을 아버지의 무덤 옆에 묻어 달라고 유언하였다 하더라도 이를 지키지 못하였을 것이다. 어머니는 살아 생전에도 이미 깨끗이 잊혀진 존재였다. 유일한 외아들인 내게도 어머니는 이미 죽어 잊혀진 존재에 불과하였다. 그러므로 어머니가 사후에라도 자신의 흔적을 남기지 아니하고 어차피 흙으로 돌아갈 몸 깨끗이 화장을 하여 산이나 강에 뿌려주기를 소망하였다는 것은 당연한 일이었을 것이다. 살아 있을 때도 어머니와 자식 간의 인연을 끊고 남처럼 살아왔거늘 죽은 후 자식에 의해서 부덤이 생기고, 묘비가 세워지고, 성묘한다는 것은 어차피 불가능한 일이라는 것을 어머니는 잘 알고 계셨을 것이다.

그러나 막상 어머니의 시신을 어머니의 소망대로 서울 교외에

위치한 화장터의 타오르는 불 속에 넣었을 때 나는 약간의 죄책감을 느꼈다.

화장터는 거대한 하나의 공장처럼 보이고 있었다. 그곳에는 무엇이든 단숨에 태워버리고 말겠다는 엄청난 크기의 불가마와 굴뚝이 솟아올라 있었다. 여기저기서 몰려든 시신들은 단숨에 불가마 속에 집어던져지고, 단번에 재가 되어 버리고 만다. 살아 있을 때의 사연 같은 것은 거대한 굴뚝 위로 사라져 가는 검은 연기에 불과하여 순식간에 공기 속에 녹아들어 사라져 버릴 뿐.

그럼에도 불구하고 사람들은 불가마를 다루는 일꾼들에게 다투어 뒷돈을 찔러 주고 있었다. 죽은 자신의 아버지를, 어머니를, 형을, 오빠를 타오르는 불로 잘 태워 주기를, 잘 태워 남은 뼛조각을 곱게 빻아 갈아 주기를, 그리하여 골편(骨片)이 없는 깨끗한 뼛가루로 만들어 주기를.

그 어느 곳에도 슬픔과 비애가 깃들여 있지 않아 단지 쇳물을 달구는 제철공장 같은 화장터의 풍경을 바라보면서 나는 죽은 어머니께 미안하였다.

어머니의 시신을 서둘러 타오르는 불 속에 집어넣어 한 줌의 뼛가루(骨粉)로 만들려 하는 것은 어머니의 소망을 들어 주기 위함이 아니라 어머니의 존재를 깨끗이 잊어버리려는 이기심 때문이었다. 그것은 마치 완전범죄를 노리며 어머니의 흔적, 어머니의 지문, 어머니의 존재를 나타내는 증거품 따위를 깨끗이, 그리고 철저하게 불태워버리는 비열한 살인행위인 것이다.

어머니의 시신을 담은 관을 운구하여 불을 다루는 화부(火夫)

에게 인계하여 넘겨 주자, 그들은 내게 말하였다.

"나가서 관망실(觀望室)에서 기다리십시오."

한꺼번에 수십 명을 태울 수 있는 엘리베이터 모양의 철제 가마가 일련번호를 붙여 나란히 잇대어 있었다. 각 가마 앞에는 유가족들이 죽은 사람의 모습을 잘 볼 수 있도록 유리로 만든 관망실이 칸칸이 나누어져 있었다. 어머니의 시신을 접수시키고 나서 받은 어머니의 위패를 들고 아내와 나는 어머니의 관이 정면으로 보이는 6번 창구의 관망실 안에 들어가 섰다.

방안은 간신히 서너 명이 들어가 바라볼 수 있을 만큼 협소하여 마치 공중전화 부스 속처럼 답답하게 느껴졌다. 화장터까지 따라온 어머니의 친구 두어 명이 유리창 앞에 마련해 놓은 작은 제대 위에 재빨리 향을 피워올렸다. 아내가 그 제대 위에 어머니의 위패를 올려놓았는데 그 위패에는 다음과 같은 글씨가 씌어 있었다.

'故 姜草鮮神位'

유리창 너머에서 어머니의 관을 인계받은 화부가 천천히 관 위를 덮은 천을 벗겨내고 엘리베이터처럼 보이는 금속 가마의 스위치를 눌렀다. 그러자 금속 가마는 문이 열리고 활짝 아가리를 벌렸다. 화부는 어머니의 관을 가마 안으로 집어넣었다. 그리고 나서 다시 스위치를 내렸다. 그러자 마치 탈 사람이 마침내 타고 난 후 가야 할 층수의 버튼을 눌러 엘리베이터의 문이 저절로 닫히듯 철제의 자동문은 덜컹 닫혔다. 화부가 벽면에 붙은 스위치를 올리자 마침내 그 밀폐된 밀실 속에서 어머니의 시신이 관째 타오르기 시작하였는지 가마 앞에 붙여진 두 개의 램프 속에서 붉은 불빛이 명멸하기 시작하였다.

그 어느 곳에서도 화염은 보이지 않았다. 그 어느 곳에서도 죽은 사람을 태우는 불꽃은 보이지 않았고, 타오르는 연기도 보이지 않았다. 어머니는 저 밀폐된 금속 가마 속에서 관째 태워져 마침내 몇 조각의 뼈만 남게 될 것이다. 어쩌면 불로 어머니의 시신을 태우지 아니하고 보다 현대적인 방법으로, 보다 편리하게 어머니를 태우고 있는지도 모른다. 어쩌면 뜨거운 전기의 속사열(速射熱)로 단숨에 어머니의 살을 태우거나, 보다 강력한 전자(電磁)의 힘으로 어머니의 뼈를 단숨에 녹이고 있을지도 모른다.

덜컹, 어머니의 관을 가리는 철제문이 닫히자 아내와 노파 두 사람이 한꺼번에 울음을 터뜨리기 시작하였다. 그들은 이제야말로 어머니와 영원한 작별을 고하는 마지막 순간이라고 생각하는 모양이었다.

"잘 가거라 초선아, 불쌍한 초선아."

두 노파는 서로 부둥켜안고 울기 시작하였고, 아내는 벽에 머리를 기대고 울고 있었다. 그러나 막상 내 마음은 담담하여 물과 같을 뿐이었다.

어머니의 시신이 태워지는 데는 거의 두 시간이 걸리는 모양으로 화장터까지 따라온 노인들은 그 시간을 기다리지 않고 먼저 떠나기로 하였고, 나는 내심 그녀들이 떠난다고 하자 홀가분한 해방감을 느낄 정도였다.

노인들은 울면서 떠나갔고 마침내 관망실에는 아내와 나, 단 둘만이 남게 되었다. 우리는 어머니의 시신이 태워지는 두 시간 동안 햇볕이 잘 드는 낭하(廊下)의 나무 벤치에 앉아서 기다렸다. 날씨는 화창하였지만 바람이 몹시 불고 있었다. 긴 복도에는 여기저기 상복을 입은 상객들이 떼지어 모여 있었고, 그러다가 느닷없이 통곡소리가 흘러터지곤 하였다. 목탁을 두드리면서 독경을 하는 스님들의 목소리가 홀 안에 울려서 메아리치고 있었다. 죽은 사람들의 관은 끊임없이 들어오고, 또 불에 태워져, 몇 줌의 뼛가루를 담은 분골함(粉骨函)을 든 상객들이 끊임없이 떠나가고 있었다. 여기저기서 향을 피워올리고 있었으므로 홀 안은 향 냄새로 충만해 있었고, 복도의 한쪽 벽에는 조화(弔花)들이 열을 지어 놓여 있었다.

그제야 나는 어머니의 시신을 화장한다고 하였을 때 어째서 노인들이 모두 원망스런 눈빛으로 나를 노려보았는가 그 이유를 알 수 있을 것 같았다. 화장터에 몰려든 대부분의 사람들은 불교식에 따라 화장을 하는 것이 아니라 화장을 하여 이 세상에 흔적도 남기지 않아야 할 나름대로의 이유가 있어 보였다. 끊임없이 복도를 오가는 유족들은 앞에 죽은 사람들의 영정을 들고 있었는데 그 영정 속의 사람들은 한결같이 젊은 모습들이었다. 영정을 앞세우고 밀려오는 사람들 거의 모두가 빨리 죽은 사람의 관을 불태우고, 빨리 시신을 불태우고, 빨리 살을 불태우고, 빨리 뼈를 불대워 한 줌의 가루로 만들어 산과 들에 빨리 버리고는 빨리 산 자의 의무를 해치워 버리려는 조바심으로 가득 차 있어 보였다.

그들의 모습에는 한결같이 비밀스런 음모가 숨겨져 있어 보였다. 나는 그들의 죽음이 정상적인 죽음이 아니라 스스로 목숨을 끊은 자살이거나, 부모보다 더 새파란 나이에 객사한 억울한 죽음이거나, 그것도 아니면 죽은 자를 위해 몇 평의 땅도 마련할 수 없이 가난한 사람들이 대부분임을 알 수 있었다.

그에 비하면 천수(天壽)를 누리다가 행복하게 잠자리에서 숨겨간 어머니의 시신을 불교식 장례법이라고는 하지만 화장을 하여 흔적도 없이 사라져 버리게 함은 친한 벗으로서 못마땅하게 생각되어지는 것이 당연한 일이었을 것이다. 그들은 마음속으로 아들인 나를 미워하고 증오하였을 것이다.

점심시간이 훨씬 지났으나 나는 밥을 먹고 싶은 시장기도 느끼지 않았다. 간단히 음식을 파는 구내식당이 건물 한쪽에 있는 모양이었지만 나는 긴 복도에 앉아 담배를 피우면서 어머니의 시신이 불가마 속에서 깨끗이 태워지기를 기다리고 있었다.

아내도 나도 서로 말이 없었다.

열린 창 밖으로는 황사가 섞인 봄바람이 세차게 불어오고, 창 밖의 동산에는 조춘(早春)의 봄꽃들이 죽음과는 상관없이 화려한 꽃잔치를 벌이고 있었다.

사람들은 끊임없이 몰려오고 울고 통곡하고 그리고는 떠나갔다. 들어올 때는 죽은 사람 크기만큼의 관을 갖고 오고 떠나갈 때는 너나 할 것 없이 과자상자만큼이나 작은 함 속에 한 줌의 뼛가루를 배급받아 들고서. 살아 있을 때는 자기 나름대로의 이름과, 자기 나름대로의 사연과, 자기 나름대로의 직업과, 자기 나름대로의 인생을 살아온 그 숱한 사람들이 죽어서는 모두들 단 하나의 공통된 이름, 죽은 사람(死者)으로 불리고, 자신의 이름 앞에 '고(故)'라는 접두어를 붙이고서.

나는 마치 죽음을 거래하는 시장(市場)바닥에 나와 앉아 있는 기분이었다. 죽음은 우리의 인생과 너무 밀접하게 가까이 놓여 있다. 하이데거가 인간을 '죽음에 붙여진 존재'라고 규정하였듯 죽음은 우리가 먹는 음식, 우리가 누리는 쾌락, 우리가 보내는 시간 속 그 어디에도 조금씩 독(毒)처럼 녹아 있다. 그럼에도 불구하고 우리는 죽음이 자기와 상관없는 남의 일인 것처럼 잊어버리고 있을 뿐이다. 살아 있는 생의 뒷면이 바로 죽음 그 자체임을 애써 부정하면서 어떻게 해서든 이 죽음을 외면하고 잊으려고 술을 마시고, 쾌락으로 도망친다. 그리하여 우리는 마침내 죽음을 맞이하는 것이 아니라 피살(被殺)되어 버릴 뿐인 것이다.

"메멘 또 모리."

나는 담배를 피우면서 하나의 단어를 중얼거려 보았다.

이 말은 '죽음을 잊지 말자'는 뜻의 라틴어로 이 세상에서 가장 엄격한 수도원인 트라피스트의 수사(修士)들이 서로 사용하는 단 하나의 인사말인 것이다. 트라피스트의 수도원은 끊임없는 노동과 기도, 그리고 대침묵(大沈默)을 준수해야 하는 가장 준엄한 수도회로서 공식 명칭은 '엄격 규율의 수도회'라고 불리는데 그들에게 허락된 단 하나의 말이 바로 '죽음을 잊지 말자'는 짧은 인사말인 것이다.

"메멘 또 모리."

나는 다시 한번 소리를 내어 중얼거려 보았다.

"죽음을 잊지 말자. 죽음을 기억하자."

우리의 생은 죽음과 맞닿아 있다. 그럼에도 불구하고 우리는 죽음이라는 이 불길한 현상에 대해 도망치고 회피하고 잊어버리고 망각한다. 죽음은 공포와 허무와 불안과 논리와 과학으로도 설명될 수 없는 신비한 세계 속으로 뻗어 나아가 있다. 너무나 회피하고 미루고 잊어버리려 노력하였기 때문에 죽음은 어느 날 갑자기 우리를 습격하여 우리를 죽인다. 우리는 죽는 것이 아니라 모두 피살되는 것이다. 병과 사고로 죽음을 생각할 겨를도 없이, 죽음을 맞을 마음의 준비도 없이.

열린 창문으로 나비 한 마리가 길을 잃어 우연히 날아 들어왔다. 무심코 나비를 보았는데 빛깔이 노란 나비 한 마리였다.

"노랑나비예요."

무심히 앉아 있던 아내가 날개를 퍼덕이면서 복도의 허공을 잠시 맴돌며 나는 나비를 가리키면서 말을 꺼냈다.

"봄날에 맨 처음 노랑나비를 본 사람은 재수가 있대요."

아내는 잠시 슬픔도 잊어버린 듯 노랑나비를 누구보다 맨 먼저 보았다는 사소한 즐거움으로 한결 밝아진 목소리로 말을 이었다.

나는 인도의 시인 타고르가 쓴 〈기탄잘리〉에 나오는 시를 한 구절 기억하여 떠올렸다.

떠나겠나이다. 안녕히 계십시오.

형제여,

내 온 형제들에게 절하며 작별하나이다.

여기 내 문(門)의 열쇠를 돌려드리나이다.

또 내 집에 대한 온갖 권리도 포기하나이다.

오직 그대들로부터

마지막 다정한 말씀을 간청할 뿐입니다.

우리는 살아 있을 때

오랫동안 이웃이었나이다.

하지만 주기보다는

받는 것이 더 많았나이다.

이제 날이 밝아

어두운 내 집의 구석을 밝히던 초롱불도 꺼졌나이다.

부르심이 왔나이다.

나는 이제 여행의 준비를 하고 있나이다.

안녕히 계십시오.

아내는 넋없이 복도의 허공을 나는 나비를 바라보고 있었고, 내가 타고르의 시를 머릿속으로 외고 있는 동안 남보다 먼저 보면 좋은 일이 찾아온다는 노랑나비는 마침내 창 밖으로 훨훨 날아가 사라져 버렸다.

그렇다.

죽음이란 타고르의 시처럼 '여행의 준비'인지도 모른다. 죽음이란 살아 있는 동안 간직하였던 문의 열쇠를 돌려주는 일일지도 모른다. 살아 있을 때 내 이웃이었던 어머니는 부르심을 받아 이 지상의 상식으로는 알 수 없는 머나먼 곳으로 떠났는지도 모른다.

그렇다면.

나는 깊게 생각하였다.

어머니를 부른 그 사람은 누구일까. 어머니가 우리들에게 작별의 인사를 하고, 인생의 열쇠를 돌려주고 떠난 그곳은 어디일까.

내 머릿속에는 타고르의 다른 시 구절이 기억되어 떠올랐다.

님의 종인 죽음이 이 몸의 문 앞에 있나이다.
그는 미지의 바다를 건너 님의 부르심을
저의 집에 전하러 왔나이다.
밤은 어둡고 이 내 가슴은 무겁나이다.
하지만 이 몸은 초롱불을 밝혀 들고 문을 열어
그를 환영하겠나이다.
저의 문 앞에 서 있는 죽음은 님의 전갈이니까요.

나는 잠시 생각을 멈추었다. 타고르의 시를 평소에 좋아하고는 있었지만 그의 시가 이토록 구절구절 가슴에 와닿는 것은 처음이었으므로.

숨이 막힐 것 같은 감동이 가슴에 물결이 되어 파도치고 있었다. 나는 마지막 연의 시 구절을 마저 기억하여 떠올렸다.

이 몸은 양손을 맞잡고 눈물로써 죽음을 공경하겠나이다.
이 내 가슴의 보화를 그의 발 아래 놓고 우러러뵙겠나이다.
그는 볼일을 다 보면 아침에
검은 그림자를 남기고 돌아가겠지요.
그러면 쓸쓸한 내 집에는 오직
이 몸의 고독한 자아만이 님께 드릴 마지막 제물(祭物)로 남아
있겠지요.

낭하는 텅 비어 있었다.

끊임없이 독경을 하던 스님들의 목소리도, 그들이 두드리던
목탁 소리도, 벽과 벽을 울리던 메마른 음향(音響)도, 이따금 여
기저기서 흐느껴 울던 울음소리도, 통곡소리도 한꺼번에 지휘자
의 지휘봉에 의해 멎는 관현악단의 연주 소리처럼 일시에 끊겨
깊은 정적 속에 잠겨 있었다. 긴 침묵 속에서 아내가 조심스레
입을 열었다.

"어머니의 뼛가루가 나오면 그것을 뿌릴 곳을 생각해 두었어
요?"

"…생각해 두었어."

나는 망설이다가 대답하였다.

"그곳이 어디인데요?"

나는 대답을 하지 않았다.

"산인가요, 강인가요, 바다인가요, 어디예요?"

"산도 아니고 들도 아니고."

"어머니가 평소에 가장 소중히 생각하시던 장소여야만 할 거예요. 그런 장소를 생각해 둔 곳이 있어요?"

"생각해 두었다니까."

나는 말을 잘랐다.

내 대답이 확신에 차 있자 아내는 다소 의외라는 듯 믿어지지 않는 얼굴로 내 얼굴을 마주보았다.

"이따가 함께 가보면 알게 돼."

나는 벌써부터 그 장소를 마음으로 결정해 두고 있었다. 아내의 말을 빌리지 않더라도 어머니가 이 지상에서 가장 소중히 생각하던 장소는 단 한곳뿐일 것이다. 비록 어머니가 유언으로 내게 꼬집어 말을 남기지 않았다 할지라도 나는 어머니의 마음을 읽을 수 있다. 어머니는 자신의 뼛가루가 그곳에 뿌려지기를 간절히 소망하고 있었을 것이다.

그때였다.

종업원 한 사람이 중앙 복도 쪽에서 나타나 소리를 질렀다.

"6번 손님, 6번 손님."

복도에는 우리말고 다른 손님들은 없었다. 우리는 의자에서 벌떡 일어섰다.

"6번 손님이신가요?"

우리가 일어서자 그는 멀찌감치 서서 우리를 보고 물었다.

"그, 그렇습니다."

"화장이 다 끝났습니다. 잠깐 들어오시지요."

그새 벌써 두 시간이 흘러가 버린 모양이었다. 우리는 애초에 어머니의 관을 인계하였던 중앙 통로 쪽으로 걸어갔다.

중앙의 문을 열고 안으로 들어서자 화부 한 사람이 우리를 기다리고 있었다. 6번의 일련번호가 매겨져 있는 철제 불가마는 아가리를 벌리고 있었다. 두 시간 동안 어머니의 시신을 통째로 삼켰다가 입을 딱 벌리고 토해내기라도 한 것처럼.

어머니의 관이 놓여 있던 철로 만든 받침대를 본 순간 나는 둔기로 머리를 한 대 맞은 것 같은 충격을 받았다.

아무것도 없었다.

어머니의 시신이 누워 있던 자리에는 아무것도 없었다. 어머니의 시신을 담았던 관도 거짓말처럼 사라져 버렸으며 어머니가 입었던 수의도 깨끗이 사라져 버렸을 뿐이었다. 어머니의 육신은 마술사의 천조각이 한번 펄럭이자 순식간에 사라져 버리는 비둘기처럼 그 어디에도 존재하지 않았다. 그러한 교묘한 눈속임에 속지 않으려고 마술사의 옷소매라든가, 모자 속 같은 곳을 주의깊게 눈여겨보듯 나는 아가리를 벌린 엘리베이터 모양의 가마 속을 샅샅이 훑어보았다. 두 시간 동안의 화염은 어머니의 흔적을 그토록 철저히 소멸시켜 버리고 있었다.

그 대신.

나는 관이 놓여 있던 받침대 위를 바라보았다.

받침대 위에 타다 남은 뼛조각이 드문드문 남아 있음을 보았다. 그것은 지상의 그 어떤 강력한 불로도 태워지지 않는 원한의

앙금인 것처럼 몇 조각의 골편으로 괴어 있을 뿐이었다. 그 몇 조각의 잔해가 나를 슬프게 하였다.

두 시간의 짧은 시간에 저처럼 흔적도 없이 태울 수 있는 그 무서운 화염에도 타지 않고 남아 있는 몇 조각의 뼈. 그 뼛조각은 어머니가 살아 생전 가슴 속에 묻어 두었던 억장이 무너지는 회한(悔恨)의 사리(舍利)가 아니었을까.

"아주 잘 탔습니다."

화부가 생색을 내면서 말하였다.

"저처럼 곱게 타는 것은 쉽지 않은 일입니다."

그는 남아 있는 몇 조각의 유골을 어루만지면서 나를 보았다.

"몇 조각의 뼈를 고르십시오. 그것을 쇠절구로 빻아 가루로 만들어야 하니까요."

그는 뼛조각을 담을 수 있는 철로 만든 쇠절구통을 들고 있었다. 아내는 소리를 내어 울고 있었고, 나는 쇠절구 속에 담을 어머니의 뼛조각을 고르기 위해 남아 있는 뼛조각을 손으로 헤집기 시작하였다. 남은 골편들은 따스한 온기도 없었다. 남은 뼛조각은 뼈 중에서도 가장 단단한 치아의 뼈와, 쇄골(鎖骨)과 같은 뼈의 일부분들이었다. 어머니의 뼛조각을 헤치면서 나는 뭐라고 말할 수 없는 슬픔과, 생에 대한 강한 회의를 느꼈다.

이것이.

나는 어머니의 이빨을 하나 주워 올리면서 마음속으로 소리질렀다.

이것이 인생이란 말인가.

어머니의 유골을 건져올리면서 나는 강한 의문이 가슴속으로 날카로운 비수가 되어 내리꽂히는 것을 느꼈다.

이것이 나를 낳았던 어머니의 뼈란 말인가. 그녀는 어디로 갔단 말인가. 그녀의 삶의 흔적은 어디에 남아 있단 말인가. 내가 알고 보았던, 내가 어머니라고 부르고, 나를 낳아 준 그 여인은 어디로 가버렸단 말인가.

화부는 쇠절구통을 들고 서서 나와 아내가 추려 건네주는 뼈를 그 안에 담고 있었다. 아내는 소리내어 울면서 떨리는 손으로 뼛조각을 골라 화부에게 넘겨 주고 있었다. 나는 무슨 뼈인지 알 수 없는 작은 뼈 하나를 따로 주워들어 주머니 속에 집어넣었다.

"그만하면 됐습니다."

사내가 손을 저어 만류하면서 말하였다.

"모든 뼈를 다 추려낼 수는 없으니까요. 그만하면 됐습니다."

유족의 각별한 슬픔과 애통해 하는 마음이 그에게는 나날의 일상사여서 새삼스런 일이 아닌 듯 권태스런 목소리로 말을 잘랐다.

"불공실로 가 계십시오. 그곳에서 뼈를 공이로 찧어 가루로 만드니까요."

나는 탈진하여 쓰러질 것 같은 아내를 부축해 들고 방을 나와 그가 가르쳐 준 구석진 방으로 다가갔다. 유리창으로 투명하게 속이 들여다보이는 방안에서 이미 그 사내는 쇠절구에 담긴 뼛조각을 절굿공이로 빻아내리고 있었다. 태워도 태워도 타지 않는 마지막 뼛조각마저 가루로 갈아서 이 지상에서는 단 한 조각의 편린(片鱗)도 남기지 않겠다는 듯 사내는 뼈를 빻고, 또 찧어 내리고 있었다. 유리창 너머로 좀더 곱게 갈아내리기 위해 쿵쿵 쇠절구를 찧어내리는 소리가 규칙적으로 들려오고 있었다. 사내는 이러한 일에 매우 익숙하여 있는 듯 쇠절구를 마치 녹로(轆轤)를 돌려 그릇을 만드는 옹기장이처럼 빙글빙글 일정한 속도로 돌려대고 있었고, 그럴 때마다 힘을 가해 절굿공이를 내리치고 있었다.

절구질을 하는 사내의 손이 빨라지고 있었다. 그 일이 몹시 힘이 드는 듯 사내의 이마에서는 구슬땀이 흘러내리고 있었다. 불로도 태워지지 않을 만큼 단단한 뼛조각을 공이로 가는 일이니 얼마나 힘이 들 것인가.

살아 있음이 저와 같이 덧이 없다.

우리가 우리의 전부인 것으로만 알고 있는 우리의 육신이 저리도 덧이 없다. 우리가 보고, 듣고, 먹고, 냄새 맡고, 만지고, 사고하는 육신이 저와 같이 덧이 없다. 좀더 편안함을 좇아다니고, 보다 안락한 생활을 꿈꾸며, 쾌락을 찾기 위해서 술을 마시고, 맛있는 음식을 골라 먹으며, 도박과 마약까지 탐닉하면서 그토록 좀더 강렬한 쾌락, 좀더 강렬한 자극을 원하였던 우리의 육체가 저리도 덧이 없다.

살아 있음이 저리도 덧이 없다.

사랑하는 여인과 입을 맞추고, 가슴을 애무하면서 서로의 육체를 섞고, 그 가슴 떨리는 쾌감 속에서 절정을 합일하던 그 영원하리라던 육체는 저리도 덧이 없다. 저리도 덧이 없어 한 줌의

316

재도 남기지 않는다. 저 한 줌의 재조차도 산과 강에 뿌리면 바람이 불어와 제가 갈 방향으로 실려가서 아무것도 남기지 않을 것이다.

하나의 인간으로 태어나 이름을 받고, 성별을 받으며, 한때는 어린아이로, 자라서는 젊은이로, 성인으로, 그리하여 그 숱한 사연들을 만들며, 그 숱한 사람들과 만나며, 때로는 사랑하고, 때로는 미워하고, 때로는 기뻐하고, 때로는 슬퍼하고, 만나고는 헤어지면서, 늙어가며 병들고, 그것이 전부인 것으로만 알고 있던 사람과도 헤어지고, 영원하리라던 청춘의 푸른 잎새도 시들어, 그 많은 사연들도, 그 많던 인생의 추억들도 저와 같이 덧이 없어 한 줌의 재로 변하여 버린다.

그러하면 그들은 어디로 가버리는가.

내 어머니.

가난한 농가의 딸로 태어나 열셋의 나이로 권번(券番)에 팔려가 가무를 배우고 기생이 되어 열여섯의 나이로 환갑이 넘은 아버지를 만나서 화관을 벗고 머리를 풀었었다. 비록 동기(童妓)의 순결한 몸이었다고는 하지만 기생이란 신분이 낮은 비천한 천민. 그 천민의 몸으로 황실의 피를 받고 성은을 입었다. 왕자라 하지만 멸망하여 나라도 황실도 빼앗겨 거세당한 이름뿐인 왕가. 그 성은도 대여섯 차례였을 뿐 받은 것이라고는 집 한 채. 그리고는 잊혀진 여인이 되었다. 잊혀진 여인은 왕가의 사생아를 배어 아무도 알아주지 않는 왕손을 낳았다. 왕손을 낳았으나 그 누구에게도 자신이 성은을 입은 몸이라는 것을 밝히지도 못하고 인정조차 받지 못한 여인은 그 아들에게 자신의 성인 강(姜)씨를 물려줌으로써 사생아로 만들었다.

그리하여 받은 집 한 채를 바꾸어 기생집을 만들어 평생을 술에 취하여, 노래에 취하여, 춤에 취하여 살아온 내 어머니. 그녀는 어디로 갔는가.

그녀의 육신은 저와 같이 한 줌의 가루가 되어 사라져 버렸다. 이제 잠시 후 그녀의 뼛가루를 땅 위에 뿌려 버린다면 그녀의 육신은 이 지상에서 완전히 사라져 버릴 것이다.

그러나 그녀가 살아왔던 그 숱한 사연들은 어떻게 될 것인가. 비록 존재하지는 않지만 분명히 그녀에게는 그녀 나름의 인생이 있었다. 손으로 만질 수 없고, 형체를 확인할 수는 없지만 그녀에게는 그녀 나름대로 살아온 인생이 있었다. 그 인생은 어디로 갔음일까.

그녀의 육신은 저와 같이 불에 태워져 몇 조각의 골편으로 남고 저와 같이 절구질로 몇 줌의 골분으로 재가 된다 하지만 그녀가 살아온 그 숱한 인생은 어디로 갔음일까.

우리의 육신은 흙에서 왔으므로 흙으로 돌아가야 마땅하지만 우리의 영혼은 어디서 와서 어디로 가는 것일까.

그러하면 나는 누구를 어머니라고 불렀던 것일까. 저 절구 속에서 찧어지고 빻아지는 한 줌의 뼛가루를 향해 어머니라고 부르고, 그녀의 젖무덤에 얼굴을 파묻고 젖을 먹었음인가.

살아 있음이 저리도 덧이 없다.

나는 묵묵히 유리창 너머로 마지막 작업으로 뼛가루를 찧어내리는 사내의 손을 바라보면서 깊이 생각하였다.

순간 내 머릿속으로는 석가의 말 한마디가 기억되어 떠올랐다. 그는 《사십이장경(四十二章經)》에서 다음과 같이 물어 말하였다.

부처님이 어떤 사문에게 물었다.

"사람의 목숨이 얼마 동안에 있느냐."

그러자 사문이 대답하였다.

"며칠 사이에 있습니다."

부처님이 실망하여 말하였다.

"너는 아직 도(道)를 이루지 못하였다."

부처님이 다른 사문에게 물었다.

"사람의 목숨이 얼마 동안에 있느냐."

그는 대답하였다.

"밥 먹는 사이에 있습니다."

부처님이 말하였다.

"너도 아직 도를 이루지 못하였다."

부처님이 또 다른 사문에게 물었다.

"사람의 목숨이 얼마 동안에 있느냐."

사문이 대답하였다.

"숨을 들이마시고 내쉬는 그 호흡 사이에 있습니다."

그러자 부처님이 마침내 말하였다.

"그렇다. 생과 사는 호흡하는 사이에 있다. 너야말로 도를 이루었다."

부처의 말은 비유가 아니다. 그의 말은 진리이다. 우리의 삶과 죽음은 며칠 사이에 있는 것도 아니고, 밥 먹는 사이에 있음도 아니다. 우리의 삶은 숨을 들이마실 때 있고 우리의 죽음은 숨을 내쉴 때 있다. 우리는 숨을 들이마실 때 살고 숨을 내쉴 때 죽는다. 우리는 끊임없이 생과 사의 문턱을 넘나들면서 호흡하고 있는 것이다. 마치 우리가 쉴 새 없이 눈을 끔벅이고 있는 것처럼 눈을 감을 때 우리는 장님이 된다. 그러나 뜰 때 우리는 빛을 본다. 그 장님과 봄(視)의 찰나적이고 극단적인 행동을 끊임없이 되풀이하면서도 우리는 그냥 '보고 있다'고만 생각하고 있는 것이다. 그러므로 우리는 끊임없이 숨을 내쉬고 들이마심으로써 삶과 죽음의 문턱을 하루에도 수만 번씩 넘나들고 있는 것이다.

5

아내와 나는 어머니의 분골함을 받아 들고 화장터를 나섰다. 들어올 때는 어머니의 시신을 담은 관과 함께였는데 돌아갈 때는 과자상자 크기만한 작은 분골함을 대신 건네받은 셈이었다.

어머니의 영정과 위패를 들고 우리는 주차장에 세워 둔 차 안으로 들어갔다.

이제 모든 것은 끝났다.

나는 홀가분한 마음으로 차를 몰아 나가면서 생각하였다.

이제, 어머니가 비록 입을 열어 유언을 남기지는 않았지만 이 지상에서 가장 소중히 생각하던 장소에 어머니의 유골을 뿌려 버리면 그것으로 모든 장례는 끝이 나게 되는 것이다. 나는 알고 있다. 어머니가 이 지상에서 가장 소중하게 생각하던 곳, 나는 그 장소를 알고 있다. 다행히도 그곳은 화장터가 있는 곳과 매우 가까운 거리에 있다. 그곳은 아버지의 뼈가 묻혀 있는 무덤이다. 아버지 의친왕의 주검은 왕가의 왕릉에도 묻히지 못하였다. 고종황제의 세 아들 중 가운데였던 아버지만 빼놓고 다른 아들들은 왕릉에 묻혀 있다. 아버지의 무덤 앞에는 묘비조차 세워져 있지 않다. 그 점은 차라리 다행일지도 모른다.

아내는 나를 낳은 아버지의 이름을 알지 못한다. 아내는 내가 사생아로 태어났음을 알고 그 부분에 대해서는 알려 하지 않았다. 아내는 기생으로 한평생을 보냈던 어머니가 오다가다 기방을 드나드는 손님과 눈이 맞아 정분을 나눈 끝에 내가 태어났을 것이라고 막연히 상상하고 있을 것이다. 그리하여 어머니의 뼛가루를 뿌리려는 아버지의 묘소 앞에 만약 아버지의 신원을 나타내 보일 수 있는 묘비가 세워져 있다면 아내는 몹시 당황할 것이다.

만약 이 무덤의 임자가 의친왕 이강 공이라는 것이 묘비면에 새겨져 있다면 아내는 어머니의 뼛가루가 왜 그 무덤 옆에 뿌려져야 하는 것인가 몹시 의아해 할 것이다. 그리하여 아내는 눈치 채게 될 것이다. 어머니의 몸에서 나를 낳게 한 사람이 다름 아닌 왕가의 왕자임을.

그러나 다행스럽게도 아버지의 묘소 앞에는 아무런 흔적도 없다. 묘비도 없고, 왕가의 무덤임을 나타내는 석인(石人)들도 없다. 그저 봉분뿐이다. 아버지의 무덤 옆에는 아버지를 낳은 귀인(貴人) 장씨의 무덤이 있다. 그 무덤 앞에는 다음과 같은 묘비명을 새긴 묘비가 하나 서 있을 뿐이다.

'貴人 德水張氏之墓'

아버지 의친왕을 낳은 어머니 장씨는 원래 궁인(宮人)의 신분이었다. 왕가에서 전해 내려오는 속설에 의하면 궁인 장씨는 얼굴은 그리 아름다운 편이 아니었지만 몸매는 고운 여인이었다고 전해지고 있다.

장씨의 어머니는 원래 평양 기생이었고 아버지는 대전별감(大殿別監)을 지내던 하급 관리였다. 궁중에서 굿놀이를 위해 평양 기생을 불렀을 때 대전별감의 눈에 들어 두 사람은 정분을 나누고 장씨를 낳게 된 것이었다.

장씨가 어떻게 해서 궁 안으로 들어왔으며 누구의 밑에 있던 궁인인지는 분명치 않으나 지체가 낮은 상궁임에는 틀림이 없었다.

그녀는 우연히 고종황제의 눈에 들어 성은을 입게 되었지만 황제와의 관계를 일급 비밀로 감추고 있다가 배가 불러지자 아무도 모르게 궁 밖으로 나가 외삼촌댁에 가서 숨어 살았었다.

1877년.

고종의 맏아들 순종의 나이 세 살 때 궁인 장씨는 궁 밖의 외가에서 의친왕을 낳았다. 이 사실을 엄중히 감추고 있었지만 6개월 뒤 명성황후에게 이 일을 들키고 말았다. 명성황후는 남편인 고종과 관계한 시앗들을 모두 내쫓았고 또 감시도 대단해서 장씨도 명성황후를 더없이 두려워하였다. 더욱이 장씨는 고종의 아들까지 낳은 터였으므로 투기가 심한 명성황후가 이 사실을 알면 자신을 가만두지 않으리라는 것을 잘 알고 있었기 때문에 의친왕을 낳은 사실을 극비에 부치고 있었다. 그러나 그러한 사실이 명성황후의 귀에 들어가지 않을 리가 만무하였다. 뒤늦게 상궁 장씨가 고종의 아이를 민가에서 낳은 사실을 알게 된 명성황후는 장씨를 궁중으로 불러들여 그녀의 죄를 다스렸다.

이 사실이 모두 궁중 비사(秘史)에 남아 상세히 전해지고 있다.

명성황후는 장씨를 불러다가 궁 안의 뜨락에 묶어두고 문초를 하였다. 처음에 장씨는 그저 '죽을 죄를 지었다'고 울면서 떨기만 하였다고 전해지고 있다. 그러나 성질이 불 같은 명성황후는 단순히 문초로만 자신의 분을 풀 수 없었다. 명성황후는 '네년의 얼굴은 그리 곱지도 않은데 상감의 혼을 빼놓은 것을 보면 몸이 썩 훌륭한 모양이로구나' 하고 옷을 모두 벗기도록 하였다.

수많은 상궁 나인들이 있는 백주 대낮에 옷을 벗기우고 발가벗긴 장씨의 수모는 그것으로 그치지 않았다.

전해지는 말에 의하면 명성황후는 장씨를 발가벗겼을 뿐 아니라 더 심한 체형을 가하였다고 한다.

"네년이 발가벗겨 보아도 소문에 듣자던 대로 몸이 예쁘지 않은 것을 보면 네년의 사타구니 물건이 여우를 닮은 모양이로구나."

유난히 투기가 심한 명성황후의 성격도 정상은 아니었다. 명성황후는 장씨의 부끄러운 부분을 단근질로 지져 버리라고 명령을 하였던 것이다.

처음에는 울기만 하고 맞을 죄를 지었다던 장씨가 계속되는 고문에 나중에는 명성황후에게 대들기 시작하였다.

"네가 황제마마의 성은을 입었다면 나도 입었으며 네가 황제마마의 황자를 낳았다면 나 또한 황제마마의 황자를 낳았다."

그러자 명성황후는 이성을 잃고 장씨의 온몸에 단근질을 하라고 명하였다. 불에 달군 인두를 온몸에 받아 단근질을 당하고, 온몸에서 살이 타는 푸른 연기가 솟아나오고 지옥 같은 고통을 맛보게 되자, 장씨는 스스로 혀를 깨물고 자진해서 숨을 거뒀다. 이때 장씨는 다음과 같이 최후의 말을 하였다고 전해지고 있다.

"내가 죽은 후 반드시 네게 원수를 갚을 것이다. 너를 내 손으로 죽이고 말 것이다."

장씨가 죽은 후 명성황후는 제대로 잠을 이룰 수가 없었다. 숨을 거두는 장씨의 모습이 자주 떠오르고 꿈속에서도 죽은 장씨의 모습이 자주 나타나 괴롭혔기 때문이었다. 그리하여 점을 치고 무당을 불러 굿을 하였던 명성황후는 마침내 점쟁이들의 점괘를 따르기로 하였다.

점쟁이들은 한결같이 '마마의 꿈에 장씨가 자주 나타나 보이는 것은 죽은 원혼이 어린 자식을 떠나지 못하기 때문에 그러한 것이니 그 아이를 거둬다가 궁 안에서 기르시면 자연 꿈자리가 편안할 것입니다'라고 점괘를 내렸다. 유난히 무당을 좋아하고, 점을 좋아하고, 명산대천을 찾아 치성한다는 명목으로 국고를 탕진하기를 좋아하였던 명성황후는 이를 마다하지 못하고 할 수 없이 점쟁이들의 말대로 궁 밖의 민가에서 숨어 자라고 있던 의친왕을 궁 안에서 돌보도록 하는 한편, 자신이 죽인 장씨의 시신을 수습하여 장례를 치르도록 하고 장씨에게 '귀인'이란 칭호를 내리게 하였던 것이다.

그러나 궁 안으로 불려왔다고는 하지만 어려서 자신을 낳은 생모를 잃은 의친왕은 명성황후 생전에는 아버지 고종마저 제대로 뵈옵지 못하였고, 또 막강한 권력을 쥐고 있던 명성황후 측의 궁중 여인들이나 종친들 또한 그를 다정하게 대하지 않았었다. 명성황후가 죽은 후 새로 엄비(嚴妃)가 들어서면서부터는 영친왕을 낳은 후 자기 자식을 세자 책봉하려는 데 정신이 팔려 있었으므로, 또한 의친왕은 고아 아닌 고아로서 자라나게 되었다.

어쨌든 그로부터 18년 뒤인 1895년, 명성황후는 건청궁(乾淸宮)에서 일본 낭인들에게 비참하게 시해당하였으니 이는 모진 문초를 당하다가 자진해서 혀를 깨물어 죽은 귀인 장씨의 최후의 저주가 그대로 들어맞았기 때문일 것인가. 내가 죽더라도 반드시 원수를 갚으리라던 귀인 장씨의 저주가 그대로 적중되었기 때문일 것인가.

태어나자마자 이처럼 비참하게 생모 귀인 장씨를 잃어버린 의친왕은 마침내 죽어서야 어머니를 곁에 가까이 두게 된 것이었다. 궁궐에서 아무도 돌보는 사람 없이 고아로 자라야 했던 의친왕은 그 누구에게서도 자신의 출생의 비밀을 전해 듣지 못하였다.

명성황후가 자신이 죽인 장씨에 관한 사실을 입밖에 내지 말도록 엄명을 내려두었기 때문이었다. 그러나 영원한 비밀은 없는 법. 귀에서 귀로, 입에서 입으로 전해지는 소문을 귀동냥으로 전해 듣게 된 의친왕이 점점 성격이 비뚤어지고 반항적인 기질로 변하게 되었음은 당연한 일이었다.

그는 왕실에서의 이단자였다.

어려서부터 동물을 잡으면 찢어 죽이기를 좋아하였고, 육혈포의 명수여서 궁 안에서도 총을 쏘아 샹들리에 등을 깨어 맞추기도 하였을 정도였다.

6

나는 통일로를 따라 시내로 들어오면서 산야를 돌아보았다. 황사의 봄바람이 다소 거칠게 불고 있어 화려한 봄 풍경은 청명하게 보이지는 않았지만, 그래도 산야는 진달래와 개나리, 파릇파릇 새싹을 보이면서 돋아오는 신록의 연녹색, 겨우내 죽었던 나무들의 놀라운 생명력, 구름을 따라 피어 있는 과일나무들로 울긋불긋 새단장을 하고 있었다. 지금은 인가가 이곳까지 밀려와 있고, 근처에는 명문 골프장이 운집되어 있어 이들을 상대로 하는 상가들도 꽤 발달되어 있지만 예전에 이곳은 깊은 산골이었다. 이 산골에는 예로부터 왕가의 무덤이 밀집되어 있었다.

이곳에 특히 왕가의 무덤들이 족분(族墳)을 이루고 있는 것은 이곳 부근이 풍수지리적으로 길지(吉地)라고 일컬어져 있었기 때문이었다.

이곳에는 서오릉(西伍陵)과 서삼릉(西三陵)이 있는데 서오릉은 세조의 세자인 장(暲)과 그의 비(妃)인 소혜왕후(昭惠王后)가 묻힌 경릉(敬陵), 덕종의 아우인 예종(睿宗)과 그의 계비(繼妃)인 안순왕후(安順王后)가 묻힌 창릉(昌陵), 숙종 왕비인 인경왕후(仁敬王后)가 묻힌 익릉(翼陵), 숙종과 계비 인현왕후가 묻힌 명릉(明陵), 영조원비(英祖元妃) 정성왕후(貞聖王后)가 묻힌 홍릉(弘陵)의 다섯 능으로 되어 있으며, 서삼릉은 중종의 아들 인종과 그의 비 인성왕후(仁聖王后)의 능인 효릉(孝陵), 중종의 계비 장경왕후(章敬王后)의 능인 희릉(禧陵), 이조 말기의 철종과 철인왕후(哲人王后)의 능인 예릉(睿陵)의 세 무덤으로 이루어져 있는 것이다.

특히 서삼릉을 중심으로 거대한 왕가의 묘지가 형성되어 이곳에는 이름 없이 숨겨간 후궁들, 왕위에 오르지 못하고 죽어간 대군들, 군들, 왕가의 딸인 공주들, 후궁의 몸에서 난 딸인 옹주들의 무덤들이 산재해 있었다.

아버지 의친왕의 시신이 비록 왕릉에 묻히지는 못하였다 하더라도 이처럼 비참하게 숨겨간 임금의 후궁이었던 어머니 장씨와 더불어 간신히 이곳에 묻힐 수 있었던 것은, 그나마 왕실은 멸망하였다 하더라도 생전에 의화군(義和君)으로 책봉되었던 그의 전력을 인정해 준 배려 때문이었다.

그러나 아버지 의친왕의 무덤 앞에는 아무런 흔적도 없다. 그 흔한 비석도 없고, 정자각(丁字閣)은 물론 없다. 이곳 일대에 산

재된 그 수많은 능, 무덤, 왕릉, 묘지 들에서 볼 수 있는 왕가의 무덤임을 나타내 보이는 석인(石人)이나 석물(石物), 장명등(長明燈), 석망주(石望柱) 등은 전혀 보이지 않는다. 다른 무덤들이 군집되어 있음에 비하면 아버지 의친왕의 무덤은 그를 낳은 어머니 장씨와 더불어 단 두 사람만이 외따로 묻혀 있다. 살아 생전의 홀대가 죽은 후까지 이어지는 것처럼 가장 외딴 곳에 모자 두 사람만이 소홀히 묻혀 있는 것이다. 그러므로 누구도 그 무덤을 왕가의 무덤이라고 생각지 않을 것이다. 평범한 서민의 무덤이 그곳에 나란히 누워 있는 것이라고 생각될 정도로 그 무덤은 초라하였다.

통일로의 큰길을 버리고 골프장으로 들어가는 샛길로 빠져들자 잠자코 있던 아내가 입을 열어 물었다.

"어디로 가는 길이에요?"

나는 대답했다.

"뼛가루를 뿌리러 가야지."

"생각해 둔 곳이 있어요?"

"생각해 두었다고 이미 답하였잖소."

나는 아내의 궁금증을 풀어 주어야 한다고 생각했다.

"그곳이 어디인데요?"

"당신이 아까 말했잖소. 죽은 어머니가 가장 소중하게 생각하던 곳. 죽은 어머니가 살아 생전에 가장 소중하게 생각하고 있던 곳이오."

"어딘데요? 산인가요, 들인가요, 강인가요?"

아내는 이해가 가지 않는 얼굴로 내게 물었다.

"산도 아니고 들도 아니고 강도 아니오."

"그러면 어디인데요?"

"…무덤이오."

나는 말을 잘랐다.

"무덤이오?"

거의 비명을 지르듯 아내는 목소리를 높였다.

"아니, 누구의 무덤인데요?"

"아버지의 무덤이오."

나는 단숨에 말을 뱉었다.

아내는 순간 입을 다물었다.

내 입에서 놀라운 단어 하나가 튀어나왔기 때문이었다. 함께 살아오면서 우리는 입을 열어 말하지는 않았지만 몇 가지의 문제에 대해서만은 금기(禁忌)로 삼아 왔었다.

'아버지'란 단어는 우리 부부의 터부였다. 그 금기의 단어를 남편인 내가 내 입으로 먼저 꺼내자 아내가 충격을 받은 것은 당연한 일이었다.

"그렇소. 지금 우리가 가고 있는 곳은 아버지의 무덤이오. 뿐만 아니라 아버지의 무덤 옆에는 아버지의 어머니 무덤, 그러니까 내겐 할머니의 무덤도 함께 있소. 당신과는 처음으로 함께 가는 셈이지. 어머니로서는 남편인 아버지의 무덤 곁이야말로 생전에 이 지상에서 가장 소중하게 생각하고 있던 장소가 아니겠소."

내 마음의 왕국 329

나는 담배를 피워 물었다. 아내는 말이 없었다. 꽃이 만개한 골프장에는 푸른 초원이 끝없이 펼쳐져 있었고 신록의 나무들 사이로 원색의 옷을 입은 사람들이 드문드문 골프를 치고 있는 모습이 엿보였다.

"처음으로 당신에게 아버지 얘기를 하는군. 그렇소. 우리가 지금 가고 있는 곳은 나를 낳은 아버지의 무덤이오. 내 할머니가 묻혀 있는 무덤이기도 하구."

포장된 길이 끝나고 길이 험한 비포장 도로가 나타났다. 울퉁불퉁한 길 때문에 차는 몹시 흔들렸다. 흙먼지가 피어올랐으므로 나는 차의 창문을 닫았다.

"…그렇다면."

아내가 짧은 침묵 끝에 내게 물었다.

"어째서 당신은 지금까지 내게 아버님에 관한 얘기를 하지 않으셨지요. 결혼한 지 20년이 흘렀는데도 당신은 내게 아버님에 관한 얘기는 한번도 하지 않았어요."

"당신에게 말하지 않은 부분은 그밖에도 많이 있었지."

나는 소리내어 웃었다.

"처음에 나는 어머니도 없는 고아라고 말했었으니까. 그렇지만 나중에는 어머니를 알게 되었고, 그 후에는 나보다 당신이 어머니와 더 친해지지 않았소. 그런 식이지. 굳이 알리고 싶지도 않았고, 또한 굳이 숨기려고도 하지 않았지. 그저 말을 꺼내지만 않았을 뿐이오. 그저 그뿐이오."

"당신에겐."

아내는 가슴에 어머니의 영정을 안고 있으면서 나를 잠시 노려보았다.

"비밀이 너무 많아요."

아내의 말에는 분명히 가시가 들어 있었다.

나는 아내의 가시돋친 말에 움찔하였다. 아내의 말은 정곡을 찌르고 있었다.

그렇다.

아내의 말은 맞다.

아내의 말대로 내 마음속에는 비밀이 너무 많이 숨어 있다. 그러나 그 비밀도 나의 탓은 아니다. 내가 이 무덤을 찾아와 아버지의 존재를 알게 된 것은 대학에 입학하였을 때였다. 그때 내 나이는 갓 스물이었다. 그 스무 살이 되기까지 나는 아버지의 존재에 대해 전혀 모르고 있었다. 어머니는 그 부분에 대해 단 한마디도 하지 않았었다. 중학교 들어갈 무렵부터 나는 내 출생에 관해 강한 의혹을 갖기 시작하였다. 어머니는 밤마다 바깥채에서 술상을 벌이고 손님들을 맞았다. 젊은 여인들이 어머니를 언니라고 부르고, 밤마다 장구 소리와, 노랫소리와, 술에 취해 왁자지껄하는 연회 소리가 들려오곤 하였다. 그 소리들을 들으며 나는 성장하였다.

더운 여름날에도 그 노랫소리가 듣기 싫어 땀을 뻘뻘 흘리면서까지 문을 닫고 영어 단어를 외곤 하였었다. 그러나 문을 닫아도 창문을 걸어 잠가도 그 노랫소리는 내 귀를 파고들었다.

"나비야 청산 가자. 범나비 너도 가자. 가다가 지치면 꽃 위에 쉬어가자….”

그러한 노래를 들을 때면 나는 그 노래의 가사대로 나비처럼 날아 청산으로 떠나가고 싶다고 생각하며 울었다. 나는 밤마다 자살을 생각하곤 했다. 죽고 싶고, 또 죽고 싶었다.

철이 들고 나서 나를 가장 괴롭힌 것은 내 성(性)이었다. 나는 어머니의 성을 물려받은 사생아였다. 다른 아이들은 모두 아버지의 성을 물려받고 있는데 나만 유독 어머니의 성을 물려받은 이단아였다. 다른 아이들은 아버지로부터 뿌려져 어머니의 몸을 빌려 태어났지만 나는 어머니로부터 뿌려져 어머니의 몸을 빌려 태어난 무정란의 홀알이었다.

생물시간에 나는 수탉 없이 암탉이 낳은 알을 무정란이라고 부른다는 선생님의 말을 듣고 충격을 느꼈다.

“수탉의 몸을 받아 암탉이 낳은 알을 우리는 수정란이라고 부르고 수탉 없이 암탉이 낳은 알을 우리는 홀알, 무정란이라고 부른다. 무정란은 절대로 부화되어 생명을 탄생시킬 수 없다. 우리가 먹는 계란은 대부분 무정란이다. 때문에 우리가 먹는 달걀은 먹을 수 있을 뿐이지 병아리는 태어날 수 없다.”

그 말이 내 머리에 비수가 되어 날아와 꽂혔다. 나는 선생님의 말대로 무정란이다. 나는 수탉의 몸을 받지 않고 암탉인 어머니의 홀몸에서 태어난 무정란이다. 그러므로 나는 달걀처럼 오직 먹힐 뿐이며, 그 안에서 새 생명이 탄생되어질 수 없는 돌연변이다.

나는 살아도 산 것 같지 않은 무정란의 중성이다.

자신의 신분에 대한 자각은 나를 걷잡을 수 없는 고통으로 몰아넣었다. 나는 부화될 수 없는 생명이다. 나는 죽어 있는 씨앗이다. 어머니는 아버지 없이 나를 스스로 낳았다. 그 누구와도 몸을 섞지 않고 나를 낳았다. 나는 괴물이다. 나는 씨앗을 뿌려 태어난 나무가 아니라 자신의 나뭇가지를 꺾어 아무렇게나 파묻어 태어난 꺾꽂이의 나무다. 나는 거세된 노새다. 간신히 태어났지만 생식 기능이 마비된 노새다. 젖먹이동물이 아니라 알(卵) 속에서 태어난 난생동물이다. 무화과(無花果)다.

그러한 자각이, 고통이 나를 거센 반항으로 몰아넣었다. 나는 숱하게 가출을 하였었다. 강릉으로, 목포로 무작정 떠났다가 돈이 떨어지고, 춥고 배고프면 돌아오곤 하였다. 그러할 때마다 어머니는 나를 먼 산 보듯 할 뿐이었다.

내가 나가거나 말거나, 가출하거나 말거나, 죽거나 말거나 어머니는 상관을 하지 않았다. 내가 나가도 어머니는 술상을 벌이고 손님을 받았으며 거문고를 뜯고 춤을 추었다. 내가 가출을 하여도 어머니는 술을 마시고, 노래를 부르고, 소리를 하였다. 내가 죽겠다고 어머니가 잠 안 오는 밤에 먹던 수면제를 다섯 알이나 먹고 누웠을 때도 어머니는 먼 바깥채에서 노래를 부르고 있었다.

"애 춘향아, 우리 한번 업고 놀자. 아이고 부끄러워 어찌 업고 논단 말이오. 건넌방 어머니가 알면 어떻게 허실려고 그러시오."

수면제 다섯 알로는 죽지 않는다는 것을 뻔히 알면서도 어쩔 수 없었다. 수면제가 더 이상 없었기 때문이었다. 그러나 나는 안다. 수면제가 더 있었다 하더라도 나는 죽음이 무서워 더 이상은 차마 먹지 못하였을 것이라는 것을. 다섯 알을 먹고 죽으려고 누우니 천장이 빙빙 돌고 있었다. 어머니의 노랫소리가 아득히 멀리서 파도가 되어 출렁거리고 있었다. 온 천지가 빙빙 돌고 어지러워지자 나는 겁이 나서 비틀거리며 일어나 층계를 내려 중문(中門)을 지나 바깥채로 나가 보았다. 나는 꼭 죽을 것만 같았다. 나는 무서웠다. 바깥채에서 술상이 벌어지면 절대로 중문의 문턱을 넘어서는 안 된다는 어머니의 엄명을 알고 있었으면서도 어쩌는 수가 없었다. 나는 죽음이 무서워 도저히 혼자서 버틸 수가 없었다.

내가 중문을 지나 뜨락의 숲에 쭈그리고 앉아서 헐떡이고 있자 낯익은 젊은 기생 하나가 나를 보더니 내 창백해진 얼굴이 심상치 않았는지 뛰어가 술상에 앉아 있는 어머니를 불러내왔다.

어머니는 흐트러진 옷매무새로 내게 다가왔다. 술이 몹시 취해 있어 어머니의 몸에서는 술 냄새가 몹시 났다.

"네가 웬일이냐."

어머니는 거칠고 신경질적인 목소리로 내게 쏘아물었다.

"절대로 가운데 문은 넘지 말라고 내가 말했을 터인데 여긴 왜 나왔어, 요 배라먹을 자식아."

어머니는 대뜸 뜨락의 어두운 숲속에 앉아서 치마를 내리더니 그곳에 오줌을 싸기 시작하였다.

"난, 난 약을 먹었어요."

혀가 꼬부라져서 말이 잘 되어 나오지 않았다. 몸은 이미 수면

334

상태에 들어 있어 풍선처럼 붕붕 떠오르고 있었고 정신은 오락
가락하였다.

"뭐라구?"

내가 어눌한 목소리로 말을 꺼내자 어머니는 정색을 하고 물
었다.

"뭐라는 게냐?"

"난, 난 약을 먹었어요."

내 얼굴이 지나치게 창백하고 내 행동이 아무리 생각해도 이
상하게 보였는지 어머니가 다급하게 다가왔다.

"뭘 먹었어?"

"…수면제요."

"아이구."

다리의 맥이 풀렸는지 어머니는 오줌을 누다 말고 꽃이 만발
한 꽃밭에 엉덩방아를 찧으면서 비명을 질렀다.

"몇 알이나 먹었는데. 아이구, 이 새끼야."

순간 어머니의 손이 내 목구멍을 파고들었다. 목젖이 찢어질
정도로 어머니의 손가락이 깊숙이 들어와서 내 목구멍을 휘저었
다. 욕지기가 솟구쳐 오르고 나는 꽃밭에 토하기 시작했다.

다음날 새벽녘에 나는 이상한 느낌에 잠이 깼다. 실눈을 뜨고
보니 낯익은 내 방에 누워 있었는데 새벽빛이 천장에 스며들고
있었다. 나는 내가 죽지 않고 살아 있다고 생각했다. 그러자 참
으로 다행이다 싶었다. 그런데 놀랍게도 어머니기 내 곁에서 함
께 잠들어 있음을 나는 알게 되었고, 어머니의 손이 내 바지 속

으로 들어와 내 성기를 꼬무락거리면서 만지고 있음을 느꼈다. 나는 차마 부끄러워서 깨어났음을 알릴 수가 없었다. 그래서 잠을 자는 체 그냥 누워 있으려니 어머니의 손길이 계속 내 성기를 만지고 비비고 하는 통에 그만 성기는 내 의지와는 상관없이 성이 나서 부풀어오르기 시작했다. 참으로 난처한 일이었다. 내가 낯이 발개졌으면서도 그냥 잠자는 체 누워 있으려니 어머니가 뱀이라도 만진 듯 내 바지 속에서 손을 꺼내들고 나서 한숨을 쉬며 말하였다.

"망할 새끼, 죽지는 않겠구나. 죽을 때면 불알이 쪼그라들고, 비비고 주물러 터뜨려도 꿈쩍 않는 법이라던데. 그래서 옛말에 아, 죽은 자식 불알 만지기란 말도 있지 않은가. 그만하면 되었다. 염병을 할 새끼야. 니놈이 나가 버리든 가출을 하든 내 상관할 바는 아니지만 죽지만은 말거라. 절대로 말거라. 죽어서는 안될 몸이니까. 니가 죽을까 봐 불알 좀 만져 보았는데 빳빳해지는 걸 보니 이제 죽지 않고 살아나겠다."

어머니는 안심이 된다는 듯 휙 한숨을 크게 쉬고 나서 일어나 방문을 열고 나가다 말고 내가 듣거나 말거나, 잠이 든 체하거나 말거나 다음과 같이 소리를 질러 말하였다.

"그건 그렇고, 대가리에 피도 안 마른 새끼가 고것 하나는 알토란처럼 실해 가지고. 에끼놈, 아이구야. 홋호호 호호호."

그 어머니의 웃음소리가 귓가에 실제로 들리는 듯하였다. 약을 먹고 차마 죽어 버릴까 겁이 나서 잠자는 내 사타구니 속에 손을 집어넣어 성기를 만지작거리다가 그것이 반응을 보이자 이제는 됐다. 얼씨구 좋다, 내 새끼가 살아났다고 안심하여 훗호호호호 장난기 어린 웃음을 터뜨리던 어머니의 그 웃음소리가 귓가에 쟁쟁히 들려왔다.

차마 죽을까 겁이 나서 내 성기를 만지던 천진한 어머니. 죽을 때까지도 철부지였던 내 어머니. 기생 어머니가 죽어 가루로 변하여 버렸다. 그 어머니가 함 속에 한 줌의 분골이 되어 있다.

차는 울퉁불퉁한 비포장도로에서 샛길로 접어들었다. 일년에 한 번도 오지 않을 만큼 나는 이곳을 찾는 일이 드물었지만, 아버지의 무덤으로 가는 길은 정확히 알고 있었다. 미국으로 유학을 떠나기 전 대학생이었을 무렵 나는 걸핏하면 이곳을 찾아왔었으므로.

차 한 대가 겨우 다닐 수 있을 만큼 좁은 산길로 접어들자 소나무가 우거진 송림 숲이 나타났다. 한결같이 비비 꼬이고 비뚤어지고 꼬부라진 소나무들이었다. 그 소나무들 밑동에 펼쳐진 풀밭으로 붉은 피를 뿌린 듯한 영산홍 꽃들과 산철쭉들이 여기저기 만개하여 피어 있었다.

소나무 숲 사이에 자그마한 호수가 있었다. 골짜기에서 흘러내리는 물이 괴어 만들어진 자연적인 호수가 아니라 인공적으로 만든 호수였다. 주위의 논과 밭에다 물을 댈 수 있도록 인위적으로 만든 저수지였는데 그 저수지 속에 양식으로 물고기들을 키우고, 사람들에게 돈을 받고 낚시질을 하도록 만든 일종의 유원지인 셈이었다. 평일이었지만 저수지에는 돈을 주고 낚시질을 하는 사람들이 제법 많이 모여 있었다.

그들을 상대로 한 가게들과 유행가를 틀어놓은 확성기에서 쏟아지는 노랫소리로 저수지는 산 속 같지 않고 장터처럼 시끌벅적하였다.

나는 행락객을 상대로 만들어 놓은 빈터에 차를 세웠다.

"여기서 내려 걸어갑시다."

나는 아내에게 말하였다. 아내는 말없이 어머니의 영정을 가슴에 안은 채 차에서 내렸고, 나는 화장터에서 내준 유골함을 챙겨들고 차에서 내렸다.

"여기서 먼가요?"

"숲길을 따라 조금만 올라가면 돼."

나는 아카시아 나무들로 우거진 숲길을 오르면서 말했다.

'아직도 멀어요? 아직도 먼가요?'

대학에 갓 입학하였을 무렵 어머니는 나를 데리고 이곳까지 왔었다. 생전 처음으로 내게 아버지의 존재를 알려주기 위함이었다. 그때는 시외버스에서 저 먼 큰길가에 내려 산길을 걸어걸어 무덤까지 찾아왔었다. 도대체 이유를 알 수 없는 어머니의 산행(山行)에 나는 자주자주 짜증스런 목소리로 앞장서서 걷는 어머니에게 물어 말하였었다.

"아직도 갈 길이 멀어요? 도대체 어디로 가고 있는 거예요?"

어머니는 대학에, 그것도 쉽게 입학할 수 없는 일류대학에 내가 합격하자 그날 하루 술집 문을 닫았다. 그리고 나서 술집의 모든 젊은 기생 아가씨들과 술 심부름 하는 사내들에게 내가 그렇게도 들어가기 힘든 대학에 과수석으로 합격하여 한 푼의 등

338

록금도 내지 않고 장학금을 받고 입학하였음을 자랑하였다. 어머니는 무엇이든 실컷 먹고 무엇이든 실컷 마시라고 허락한 다음 이렇게 말했다.

"내 아들이 장원에 급제하였소. 내 아들이 암행어사가 되었소. 내 아들이 어사또가 되었소. 내 아들이 임금 앞에서 과거 보고 알성(謁聖) 급제하였소. 예 같으면 도포 입고 임금님이 내리신 관을 쓰고 말 타고 온 동리를 자랑하면서 돌아다니는 것이겠소만 오늘은 우리끼리 잔치를 벌이는 것이니 실컷 퍼먹고 실컷 노시오."

어머니는 신명이 나 있었다.

그처럼 기뻐하고 그처럼 신이 난 모습을 나는 한번도 보지 못하였었다. 어머니는 술 마시고 울고, 술 마시고 또 웃었다. 늙은 퇴기의 아비도 모르는 외아들이 장원에 급제하였다 하여 술머슴들도 술 마시고 웃고, 젊은 기생들도 술 마시고 또 울었다. 술이 거나하게 취하자 어머니는 부채를 들고 한바탕 소리를 하였다.

나도 잘 알고 있는 춘향가 마지막 부분이었다. 어사또 이 도령이 마침내 춘향이를 구해내고 춘향이와 기쁨을 나누고 장모 월매와 한바탕 놀아나는 경사 장면이었다. 어머니는 부챗살을 좌아 펴들고 나서 다음과 같이 말하였다.

"내 아들 빈(彬)이 장원 급제하여 마패 차고 암행어사 되어 왔으니 이 에미가 어찌 기뻐 노래하지 않을 수 있겠소. 내 노래할 터인즉 고수는 북을 잡고 느그들은 춤을 추거라."

어머니는 기뻐서 연신 싱글싱글 웃으면서 소리를 하기 시작하였다.

"…이것이 꿈인가, 이것이 생시인가. 꿈과 생시으 분별을 못허 겄네. 두 손으로 무릎을 짚고 바드드득 떨고 일어서며 얼씨구나 얼씨구나 좋구나, 지화자자 좀도 좋네. 목에 항쇄(項鎖)를 끌러 를 줬으니 목놀음도 허여보고 발에 족쇄를 끌러를 줬으니 종종 걸음도 걸어보자. 동헌 대청 너른 마루 두루두루 거닐며 놀아보 자. 우리 어머니는 어데를 가시고 이런 경사를 모르신고."

온 방안이 난장을 이루고 있었다.

어머니는 소리하고, 술머슴이 북을 치고, 젊은 기생들이 제 흥 에 겨워 춤추고 추임새 찔러 넣다가 마침내 어머니의 소리를 따 라하여 온 집안이 시끄러웠다.

"어데 가야, 여그 있다. 도사령아, 큰문 잡아라. 어사 엄마 행차 하신다. 네 이놈들, 요새도 이렇게 삼문간이 억세냐. 에이, 날 모 셔라. 우리 집 사람들 내으 한 말 들어보소. 우리 집 아들 빈이가 봉이 들어 어화 춘풍에 장원 급제하였소. 어찌 아니가 좋을쏜가. 얼씨구 절씨구 지화자 좋네."

그날 밤, 밤이 깊도록 축하연이 벌어지고 아는 분위기에 휩쓸 려 많은 술을 마시고 많이도 취하였다. 어떻게 해서 바깥채의 내 방으로 건너온지도 모르고 깊은 잠에 빠졌다가 새벽녘에 목이 말라 눈을 뜨니 누군가 내 곁에서 잠들어 있었다.

나는 본능적으로 놀라서 몸을 일으켰다.

어렸을 때부터 나는 언제나 혼자서 잠을 자고 혼자서 깨어나 곤 하였었다. 아주 가끔씩 어머니가 올라와서 술 푸념을 하다가

340

제풀에 지쳐 잠드는 일이 있어도 이렇게 누군가 옆에서 한이불 속에서 잠을 자고 있는 일은 전에 없던 일이었다. 나는 내 곁에서 잠을 자고 있는 사람이 어머니인가 생각하였다. 어머니는 언제나 아래층에서 잠을 잤다. 언제나 가엾은 남자들과 그곳에서 잠을 자곤 하였다. 남자가 떠나면 새 남자가 생길 때까지 혼자서 잠을 잤다. 그런 날이면 어머니의 방에는 날이 샐 무렵까지 불이 꺼지지 않곤 하였다. 한밤중에 오줌이 마려워 계단을 밟고 아래층으로 내려가면 불빛이 새어나오는 문틈 사이로 어머니의 모습이 엿보이곤 하였다. 어머니는 한겨울에도 무엇이 그리 더운지 창문을 활짝활짝 열고 다다미방에 홀로 앉아서 담배를 피우곤 하였다. 혼잣말을 하는 것은 어머니의 버릇이었다. 어머니는 꼭 누구와 대화하듯 혼잣말을 하곤 하였었다.

"너무 그러지들 마시오."

"그만 속 좀 썩이시오. 가슴이 무너지고 억장이 무너져 썩어버렸응께."

"아이고 죽겠구나. 가슴이 타올라 내 못 살겠네."

나는 순간 내가 겉옷을 모두 벗어버린 알몸뚱이임을 깨달았다. 본능적으로 나는 몸을 굽히면서 등을 보이며 잠든 옆자리의 여인을 들여다보았다. 속치마를 입고 잠든 여인은 반대편으로 누워 곤히 잠들어 있었고 머리맡에는 그 여인이 입던 한복이 곱게 개켜져 있었다. 새벽빛이 커튼 사이로 비쳐 들어와 방안의 풍경을 어렴풋이 떠올리고 있었지만 나는 한눈에 그 여인이 어머니가 아닌 다른 젊은 여인임을 알 수 있었다.

이게 웬일인가.

나는 순간 방안을 둘러보았다.

틀림없는 내 방이었다. 낯익은 책상, 낯익은 달력, 낯익은 벽지의 무늬, 분명히 내 방에서 내가 잠을 자고 있음이었다. 그런데 어떻게 된 일인가. 내 방 내 잠자리에 웬 젊은 여인이 잠들어 있는 것일까. 그것도 겉옷은 벗어 버린 내의 차림으로. 방안이 좀 더웠는지 이불을 걷어차고 두 다리 사이에 끼고 잠들었으므로 흰 다리가 선명하게 드러나 있었다. 그 흰 살결이 새벽 미명 속에서 내 눈을 찌르고 있었다.

그때 술기운으로 혼탁해진 내 머릿속으로 간밤의 기억이 희미하게 떠올랐다. 어머니는 춤을 추다 말고 내 곁으로 다가와 귓속말로 이렇게 물었던 듯싶다.

"어사 나으리, 오늘 밤 수청(守廳) 드실라요? 나으리도 이제 스무 살에 옛날 같으면 손자 볼 나이가 되었응께."

나는 순간 당황하였다. 간밤에는 제정신이 아닐 정도로 술을 마시고 제 몸을 가눌 수 없을 정도로 술을 마셔 술판 마지막쯤에는 무엇을 하였는지, 무슨 말을 하였는지 전혀 기억이 되지 않았지만 다정히 다가와 귓속말을 하였던 어머니의 목소리만은 어렴풋이 떠오른다.

"술집 아이 중에 평소에 예쁘다고 마음에 들던 계집아이가 하나 있었다더냐. 부끄러워할 것 없다. 남자가 스무 살이 넘었고, 이제 장원 급제의 헌헌장부가 되었으면 함께 잠자리를 이루어도 흉이 되는 일은 아니니. 그것이 사내의 길이고, 그것이 사내의

342

마땅한 권리이기도 하지."

어머니가 그렇게 말하고 그 특유의 웃음을 웃었던 듯싶다.

홋호호 홋호호호호.

그리고 나서 어머니는 내 어깨를 소리가 나도록 때렸던 듯도
싶다. 그 다음은 전혀 기억되지 않는다. 무슨 말을 하였던지, 내
가 뭐라고 그 말에 대답하였던지, 싫다고 하였던지 좋다고 하였
던지. 그 다음엔 무엇을 하였던지 기억나지 않는다. 언제 술상이
파했으며, 어떻게 해서 바깥채의 내 방까지 올라와 잠을 자고 있
는지, 누가 내 옷을 벗겼는지, 내가 스스로 옷을 벗었는지.

그렇다면.

나는 등을 보이고 잠든 여인의 옆얼굴을 내려다보면서 생각했
다.

옆에서 잠들어 있는 젊은 여인은 어머니가 간밤에 내게 말하
였던 대로 내 곁에 보내온 것이다. 어머니의 농담 섞인 말대로
수청을 들기 위해 술집에서 가장 젊은 여인을 보내온 것이다. 나
는 안다. 어머니의 명령은 술집에서 지상명령이었다. 젊은 기생
들은 어머니의 명령에 죽으라면 죽는 시늉까지 해야 했다. 그녀
들은 어머니를 '엄마'라고 부르거나, '마망'이라고 부르곤 하였
다. 나이 든 여인들은 어머니를 '초선 언니'라고 부를 수 있었지
만 호칭이 어떻건 간에 그녀들은 어머니를 하늘같이 모시고 있
었다. 그러므로 잠자리에 함께 누워 있는 이 젊은 여인은 하늘
같은 어머니의 엄명을 받들어 이곳까지 온 것이나.

나는 참으로 난처하였다.

젊은 여인은 곤히 잠들어 가늘게 코까지 골고 있었으므로 잠을 깨워 보낼 수도 없는 일이었고, 무엇보다 나는 부끄러웠다. 커튼 사이로 비쳐 들어오는 새벽 여명이 점점 밝아지고, 창밖의 뜨락에 우거진 나뭇가지 사이에서 참새들의 울음소리가 요란하였다. 햇살이 섞인 새벽빛 속에 곤하게 자느라 이불을 걷어 찬 여인의 넓적다리가 내게 호기심을 불러일으키거나 성욕을 자극하기보다 수치심을 불러일으키고 있었다.

나는 그저 부끄러웠다.

그래서 이렇게 아들인 내게 상상할 수 없는 부끄러움을 만들어 준 어머니를 나는 원망하였다.

나는 잠든 여인의 옆얼굴을 가만히 들여다보았다. 평소에 여인들은 머리를 틀어올려 비녀를 꽂는 쪽찐 머리였는데 잠자리에서는 비녀를 빼고, 틀어올린 머리를 풀어헤쳤으므로 무성한 머리카락이 옆얼굴을 가리고 어깨 위까지 흘러넘쳐 있었다.

무성한 머리칼 사이로 여인의 얼굴이 숨바꼭질하듯 조금 빠져 나와 있는데 그 얼굴을 보자 나는 그 여인이 누구인가 알 수 있을 것 같았다. 그 여인은 가장 늦게 술집에 나온 여인으로 나이는 나보다 더 어렸으면 어렸지 이상은 아닐 것처럼 앳된 여인이었고, 아주 예쁜 얼굴을 갖고 있었다. 어머니는 그녀에게 설매(雪梅)라는 이름을 지어 주며 이렇게 말하였었다.

"겨울에 매화가 어찌 피겠느냐마는 네 피부가 눈처럼 희니 설(雪)이라 하고 얼굴이 매화처럼 예쁘니 매(梅)라고 하자."

나도 가끔은 그녀를 집 안에서 마주친 일이 있었다. 바깥채에

펌프가 있어 휴일 같은 날 여인들은 떼지어 나와서 빨래를 하기도 하였는데 그럴 때면 그 젊은 여인은 나를 볼 때마다 내가 뭐라고 말을 붙이거나 눈길을 준 것도 아닌데도 제풀에 놀라서 에구머니나, 하고 비명을 지르거나, 낯을 붉히면서 물러서곤 하였었다.

그 여인이 내 곁에 누워 있다.

머리맡에는 입던 한복가지들을 국민학교에서 배운 대로 잘 개어 차곡차곡 포개 놓고 그 여인은 내 곁에 누워 있다. 손가락 하나를 입에 물고서. 고향이 강원도 산골이라던가, 집이 가난하여 식모살이 나왔다가 몸도 예쁘고 얼굴도 예뻐서 이곳까지 흘러들어와 젊은 기생이 된 설매. 나는 순간 화가 솟아올랐다.

그것은 어머니에 대한 분노였다.

도대체 어머니는 아들인 나를 무엇으로 생각하고 있음인가. 어떻게 하라고 이처럼 우스꽝스럽고 어처구니없는 일을 벌인 것일까.

나는 우선 일어서서 옷을 입었다.

옷을 껴입고 나서 맛도 모르면서 배우기 시작한 담배를 피워 물었다. 그러자 기침이 터져 나와 나는 기침을 하였다. 담배 냄새와 기침소리에 잠이 깬 듯 그 젊은 여인은 껴안고 자던 베개를 밀치고 눈을 떠 나를 보았다.

에구머니나.

비명과는 달리 실제로는 놀라거나, 심하게 부끄럽지도 않은 자연스런 태도로 그녀는 이불을 끌어다가 벗은 몸을 가렸다. 입으로 흘러나온 비명과는 달리 그녀는 빤한 얼굴로 나를 빤히 올려보았다.

"깨, 깼어요?"

여인은 서투른 솜씨로 담배를 피우고 있는 나를 쳐다보면서 말을 꺼냈다. 그녀는 이불을 둘둘 말아 몸을 가리면 부끄러움 같은 것이 가리워지기라도 할 것처럼 느껴졌는지 제물 탱크 속에 들어 있는 벌레처럼 이불을 덮어쓰고 있었다.

"간밤 같아서는 사흘이고 나흘이고 못 깨어날 사람처럼 보였었는데."

젊은 여인의 목소리에는 다정함이 깃들여 있었다. 간밤에 무슨 일이 일어나고 무슨 말이 오갔는지는 알 수 없으나 하룻밤을 같은 방, 같은 잠자리에서 지낸 정분으로 여인의 몸짓과 목소리에는 교태가 깃들여 있었다.

나는 아무런 말도 없이 나무기둥에 몸을 기대어 앉아 기침을 하면서 담배를 피우고 있었다.

"저두 담배 한 대 주세요."

여인은 다소 딱딱한 표정으로 앉아 있는 내게 말을 걸어왔다. 내가 퉁명스럽게 담뱃갑에서 담배를 한 대 빼주자 여인은 당연한 것처럼 내게 말하였다.

"불도 붙여 주셔야죠."

내가 담배에 불을 붙여 주자 여인은 둘둘 만 이불 속에서 손 하나를 빼 담배를 받아들더니 익숙한 몸짓으로 그것을 피우기 시작하였다.

346

"내가 여기에 있는 게 못마땅하게 느껴지실지 어떨지는 모르지만 엄마가 나보구 도련님을 부축해서 잠자리에 재우구 수발을 들라고 하셨다구요. 그처럼 화난 얼굴은 하지 마세요. 내가 내 발로 온 것은 아니고 엄마가 가라구 해서 왔으니까요."

"…가십시오."

나는 깍듯하게 공대어로 말하였다.

"아침이 밝았으니까 가십시오."

"…물론 가야지요."

여인은 몇 모금 빨고 나서 담배를 눌러 껐다.

"간밤과는 다르시네. 간밤에는 나를 못 가게 옷이 찢어지도록 붙들고 나서는."

장난기 어린 목소리로 여인은 나를 빤히 보았다.

"대학생 도련님. 저두요, 남자와 함께 잠을 자보는 것은 태어나서 처음이라구요. 밤새도록 코고는 소리에 한숨도 못 자다가 새벽녘에야 겨우 잠들었는데."

계속 퉁명스런 목소리로 그녀를 강제로 쫓아내다시피 하여 보내고 나자 나는 어머니를 향한 치미는 분노를 견딜 수가 없었다. 그래서 계단을 내려가 미닫이문을 열었을 때 어머니는 벌써 깨어나 앉아서 화투를 치면서 하루의 재수점을 보고 있었다. 내가 거친 소리를 내면서 문을 열자 어머니는 다소 의외라는 듯 놀란 표정으로 나를 쳐다보면서 말하였다.

"어사또 나으리께서 이처럼 꼭두새벽에 일어나시다니. 어디 암행어사께서 출또(出頭)하실 곳이라도 있으시단 말인가."

나는 화가 나 거친 숨을 쉬면서 문밖에 낯을 붉히고 서 있었다.

"그래 어쩝디여. 고것이 사또 나으리 수발을 잘허던가."

남도창을 좋아하는 어머니는 자연 전라도 사투리를 즐겨 쓰고 있었다.

"난 나갈 거예요."

나는 불쑥 소리를 질러 말하였다.

"그전부터 난 결심하고 있었어요. 대학에 들어가면 집을 나가 학교 근처에서 하숙을 얻어 혼자 살기로 결심했었다구요. 난 나갈 거예요. 난 이 집이 싫고 어머니가 싫어요. 숨이 막혀서 못 살 것 같아요. 난 나갈 거예요."

어머니와의 결별을 선언하는 내 말을 어머니는 아무런 표정 없이 듣고만 있었다.

그 다음날로 나는 학교 근처에 하숙을 얻어 집을 나왔으며 그 이후로는 영영 어머니의 곁으로 돌아가지 않게 되었다. 처음에 집을 나올 때는 그렇게도 오랫동안의 영원한 이별이 되어 버릴 줄 나는 생각지 않았었다. 그저 한때의 이별이겠거니 생각하였을 뿐이었다. 대학 생활 때까지만 따로 떨어져 있으려니 생각하였는데 그것이 어머니와 자식간의 인연까지 끊는 영원한 이별이 되어 버린 것이었다.

그렇게 절연의 계기를 만들어 준 것은 내 쪽이 아니라 어머니 쪽이었다.

7

나는 어머니의 유골함을 들고 아카시아 나무숲 사이로 난 좁은 오솔길을 따라 걸으면서 30년에 가까운 오래 전, 그때의 일을 회상하여 보았다. 상복을 입은 아내의 걸음이 빠른 내 발걸음을 총총걸음으로 따라오고 있었다.

"아직도 멀었어요?"

아내는 숲길을 돌아 나가면서 내게 소리쳐 물었다.

"이제 다 왔어. 조금만 더 가면 돼."

어머니.

대학에 합격하였음을 경축하는 술좌석에서 가장 어리고 가장 예쁜 기생을 내 잠자리에 들여보내 수청을 들게 한 내 어머니. 그 어머니의 뼛가루가 내 손에 들려 있다. 30년 전에는 도저히 이해할 수 없었던, 아니 이해하기보다 차라리 화가 나고 분노하게 만들어 그 길로 집을 뛰쳐나오게 한 어머니의 철없는 행동을 이제 나는 이해할 수 있다. 어머니는 내 잠자리에 어린 기생을 들여보냄으로써 자신의 곁을 떠나려는 아들을 묶어 두려 함이었다.

그때 내가 어머니의 원대로 그 어린 기생의 몸을 받아들이고, 그 어린 기생에게 내 동정(童貞)을 빼앗길 수 있었다면 나는 어머니를 좀더 빨리 이해하고 어머니와 같은 공범자가 되었을 것이다. 어머니는 아들을 자신과 같은 공범자로 만들기 위해 내게 그런 상상할 수 없는 행동을 하였을 것이다.

어머니.

나는 아버지의 무덤에 이르는 숲길을 돌아 나가면서 중얼거렸다.

그때 나는 어머니의 소원대로 그 어린 기생과 몸을 섞었어야 옳았을 것입니다. 그렇게 되었더라면 나는 어머니의 곁을 떠나지 않았을지도 모릅니다.

어머니.

어머니는 자신이 열여섯의 어린 나이에 환갑이 넘은 아버지 의친왕을 만나 육체의 정분을 나눔으로써 비천한 기생의 신분에서 왕가의 성은을 입게 된 것처럼 그 일을 아들인 내게 고스란히 재현시킴으로써 아들과의 인연을 영영 끊고 싶지 않으셨을 것입니다. 어머니는 아들인 제가 당신의 곁을 떠나 영영 남이 되어버릴지도 모른다는 사실이 두려우셨겠지요. 그래서 그러한 음모를 꾸미셨겠지요.

숲길을 돌아나가자 인근 저수지의 유원지에서 들려오는 행락객을 상대로 한 확성기의 노랫소리도, 소음도 들려오지 않았고 한적하였다. 오후의 햇살이 숲 사이로 기둥을 이루면서 쏟아져 내리고 있었다. 피로에 지친 아내는 좀 쉬었다 가고 싶은 눈치였지만 나는 걸음을 멈추지 않았다. 아버지의 무덤에 다 왔기 때문이었다.

그러나 어머니.

나는 30년 전의 기억을 되살리면서 중얼거렸다.

내가 어머니의 곁을 영원히 떠나 남남이 되어 버린 것은 바로 그날의 기억 때문입니다. 어머니, 그때 어머니는 아래층으로 내려가 간밤의 일을 따져 묻고 거칠게 집을 나갈 것을 선언하는 내 말을 화투점을 치면서 끝까지 듣고 나서 이렇게 말하였지요.

"네가 나가고 싶으면 언제라도 좋으니 가고 싶은 때 나가거라. 그 대신 네가 내 곁을 떠나 이 집을 나가기 전에 우선 나와 함께 갈 곳이 있다. 그곳에 나와 함께 단둘이 다녀오고 나서 내 곁을 떠나든지 말든지 결심하거라. 난 너를 키우면서 20년 동안 언제 그곳에 너와 함께 다녀올 것인가, 그리고 또 언제 그곳에 가서 가슴속에 묻어 두었던 모든 이야기를 털어놓을 것인가 그것만 생각하였었다. 난 이제야 때가 되었다고 생각한다."

그때 어머니는 전에는 볼 수 없었던 진지한 표정으로 문 밖에 선 내게 말하였었지요.

"자, 길을 떠날 준비를 하시지요, 어사또 나으리. 가실 때는 대학교의 교복을 꼭 입으셔야 합니다. 어사또 나으리께서 입으시는 교복이야말로 상감마마가 내려 주신 장원 급제의 전복이니까요."

그리고 나서 어머니와 나는 먼 길을 떠났다. 평생 처음 아들인 내게 출생의 비밀을 알려주는, 아버지 의친왕에 이르는 무덤까지의 이 먼 길을.

나는 기억한다.

어머니는 그때 기생의 쪽찐 머리를 풀고 비녀를 뽑아내렸었다. 언제나 한결같이 입던 화려한 무늬의 한복을 벗고 상복에 가까운 흰빛의 옷으로 갈아입었었다. 나는 어머니의 말대로 대학에 입학하여 맞춘 대학 교복을 입고 있었다.

태어나 처음으로 찾아가는 아들인 내가 자랑스런 대학교에 한 푼의 등록금도 내지 않고 우수한 성적으로 합격하였음을 아버지의 영혼 앞에 자랑하고 싶으셨을 것이다.

참으로 먼 길이었다.

그때의 기억은 가도가도 끝없는 사막을 헤맨 것 같은 꿈속의 일인 것처럼 아득히 느껴지고 있다. 계절은 지금보다 조금 빨라서 온 산과 들에는 진달래 천지였었다. 저 먼 길가에서 시외버스를 내려 이곳 무덤까지 줄곧 걸어만 왔었다. 어머니는 그때 햇볕을 가리느라고 양산을 쓰고 있었고 무덤에서 먹을 음식가지들을 담은 보따리를 들고 있었다. 한 손에는 양산을 들고 한 손에는 먹을 음식을 담은 보따리를 든 어머니가 안쓰러워 내가 몇 번이나 그 보따리를 들겠다고 우겨도 어머니는 막무가내였었다.

"어사또 나으리께오서 계집년들이나 들고 다닐 음식 보따리를 들고 다니시면 쓰겠소. 그저 맨손으로 가시오. 맨손으로만 가시오."

그때는 이곳까지 이르는 먼 길이 맨 산이요, 맨 숲이라 지천으로 진달래에 개나리꽃이고, 철쭉에 벚꽃이라, 쉬엄쉬엄 어머니는 쉬었다 쉬었다 가면서 이따금 숲속에서 뻐꾸기 우는 소리도 함께 듣곤 하였다. 그럴 때면 어머니는 향기가 나는 화려한 꽃무늬의 손수건으로 이마에 송글송글 맺힌 땀을 꼭꼭 찍으면서 이렇게 탄식하곤 하였었다.

"참 좋으요, 잉. 이렇게 아드님이신 그대와 이 멀고 먼 시골에 나와 앉아서 철철철철 흘러내리는 물소리도 듣고. 오메, 저 산에 들에 허벅지게 흐드러져 핀 꽃들도 본께 참으로 좋으요, 잉. 어쩌면 저리도 고울까, 쌍년의 꽃들이 저리도 고울까, 잉. 이렇게 아드님이신 그대와 나와 앉아서 저 산골짝에서 우는 뻐꾸기 울음소리 들으니 참으로 미치게 좋소, 잉. 뻐꾹뻐꾹 뻐꾹뻐꾹. 무엇이 슬프건디 저리도 슬피 우는가, 잉."

어머니가 어머니의 표현대로 '아드님이신 그대'인 나와 단둘이 걷는 그 산길에 취해서 그처럼 기뻐하고 그처럼 즐거워하는 것도 아랑곳하지 않고 나는 줄곧 이렇게 짜증을 부리면서 볼멘소리로 재촉을 하였었다.

"도대체 어디를 가는 거예요? 아직 갈 길이 멀었나요?"

이 길이 바로 어머니와 함께 걷던 그 길이었다. 30년 전의 그 길을 이제는 아내와 함께 걷는다. 꼬박 저 큰길에서부터 걸어오던 그 먼 길을 이제는 단숨에 자동차로 달려와 공터에 세우고 단숨에 숲길을 올라 무덤에 이른다. 30년 전 어머니와 함께 오르던 이 길에 이제 어머니는 없다. 어머니는 간 곳이 없고 남기고 간 한 줌의 뼛가루뿐이다. 내 머릿속으로 불교의 경전 중에서 초기 경전인 《남전대장경(南傳大藏經)》에 수록되어 있는 시경(詩經)의 한 구절이 떠올랐다. 흔히 《숫타니파타》라고 불리는 이 시경 속에서 부처는 육성에 가까운 목소리로 다음과 같이 노래하고 있다.

'아, 짧도다. 인간의 생명이여.

그대, 백 살도 못되어 죽어 버리는가.

아무리 오래 산다 해도 결국은 늙어서 죽는 것을.

사람들은 내 것이라고 집착하는 물건 때문에 근심한다. 자기가 소유한 것은 영원한 것이 아니기 때문이다. 이 세상 것은 모두 변하고 없어지는 것으로 알고 집에 머물러 있지 말아라.

눈을 뜬 사람은 꿈속에서 만난 사람을 다시 만나볼 수 없듯이 사랑하는 사람이 죽어 한 번 이 세상을 떠나면 다시는 만날 수 없다.

누구누구라고 하던 사람들도 한 번 죽은 후에는 그 이름만이 남을 뿐이다.'

그렇습니다. 부처여.

그대의 말처럼 꿈속에서 만난 사람은 깨어 눈을 뜨면 다시는 만날 수 없을 것입니다. 내가 어머니와 함께 걸었던 그 먼 길은 한갓 내가 꿈꾸었던 백일몽이었습니다. 그 꿈을 깨고 나니 다 간 곳이 없습니다. 그 숲길도, 그 꽃들도, 뻐꾹뻐꾹 슬픈 소리로 울어 대던 그 뻐꾸기 소리도 다 간 곳이 없습니다. 그뿐 아니라 그때 함께 걷던 어머니도 간 곳이 없습니다. 간 곳이 없이 사라져 버리고 한 줌의 뼛가루가 되어 내 손에 들려 있습니다.

갑자기 숲길이 끊어지고 공터가 나타났다.

작은 언덕을 깎아 만든 분지 속에 두 개의 무덤이 누워 있었다. 그 누구도 돌보지 않는 무덤이었으므로 무덤가에는 지난해의 풀들이 웃자라 있었고, 무덤가에는 잡목들과 잡초들이 우거

354

져 황폐하게 변해 있었다.

　아내는 지금껏 한번도 말조차 꺼내지 않았던 아버지, 그러니까 자신의 시아버지 무덤에 마침내 이르렀음을 깨달았기 때문인지 긴장한 표정으로 주위를 둘러보았다. 그러나 다행인 것은 아버지의 무덤 앞에는 아버지의 존재를 나타내 보일 수 있는 묘비도 석등도 묘석도 세워져 있지 않음이었다.

　다만 아버지의 무덤과 나란히 누워 있는, 명성황후에 의해서 비참하게 죽어간 생모 장씨의 무덤 앞에만 다음과 같은 묘비가 새겨져 있을 뿐이었다.

　'貴人 德水張氏之墓'

　나는 무덤 앞에 잠시 앉아서 들고 온 어머니의 분골함을 풀밭 위에 내려놓았다. 대충 손으로 무덤 주위의 잡초를 뜯어냈지만 무덤은 손으로 벌초하여 정리될 수 있을 만큼 온전치 못하였다. 무덤은 봉분은 뚜렷하였지만 황폐해져 있었다. 분지 주위로는 아카시아 같은 잡목들이 울창하게 우거져 있었고 가시덩굴이 땅 위를 뒤덮고 있었다.

　"이것이 나의 아버지 무덤이오."

　나는 어떠한 행동을 취해야 할지 난처한 표정을 하고 있는 아내를 돌아보면서 말하였다.

　"당신에게는 한마디도 말하지 않았던 내 아버지의 무덤이오. 저 옆에 있는 무덤은 내 아버지의 어머니, 내겐 할머니의 무덤이오. 아버지는 그러니까 할머니와 나란히 묻혀 있는 셈이오."

　아내가 약간의 상식이 있다면 할머니의 묘비 앞 맨 처음에 새겨져 있는 '귀인(貴人)'이라는 단어에서 뭔가 눈치를 챘어야 했을 것이다. 귀인이라면 조선시대의 종일품(從一品) 내명부(內命婦)의 봉작(封爵)으로 왕의 첩임을 나타내는 용어인데 아내는 그 단어의 뜻을 눈치채지 못하고 있었다. 하기사 이미 왕조가 멸망한 지 한 세기가 가까웠는데 그러한 궁중 용어가 도대체 무슨 소용이 있을 것인가. 이미 왕조는 멸망하였는데 왕가의 무덤이 무슨 의미가 있을 것인가. 사극(史劇)에서나 들을 수 있는 궁중 용어가 아내의 뇌리에 떠올라, 찾아온 무덤이 다름 아닌 왕가의 무덤임을 연상해 낼 만큼 아내는 분별력을 갖고 있지 못했다.

"어째서."

아내가 손에 들린 어머니의 영정을 소중히 풀밭 위에 내려놓으면서 입을 열어 물었다.

"무덤 앞에 비석이 없는 거죠? 할머니의 비석은 있는데 왜 당신 아버님의 묘비는 보이지 않는 거죠?"

"아무도 세우지 않아서 없는 거지."

나는 냉소적으로 말을 잘랐다.

나는 영문을 모르는 아내에게 다음과 같이 설명을 해주고 싶었다.

'그것은 말이오, 아버지의 무덤 앞에 묘비가 없는 것은 내 책임이 아니오. 아버지에겐 나말고 스물여덟 명의 자식들이 있었소. 우리가 이곳에 뿌리려고 함께 가져온 어머니말고도 아버지에게는 살아 생전 열여덟 명의 부인이 있었소. 아니오, 그뿐만이 아니오. 아버지에게 열여덟 명의 부인이 있었다는 것은 공식적

356

으로 알려져 있는 숫자일 뿐 실제로는 훨씬 더 많은 숫자일 것이오. 내 어머니만 해도 그 공식적인 숫자 속에 포함되지 못한 숨겨진 부인이었소. 도대체 살아 생전 자신이 몇 명의 부인을 거느렸는가는 무덤 속에 묻혀 있는 의친왕 자신도 모를 것이오.'

나는 말없이 무덤가를 돌며 잡초들을 손으로 뽑아내리면서 생각하였다.

'내가 다름 아닌 의친왕의 사생아임을 알게 되었을 때 나는 학교 도서관에 틀어박혀 수많은 자료들과 낡은 신문들을 들춰내어 의친왕과 그의 자녀들에 관한 기록들을 훑어 보았소. 1958년 2월 3일자로 밝혀진 아버지 의친왕의 부인은 18명. 그의 아들은 16명, 딸은 12명으로 알려져 있었소. 그러나 그것은 어디까지나 공식적으로 알려진 숫자일 뿐 술집 작부, 여승 등 아버지가 닥치는 대로 상대한 여인은 이보다 훨씬 더 많고, 사생아로 태어난 아이들도 훨씬 더 많이 있소. 내 어머니가 그중의 하나이고, 당신의 남편인 내가 바로 그중의 하나인 것이오. 당신은 이제 왜 아버지의 무덤 앞에 묘비가 세워져 있지 않은가 내게 그 책임을 물을 필요는 없소. 난 아버지의 숨겨진 아들로 그의 성조차 물려받지 못한 사생아일 뿐이므로.'

나는 무덤가에 난 잡초를 뜯으면서 30년 전 어머니와 둘이서 이 무덤가에 찾아왔던 그날의 기억을 떠올렸다. 어머니는 나를 이 무덤 앞에 이끌고 와서 이렇게 말하였었다.

"이것이 느그 아버지 무덤이다. 이제 와서 네게 한번도 말하지 아니하였던 느그 아버지에 관한 모든 것을 알려주겠다. 너를 낳고 나서 오늘 이날이 오기까지 내 얼마나 속썩이며 기다려왔는지 모른다. 아드님이신 그대의 나이가 어렸을 적에는 데리고 와서 말한다 하여도 무슨 얘기인지 잘 모르겠웅께 내 그냥 참아 버리고 참아 버리고 하였지요."

어머니는 복장이 터지는지 얘기하다 말고 말을 끊고 한참을 울다가 다시 말을 잇고, 감정이 북받쳐 오르면 다시 말을 끊고 또 한참을 울다가 말을 잇곤 하였다. 어머니의 눈물은 통곡이 되어 터져 흐르는 눈물이 아니라 이를 악물고 참아내려는 오열과 같은 것이었다.

어머니는 그때 내게 이런 얘기들을 해준 것 같다.

무덤에 묻힌 너의 아버지는 조선왕조의 황제였던 고종의 둘째 아드님이신 의친왕이라는 것. 자신이 의친왕을 만난 것은 열여섯의 어린 나이로서 동기 시절이었다는 것. 그때 너의 아버지는 환갑이 넘은 할아버지였었다는 것. 성은을 입어 너를 배고, 열 달을 채운 후에 너를 낳자 아버지는 내게 지금 살고 있는 한 채의 한옥을 하사해 주셨다는 것. 그 후로 자주 만나 뵙지는 못하고 너에게 아버지의 성을 물려 주고 싶어 자주 청원을 하고는 하였지만 끝내 그 소망을 이루지 못하고 너를 사생아로 만들고 말았다는 것. 그리고 나서 어머니는 울면서 이렇게 말하였던 것 같다.

"느그 아버님이신 전하께오서 돌아가셨을 적에 나는 여덟 살인가, 아홉 살인가 어린 너를 데리고 인사 동궁으로 찾아갔었지. 동궁 앞에는 만장이 휘날리고 온갖 꽃들이 만발하더구먼. 내가

358

어린 너를 데불고 빈소로 찾아간 것은 너를 아버지의 아들로 인정받고 싶어서 그런 것이었어. 왜냐하믄 너는 그때 사생아가 되어서 호적에도 못 올라 핵교에 갈 나이면서두 취학 통지가 나오지 않아서 말이여."

어머니는 그때 한이 맺힌 듯 울다가 길게 한숨을 내쉬곤 하였었다.

"그래 너를 데불고 동궁 앞에 갔더니만 입구를 지키던 사람이 가로막고 묻데. 으쩐 연유로 빈소에 들어가냐구 말이여. 그래 내가 말혔었지. 그분은 내 서방님이고, 이 아이는 그분의 아드님이오. 그러나 난 문안으로 들어가지도 못하였소. 그냥 쫓겨나고 말았던 것이지. 그래서 별 수 없이 자넨 사생아가 돼뻗졌지요. 학교에 넣기 위해서는 할 수 없이 내 성을 물려 줄 수밖에 없었으니까."

나는 어머니의 고백을 들으면서 슬프지도, 놀라지도 않았다. 너무나 지나친 충격은 감정의 변화를 더디 가져오는 것일까. 나는 그저 멍한 느낌이었다.

어머니는 아버지의 무덤 앞에 가져온 음식을 펼쳐 놓고 술을 따랐다. 마치 살아 있는 사람에게 올리듯 어머니는 두 손으로 술을 따르고 두 손으로 술잔을 들어 무덤가에 뿌렸다. 어머니는 옆자리의 할머니 무덤에도 술잔을 올리고 술을 뿌렸다. 그리고 나서 어머니는 내게 술잔을 따라 올릴 것을 명령하였다.

내가 술을 따르고 절하자 어머니는 내게 말하였다.

"오늘부터 아드님이신 그대의 성은 이(李)씨로 되었으니 그런

줄 아시오. 아드님이신 그대의 이름도 내가 지은 것이 아니라 전하께서 직접 자신의 손으로 지어 주신 이름이니까."

그리고 나서 어머니는 내 앞에 무릎을 꿇으셨다. 내가 당황해하였지만 어머니는 내 앞에 정중히 절을 올리고 나서 두 손으로 술을 따라 주셨다.

"저야 비록 기생의 신분인 천비(賤婢)이오나 아드님이신 그대는 왕세자의 세자마마이옵니다. 세자께오서는 왕가의 피를 타고 난 왕자마마이옵습니다."

잔이 넘치도록 술을 따라 내게 두 손으로 받쳐 올리면서 어머니는 말하였었다.

"세자마마, 제가 올리는 술 한잔을 받아 드십시오."

지금 정확히 기억되지는 않는다.

무릎을 꿇고 두 손으로 술을 따라 두 손으로 올리는 그 술잔을 내가 받아 마셨던가 어쨌던가 하는 기억은 불분명하다. 아마도 나는 그 술을 마셨을 것이다. 어머니와 자식간의 술잔이 아니라 마치 군신의 예의를 다하는 것 같은 그 술잔을 나는 마셨을 것이다.

어머니의 그 말 한마디가 내 영혼을 파고들었다. 아들이었던 내게 무릎을 꿇고 두 손으로 술을 따라 올리면서 말하던 그 한마디가 내 인생의 씻겨지지 않는 운명이 되고 말았다. 이미 한 세기에 가까운 세월 전에 멸망해 버린 왕조였지만 내 마음속에 다시 일어나서 왕국을 이루었다. 비록 스물여덟 명의 족보에도 끼지 못한 사생아였으며, 멸망해 버린 왕가의 성조차 물려받지 못한 이방인이었지만 어머니에게서 들은 그 엄청난 비밀은 내 마음속에서 하나의 왕국을 이루었다.

나는 왕자다.

나는 왕가의 피를 타고난 왕자다.

만약 왕조가 멸망하지 않았더라면 나는 황위에 올랐을지도 모른다. 내겐 어머니의 비천한 기생의 피가 흐르고 있다. 내 아버지인 의친왕에게도 비천한 기생의 피가 흐르고 있다. 아버지의 무덤 곁에 묻혀 있는 아버지의 생모인 장씨에게도 기생의 피가 흐르고 있으므로. 나는 반인반수(半人半獸)의 스핑크스다. 그러나 나는 안다. 왕조가 멸망하지 않았더라면 나는 스물여덟 명의 이복형제들을 따돌리고 대군으로 떠오를 수 있었을 것이다. 나는 그 누구에게도 지지 않았을 것이다. 황위를 노리는 권력다툼이 있었다면 나는 반드시 이겼을 것이다. 반정(反正)을 꾀하여 혁명을 이루어서라도 나는 황위에 올랐을 것이다.

어머니에게서 들은 그 엄청난 출생의 비밀이 내게 꿈의 세계를 현실로 다가오게 하여 나를 몽상가(夢想家)로 만들었다.

그 이후부터 나는 대학생으로서 빛나는 청춘을 만끽하기보다 우울한 몽상가가 되었다. 내가 자주 우울했던 것은 내가 그리는 꿈이 헛깃 꿈이 아니라 실제의 현실로 절실하게 다가온다는 점이었다. 내가 가장 슬펐던 것은 기차를 타고 저 먼 교외의 왕릉을 찾아갔을 때였다. 그것은 왕조의 말기 황제들이 묻혀 있는 가족 왕릉이었다. 꽃피는 계절이 지난 신록의 계절이었으므로 왕릉은 텅 비어 있었다. 넓은 왕릉들 주위로 담장이 둘러져 있었고, 능 안은 키 큰 소나무들이 울창하게 우거져 있었다. 내가 찾아간 왕릉은 제26대 황제였던 고종과 그의 비 명성황후(明聖皇后), 그러니까 내 아버지를 낳은 생모 귀인 장씨를 문초하여 자살하게 만든 그녀가 함께 묻힌 홍릉(洪陵)과, 제27대 황제였던 순종과 그의 비 순명황후가 묻힌 유릉(裕陵), 그 두 왕릉을 합쳐 홍유릉(洪裕陵)이라고 부르는 곳이었다.

그곳을 찾아갔을 때 나는 그곳에서 죽고 싶었다.

나는 그 왕릉에 고등학교 시절 친구들과 놀러갔던 적이 있었다. 그때는 무심코 왕릉을 돌아다니면서 도시락을 까먹고 사진을 찍고 하였지만 아아, 그해 봄 4·19혁명이 일어났고, 진달래 피는 그 봄에 내 친구들이 경찰이 쏜 총에 맞아 그 가슴에 진달래보다 더 붉은 피들을 쏟으며 죽는 것을 보았던 나는 내가 원하던 대학에 입학한 즐거움도 잠깐, 그 왕릉에서 내 친구들처럼 진달래보다 더 붉은 피를 쏟으며 죽고 싶었다.

내가 사진을 찍기 위해 올라가 타고 놀던 기린, 코끼리, 해태 등의 석수(石獸)들은 고종황제의 무덤을 지키는 돌짐승들이었으며, 그 무덤 속에 묻힌 사람이 바로 내 할아버지라는 사실을 인식하였을 때 나는 들고 간 소주를 꺼내 마시면서 울었다.

한낮의 왕릉 속에는 아무도 없었으므로 나는 마음놓고 울 수 있었다. 나는 할아버지인 고종황제의 침전(寢殿) 속에서 울었고, 왕릉 위에 소주를 따라 부으면서 울었다. 나는 그 무덤 속에 묻힌 할아버지가 불쌍해서 견딜 수가 없었다. 그 가엾은 할아버지, 일본인들에 의해 독살된 내 할아버지가 불쌍해서 견딜 수가 없었다. 그러나 그 무덤 속에 묻힌 할아버지 고종보다 더 불쌍하였던 것은 왕릉 위에서 울고 있는 내 자신이었다.

나는 내가 불쌍해서 견딜 수 없었다.

망해 버린 왕조의 후예로서 왕국을 꿈꾸는 몽상가로서의 내가 불쌍해서 견딜 수 없었다. 자랑스럽게 입학한 대학 시절 나는 보았다. 내 친구가 총에 맞아 죽는 모습을. 보다 더 큰 자유, 보다 더 큰 민주를 꿈꾸다 가슴에 총을 맞아 피를 흘리면서 죽던 내 친구들. 그 친구는 아직 성한 몸으로 살아남은 내가 피를 뽑아 수혈하려 하자 이렇게 말하였다.

"나보다 더 어린 저 친구에게 피를 주게."

머리를 깎은 고등학생에게 피를 양보하고 죽어 가던 내 친구를 보면서 나는 이를 악물었다. 이것이 내가 바라던 청춘인가. 이것이 내 왕국인가. 나는 할아버지의 무덤 앞에서 독을 마시고 죽고 싶었다. 내 친구처럼.

나는 젊었으나 희망도 없었다.

한낮의 태양은 발광하듯 뜨거웠고, 내 할아버지, 내 큰아버지의 왕릉 앞에는 아무도 없었다. 홍살문까지 일렬로 세워진 문무석(文武石)의 석인(石人)들만 태양빛을 받고 눈부시게 빛나고 있었다. 돌로 만든 신하들, 무덤 속에 묻힌 영혼들을 지키는 돌로 만든 신하들. 나는 내가 스무 살의 뜨거운 피가 흐르는 청춘이 아니라 그 왕릉을 지키는 돌사람들처럼 돌의 피와 돌의 심장을 지닌 사람처럼 느껴졌다.

마실 줄 모르는 뜨거운 낮술은 나를 취하게 하였고, 텅 빈 왕릉을 내리쬐는 한낮의 뜨거운 태양은 나를 광기로 몰아넣었다. 나는 들고 간 술을 한꺼번에 마시고 그곳 무덤 앞에서 잠이 들었다.

"일어나세요, 일어나세요."

나는 누군가 나를 깨우는 소리에 정신이 들어 주위를 둘러보았다. 낮술에 취해 아마도 석인들 발 아래에 머리를 기대고 그대로 잠이 들었던 모양이었다. 한낮의 태양빛은 석인들의 그림자로 가리워지고, 돌에서 풍겨오는 싸늘한 냉기 덕으로 깊은 잠에 빠질 수 있었던 모양이었다.

"문을 닫을 시간입니다. 이런 곳에서 이렇게 잠을 자면 어떻게 합니까."

아마도 왕릉을 지키는 묘지기인 모양이었다. 아마도 그는 나를 할 일 없이 배회하는 젊은 부랑인으로 생각하였을 것이다. 갈 곳이 없어 왕릉에 입장권을 사고 들어와 낮술을 퍼마시고 엉망으로 취해 바람에 날아다니는 신문지 한 장으로 한낮의 태양빛을 가리고서 잠들어 있는 거렁뱅이쯤으로 생각하였을 것이다.

나는 갑자기 재미있는 생각이 들었다. 그래서 벌떡 몸을 일으켜 몸에 묻은 흙먼지를 툭툭 털고 나서 그 묘지기를 보고 이렇게 말하였었다.

"이 왕릉 속에 묻혀 있는 사람은 나의 할아버지입니다."

내가 무덤을 가리키면서 말하자 묘지기는 어리둥절한 얼굴로 나를 쳐다보면서 말하였다.

"뭐라구? 이 무덤 속에 묻힌 사람이 젊은이의 할아버지라구?"

"…그렇소."

내가 정색을 하고 대답하자 그는 피식 웃었다. 그의 얼굴에 정신이 돌아버린 사람을 마주하였을 때처럼 재미있다는 표정이 떠올랐다.

"그러하면 젊은이가 고종황제의 손자란 말이오?"

"…그렇소."

"이봐요, 젊은이. 젊은이는 낮술을 마시고 대낮부터 취해 버리셨군."

그는 발 아래 구르는 소줏병을 주워들면서 말하였다.

"할아버지구 나발이구 어쨌든 나가시오. 퇴장 시간이 되어 문 닫을 시간이 되었으니. 그리고 고종황제의 손자이신 젊은 청년, 나가실 때 쓰레기통에 이 술병을 버리고 나가시지. 자기가 마신 술병은 자기가 버리는 게 당연한 일이니까."

허락된다면 나는 그 묘지기의 뺨을 때리고 싶었다. 뺨을 때리고 나서 이렇게 말하고 싶었다.

'그대가 진정으로 내가 누구인 줄 알았더라면 내 앞에 무릎을 꿇고 용서를 빌 것이다.'

그리고 나서 내 발까지 무릎으로 기어와 발등에 입을 맞추고 살려줄 것을 간청할 것이다.

어디선가 왕릉의 문 닫는 시간을 알리는 듯한 호루라기 소리가 들려오고 있었다.

나는 그 호루라기 소리에 쫓기듯 저물어 가는 왕릉을 그 비어 버린 술병을 들고 빠져 나왔다. 한낮의 그 뜨거웠던 태양빛도 저물어 있었고 왕릉의 뜨락에는 낙조(落照)만 가득하였다. 소나무

숲은 석양빛을 받아 붉게 물들고, 그들은 한때 이 지상에서 최고의 권세와 최고의 영화를 자랑하던 왕릉 위에 긴 그림자를 내던지고 있었다.

8

나는 아버지의 무덤가를 돌면서 대충 손으로 뽑은 잡초들을 한데 모아 비탈진 잡목 사이로 던지면서 중얼거렸다.

"그땐 참 많이도 이 무덤가에 찾아오곤 하였지요, 아버지."

그땐 걸핏하면 혼자 시외버스를 타고 먼 산길을 걸어 걸어 이 무덤에 찾아오곤 하였었다.

어머니와 이 무덤으로 찾아왔던 그 다음날로 나는 집을 나가 학교 근처에 하숙을 하였으며 어머니와의 인연은 그것으로 끝이 나고 말았었다. 그러나 어머니와의 인연이 끝난 대신 20년 만에 처음으로 알게 된 출생의 비밀, 아버지와의 만남은 새로 시작된 셈이었다.

이 무덤은 나를 몽상가로 만들었으며, 이 무덤에서 나는 왕도(王道)를 꿈꾸었다. 나는 이 무덤에 찾아와 온종일을 보내면서 맹세하곤 하였었다.

나는 왕이 될 것이다. 나는 내 왕국을 새로 세울 것이다. 멸망한 왕조를 일으켜 세우고 그 왕국의 이름을 부흥시킬 것이다.

나는 무덤 앞 풀밭 위에 놓아둔 분골함으로 다가갔다. 이제는 해질 무렵이어서 뉘엿뉘엿 태양빛도 저물어 가고 거센 바람에 나뭇잎도 풀도 눕고 있었다.

나는 무릎을 꿇고 분골함을 집어들었다.

함의 겉은 정갈하게 하얀 천으로 곱게 싸여 포장되어 있었다. 천천히 매듭을 풀고 천을 풀어내리자 그 안에서 빛깔이 하얀 백목(白木) 상자가 나타났다.

나는 상자의 뚜껑을 벗겨내렸다.

상자 속에는 정제된 분골이 들어 있었다. 빛깔이 너무 희었으므로 태운 육신의 잔해라기보다 여러 가지 방법으로 말리고 태우고 건조시켜서 얻어낸 순도 높은 결정당(結晶糖)처럼 느껴졌다.

분골함을 들고 그 속에 손을 찔러 넣었을 때 나는 가슴이 찢어지는 것 같은 슬픔을 느꼈다. 뼛가루 속에는 따스한 체온조차 깃들어 있지 않았다.

나는 어머니의 뼛가루를 한 줌 움켜쥐고 아버지의 무덤가에 힘껏 흩뿌렸다. 소나무 숲 사이로 숨어들어 온 거친 봄바람은 뼛가루를 흔적도 없이 날려 버렸다.

온 숲과 나무들은 사정없이 불어오는 바람으로 활처럼 굽고 흔들리고 있었다. 그래서 무덤가를 돌면서 흩뿌리는 어머니의 뼛가루를 손에서 던져지기가 무섭게 가로채가고 있었다.

바람이 어디로부터 불어와 어디로 가는지 그 방향을 알지 못하듯 어머니의 영혼은 어디서부터 와서 어디로 돌아가는지 그 가는 곳을 알 수는 없으나 어머니의 육신만은 흙에서 나왔으니 흙으로 돌아가고, 물에서 나왔으니 물로 돌아가고, 불에서 나왔으니 불로 돌아가고, 바람에서 나왔으니 바람으로 돌아가고 있는 것입니다. 흙과 물과 불과 바람(地水火風)의 네 가지가 모여 육신을 이루었다면 이제는 육신이 죽어 제각각 뿔뿔이 흩어지고 있는 것입니다.

어머니의 뼛가루를 뿌리고 있는 내 가슴은 슬픔으로 갈가리 찢어지고 있었지만 눈물은 흘러내리지 않고 있었다. 상자 속에 들어 있는 분골의 양은 서너 번도 던져지지 못할 정도로 너무나 적었다. 나는 내 손을 빠져 나가는 즉시 무(無)로 돌아가는 어머니의 존재가 너무나 비참하여 조금이라도 더, 조금이라도 더 시간을 끌며 어머니를 내 손으로 붙들고 있었다. 마치 갈 길이 바빠 총총걸음으로 사라져 버리려는 어머니의 옷자락을 붙들어 조금이라도 내 곁에 머무르게 하려는 듯이.

그때 내 머릿속으로 초기 경전에 수록되어 있는, 즉 붓다의 육성에 가장 가까운 죽음에 관한 설법이 하나 기억되어 떠올랐다. 부처는 이 경집(經集) 속에서 인간의 죽음을 다음과 이 노래하고 있다.

'사람의 목숨은 정해져 있지 않아 얼마를 사는지 알 수가 없다. 사람의 목숨이란 비참하게 짧으며 고뇌로 엉켜 있다. 태어나면 죽음을 피할 길 없으며 늙으면 죽음이 온다. 실로 생이 있는 자의 운명은 모두 이런 것이다. 익은 과일은 빨리 떨어질 위험이 있듯이 태어난 자는 죽지 않으면 안 된다. 그들에게는 항상 죽음의 두려움이 따른다. 이를테면 옹기장이가 만든 질그릇이 마침

내는 모두 깨지고 말 듯이 사람의 목숨도 또한 그와 같다.'

어머니의 뼛가루를 던져 흩뿌리는 내 머릿속에 붓다의 말은 그대로 육성이 되어 산 자의 음성으로 들어박히고 있었다. 나는 온몸이 떨리는 것 같은 전율을 느꼈다.

'젊은이도, 늙은이도, 어리석은 이도, 지혜로운 이도 모두 죽음 앞에서는 굴복하고 만다. 모든 사람들은 반드시 죽는다. 그들은 죽음에 붙잡혀 저 세상으로 가지만 아비도 그 자식을 구하지 못하고 친척도 그 친척을 저 세상에서 구해 낼 수 없다. 보라, 가족들이 애타는 마음으로 지켜보고 있지만 사람들은 하나씩 도살장으로 끌려가는 소처럼 사라져 간다. 이렇듯 세상 사람들은 늙음과 죽음으로 인해 사라져 간다. 그러나 슬기로운 사람은 이 세상의 참모습(實相)을 알고 슬퍼하지 않는다.'

손가락 사이로 새어나가는 뼛가루는 바람의 발톱에 채여 재빠르게 흔적도 없이 사라져 간다.
잠시 보인다 싶게 무덤가에 웃자란 풀잎 위에 떨어져 구르는 흰 분골은 십숟궂은 바람으로 산지사방으로 흩어져 사라져 버린다.

'그대는 온 사람의 길을 모르고 또한 간 사람의 길도 모른다. 그대는 생과 사, 그 두 끝을 보지 않고 그저 부질없이 슬피 울고만 있을 것인가. 미망에 붙들려 울고불고해서 무슨 소용이 있을 것인가. 그렇게 해서 무슨 이익이라도 생긴다면 현자들도 그러하였을 것이다. 그러나 울고 슬퍼하는 것으로 마음의 평안을 얻을 수는 없다. 더욱더 괴로움이 생기고 몸만 여윌 따름이다.'

불교의 많은 경전 중에서도 가장 초기에 이루어진 이 시경들은 설법이라기보다 노래이며 살아 있는 부처의 육성이었다. 그의 목소리가 한마디 한마디 살아 있는 말이 되어 내 가슴속에 화살처럼 박히고 있음을 나는 느꼈다.

'죽은 사람을 생각하며 울고 슬퍼하는 것은 스스로 자신을 해치면서 몸을 여위게 하고 추하게 만들 뿐이다. 그렇다고 죽은 사람이 어떻게 되는 것도 아니지 않은가. 그러므로 울며 슬퍼하는 것은 부질없는 것이다. 그것을 버리지 않는 사람은 점점 더 고뇌를 겪게 된다. 죽은 사람 때문에 운다는 것은 더욱 근심에 사로잡히는 것이다. 또한 자신이 지은 업(業)으로 인해 죽어 가는 사람들을 보라. 모든 살아 있는 자는 죽음에 붙잡혀 떨고 있지 않은가.'

오후의 석양빛이 숲 사이를 뚫고 스며들어 오고 있었다. 아득히 먼 곳에서 들려오던 행락객들의 노랫소리도, 마이크 소리도 이미 사라지고 주위는 고즈넉하였다. 나는 흰 소복을 입은 채 한 곁에 앉아서 울고 있는 아내를 돌아보면서 말하였다.

"당신도 한 줌 뿌리겠소."

아내는 울면서 다가와 상자 속에 남은 뼛가루를 한 줌 움켜쥐었다. 그리고 나서 나를 보며 말하였다.

"뭐라고 말해야 하는지 난 몰라요. 그저 기가 막히고 슬프기만 해요."

"하고 싶은 말이 있으면 하구려."

그러자 아내는 무덤가에 뼛가루를 뿌리면서 말하였다.

"안녕히 가세요, 어머니. 편안한 곳으로 가서 편안히 쉬세요. 근심도 없고 걱정도 없는 곳으로 가셔서 편안히 쉬세요."

나는 아내의 모습을 바라보면서 붓다의 사자후를 들었다. 붓다의 육성은 바람소리를 빌려서 내 가슴을 흔들었다.

'아아, 보라. 세상의 저 모습을. 가령 사람이 백년을 살거나 그 이상을 산다고 할지라도 마침내는 가족들을 떠나 이 세상의 목숨을 버리게 되는 것이다. 그러므로 존경하는 사람의 말을 듣고, 죽은 사람을 보았을 때는 '그는 이미 내 힘이 미치지 못하게 되었구나' 하고 깨달아 슬퍼하거나 탄식하지 말지어다. 이를테면 집에 불이 난 것을 물로 끄는 것과 같으므로. 지혜롭고 총명한 사람은 걱정이 생겼을 때는 이내 지워 버린다. 마치 바람이 솜을 날려 버리듯이 자신의 즐거움을 구하는 사람은 슬픔과 욕심과 걱정을 버린지어다. 그대여, 자기 번뇌의 화살을 뽑으라. 번뇌의 화살을 뽑아 버리고 거리낌없이 마음의 평안을 얻는다면 모든 걱정을 초월하게 될 것이며, 마침내 근심 없는 자, 평화의 길로 돌아간 사람이 될 것이다.'

마음의 평안을 얻기 위한다면 자기 마음속에 박힌 번뇌의 화살을 뽑으라는 부처의 육성이 내 심혼을 뒤흔들었다.

나는 더 이상 슬프지도 괴롭지도 않았다.

내가 무엇을 슬퍼하고 무엇을 후회할 것인가. 부처의 말처럼 나는 '온 사람의 길'도 모르고 '간 사람의 길'도 모른다. 생과 사의 두 끝을 보지도 못하고 부질없이 슬퍼하기만 할 이유는 없지 않은가.

나는 상자 속에 들어 있는 마지막 뼛가루를 모두 털어 바람 속에 버렸다. 거센 바람은 마지막 남은 잔해까지도 모두 가로채 내가 알 수 없는 곳으로 모두 날려 버렸다. 이젠 아무것도 남아 있지 않았다. 어머니의 육신의 흔적은 이제 이 지상에서는 깨끗이 소멸되고 말았다. 부처가 일찍이 우리의 육신과 산천초목의 모든 물건들은 지수화풍(地水火風)의 네 가지 원소로 이루어졌다고 말하였듯이 어머니의 육신은 흙과 물과 불과 바람으로 돌아가 마침내 얻은 것도, 취한 것도 없는 본래의 공(空)으로 돌아가 깨끗이 무(無)로 되어 버린 것이다. 그러므로 어머니는 있은 적도 없고, 실재하지도 않았으며 어머니라고 불렀던 그 '이름'의 허상만 있었을 뿐 본디 허공화(虛空華)에 불과한 것이다. 마치 병난 눈이 허공에 헛꽃과 겹친 달을 보듯. 그러나 실제로 허공에는 꽃이 없다. 그것은 환자의 잘못된 집착일 뿐이다. 내가 어머니라고 생각하였던 그 생은 병난 환자의 눈으로 본 허공의 헛꽃일 뿐이어서 이제 어머니는 없어졌으며, 어머니가 없어지고 나면 그 없어진 곳도 알 수가 없다. 그러므로 본디 태어남도 죽는 것도 없음이 아닐 것인가.

나는 어머니의 분골을 담았던 빈 상자를 계곡 속에 던져 버렸다. 굳이 그 상자를 가져갈 필요가 없다고 느껴졌기 때문이었다. 이제 남은 것은 화장터에서 몇 개의 뼛조각을 고를 때 무슨 뼈인지 알 수 없는 작은 뼈 하나를 따로 주워 주머니 속에 집어넣었던 한 조각의 인골(人骨)뿐이었다.

나는 그 하나의 뼛조각만은 소중히 간직할 것이다. 서재의 책상 앞에 나는 그 뼛조각을 놓아둘 것이다. 가장 잘 보이는 곳에 그 뼛조각을 놓아두고 두고두고 생각할 것이다. 어머니의 기억을 떠올리고 어머니를 생각하기 위함이 아니라 인생이란 것이 어디서 왔으며, 또 어디로 무엇이 되어 사라져 가는가, 그 깊은 생각을 위해 그 뼛조각을 가장 눈에 잘 띄는 곳에 놓아둘 것이다.

"이제 갑시다."

나는 마치 아무것도 없음을 확인해 보이듯 손을 털어 손뼉을 쳐 보이며 아내에게 말하였다. 아내는 말없이 어머니의 영정을 안아들었다. 나는 언제 또다시 찾아올 것인지 막연한 아버지의 무덤을 잠시 물끄러미 바라보았다.

이제 이 지상에서는 내가 아버지의 아들임을 아는 사람은 나 혼자밖에 없습니다. 이제 내가 어머니를 영원히 버렸으니 무덤 속에 누워 있는 아버지이신 당신 또한 기억 속에서 잊어버릴 것입니다. 아마도 가까운 시일 안으로는 찾아오지 않을 것입니다. 어쩌면 영원히 찾아오지 않게 될지도 모릅니다. 안녕히 계십시오.

바람이 한결 세어져 나뭇잎들을 흔들고, 무덤가에 웃자란 풀잎들을 뒤흔들고 있었다. 길고 긴 하루를 무사히 끝냈다는 안도감으로 우리 부부는 둘만의 비밀의식을 치른 공범자처럼 홀가분한 마음으로 무덤가를 떠났다. 오솔길을 지나 저수지로 내려오자 완전히 해가 저물고 있었다. 저수지에서 낚시질을 하고 있던 사람들도 모두 사라져 버렸고 그들을 상대로 확성기를 통해 끊임없이 유행가를 틀어 주고 있던 가게들도 모두 문을 닫고 있었다. 해질 무렵이 되어 한결 세어진 바람은 저수지의 물결을 뒤흔들어 파도를 일으키고 있었고 들판을 헤매던 개 한 마리가 우리를 보고 공허한 소리로 울부짖었다.

옷 속으로 파고드는 센 바람이 몸을 떨리게 하였으므로 우리는 몸을 웅크리고 잰걸음으로 걸었다. 하루 종일 흐렸지만 이따금 덮인 구름 사이로 반짝 해가 나타나곤 하였던 봄날씨가 날이 저물자 변덕을 부려 잔뜩 찌푸려 있었고 한바탕 빗줄기를 퍼부을 것처럼 심상치 않은 바람을 몰아치고 있었다.

우리는 저수지 옆으로 난 제방 위의 둑길을 잰걸음으로 걸었다. 바람 속에 벌써 빗방울이 섞이기 시작하였는지 저수지 위에 떨어지는 빗방울이 큰 파문을 일으키고 있었다.

차를 세워둔 공터는 아직도 멀고, 주위에는 비를 피할 아무런 인가도 숲도 나무도 없었으므로 우리는 부지런히 걸었다. 마침내 여름 소나기처럼 빗줄기가 삽시간에 세어지고 하늘에서는 번개마저 번득였다. 뒤이어 하늘을 찢는 듯한 천둥소리도 들려왔다. 뛰어도 그 빗줄기에 이미 옷은 다 젖어 버릴 기세였으므로 우리 부부는 그냥 내처걸었다.

　뚜벅뚜벅 얼굴을 때리고, 머리칼을 적시고, 옷 속으로 파고드는 거센 빗줄기에 몸을 맡기고 천천히 걸어가면서 나는 붓다의 금언을 떠올렸다. 내용이 실생활과 밀접한 관계가 있는 이 간단명료한 금언은 흔히 법구경(法句經)이라 일컬어지고 있는 노래인데, 그는 그 경전에서 다음과 같이 말하고 있다.

　'아아, 이 몸은 오래지 않아
　다시 흙으로 돌아가리라.
　정신이 한번 몸을 떠나면
　해골만이 땅 위에 버려지리라.'

　지금으로부터 2,500년 전에 태어나 백 살도 못 채우고 죽은 우리와 다름없는 한 인간의 말이 그 엄청난 세월을 뛰어넘어 생명력을 지니고 내 가슴속을 파고든다. 내가 살고 있는 이곳과는 아득히 멀어 수만의 산을 넘고, 수만의 강을 건너고, 수만의 바다를 건너야만 닿을 수 있는 서역(西域)에서 태어나 그곳에서 죽은 한 인간의 말이, 그가 했던 말들이 아직도 사라지지 아니하고 이곳까지 화살이 되어 날아온다.

　나는 느닷없이 쏟아져내리는 천둥 번개의 빗줄기 속에서 그가 노래한 시경의 한 구절을 음미하여 떠올렸다.

　'소치는 사람이 채찍으로 소를 몰아 목장으로 돌아가듯

늙음과 죽음도 또 그러하네.
사람의 목숨을 끊임없이 몰고 가네.
무엇을 웃고 무엇을 기뻐하랴.
세상은 끊임없이 타고 있는데
그대들은 어둠 속에 덮여 있구나.
그런데도 어찌하여 등불을 찾지 않는가.
보라, 이 부서지기 쉬운 병투성이
이 몸을 의지해 편하다고 하는가.
욕망도 많고 병들기도 쉬워
거기에는 변치 않는 일체가 없네.
목숨이 다해 정신이 떠나면
가을철에 버려지는 표주박처럼
살은 썩고 앙상한 백골만 뒹굴 것을.
무엇을 사랑하고 무엇을 즐길 것인가.'

　저수지 앞 공터에 주차시켜 둔 차는 참다랗게 비를 맞고 홀로
기다리고 있었다. 차의 문을 열고 들어서서 우리는 젖은 머리를
수건으로 닦았다. 세찬 빗줄기로 온몸은 성한 구석이라고는 한
군데도 없이 흠뻑 젖어 있었으므로 이가 마주칠 정도로 추웠다.
차의 시동을 걸고 히터를 틀자 따듯한 온기가 곧 차 안을 가득
채웠다.
　나는 차를 몰아 숲길을 달려나가기 시작하였다.
　갑자기 내린 호우로 오솔길은 차의 바퀴가 빠질 정도로 진흙

탕이 되어 있었다. 그래서 망설이지 않고 단번에 차를 몰아나가지 않으면 안 되었다. 온 숲과 나무들은 세차게 내리는 비로 엷은 먹물을 부어 내리는 듯이 수묵화를 그리고 있었다.

모든 것은 끝났다.

모든 장례식은 끝나고 내가 평소에 느끼고 생각하였던 대로 독자(獨子)가 되고 말았다. 어머니의 뼛가루가 뿌려진 무덤 쪽을, 아버지가 묘비도 없이 묻혀 있는 무덤 쪽을 돌아보지도 않고 그냥 내처 달려가기만 하는 내 귓가로 탄식 소리와 같은 어머니의 노랫소리가 한 곡조 들려왔다.

그 언제였던가.

미국 유학을 끝내고 산성의 초옥으로 찾아갔을 때 어머니는 내가 돌아온 것이 심 봉사 눈뜨는 기쁨과 같다 하여 나더러 북채를 잡게 하고 한바탕 소리를 하였었다. 그때 그 노랫소리가 도망치듯 숲길을 빠져나가는 내 귓가에 생생히 들려오고 있었다.

'네가 여기가 어디라고 살아오다니 웬 말이냐. 이것이 꿈이냐, 생시냐. 꿈이거든 깨지 말고 생시거든 어디 보자. 더듬더듬 만져보며 어찌할 줄 모를 적으 황극전으 두르던 청학 백학 난봉 궁중 운무간에 왕래하며 심 봉사 감은 눈을 휘번쩍. 감은 눈을 번쩍 뜨고 심 황후를 살펴보더니 얼씨구나 좋을씨구. 지화지화 자자 좋을씨구.'

무덤에서 멀어져 나가면서 도망치듯 재빨리 앞으로 달려 사라지는 내 귓가에 어머니의 한바탕 노랫소리는 꿈이 아닌 생시처럼 생생하게 들려오고 있었다. 어머니는 마치 이제 다시는 이 지상에서 만날 수 없는 아들인 내가 서둘러 사라지기 전에 마지막으로 한바탕 어우러져 소리라도 한 곡조 하자는 듯 쟁쟁한 목소리로 노래를 이어가고 있었다.

'여러 봉사 눈뜨고 춤을 추면서 노닌다. 얼씨구나 절씨구. 얼씨구 절씨구 지화자 좋네. 얼씨구나 좋을씨구. 감았던 눈을 뜨고 보니 천지일월이 장관이요.'

'얼씨구.'

나는 상상의 북채를 둥더쿵 내리치면서 마지막으로 노래부르는 어머니의 판소리에 추임새를 찔러 넣었다.

'감았던 눈을 뜨고 다시 보니 천지일월이 장관이요, 황극전 높은 궁궐 맹인 잔치도 장관이요, 열좌(列坐) 맹인이 눈을 떴으니 춤출 무자가 장관이로다. 얼씨구 절씨구.'

'얼씨구.'

북장단을 맞추는 내 눈가에 눈물이 흘러내리고 있었다. 어머니의 노랫소리처럼 죽음이란 저 세상에서 심 봉사 감았던 눈을 휘번쩍 뜨고 죽은 줄 알았던 심청이를 다시 만나는 기쁨이 오히려 아닐는지요. 이 세상에서 살아 있음이 오히려 눈 어두운 소경의 칠흑 같은 어둠이 아닐는지요. 인당수에 풍덩 빠져 죽어 버리는 것이 이 세상에서는 죽음이겠지만 또 다른 세상에서는 심 봉사 휘번쩍 감았던 눈을 뜨고 그때 보던 그 얼굴들을 다시 만나는 맹인 잔치와 같은 것이 아닐는지요.

뽀오얀 물안개가 피어오르는 저물어 가는 숲 사이로 얼핏 흰 그림자의 잔영이 어른거리고 있는 듯한 느낌을 받았다. 그 그림

378

자는 내게 더 이상 다가올 수 없는 경계에 이르렀는지 우두커니 지켜서서 사라져 가는 내 모습을 한참이나 바라보고 있었다. 잠시 나를 향해 손을 흔들어 보이기도 한 것 같아 흘러내리는 눈물을 손등으로 씻어내리고 다시 얼굴을 들어 그곳을 돌아보니 이미 아무것도 보이지 아니하였다.

이미 그 어떤 그림자도 남아 있지 않은 허공에 지나지 않았다.

〈2권에서 계속〉